HENDRIK BERG

Dunkle Fluten

GOLDMANN
Lesen erleben

Buch

Berlin, zwei Jahre nach der Wende: Kommissar Robert Lindner muss wegen einer Schussverletzung den Dienst quittieren. Schweren Herzens zieht er mit seiner Frau Marie und den beiden Kindern in ein abgelegenes Dorf im Spreewald, wo Marie ein kleines Hotel geerbt hat. Robert, der noch immer an den Spätfolgen seiner Verletzung leidet, tut sich schwer mit diesem Neuanfang auf dem Land. Er findet keinen Anschluss und wird zunehmend von Alpträumen geplagt. Bald ist er davon überzeugt, dass sich im undurchdringlichen Wasserlabyrinth der Spree ein unheimliches Geheimnis verbirgt, das seine Familie bedroht. Der Legende nach soll dort eine Heilerin ihr Unwesen treiben, die einst auf dem Scheiterhaufen landete. Doch Marie, Roberts engste Vertraute, will ihm nicht glauben und macht sich Sorgen wegen seiner wachsenden Paranoia. Verzweifelt versucht Robert Beweise zu finden und verliert sich dabei immer mehr in unheilvollen Mythen und Legenden.

Autor

Hendrik Berg wurde 1964 in Hamburg geboren. Nach einem Studium der Geschichte in Hamburg und Madrid arbeitet er zunächst als Journalist und Werbetexter. Seit 1996 verdient er seinen Lebensunterhalt mit dem Schreiben von Drehbüchern. Er wohnt mit seiner Frau und seinen beiden Kindern in Köln.

Weitere Informationen unter www.hendrik-berg.de

Für Sigi.

Für Klaus und den Literatursalon.

Und natürlich für Anke.
In Liebe und Dankbarkeit.

1

Nur Stille. Absolut, kalt, endgültig. Die verschwommenen Gesichter der anderen – starre, ernste Masken der Vergangenheit. Wie in Zeitlupe schwebten sie an ihr vorüber. Die Sonne war nur ein zartes Glimmen hinter der dichten Wolkendecke des Winters.

Hass durchströmte jede Faser ihres Körpers. Wut. Und Angst. Aber am stärksten war der Hass. Auf die anderen, die draußen auf dem Eis standen, um mitanzusehen, wie es mit ihr zu Ende ging. Hass auf die, die sie verraten hatten. Hass auf das Schicksal, das zuließ, dass sie so jämmerlich sterben musste.

Zuerst hatte sie noch versucht, die Eisschicht mit ihrem Kopf und den Schultern zu durchstoßen. Immer wieder. Vergeblich. Die eisige Kälte drückte wie ein Nagelbrett auf ihren nackten Körper. Panik, als sich ihre Lunge mit dem frostigen Wasser des Flusses füllte. Mit dem Gesicht im Schlamm hatte sie versucht, ihre gefesselten Hände unter das Eis zu schieben. Wie verrückt hatte sie an der Eisschicht gekratzt und verzweifelt getreten. Alles umsonst. Die Haut unter ihren Fingernägeln blutete, ihre Fußknöchel schmerzten, doch das Eis bebte nur träge und blieb so geschlossen wie zuvor.

Schließlich wurden ihre Bewegungen langsamer, und ihr Bewusstsein sank in ein funkelndes Bett aus Erinnerungen. Ihr Vater stieg im hellen Mondlicht zu ihr ins Kinderbett. Ihre Mutter zerrte sie mit abwesendem Blick über einsame Felder. Sie waren auf der Flucht vor dem Krieg und den Soldaten. Und vor ihrem Vater. Dann das schmutzige Hinter-

zimmer im Gemeindehaus, in dem die Mutter nackt auf einem Tisch lag. Starre, an die Decke gerichtete Augen.

Sie sah die Sonne und den Mond, die im Wettlauf mit dem Leben über das Firmament rasten. Tag und Nacht, dann erneut Tag. Licht und Schatten. Immer wieder Schatten. Regen und Sonne. Sommer und Winter. Von Frost überzogene Ähren. Ein Fluss, der sich stumm seinen Weg durch Auen und Wälder bahnte. Ein Reiher im feuchten Sumpf, in dessen langem Schnabel ein glänzender Fisch zuckte.

Ihr Haus mitten im Sumpf. Der Duft nach feuchtem Gras. Dichter Nebel, der über das Wasser auf sie zuschwebte. Der Herbstwind, der sanft durch die Baumwipfel fuhr. Das gedämpfte Geräusch des Flatterns einer Krähe auf dem Dach. Ein Hahn, zerrissen von einem wilden Hund. Flimmerndes Licht an einem Sommertag. Sein zärtlicher Blick, als er mit ihr im frisch gemähten Heu niedersank, nackt, schwitzend vor Leidenschaft. Ihr Stöhnen, als er zum ersten Mal in sie eindrang.

Die Erinnerung ließ sie die Augen weit aufreißen. Durch das Eis sah sie die Gesichter der Männer und Frauen, die ihren Todeskampf mitleidslos und voller Verachtung beobachteten. Für einen kurzen Moment hatte sie das Gefühl, eine Ausgestoßene zu sein, einsam und unendlich allein in ihrem Schicksal. Ein dunkler Regen aus Hass und Verachtung spülte jedes Gefühl von Scham für ihre unglaubliche, ihre schreckliche Tat davon. Sie wusste, dass man ihr keine Wahl gelassen hatte. Keins dieser kleinen Menschlein würde das je verstehen. Er hatte sie gerufen, und sie war Ihm gefolgt. So wie sie Ihm immer folgen würde, bis ans Ende aller Zeiten.

Auch jetzt konnte sie Ihn spüren, konnte seine leise Stimme hören. Der dunkle Schatten. Immer wieder der dunkle, schwarze Schatten, der sie wie ein starker, aber unheimlicher Freund begleitete. Der auf sie wartete. Sanft und fordernd zugleich leitete die Stimme sie aus dem verwirrenden Labyrinth ihrer Erinnerungen. Endlich verstand sie die Worte und wusste: Sie war nicht allein. Sie würde niemals allein sein.

Sie spürte nichts mehr. Keine Schmerzen, keine Angst. Das Ende. Staunend beobachtete sie, wie letzte Luftblasen nach oben stiegen und sich unter der Eisfläche sammelten. Sie war bereit, war schon Teil von etwas Größerem. Wieder blickte sie nach oben. Die Gesichter der anderen, wie jämmerlich sie aussahen. Die Sonne fand einen Weg durch die dunklen Wolken. Das Licht brach sich im Eis, tauchte sie in einen leuchtenden Regenbogen und wies ihr den Weg. Sie lächelte, als das Leben aus ihr wich.

2

Der schwarze Mercedes rammte ihre rechte Vorderseite. Der Passat kam von der Spur ab, donnerte gegen einen der Betonpoller neben der Fahrbahn, drehte sich zweimal um seine Achse, rutschte über den regennassen Bürgersteig mitten durch einen Kiosk und krachte schließlich in das Schaufenster eines türkischen Supermarktes.

»Scheißkerle«, stöhnte Piet.

Robert starrte ungläubig auf die zerquetschten Tomaten, Zucchini und Orangen in der kaputten Holzkiste vor sich auf der Motorhaube. Wütend legte er den Rückwärtsgang ein. Die Kupplung knirschte. Als der zerbeulte Passat langsam durch die Trümmer des kleinen Ladens zurück auf den Bürgersteig fuhr, knackten Scherben unter den Reifen.

Durch die Regenschlieren auf der Windschutzscheibe sah Robert, wie Passanten entsetzt in Richtung des zerstörten Supermarktes starrten. Im Laden stand eine Frau mit Kopftuch und hob schreiend die Hände zum Himmel, während eine andere erschrocken ihr Baby an die Brust drückte. Fußgänger riefen panisch um Hilfe und deuteten immer wieder auf den Wagen mit dem blinkenden Blaulicht.

Doch Robert und Piet hatten keine Zeit. Sie mussten weiter, der Mercedes war schon nicht mehr zu sehen. Entschlossen legte Robert den Gang ein und ließ den Motor aufheulen. Mit durchdrehenden Reifen schossen sie zurück auf die Fahrbahn. Tomaten flogen gegen ihre Scheibe, als sie auf der Straße davonrasten.

Sie nahmen die Verfolgung wieder auf. Der Mercedes hatte inzwischen den Mehringdamm nahe dem Halleschen Tor verlassen und raste über die Skalitzer Straße unter der stählernen S-Bahn-Trasse vorbei am Kottbusser Tor in Richtung Treptow. Die Straße war durch den Feierabendverkehr und die vielen Baustellen in Kreuzberg völlig verstopft. Am Görlitzer Bahnhof ging gerade ein Flohmarkt zu Ende. Die Händler hatten ihre Wagen, darunter viele mit polnischen Kennzeichen, in der zweiten Reihe abgestellt und verstauten im strömenden Regen hastig ihre nicht verkauften Waren, als der Mercedes heranrauschte. Wie ein Panzer rammte sich der Wagen den Weg frei. Die Menschen flohen in alle Richtungen, Plastiktüten mit Büchern und Trödel flogen durch die Luft und landeten auf dem nassen Asphalt. Robert riss das Steuer rum, doch zu spät. Der Passat ruckte kurz, als er den kleinen Körper überfuhr.

»Nein!«, schrie Robert entsetzt.

»Nur eine Puppe, Mann! Es war nur eine Puppe.«

Robert blickte zurück und sah den aufgeplatzten Plastikkörper. Ihm war, als würde ihm unter dem blonden Haar ein schwarzes Auge nachstarren. Benommen schüttelte er den Kopf und atmete tief durch.

»Verdammt, wo bleibt die Verstärkung?«, fluchte Piet.

Robert hatte sich wieder nach vorn gewandt und suchte die Straße ab. Wo war der Mercedes? Er konnte ihn nicht mehr entdecken. Fluchend drückte er das Gaspedal durch und jagte den Dienstwagen auf gut Glück weiter durch Kreuzberg.

Als er aufstoßen musste, schmeckte er Zwiebeln und öliges Fleisch. Scheiß Döner! Wieso nur hatte er heute Mittag nichts Richtiges gegessen? Aber er wusste ja, warum: weil er auch diesen Morgen keine Zeit für ein ordentliches Frühstück gehabt hatte und mittags dann völlig ausgehungert gewesen war, hatte er einfach so schnell wie möglich so viel wie möglich runtergeschlungen. Er stöhnte auf und versuchte den Gedanken an das fettige Fleisch zu verdrängen.

Endlich hatte er den Mercedes wieder im Blick. Der Wagen näherte sich jetzt dem Schlesischen Tor. Auch hier hatten Bagger die Straße aufgebrochen, die Autos stauten sich auf dem alten Kopfsteinpflaster. Von beiden Seiten rasten zwei Streifenwagen mit grellem Blaulicht auf die Kreuzung zu. Verstärkung, endlich. Doch bevor sie dem Mercedes den Weg abschneiden konnten, rauschte dieser zwischen ihnen hindurch in Richtung Oberbaumbrücke.

»Na bitte«, grinste Piet, »jetzt haben wir die Dreckskerle da, wo wir sie haben wollen.«

»Bist du dir da sicher?« Robert warf seinem Freund ein Lächeln zu und schaltete noch einmal einen Gang hoch, um Anschluss an den Mercedes zu halten, der bereits die Spree überquerte. Mit aufjaulendem Motor verscheuchte er die Bauarbeiter, die den morschen Straßenbelag auf der Oberbaumbrücke erneuerten und die historischen Brückentürme renovierten.

Piet grinste zufrieden: Auf der anderen Seite der Brücke, noch vor der Mühlenstraße, hatten die Kollegen aus dem Ostteil der Stadt eine Sperre errichtet. Mit ihren Pistolen im Anschlag waren die Beamten hinter ihren Ladas in Stellung gegangen und erwarteten die Flüchtigen, die in ihrem inzwischen recht verbeulten Luxuswagen auf sie zurasten.

»Was, zum Henker?« Ungläubig beobachtete Piet das Geschehen. Der Fahrer des Mercedes schien nicht im Traum ans Aufgeben zu denken. Er beschleunigte. Die schwarze Limousine brüllte wie ein gequältes Raubtier auf und machte einen Satz. Schüsse fielen. Krachend durchbrach der Wagen die Sperre. Wie Spielzeugautos schleuderte er die beiden Ladas zur Seite.

Piet fluchte. Robert schwieg und konzentrierte sich aufs

Fahren. Wieder musste er Trümmern ausweichen, um dem Mercedes folgen zu können, der jetzt über die Warschauer Straße und die S-Bahn-Brücke Richtung Friedrichshain fuhr.

Doch die vielen Karambolagen waren schließlich zu viel für den massiven Wagen. Rauch stieg aus der zerbeulten Motorhaube, der Mercedes knatterte wie eine alte Lokomotive über das brüchige Kopfsteinpflaster und verschwand dann links in der Gubener Straße.

»Jetzt haben wir sie.« Mit grimmigem Lächeln lud Piet seine Walther nach. Robert nickte und fuhr an der Spitze einer Kolonne von Streifenwagen in die Gubener, die wie alle Straßen in Friedrichshain auch zwei Jahre nach der Wende noch immer genauso verfallen und heruntergekommen aussah wie am Tag des Mauerfalls. Überall grauer Altbau mit brüchigen Fassaden, dazwischen über hundert Jahre altes Kopfsteinpflaster mit Löchern so groß, dass kleine Kinder sich darin verstecken konnten.

Der Mercedes hatte inzwischen stöhnend und röchelnd seinen Geist aufgegeben. Die beiden Insassen, ein großer Mann mit schütterem Haar und tief liegenden Augen und sein bulliger Begleiter, sprangen mit gezückten Waffen heraus und schossen sofort auf die näher kommenden Streifenwagen. Hektisch schauten sie sich um, dann deutete der Lange in eine Toreinfahrt. Der Bullige nickte und rannte los. Eine ältere Dame, die sich mit ihrer Gehhilfe über den Bürgersteig schleppte und den Riesen und seine Pistole verwirrt anstarrte, stieß er einfach zur Seite.

Robert sprang aus dem Wagen, während der Bullige in der Toreinfahrt verschwand und der Lange auf der anderen Seite in einen dunklen Hauseingang lief. »Humboldt & Söhne« stand in verblichenen Buchstaben aus der Vorkriegszeit darüber. Zwei Kollegen rannten an Roberts und Piets Seite. Robert deutete zur Toreinfahrt.

»Schnappt euch den Dicken! Wir holen uns Löwe!«

Die Beamten nickten, dann liefen Robert und Piet dem größeren Mann hinterher. Mit ihren Pistolen im Anschlag sprinteten sie in den Hauseingang, von dem rechts ein Treppenhaus in die oberen Stockwerke führte. Am Ende des Eingangs konnten sie das Licht des Hinterhofs sehen. Robert hielt den Finger an den Mund. Piet nickte und verharrte still.

Nur ein Fernseher lief leise, ansonsten war kein Geräusch zu hören. Eine Talkshow. Eine Mutter, die ihre Kinder bat, sie endlich in Ruhe zu lassen. Dazu prasselte der Regen.

Plötzlich fielen Schüsse, und Polizisten riefen aufgeregt durcheinander.

Die Kollegen schienen Löwes Begleiter gefunden zu haben.

Robert trat ungeduldig von einem Bein auf das andere, wies dann mit der Pistole zum Hinterhof und nickte Piet auffordernd zu, der aber den Kopf schüttelte.

»Nix da. Wir bleiben zusammen. Du weißt, wie gefährlich der Scheißkerl ist«, zischte er leise.

»Und deswegen darf er uns auf keinen Fall entwischen. Also los, mach schon!«

Piet zögerte einen kurzen Moment, dann lief er mit einem Aufstöhnen in Richtung Hinterhof. Robert schlich sich leise in das Treppenhaus. Nichts war zu hören – und nichts zu sehen. Die Kabel für den Lichtschalter hingen durchtrennt aus der Wand. Um in der Finsternis wenigstens etwas erkennen zu können, hatte jemand einige Windlichter auf den Boden gestellt.

Plötzlich schnelle Schritte. Zwei Stockwerke über ihm.

»Piet!«, rief Robert leise, aber sein Partner hörte ihn nicht. Robert entschloss sich, den Flüchtenden auf eigene Faust zu verfolgen. Mit der Waffe im Anschlag hastete er in das dunkle Treppenhaus.

»Du hast keine Chance, Löwe! Hier kommst du nicht mehr raus!«

Nur wenige Zentimeter neben Robert krachten Kugeln in das abgeschabte Geländer. Robert warf sich so heftig nach hinten gegen die Wand, dass loser Putz ihm in den Nacken rieselte.

Robert schüttelte sich, bevor er weiter nach oben lief.

»Was ist …?«, fragte eine überraschte Stimme, dann dröhnte plötzlich ein Schuss durch das Treppenhaus. Doch dieses Mal war nicht Robert das Ziel. Böses ahnend beschleunigte er seine Schritte.

Und tatsächlich: Im dritten Stock lag ein älterer Mann in speckigem Unterhemd und bekleckerter Jogginghose vor seiner offenen Wohnungstür. Stöhnend hielt er sich den Bauch, zwischen seinen krampfenden Fingern lief Blut auf die Holzdielen. Im Hintergrund flimmerte noch der Fernseher. Robert fluchte lautlos. Warum nur hatte sich der Mann von seiner Talkshow ablenken lassen?

»Hast du ihn erwischt?«

Piet kam die Treppe herauf, seine Walther im Anschlag. Sein Kollege schüttelte den Kopf und deutete auf den alten Mann, dessen Augen die Beamten mit fassungslosem Entsetzen anstarrten.

»Kümmerst du dich um ihn?«

»Willst du etwa allein …?«

Robert ließ Piet nicht ausreden.

»Hol dir eine Decke oder irgendein Kissen«, er gestikulierte in Richtung Wohnung, »und drück es ihm auf die Wunde. Ich bin gleich wieder da.«

Bevor Piet etwas erwidern konnte, lief Robert schon weiter nach oben, sprang von Treppenabsatz zu Treppenabsatz. Am Ende angelangt stand die Tür zur Dachkammer offen. Robert holte tief Luft und schlich sich hinein.

Ein großer Raum, in dem ein paar alte Koffer und ein verbogenes Fahrrad der Marke Diamant standen. Und überall Kisten. In einer stapelten sich vergilbte Exemplare des *Neuen Deutschland*. Welcher Idiot kam nach der Wende noch auf die Idee, den Mist aufzubewahren? Robert runzelte verständnislos die Stirn.

Von Löwe war nichts zu sehen. Der Regen trommelte mit ohrenbetäubendem Lärm auf das Dach. Durch ein kleines Loch konnte Robert den grauen Himmel erkennen. Jemand hatte einen Eimer darunter gestellt, doch das Wasser war längst über den Rand gelaufen und hatte auf dem staubigen Holzboden eine Pfütze gebildet.

Am Ende der Kammer war eine Tür nur angelehnt, sie führte auf das Dach. Ein Blick auf das Schloss genügte, um zu erkennen, dass jemand sie mit einem Tritt aufgebrochen hatte. Löwe! Robert öffnete die Tür mit vorgestreckter Pistole. Sein Hemd klebte am Körper, seine Hand zitterte. Robert musste an Löwes Opfer denken. Wie viele waren es? Zehn? Zwanzig? Er schloss die Augen, zählte in Gedanken von fünf zurück auf null, dann schob er sich durch die offene Tür hinaus auf das Dach.

Sofort wurde er von einer starken Böe erfasst. Der Regen klatschte ihm so heftig ins Gesicht, dass er für einen Moment blind war. Leise fluchend kniff er die Augen zusammen und betrachtete seine Umgebung. Das Unwetter lag wie ein schmutziges Tuch über der gesamten Stadt. Im Sommer konnte Berlin wunderschön sein, aber an diesem verregneten Wintertag war es die hässlichste Stadt der Welt.

Im Westen waren gerade noch Kreuzberg und Neukölln zu erkennen, Schöneberg und Tiergarten waren im verregneten Dunst schon nicht mehr zu sehen. Im Norden verschwand die obere Hälfte des Fernsehturms am Alex im düsteren Himmel. Die dunklen Wolken hingen so tief über der Stadt, dass Robert das Gefühl hatte, sich nur ein bisschen strecken zu müssen, um sie zu berühren.

Keine Spur von Löwe. Robert schaute sich vorsichtig auf dem von einer halbhohen Brüstung umgebenen Dach um, von dem man direkt auf die Nachbarhäuser steigen konnte. Es gab mehrere mannshohe Absätze und sogar eine kleine Laube, die sich jemand hier oben eingerichtet hatte. Wie Karlsson auf dem Dach, dachte Robert und musste unwillkürlich lächeln. Überall Pfützen. Die Dachpappe hatte sich an einigen Stellen gelöst und flog mit klatschenden Geräuschen im Wind hin und her. Der Rauch aus den Schornsteinen war sichtbares Zeichen dafür, dass hier – wie in den meisten Ostberliner Altbauten – noch mit Kohle geheizt wurde.

Robert wollte sich gerade die Laube näher anschauen, als Sirenen erklangen. Er warf einen kurzen Blick in die Straßenschlucht und sah Rettungssanitäter in die gegenüberliegende Toreinfahrt laufen. Waren seine Kollegen erfolgreich gewesen?

»Schöner Ausblick, was?«

Robert wirbelte herum.

»Weg mit der Knarre, sofort!«

Er erstarrte. Von der anderen Seite des Dachs aus zielte Löwe mit seiner Beretta auf ihn. Die Haare klebten an seinem kantigen Schädel, seine durchnässten Sachen hingen im Regen wie alte Lappen an seinem schlaksigen Körper herunter, und trotzdem lag ein Lächeln auf seinem Gesicht. Schwer atmend hob Robert die Hände, hielt seine Walther aber immer noch fest umklammert. Er ärgerte sich über sich selbst. Wie hatte er sich nur so ablenken lassen können? Jeder Polizeischüler hätte es besser gemacht.

»Wird's bald, Lindner! Weg mit der Knarre!«, schrie Löwe erneut gegen das Unwetter an.

»Wieso schießt du mich nicht einfach über den Haufen? Bei dem armen Teufel da unten hattest du ja auch keine Skrupel.«

»Er war im Weg. Was sollte ich machen?«

»Du hast keine Chance. Schau runter. Dieses Mal entkommst du uns nicht.«

»Wie wär's, wenn du mich begleitest? Dann würde ich mich gleich viel sicherer fühlen.«

Robert lächelte spöttisch. »Vergiss es, die Kollegen würden dich nie mit mir als Geisel gehen lassen!«

»So? Du meinst also, deine Freunde würden ohne weiteres einen braven Familienvater opfern? Um einen kleinen Gauner wie mich zu schnappen?«

Robert bemühte sich, keine Miene zu verziehen.

Löwe betrachtete ihn voller Verachtung. »Zum allerletzten Mal: Weg mit der Knarre! Du kommst jetzt mit. Und solltest du Probleme machen, finde ich im Haus bestimmt noch eine andere Geisel.«

Robert atmete tief durch, bevor er langsam in die Knie ging, um die Pistole abzulegen.

»Okay.«

»Brav …«

Die Schüsse fielen fast gleichzeitig, gingen im Unwetter jedoch fast unter. Kurz bevor Roberts Waffe den Boden hätte berühren sollen, hatte er sie hochgerissen, geschossen und sich gleichzeitig zur Seite geworfen. Doch Löwe war aufmerksam geblieben und hatte ebenfalls abgedrückt.

Für einen Moment sahen sich die beiden Männer schweigend in die Augen. Löwe stand am einen Ende des Daches, Robert kniete auf der anderen Seite. Fast schien es, als würde selbst der Regen den Atem anhalten. Wieder grinste Löwe, dann stutzte er. Verständnislos fasste er sich an die Brust, wo ein kleiner roter Fleck rasch immer größer wurde. Er musterte sein entsetztes Gegenüber, schüttelte verwundert den Kopf – und fiel stumm nach hinten über die Brüstung.

Erschöpft schloss Robert die Augen. Es war vorbei. Endlich. Die lange Jagd nach Löwe hatte ein Ende.

Aber etwas stimmte nicht. Wie in Zeitlupe nahm Robert Piet wahr, der auf das Dach gelaufen kam, ihn entsetzt anschaute und ihm etwas zurief. Robert lächelte, obwohl er nichts hören konnte. Es herrschte absolute Stille. Ungläubig schaute Robert an sich hinab. Sein Hemd war blutgetränkt, aber er spürte keinen Schmerz. Da war Frieden, grenzenloser Frieden. Dann wurde alles um ihn herum schwarz.

Er lächelte, als er nach vorn auf das Dach sackte und mit dem Gesicht in einer Pfütze landete. Noch immer fiel der Regen auf das Dach, auf Roberts Rücken und in die Pfütze, die sich langsam rot färbte.

3

Auch wenn er es nicht wahrhaben wollte: Aus dem Fenster schaute er hinaus ins Paradies.

Sonnenstrahlen durchbrachen die Wolken und tasteten sich über das sich im Wind wiegende Korn. Fruchtbare Erde. Goldene Felder, fast endlos. Und Störche. Überall Störche, die ohne jede Scheu durch ihre Welt schritten. Dazwischen schattige Wälder. Birken, Eichen und immer wieder Erlen glitten lautlos an ihm vorbei.

So viel Wasser. Grünes, blaues und schwarzes Wasser, das im warmen Sommerlicht übermütig glitzerte. Ein schmaler Fluss, der die Felder in sanften Schwüngen zerteilte, um dann im Dunkel eines Dickichts zu verschwinden. Da war ein Karpfen, der über den schlammigen Grund eines Baches huschte und sich hinter einem Stein versteckte. Funkelnde Libellen schwärmten über die Wasserfläche, bevor sie sich im dichten Schilf an den üppig bewachsenen Ufern niederließen. Dann ein Feld. Hochwasser hatte es überspült, den Boden in eine glatte Fläche verwandelt, aus der nur noch vereinzelt Pflänzchen sprossen.

Er musste die Augen zusammenkneifen, so sehr blendete ihn die Sonne, die sich im Wasser spiegelte. Dann verzog sich sein Gesicht zu einem verächtlichen Lächeln. Tatsächlich, es war ein Paradies. Ein lautloses Paradies. Er konnte weder das Rauschen der Wälder noch das Singen der Vögel hören, auch die Wärme des Spätsommers war nicht zu spüren. Stattdessen schmeichelten sanfte Mollakkorde seinen Sinnen, versuchten ihn für das Paradies zu gewinnen.

»Mama, Emma hat schon wieder Scheiße in der Hose.«

Robert schreckte aus seinen Gedanken auf. Verlegen blinzelte er und streckte seinen Rücken durch, der von der langen Fahrt schmerzte. Im Autoradio lief Whitney Houston, und Marie, seine Frau, drehte sich auf dem Beifahrersitz mit vorwurfsvoller Miene nach hinten zu ihrem zehnjährigen Sohn um.

»Lars! Wie redest du denn?«

Der Junge hielt sich seine Nase zu und deutete mit dem Finger auf seine kleine Schwester neben sich im Babysitz. Mit großen Augen starrte Emma ihn an.

»Jetzt riech doch mal. Das stinkt wie Hölle. Ich glaub, ich muss gleich kotzen.«

»Lars, noch so ein Wort, und ...«

Erschrocken über das verärgerte Gesicht ihrer Mutter verzog Emma das Gesicht und fing an zu wimmern. Lars verschränkte trotzig seine Arme vor der Brust und schwieg. Marie sah ihn vorwurfsvoll an, bevor sie einen leicht verzweifelten Blick auf ihre Tochter warf. Mit einem hilflosen Seufzer wandte sie sich an Robert.

»Ich versteh das einfach nicht. Wir müssten doch schon längst da sein?«

Robert zuckte gleichgültig mit den Schultern. »Keine Ahnung, ich war ja noch nie hier. Ich dachte, du kennst den Weg?«

Marie warf ihrem Mann einen finsteren Blick zu. Der verzog keine Miene und drückte einen Knopf auf der Mittelkonsole. Die Musik verstummte.

»Tut mir leid, aber ich kann dieses Gedudel nicht mehr ertragen.«

Einige Minuten lang fuhren sie schweigend durch die Landschaft. Die Straßen waren schmal, gerade breit genug für ein Auto. Bei Gegenverkehr musste einer der Fahrer in eine der Buchten ausweichen, die im Abstand von einigen Kilometern angelegt waren. Aber ihnen kam niemand entgegen. Kein Mensch weit und breit. Roberts Blick streifte die Anzeige auf dem Armaturenbrett. Er schüttelte den Kopf.

»Vielleicht hätten wir auf der Autobahn doch besser noch mal tanken sollen.«

»Wir sind doch gleich da«, erwiderte Marie.

Endlich begegneten sie einem Beweis dafür, dass sie doch nicht die einzigen Menschen auf der Welt waren. Ein Trecker versperrte ihnen auf der schmalen Straße den Weg. Vom Fahrer keine Spur.

»Verdammt!«, fluchte Robert. »Das hat uns gerade noch gefehlt.«

»Jetzt entspannt dich mal. Uns hetzt doch keiner.«

»Und wie lange sollen wir noch durch diese verlassene Gegend fahren? Ich will endlich ankommen.«

»Ach, auf einmal?« Marie seufzte.

Robert betrachtete seine Frau, die aus dem Fenster blickte und die Felder nach dem Fahrer des Treckers absuchte. Sie tat ihm leid. Ihm war klar, dass er sie mit seiner abweisenden Haltung verletzte, aber, verdammt, Marie wusste doch genau, wie wenig Lust er auf diese Einöde hatte. Genau genommen auf den ganzen Umzug. Natürlich, er hatte ihrem penetranten Drängen schließlich nachgegeben, hatte eingewilligt, und vielleicht gab es ja tatsächlich keine Alternative. Aber musste er deshalb ständig gute Laune heucheln? Nein, ganz bestimmt nicht. Das grinsende Teufelchen, das unsichtbar auf seiner Schulter hockte, forderte ihn auf, seinen gerechten Trotz noch lange nicht aufzugeben.

Mit beiden Händen drückte Robert auf die Hupe. Emma hörte auf zu wimmern, Lars und Marie zuckten zusammen.

»Musste das jetzt sein?«

Robert nickte mit grimmigem Grinsen und hupte unbeeindruckt weiter. Nach wenigen Augenblicken erschien ein älterer Mann. Seine Wangen schimmerten rot von geplatzten Äderchen, und sein kariertes Hemd trug er über seinem stattlichen Bauch bis zum Bauchnabel geöffnet. Provozierend langsam schleppte er sich zu seinem Trecker.

Robert öffnete das Fenster und bedeutete dem Bauern, sich zu beeilen. »Geht's vielleicht auch ein bisschen schneller? Wir haben nicht ewig Zeit!«

Mit unbeweglicher Miene schaute der Mann kurz auf das Berliner Kennzeichen des Chrysler Voyager und zog sich träge auf seinen Fahrersitz. Dann endlich setzte sich der Trecker in Bewegung, fuhr ein kleines Stück weiter und blieb an der Einfahrt zu einem Feldweg stehen. Der Bauer ließ gerade einmal so viel Platz, dass sich Robert nur mit viel Augenmaß an seinem Gefährt entlangschleichen konnte.

Als sich die stummen Blicke der Fahrer trafen, zeigte der Bauer keine Regung. Mit kalten, blauen Augen starrte er Robert ins Gesicht, der sich aus dem Fenster beugte.

»Nach Glubitz? Wo müssen wir da lang?«

Ohne eine Miene zu verziehen hob der Bauer seine Hand und deutete in ihre Fahrtrichtung. Robert dankte mit einem spöttischen Kopfnicken.

»Idiot«, stieß Robert so leise aus, dass nur Marie seinen Fluch hören konnte, und gab Gas.

Seine Frau schüttelte vorwurfsvoll den Kopf. »Hast du einen neuen Freund gefunden?«

»Quatsch. Sag mir lieber, wie lange wir noch brauchen.«

Hilflos studierte Marie den Shell-Autoatlas, der aufgeschlagen auf ihrem Schoß lag. »Vielleicht hätten wir uns eine richtige Karte kaufen sollen? Ich habe nicht das Gefühl, dass hier alle Straßen eingezeichnet sind.«

Robert verdrehte die Augen. »Vielleicht gibt es von dieser gottverlassenen Gegend ja gar keine richtige Karte.«

Zu seiner Genugtuung musterte Marie ihn wieder mit einem vorwurfsvollen Kopfschütteln. Auf dem Rücksitz steigerte sich Emmas Wimmern zu einem lauten Schluchzen.

Am Straßenrand erblickte Robert ein kleines Schild. »Schmogrow, 4 Kilometer«. Darunter der sorbisch-wendische Name: Smogorjow. Marie stöhnte auf.

»Das kann nicht sein. Wir sind ja völlig falsch!«

»Aber der Kerl ...?«

»Der Kerl hat eigentlich gar nichts gesagt. Hast du das nicht gemerkt?«

»Tja, Ossi und Bauer, was soll man da auch anderes erwarten?« Robert lächelte zufrieden. Wieder mal stimmten seine Vorurteile über die Landbevölkerung. Marie betrachtete verärgert ihren Mann. Als Emmas Geheul stärker wurde, sagte sie: »Schau, ob du hier irgendwo halten kannst. Ich muss sie wickeln.«

Unter den Rädern des Chrysler knirschte es, als Robert in den nächsten Feldweg einbog. Marie stieg aus und kramte die Wickeltasche aus dem bis unters Dach voll beladenen Van hervor. Dann öffnete sie die hintere Tür des Wagens. Emma strampelte vor Freude. »Hallo, mein Engel«, sagte Marie lächelnd.

Lars öffnete seinen Gurt. »Darf ich raus?«

Marie nickte. »Aber lauf nicht weg, wir fahren gleich weiter.«

Lars sprang aus dem Wagen und atmete tief durch. Kein Windelgestank mehr. Neugierig betrachtete er den Bach, der direkt neben der Straße floss. Ein paar Stichlinge huschten durch das Wasser. Schnell sammelte Lars ein paar Steinchen von der Straße auf und versuchte, einen der kleinen Fische damit zu erwischen.

Auch Robert kletterte aus dem Wagen und streckte sich in der spätsommerlichen Mittagssonne. Die Hitze außerhalb des klimatisierten Wagens drückte ihn zu Boden. Er bewegte den Kopf hin und her, um die Verspannungen in seinem Nacken zu lösen, und stöhnte leise auf. Das lange Sitzen tat weder seinem Rücken noch seinem Bauch gut. Als er sich wieder aufrichtete, hatte er das Gefühl, jemand würde ihm mit einem Ruck ein übergroßes Pflaster von einer behaarten Körperstelle reißen. Der stechende Schmerz nahm ihm für einen kurzen Augenblick den Atem.

Marie bemerkte sein verzerrtes Gesicht. »Alles in Ordnung?«

Robert nickte. »Ich bin gleich wieder da«, verkündete er und verschwand im Feldweg.

Marie blickte ihm nachdenklich hinterher und kümmerte sich wieder um die glücklich strampelnde Emma.

Robert ging ein paar Meter, bis er hinter einer kleinen Biegung eine ruhige, nicht einzusehende Stelle fand, dann holte er eine Dose mit kleinen gelben Tabletten aus seiner Hosentasche. Er betrachtete sie einen Moment lang. Diese Scheißdinger. Ihm war klar, dass es falsch war, sie so häufig zu nehmen. Nur zwei Stück am Tag, hatte der glatzköpfige Doktor in der Charité gesagt. Der Blödmann. Wie sollte er denn seiner Meinung nach ein halbwegs normales Leben führen, wenn er schon nach vier Stunden ohne diese kleinen Pillen vor Schmerzen an die Decke ging? Egal, was passiert war, er hatte immer noch eine Familie, um die er sich kümmern musste.

Seufzend schraubte er die Dose auf, schüttete sich zwei Tabletten auf die Hand, schluckte sie hinunter und hustete. Er hätte an etwas zu trinken denken sollen. Ohne war das Zeug kaum runterzukriegen.

Er suchte sich einen Baum und öffnete den Reißverschluss seiner Hose. Während er pinkelte, ließ er den Blick über die Felder schweifen. Absolute Stille. Nur das Zirpen der Grillen und das Zwitschern einiger Spatzen. In der Ferne muhte eine Kuh, in der Nähe düngte ein Bauer seine Felder. Vielleicht ja sogar der Depp, den sie gerade getroffen hatten? Der Gestank war jedenfalls fürchterlich. Landluft! Angewidert verzog Robert die Nase und versuchte dabei mit einer Hand den Mückenschwarm zu vertreiben, der sich gerade auf ihn stürzen wollte.

Robert lächelte bitter. Genau das hatte er immer zu Marie gesagt. Von wegen Paradies! Das hier war der Arsch der Welt …

Ein lautes Rascheln. Direkt hinter ihm. Hastig zog Robert den Reißverschluss seiner Hose hoch und drehte sich um.

»Hallo?«

Nichts zu sehen. Aber Robert war sich sicher, dass er etwas gehört hatte. Obwohl ein Rascheln in freier Natur nichts Besonderes bedeuten musste, schaute er sich nervös um. Ein Tier? Dem Geräusch nach zu urteilen musste es sich um ein *großes* Tier handeln. Aber da war nichts.

»Marie? Lars?«

Keine Antwort. Er schaute sich verwirrt um. Die Luft über dem Weg flimmerte. Der Pfad führte unter den Bäumen auf das Feld, immer entlang an einem in der Sonne funkelnden Bach. Es war nicht mehr einfach nur leise, die Stille um ihn herum war binnen Sekunden absolut geworden. Keine Grillen und keine Spatzen mehr. Und auch keine Kühe.

Auch der Geruch nach Feldern, Dung und frisch geschnittenem Gras war mit einem Mal verschwunden. Stattdessen roch es nach Wasser, nach altem, abgestandenem Wasser und faulem Schlamm. Der Sinneseindruck war so intensiv, dass er Robert fast den Atem nahm. Er stöhnte auf. Wo, zum Teufel, kam auf einmal dieser Gestank her?

Sein Blick fiel auf einen toten Vogel, der halb verwest vor ihm auf dem Boden lag. Maden krochen über seinen kleinen Körper. Angeekelt verzog Robert das Gesicht, schaute sich wieder um. Seltsam. Er hatte den Eindruck, als würde ihn jemand beobachten. Ein Tier? Nein. Es war noch jemand hier …

Das Atmen begann ihm schwerzufallen, als würde eine große Last auf seinen Lungen liegen. Robert schluckte nervös. Ein Herzanfall? Seine Nackenhaare stellten sich langsam auf, und eine unbestimmte Kälte kroch über seinen Rücken – während sein Bauch von der drückenden Hitze noch immer feucht war. Seine Kiefer begannen zu mahlen, wie immer, wenn er unter großer Anspannung stand.

Hinter ihm war jemand!

Mit einem Ruck drehte er sich um. »He!«

Nichts. Er stand allein auf dem Feldweg, die Natur wirkte wie erstarrt, und das unheimliche Gefühl, beobachtet zu werden, war immer noch da. Genau wie der unerträgliche Gestank nach abgestandenem Wasser.

»Robert! Wo bleibst du denn? Wir wollen weiter!«

Maries Rufe aus der Ferne holten ihn zurück in die reale Welt. Er hörte wieder den Wind, die Vögel und sogar eine Kuh. Die Geräusche kamen mit einer Wucht zurück, dass er erschrocken zusammenzuckte. Was war nur los mit ihm? Auch von dem fauligen Wassergestank war jetzt nichts mehr zu bemerken. Lag es vielleicht an dem plötzlichen Temperaturwechsel? Daran, dass er aus dem klimatisierten Wagen gestiegen und in die heiße Mittagssonne getreten war? Hatte er sich alles nur eingebildet?

»Robert!«, rief Marie jetzt ungeduldiger, und er meinte, aufrichtige Sorge in ihrer Stimme zu hören.

Erschöpft machte er sich auf den Weg zum Wagen, als er erneut ein Rascheln hinter seinem Rücken hörte. Wieder schnellte er herum – und sah diesmal eine kleine Feldmaus. Mit einem kleinen Stock im Mäulchen starrte sie ihn kurz an, bevor sie leise unter einem Blätterhaufen verschwand.

Robert grinste. Verdammt, was war er nur für ein Waschlappen. Von wegen Großstadtcop. Jetzt ließ er sich schon von einer Maus ins Bockshorn jagen. Er zog sein Hemd zurecht und ging zu seiner Familie zurück.

Marie saß schon im Auto, jetzt hinter dem Steuer. Auch Lars legte sich wieder seinen Gurt um, während die frisch gewickelte Emma ihren Vater mit großen Augen anstrahlte. Robert klopfte an die Scheibe und winkte seiner Tochter zu. Emma quietschte vor Glück.

»Geht's dir gut?«, fragte Marie, als er in den Wagen stieg.

Robert zuckte mit den Schultern. »Ich hätte auf der Raststätte nicht so viel von dieser Ost-Cola trinken sollen.«

Marie startete den Wagen.

»Du fährst?«

Sie legte entschlossen den ersten Gang ein und nickte. »Du hast doch gesagt, du willst endlich ankommen.«

»Weißt du denn jetzt, wo lang wir müssen?«

Marie nickte. »Ich hab mir die Karte noch mal angeguckt.«

Robert lächelte gequält. »Na, dann los!«

Marie war eine noch forschere Fahrerin als Robert. Der Van rutschte etwas in dem feinen Sand des Feldwegs, als sie mit einem Ruck losfuhr. Robert blickte auf den Rücksitz. Emma fielen die Augen zu, und Lars schaute auch schon müde aus dem Fenster. Langsam lehnte er sich in seinem Sitz zurück und versuchte, das schmerzhafte Pochen in seinem Rücken zu ignorieren.

»Tut's wieder weh?«, erkundigte sich Marie besorgt.

»Geht schon«, log er, wandte sich von seiner Frau ab und schaute in die menschenleere Landschaft.

Schwalben flogen auf der Jagd nach Mücken über die Felder. Wie war das noch mit tief fliegenden Schwalben? Bedeutete das nicht, dass es bald regnen würde? Am Horizont zogen tatsächlich dunkle Wolken auf.

Robert wandte sich wieder Marie zu und beobachtete schläfrig, wie sie mit konzentriertem Blick nach dem richtigen Weg suchte. Auch wenn er sich heute vorgenommen hatte, den Trotzkopf zu spielen, musste er doch zugeben, dass Marie eine sehr attraktive Frau war. Trotz der Geburt der beiden Kinder hatte sie ihre sportliche Figur behalten. Früher, als sie noch regelmäßig ins Büro gegangen war, hatte sie am liebsten Blusen und knielange Röcke getragen. Es gab keinen Kollegen, der sich nicht nach ihr umgedreht hätte. Robert liebte sie am meisten, wenn sie nur Jeans und T-Shirt trug. Marie war eine natürliche Schönheit. Noch immer bekam Robert jedes Mal eine wohlige Gänsehaut, wenn er sah, wie sie bei dem Versuch scheiterte, ihre wilden, blonden Haare hochzustecken, und einzelne Strähnen sich widerspenstig über ihren Ohren kräuselten. Oder wenn ihr Haar im Wind ihr klares, norddeutsches Gesicht umspielte.

Seine Lider wurden immer schwerer. Er war kurz davor wegzudämmern, als Marie ihm auf das Knie klopfte. »He, du Schlafmütze, schau mal!«

Tatsächlich, auf einem rostigen, etwas abgeknickten Schild, neben einer kleinen Straße, die schon nach wenigen Metern in einem schattigen Hohlweg verschwand, stand: »Glubitz, 5 Kilometer«. Marie stieß ihn stolz in die Seite: »Siehst du, was hab ich gesagt? Gleich sind wir da.«

»Ich kann's kaum erwarten«, erwiderte Robert trocken.

Marie zog grinsend eine Augenbraue hoch und bog in einen Weg ein. Schon nach wenigen Augenblicken wurde der Chrysler von der Dunkelheit wie von einem großen Schlund verschluckt.

4

Die Wochen nach dem Zwischenfall in Friedrichshain waren für Marie die Hölle gewesen. Die Kugel hatte Robert in den Bauch getroffen und war in der Wirbelsäule stecken geblieben. Er hatte so viel Blut verloren, dass er noch im Rettungswagen wiederbelebt werden musste. Doch auch danach blieb sein Zustand kritisch. Viele winterlich trübe Tage und dunkle Nächte lang hatte er mit dem Tod gekämpft, weil seine inneren Wunden immer wieder aufgebrochen waren.

Am schlimmsten war die Verletzung an der Wirbelsäule gewesen. Eine Zeit lang bestand sogar die Gefahr, dass Robert ab der Hüfte abwärts querschnittsgelähmt bleiben würde. Dann endlich gelang es den Ärzten, die Kugel zu entfernen. Dennoch brauchte Robert Wochen, bis er sich wieder einigermaßen normal bewegen konnte. In einem Punkt machten ihm die Ärzte allerdings wenig Hoffnung: Er würde sein ganzes Leben unter Rückenschmerzen leiden.

Marie hatte währenddessen an Roberts Bett ausgeharrt und seine Hand gehalten, sein verzweifeltes Stöhnen ertragen und ihm immer wieder Mut gemacht, wenn er sie mit ängstlichem Blick angestarrt hatte. Ihre größte Leistung war sicherlich gewesen, dass sie ihm ihre Angst nicht gezeigt hatte. Nur zu Hause hatte sie ihren Tränen freien Lauf gelassen – nachdem sie Emma und Lars ins Bett gebracht hatte.

Marie war Kummer und Sorgen gewöhnt. Schon immer hatte sie Angst um Robert gehabt. Oft hatte sie sich darüber beklagt, dass er in seinem Job sein Leben riskierte. Natürlich hatte Marie gewusst, was sie erwartete, als sie einen Polizisten, einen *Großstadt*polizisten, geheiratet hatte, aber wieso musste er ständig übertreiben? Wieso musste er sich als Familienvater todesmutig in jede noch so kritische Situation stürzen? Jeder seiner Kollegen hätte verstanden, wenn er sich etwas zurückgenommen hätte, aber nein, Robert musste immer mit dem Kopf durch die Wand und seinen eigenen Kampf gegen das Böse führen. Natürlich konnte Marie nicht umhin, ihren Mann dafür zu bewundern, aber warum dachte er bei seinem Einsatz auf den gefährlichen Straßen Berlins – die nach der Wende noch viel gefährlicher geworden waren – nie an die eventuellen Konsequenzen für seine Familie?

Nach der Schießerei in Friedrichshain hatte Marie endgültig genug gehabt. Sie wollte sich nicht mehr tagtäglich um ihren Mann ängstigen. Sich Sorgen machen, auf einmal allein mit ihren beiden kleinen Kindern dazustehen, nur weil Robert sich aus sportlichem Ehrgeiz mit jedem Psycho der Stadt anlegen musste.

Robert lag seit zwei Monaten im Krankenhaus, als überraschend ein Schreiben im Briefkasten lag, das Marie zur Alleinerbin eines Hotels im Spreewald machte.

Ein Geschenk des Himmels. Marie war nie besonders gläubig gewesen, aber dieser Brief war für sie der nicht zu widerlegende Beweis, dass es da oben irgendjemand sehr gut mit ihr meinte. Für sie stand fest: Das Schicksal wollte, dass Robert nicht in den Polizeidienst zurückkehrte. Er würde gemeinsam mit ihr ein neues Leben anfangen.

Marie hatte ihre Tante Hedwig nie persönlich kennengelernt. Maries Mutter hatte sich schon vor vielen Jahren mit ihrer Schwester zerstritten und jeden Kontakt zu ihr abgebrochen. Wenn Marie ehrlich war, hatte sie schon lang vergessen, dass sie eine Tante in der DDR hatte.

Gut, es war kein besonders großes Hotel, aber nur deshalb war es zu DDR-Zeiten in Privatbesitz geblieben. Außerdem lag es mitten im Spreewald, in einer Region, die für Marie bis zu diesem Tag nur ein unbedeutender Name auf irgendeiner Landkarte gewesen war. Weder Robert noch sie waren schon einmal dort gewesen, doch als Marie sich bei ihren Freunden umhörte, erfuhr sie, dass die Gegend sehr schön sein sollte. Noch während Robert im Krankenhaus lag, war sie allein nach Glubitz gefahren. Zusammen mit einem Anwalt hatte sie sich das Haus genau angeschaut und war begeistert nach Berlin zurückgekehrt.

Kurz darauf folgte ein offizieller Termin: Der Familienrat tagte in der Station 7 der Charité. Marie wollte die Stadt verlassen und mit ihrer Familie nach Glubitz ziehen. Zuerst war Robert natürlich dagegen gewesen. In die Zone ziehen? Niemals! Aber ihm hatten die Kräfte gefehlt, um erfolgreich gegen Maries Plan zu protestieren – und am Ende auch die Argumente.

Marie hatte sich auf das Gespräch mit Robert vorbereitet und Fotos vom Spreewald und dem Hotel auf der Bettdecke ausgebreitet. Natürlich war alles ein großes Abenteuer, das war auch ihr klar. Ein Neuanfang in einem kleinen Dorf, weit weg von der Zivilisation im Nirgendwo. Aber dafür gab es dort keine Mörder, keine Bombenleger, keine Drogendealer und keine Russenmafia. Sie würde keine Angst mehr um Robert haben müssen, wenn das Telefon klingelte. Endlich könnten sie ein geregeltes Familienleben führen. Die Erbschaft ermöglichte ihnen eine spannende Perspektive im neuen, geeinten Deutschland.

Und zu guter Letzt erinnerte Marie Robert daran, dass sie den Kindern zuliebe ihre Karriere als Diplomkauffrau in einer westdeutschen Unternehmensberatung aufgegeben hatte. Die letzten Jahre hatte sie sich ausschließlich um die

Erziehung ihrer Kinder gekümmert, dabei hätte sie in ihrem alten Job mehr Geld verdienen können als Robert bei der Polizei. Konnte sie da nicht von ihm verlangen, dass er sich jetzt ein einziges Mal nach ihr richtete?

Und Lars? Marie versuchte ihn mit einem Hochglanzfoto ihres neuen Hauses und der Aussicht auf spannende Kanuabenteuer im Spreewald zu bestechen. Aber die Bemühung war gar nicht nötig. Lars war auf seiner Schule in Wilmersdorf nicht gerade glücklich und wäre am liebsten sofort umgezogen. Am Ende hing alles nur noch an Robert. Was war ihm also übriggeblieben, als nachzugeben?

Als Marie nun die letzten Kilometer über die einsame Landstraße nach Glubitz fuhr, blickte sie immer wieder nervös zu ihrem Mann hinüber, der in düsteren Gedanken versunken aus dem Fenster starrte. Würde ihm das Hotel gefallen? Marie selbst hatte sich vom ersten Moment an in das alte Gebäude aus der Kaiserzeit verliebt, obwohl sie es bei ihrem kurzen Besuch nur im Regen gesehen hatte. Natürlich musste noch vieles ausgebessert und renoviert werden, aber sie war sich sicher, dass das Hotel das Potential zu einem richtigen Schmuckstück hatte.

Damit dies Wirklichkeit wurde, musste sie Robert an ihrer Seite wissen. Doch wie sollte das in der Praxis aussehen? Welche Aufgaben sollte er übernehmen? Mit dem Polizeidienst war es vorbei, von Marketing und Gastronomie hatte er keine Ahnung, und körperliche Anstrengungen sollte er auf Anordnung der Ärzte bis auf Weiteres vermeiden. Schließlich waren sie zu dem Entschluss gekommen, dass er die Rolle des Hausverwalters und Hausmeisters übernehmen sollte.

Doch Marie war sich unsicher. Robert war immer ein guter Kriminalhauptkommissar gewesen. Wenn sie ehrlich war, sogar ein hervorragender. Mit Polizeiarbeit kannte er sich aus. Seine Vorgesetzten hatten ihm angesichts der neuen Möglichkeiten durch die Wiedervereinigung eine große Karriere versprochen.

Aber so gut er als Polizist war – handwerkliches Talent hatte Robert nicht. Marie lächelte versonnen, als sie an seinen gescheiterten Versuch dachte, ihre neue IKEA-Küche aufzubauen. Auch nach einer Woche verzweifelten Schraubens und Hämmerns hatten die Kartons und Bretter noch ungeordnet auf dem Boden gelegen. Trotzdem hatte Robert sich standhaft geweigert, seine Niederlage zuzugeben.

Schließlich hatte Marie einen Experten geholt, der die Küche an einem Vormittag aufgebaut hatte. Robert war so beleidigt gewesen, dass er drei Tage lang kein Wort mit ihr gesprochen hatte.

Marie war klar, dass die Eingewöhnung im Spreewald für Robert besonders schwierig werden würde, aber mit der Zeit würde es ihm schon gefallen. Wenn schon frühpensioniert, dann doch am besten in dieser zauberhaften Umgebung, oder etwa nicht?

»Da ist es ja endlich, dein Glubitz«, meldete sich Robert vom Beifahrersitz und holte Marie aus ihren Gedanken in die Wirklichkeit zurück.

Tatsächlich passierten sie in diesem Moment das Ortsschild. Erst nach einigen Hundert Metern folgte das erste Gebäude des Dorfes, eine windschiefe Scheune. Dann kamen ein paar Bauerhöfe, einige kleine, unverputzte Wohnhäuser und schließlich eine Reihe Ferienhäuser, die sich hinter großen, wild wuchernden Hecken in lang gezogenen Gärten versteckten. Dazwischen erstrecken sich weite Gurkenfelder, auf denen Marie und Robert vereinzelte Bauern und vor allem Bäuerinnen bei der Arbeit entdeckten. Ein Schild wies die Richtung zum Ortskern, ein anderes verkündete, dass der Ort immerhin einen Campingplatz hatte.

»Ist das alles?« Robert klang eher zufrieden als enttäuscht. Seine Vorurteile hatten sich bestätigt: Glubitz war der Arsch der Welt.

Marie schüttelte den Kopf. »Wir machen nachher noch einen Spaziergang durchs Dorf, aber jetzt fahren wir erstmal direkt zum Hotel.«

Robert verzog die Lippen, doch Marie war seine schlechte Laune im Moment egal, da in diesem Augenblick der Spreewaldhof vor ihnen auftauchte. In Maries Augen sah das Gebäude wunderschön aus. Der rote Putz leuchtete vor dem satten Grün des alten Baumbestandes, der zum Grundstück gehörte, die großen Fenster waren weiß abgesetzt, und mit seinen vier Stockwerken erhob sich das Gebäude überraschend hoch über den Rest des kleinen Dorfes. Marie lächelte stolz. So malerisch und beeindruckend hatte sie das Hotel gar nicht in Erinnerung gehabt, aber jetzt konnte sie gut nachvollziehen, dass der Kaiser vor über hundert Jahren hier Stammgast gewesen war.

»Na, was sagst du?«, fragte sie Robert und strahlte übers ganze Gesicht.

»Ganz hübsch«, meinte Robert demonstrativ gelangweilt, aber sein Blick verriet, dass auch er beeindruckt war. »Muss natürlich noch viel gemacht werden, der Putz und die Fenster, aber dann kann das ganz ordentlich werden.«

Marie verzichtete darauf, Roberts Genörgel zu kommentieren, stellte den Wagen auf dem Parkplatz unter einer alten Eiche ab und wandte sich dann nach hinten: »Lars, mein Schatz, wach auf, wir sind da! Guck, unser neues Zuhause.«

Als sie gemeinsam ausstiegen, wurde Marie von einer sanften Brise empfangen. Sie atmete tief durch und blickte lächelnd zu Robert, der sich leise stöhnend streckte und sich scheinbar gleichgültig umschaute. Er sah aus wie ein trotziger Teenager.

Lars starrte fassungslos an dem hohen Gebäude hinauf. »Wow, und das gehört jetzt alles uns?«

Marie nickte und drückte ihren Sohn glücklich an sich.

»Viel los ist hier ja nicht gerade«, meldete sich Robert zu Wort.

»Bitte ...«

»Ich meine ja nur. Außer uns sehe ich keinen Menschen.«

»Ich habe dir doch gesagt, dass das Hotel vorläufig geschlossen ist.«

Robert verzog verlegen das Gesicht. Er hatte gemerkt, dass er es mit seiner schlechten Laune übertrieb. Doch Marie war viel zu aufgeregt, um sich darüber Gedanken zu machen. Mit Emma, die ebenfalls aufgewacht war, auf dem einen Arm hakte sie sich mit dem freien Arm bei Robert ein.

»Los, du Nörgler, es wird Zeit, dass du unser Personal kennen lernst.«

5

Robert, Lars, darf ich euch Tom und seine Freundin Theresa vorstellen?«

Vor den Lindners stand ein junger Bursche in Portiersuniform, neben ihm eine junge Frau in einem einfachen Hauskittel, die verlegen lächelnd zu Boden schaute.

»Willkommen im Spreewaldhof, Herr Lindner«, sagte Tom. Er hatte eine freundliche, offene Ausstrahlung. Als er Robert die Hand gab und eine kurze Verbeugung andeutete, konnte Robert in seinen leicht zerzausten Haaren schon einzelne Lücken entdecken, obwohl er auf den ersten Blick kaum älter als dreißig wirkte.

Marie klopfte ihm freundlich auf die Schulter. »Tom hat die letzten fünf Jahre als Portier für Tante Hedwig gearbeitet. Ich hoffe, Sie werden uns die Treue halten. Das Gleiche gilt natürlich auch für Sie, Theresa. Wir würden uns freuen, wenn Sie noch lange unser Zimmermädchen bleiben.«

»Es wäre uns eine große Ehre«, sagte Tom, indem er sich erneut verneigte.

Alle Blicke waren jetzt auf Theresa gerichtet, die schüchtern auf die abgenutzten Holzdielen vor der Rezeption starrte.

Na, wunderbar, dachte Robert, das ist also unser Personal: ein schmalbrüstiges Bürschchen und seine schwachsinnige Freundin. Er lächelte Marie gequält zu. Falls sie ähnlich dachte, ließ sie es sich nicht anmerken.

Tom drückte zärtlich die Hand seiner Freundin, was diese als Aufforderung zu verstehen schien, endlich den Mund aufzumachen.

»Guten Tag«, hauchte sie mit starkem polnischem Akzent und reichte Robert die Hand. »Entschuldigung, ich spreche leider nicht sehr gut deutsche Sprache. Ich komme aus Krakau.«

Doch Marie schien das schüchterne Mädchen mit den großen braunen Augen bereits in ihr Herz geschlossen zu haben. »Kein Problem, Theresa. Ich denke, wir werden ganz wunderbar miteinander auskommen, nicht wahr?«

Marie blickte auffordernd zu Robert, doch statt ein paar nette Worte zur Begrüßung an die beiden zu richten wandte der sich an Tom: »Die Koffer? Wo kann ich die abstellen?«

Sofort sprang ihm der Mann helfend zur Seite. »Lassen Sie sie einfach nur stehen. Ich bringe sie gleich nach oben.«

Marie strahlte Robert an. »Eine gute Idee. Dann komm, ich will dir unsere neue Wohnung zeigen. Du wirst begeistert sein!«

Toms Angebot ignorierend wollte Robert sich einen der Koffer schnappen, doch Marie hielt ihn davon ab. »Robert, bitte. Du weißt doch, was Doktor Jahn gesagt hat. Du darfst nichts Schweres tragen.«

»Ich weiß schon, was ich tue.«

»Den Eindruck habe ich aber nicht. Und ich will nicht, dass du mir hier schon am ersten Tag zusammenklappst.«

Robert warf Marie einen verärgerten Blick zu. Tatsächlich spürte er wieder dieses Ziehen im Bauch und das schmerzhafte Pochen im Rücken. Aber wie konnte ihn seine Frau vor dem neuen Personal nur als schwächlichen Invaliden bloßstellen? Wie sollten die beiden unter diesen Umständen jemals Respekt vor ihm haben?

Tom, selbst schon auf dem Treppenabsatz, lächelte Robert freundlich zu: »Sie können mit dem Gepäck ruhig den Fahrstuhl nehmen. Er ist ziemlich alt und nicht sehr groß, aber für Sie und den Koffer reicht er allemal.«

»Quatsch, Treppensteigen hält fit!« Robert zog den Rollkoffer Stufe für Stufe nach oben. Die Lippen hatte er zusammengepresst, den Blick starr auf den Boden gerichtet.

Marie schüttelte verärgert den Kopf, aber Tom nickte anerkennend, bevor er Robert zusammen mit den anderen nach oben folgte.

Das Treppenhaus und die Flure des Hotels waren mit Stillleben und vergilbten Fotos dekoriert, die Spreewaldmotive zeigten: Enten im Schilfgras, Trauerweiden, die ihre Zweige ins Wasser hängen ließen, Bauern bei der Ernte und Familien in der traditionellen Tracht der Sorben, der slawisch stämmigen Volksgruppe, die die Mehrheit der Bevölkerung des Spreewaldes ausmachte.

Robert atmete ein. Dieser Geruch! War das nun der alte DDR-Mief, der Gestank der Parteikader, die nach Maries Aussage die letzten vierzig Jahre zur Stammkundschaft des Spreewaldhofs gehört hatten, oder einfach nur der Geruch von Vergangenheit und Vergänglichkeit, wie er ihn von den Besuchen bei seiner Großmutter in Uelzen kannte? Und von seiner Tante Emmy, die vor drei Jahren in Luckenwalde gestorben war und damit die Wiedervereinigung knapp verpasst hatte. Robert konnte sich nicht daran erinnern, dass Tante Emmy jemals jung gewesen war. In den Siebzigern waren seine Eltern regelmäßig mit ihm und seiner Schwester in den südlich von Berlin gelegenen Teil Brandenburgs gefahren, um sie zu besuchen. Endlose schweigsame Nachmittage bei Kaffee, staubigem Kuchen und geschmacksloser Hausmannskost. Am Abend hatte Tante Emmy immer eine Schublade ihres lackierten Art-déco-Schranks geöffnet und den Kindern etwas Schokolade gegeben. Offensichtlich hatte sie direkt nach dem Krieg angefangen, Süßwaren für eventuelle Enkelkinder aufzubewahren, entsprechend hatten die Schokoriegel damals geschmeckt. Oder hatte es daran gelegen, dass es sich um DDR-Schokolade handelte? Schlager-Süßtafel. Mehr als alle Politsendungen oder Trabbiwitze war diese Schokolade für Robert der Beweis dafür gewesen, dass es für den Arbeiter- und Bauernstaat keine Hoffnung gab.

»So, da wären wir: Willkommen in Ihrer neuen Wohnung!«

Ausgelassen wie ein junges Mädchen hüpfte Marie in die leeren Räume. »Na, was sagst du? Ist das nicht ein Traum?«

Robert trat ein und zog die Luft ein. Wenn der muffige Geruch schon im restlichen Hotel wahrzunehmen gewesen war, so verschlug er einem hier förmlich den Atem.

Tom ahnte, was Robert dachte, und lächelte. »Tut mir leid, wir hätten natürlich lüften sollen.« Zusammen mit Theresa öffnete er die Fenster.

Robert schaute sich um. Die Wohnung war tatsächlich beeindruckend. Recht groß, viel größer als ihre alte in Wilmersdorf. Sie bestand aus fünf Zimmern, besaß ein feudales Wohnzimmer, eine hübsche, wenn auch recht altmodisch eingerichtete Wohnküche und eine riesige Dachterrasse. Da die Wohnung im obersten Stock lag, waren die Zimmer nicht so hoch wie in Altbauwohnungen üblich, trotzdem schätzte Robert die Höhe auf stattliche dreieinhalb Meter.

»Jetzt mach schon den Mund auf. Sag bloß, die Wohnung gefällt dir nicht?«

»Na ja, mit viel heller Farbe und einer neuen Küche kann sie ganz erträglich werden«, murmelte Robert, doch Marie ließ sich ihre gute Laune nicht so leicht verderben.

»Ignorieren Sie ihn einfach«, wandte sie sich freundlich an Theresa und Tom. »Er ist Berliner, und die müssen immer meckern, sonst sind sie nicht glücklich.«

Theresa und Tom lächelten verschämt, schwiegen aber.

»Frau Gerling war eine alte Dame. Am Ende fehlte ihr

einfach die Kraft für eine größere Renovierung«, unterbrach Tom die Stille, als er bemerkte, dass Robert einen Wasserschaden unter dem Fenster begutachtete.

Robert nickte und ging weiter durch die leere Wohnung. Die Wände zierten Flecken, anhand derer man erahnen konnte, wo vorher Möbel gestanden beziehungsweise Bilder gehangen hatten.

Wieder las Tom Roberts Gedanken. »Wir haben die Möbel Ihrer Tante erst einmal weggeräumt. Sie können sie sich ja mal anschauen. Vielleicht wollen Sie ja doch noch ein paar davon behalten.«

Das fehlte Robert gerade noch. Keine DDR-Möbel in seiner Wohnung! Schon morgen würde der Lastwagen mit ihren Sachen aus Berlin eintreffen. Robert seufzte bei dem Gedanken an die viele Arbeit, die der Einzug in ihr neues Zuhause noch bedeuten würde.

Marie knuffte ihn ungeduldig in die Seite. »Los, komm, du musst dir unbedingt die Dachterrasse angucken.«

Robert folgte seiner Frau und war zum ersten Mal begeistert: Was für eine Idylle! Überall Bäume, dazwischen immer wieder Felder und die in der warmen Nachmittagssonne glitzernde Spree. Nur in unmittelbarer Nachbarschaft konnte Robert zwischen den Bäumen einige Dächer von Bauernhöfen und Ferienhäusern ausmachen.

Auch die Luft hier oben war wunderbar. Und die Stille. Wenn er da an den Straßenlärm in Berlin dachte, wurde ihm ganz anders. Hier gab es nur das Zwitschern der Vögel und das sanfte Rauschen des Windes. In einiger Entfernung entdeckte Robert einen Bauern, der mit seinem Trecker das Heu einbrachte. Ganz leise, wie das Echo eines Geräuschs, war das Tuckern des Dieselmotors zu hören.

»Ein Traum, oder?« Marie, immer noch mit Emma auf dem Arm, lehnte sich bei ihrem Mann an.

Robert nickte lächelnd. Zum ersten Mal hatte er vergessen, dass er eigentlich nur missmutig aussehen wollte.

Tom stellte sich neben sie und deutete zum Horizont. »Sehen Sie den Kirchturm dahinten? Das ist Lübbenau.«

Robert kniff die Augen zusammen. Tatsächlich, am Horizont leuchteten schwach einige Dächer in der Sonne.

»Gibt es eine direkte Straße dorthin?«

Tom schüttelte den Kopf. »Nein, nur einen Radweg, aber der ist wirklich hübsch, führt direkt an der Spree entlang. Wenn Sie schnell fahren, brauchen Sie nur zwanzig Minuten. Das ist weniger als mit dem Auto. Mit dem müssen Sie extra zurück nach Burg und dann wieder durch den ganzen Spreewald.«

Robert tauschte kurz einen Blick mit Marie und dachte an ihre gerade überstandene Auto-Odyssee.

»Soll ich bringen einen Kaffee?«, machte sich Theresa leise bemerkbar.

Robert nickte. »Gern, aber vorher will ich mir noch den Rest des Hotels ansehen.«

»Können wir das nicht später machen? Emma ist auf die Dauer ziemlich schwer«, wandte Marie ein.

»Wenn Sie wollen«, sprang Theresa ein, »ich kann sie tragen?«

Überrascht blickte Marie zu Theresa, bis sie merkte, dass Emma schon voller Vorfreude strampelte. Offensichtlich konnte sie es kaum erwarten.«Keine Sorge, Frau Lindner, ich lasse kleine Maus nicht fallen.«

Marie lächelte verlegen, als sie die vor Begeisterung quietschende Emma an Theresa weiterreichte. Gerührt beobachtete sie, wie ihre neue Angestellte ihre Tochter liebevoll in den Arm nahm.

Sie begannen ihren Rundgang mit der Besichtigung einiger der dreißig Zimmer. Da das Hotel kurz vor der Jahrhundertwende erbaut worden war, waren die Zimmer recht großzügig. Die hohen, stuckverzierten Decken und die großen Fenster zeugten vom einstigen Stolz der späten Kaiserzeit.

Auch die Ausstattung der einzelnen Räume war geradezu luxuriös – für DDR-Verhältnisse. RFT-Farbfernseher, Schrankgarnitur aus Pressholz, Minibar – gefüllt mit Salzcrackern und ein paar Flaschen Bergquell-Pilsener –, Blümchentapete im Design der siebziger Jahre und auf dem Betttischchen ein Radio – ebenfalls von RFT – neben einer Zierpflanze.

Seit dem Tod von Maries Tante vor drei Monaten war das Hotel geschlossen, doch in den letzten Tagen hatte Theresa dafür gesorgt, dass alle Zimmer sauber waren und dass auf den Tischen frische Schnittblumen standen. Auf den Betten lag die weiße Bettwäsche ordentlich gefaltet, darüber eine rote Überdecke, die Theresa zur Hälfte eingeschlagen und jeweils quer auf den unteren Teil des Bettes gelegt hatte.

Robert merkte, dass Marie ihn nachdenklich anschaute. Wahrscheinlich erwartete sie wieder ein vernichtendes Urteil, doch Robert lächelte vielsagend und nahm sich ein Bier aus der Minibar.

»Du weißt, dass ...«, begann Marie, doch Robert betrachtete nur das Flaschenetikett und stellte das Bier dann wieder in die Minibar zurück.

»Wollte nur mal sehen, was man in der Zone so trinkt.«

Maries strenger Blick traf ihn.

»Und was für Attraktionen haben Sie noch zu bieten?«, fragte Robert Tom.

»Ich könnte Ihnen unseren hauseigenen Hafen zeigen«, schlug Tom vor.

Tatsächlich verfügte der Spreewaldhof über einen eigenen Anleger. Natürlich nur für Ruderboote, aber immerhin gab es eine richtige Einfahrt und mehrere Haltebuchten, an denen die feinen Herrschaften früher ungestört von der Flussströmung in die Spreekähne gestiegen waren und kleine Rundtouren unternommen hatten.

Mittlerweile war hier – wie im gesamten Hotel – nur noch wenig vom Glanz der Kaiserzeit zu erahnen. Das Holz des Anlegers war zum großen Teil morsch und durchgefault, man musste aufpassen, dass man nicht einbrach. Anschließend führte Tom die Familie in das Restaurant, das aus zwei Teilen bestand, dem Spreewaldstübchen für die auswärtigen Gäste direkt neben dem Hafen und dem Kaiserstübchen, das den Hotelgästen vorbehalten war.

Robert schaute sich um. Die ursprünglich prachtvollen, mit Deckenstuck verzierten Räume waren durch die Einrichtung verschandelt worden. Die Wände waren schief getäfelt, auf dem Boden lag abgewetzte Auslegware, die Tische zierten festgeklemmte Plastikdecken, und an den Wänden hingen – wie im ganzen Hotel – kitschige Spreewaldstillleben. Und hier hatten sich die SED-Kader wohlgefühlt? Kein Wunder, dass die DDR vor die Hunde gegangen war.

Verlegen wischte Tom über die leeren Tische. »Normalerweise stehen hier immer Blumen, aber da das Restaurant jetzt auch schon seit Monaten geschlossen ist …«

Marie winkte ab. »Das wird schon. Wir werden uns bald zusammensetzen und in Ruhe überlegen, wie wir die Räume ein bisschen aufpeppen können.« Sie knuffte den aufstöhnenden Robert in die Seite. »Zumindest musst du zugeben, dass der Blick auf die Spree einmalig ist.«

Robert blickte nach draußen. Tatsächlich sah der träge dahinfließende Fluss ziemlich idyllisch aus. Gerade fuhren zwei Männer vorbei – der eine ruderte, der andere hatte eine Bierflasche in der Hand. Mit offenem Hemd hatte er es sich in dem Gefährt bequem gemacht und ließ beide Beine im

Wasser baumeln. Robert verzog abfällig das Gesicht: Die beiden Männer saßen in einem Gummiboot!

»Verfügt das Hotel eigentlich auch über Boote?«, fragte Robert.

Tom strahlte. »Oh ja. Kommen Sie, ich zeige sie Ihnen.«

Er führte die Lindners zu einem alten Schuppen auf der anderen Seite des kleinen Hafens. Er musste ein bisschen an der Holztür ziehen und ruckeln, bis es ihm gelang, sie mit einem lauten Quietschen aufzuziehen.

»Bitte sehr, sechs Paddelboote.« Tom zeigte stolz in den Schuppen.

Robert blickte sich um. Licht fiel durch die Spalten zwischen den schiefen Holzplanken, aus denen die Wand zusammengenagelt war. Es roch nach Holz und fauligem Gras. Unter der Decke hingen fünf Kanus und ein Kajak für zwei Personen. *Paddel*boote! Waren die Ossis etwa zu lasch für eine zünftige *Ruder*tour? Robert musste an den weiß-speckigen Bauch des Mannes in dem Schlauchboot denken und nahm sich vor, wieder regelmäßig Sport zu treiben. Musste ja nicht gleich Gewichtheben sein.

»Schau mal, Schatz, wir haben sogar einen kleinen Trecker.« Marie zog eine Plane von einem Rasenmäher und grinste. »Das ist doch etwas für dich. Vielleicht kannst du ja damit zum Einkaufen fahren.«

Robert grinste gequält.

»Den hat sich Ihre Tante noch kurz vor ihrem Tod geleistet. Westprodukt.« Stolz klopfte Tom auf den kleinen Wagen. »Damit ist der gesamte Rasen in einer Stunde fertig. Vorher hat mich das fast einen ganzen Tag gekostet.«

Lars setzte sich auf den Sitz und drehte das Lenkrad hin und her. »Darf ich mal damit fahren, Papa?«

»Später.« Robert nahm die anderen Geräte im Schuppen unter die Lupe. Neben einigen Sitzbänken und einer Menge

Klappstühlen lehnten Kehrbesen, Harken und andere Gartengeräte an der Wand. In der Ecke stand eine Werkbank. Das dazugehörende Werkzeug hing ordentlich sortiert an der Wand.

Tom wischte über die saubere Tischplatte. »Das ist mein Reich. Wenn irgendwas repariert werden muss ...«

»Vielleicht können Sie meinem Mann ja ein paar Tipps geben«, erwiderte Marie lächelnd. »Er ist nicht gerade als Handwerker geboren worden.« Robert verzog keine Miene, als Marie ihm einen neckischen Kuss auf die Wange gab.

»Du alter Muffel, komm, jetzt gehen wir aber zurück ins Haus. Emma muss ihren Brei essen, und ich brauche endlich einen Kaffee.«

»Was ist mit dem Keller?«, wandte Robert sich an Tom.

»Nicht jetzt, bitte«, stöhnte Marie.

Robert schaute lächelnd zu Lars: »Wollen doch mal schauen, ob da nicht vielleicht Platz für unseren Kicker ist, oder?« Lars nickte grinsend, während Theresa und Tom einen kurzen, sehr nervösen Blick austauschten.

»Gibt es irgendein Problem?«

Langsam schüttelte Tom den Kopf. »Nein, aber ich glaube, wir finden im Haus bestimmt einen besseren Platz dafür.«

»Und warum nicht im Keller?«

Wieder schaute Tom nervös zu Theresa, die zu einer Salzsäule erstarrt war.

»Weil ... dort alles sehr vollgestellt ist. Außerdem sind die Räume recht feucht.«

»Feucht?«

»Wegen der Spree. In der letzten Woche hat es sehr stark geregnet, und der Fluss ist über die Ufer getreten. Etwas von dem Wasser ist auch in den Keller gelaufen.«

»Na toll«, stöhnte Robert. Immerhin, jetzt wusste er, warum es im ganzen Haus so abgestanden roch.

»Und was ist mit den Möbeln meiner Tante?«, wollte Marie wissen.

»Keine Sorge. Die haben wir in eine Extrakammer gestellt, die vor dem Wasser geschützt ist. Aber in den anderen Räumen steht die Spree manchmal knöchelhoch.«

Marie blickte zu Robert. »Da hast du ja schon mal ein Projekt, dem du dich in der nächsten Zeit widmen kannst. Du kannst den Keller trockenlegen.«

»Lieber möchte ich ihn erst mal sehen. Und zwar jetzt.« Wieder der nervöse Blick zwischen Tom und Theresa. Sofort erwachten Roberts Polizeiinstinkte. Offensichtlich wollten die beiden etwas vor ihnen verbergen. Aber was?

Tom seufzte. »Na gut, kommen Sie.«

Er führte die Lindners über den Hof ins Haus zurück. Durch einen Hintereingang betraten sie einen dunklen Flur, der quer durch das gesamte Haus zur Küche führte. Vor einer schweren Holztür blieb Tom stehen und kramte umständlich einen großen Schlüsselbund aus der Hosentasche. Als er endlich den richtigen Schlüssel gefunden hatte, drückte er die Tür mit einem rostigen Knarren auf. »Ist eben ein altes Haus«, bemerkte er mit einem verlegenen Grinsen.

Robert schaute in den düsteren Gang, der sich vor ihm auftat. »Geht ganz schön tief runter.«

»Ist da eine Birne kaputt?« Auch Marie schaute unsicher die Treppe hinunter, an deren Ende das Licht flackernd an und aus ging.

»Nur ein kleiner Wackelkontakt, Frau Lindner. Repariere ich gleich.«

Theresa, die während ihres Rundgangs gut gelaunt mit Emma gespielt hatte, drückte das Baby jetzt auffallend fest an sich. »Ich bleibe mit Emma oben besser«, schlug sie vor.

Marie lächelte. »In Ordnung.«

Theresa wandte sich an Lars. »Und du? Willst du nicht auch lieber bleiben bei mir und Emma?«

Lars schüttelte den Kopf. »Ich will mit runter.«

»Nein! Bitte nicht!«

Nicht nur Lars, auch Robert und Marie starrten Theresa überrascht an.

»Die ... Luft da unten, nicht gut«, wandte sie verlegen ein.

»Ich will aber trotzdem bei meinen Eltern bleiben«, beharrte Lars.

Theresa schwieg, schaute ihn aber mit einem bittenden Blick an. Marie und Robert sahen sich verwirrt an.

»Theresa hat recht. Das da unten ist nichts für dich. Viel ... Unordnung, um es mal so auszudrücken.« Tom lächelte verkniffen.

Lars schwieg, machte aber keine Anstalten, zu Theresa zu gehen.

Marie streichelte ihm liebevoll durch die Haare. »Hör auf Tom. Bleib lieber hier, und hilf Theresa, auf Emma aufzupassen.«

Lars schüttelte erneut den Kopf.

»Weißt du was? Ich glaube, ich habe große Karton Eis im Kühlschrank.« Theresa blickte Lars auffordernd mit ihren großen braunen Augen an.

Noch immer zweifelnd schaute Lars zwischen seiner Mutter und Theresa hin und her. Marie nickte ihm auffordernd zu.

»Geh schon, wir sind ja gleich wieder da.«

»Na gut.« Widerwillig ging Lars zu Theresa hinüber. Erstaunt registrierte Robert, wie Theresa erleichtert aufatmete.

»Dann mal los.«

Als Tom die Treppe hinabstieg, schaute Marie ihm zweifelnd hinterher. Robert lächelte: »Du zuerst. Ist ja schließlich dein Hotel.«

»Und das alles bloß wegen deines blöden Kickers.« Seufzend holte Marie kurz Luft und folgte Tom.

Robert sah noch einmal zu Theresa zurück. Mit ängstlicher Miene stand sie im Flur. Mit einem Arm drückte sie Emma besorgt an sich, den anderen Arm hatte sie auf Lars' Schulter gelegt.

Sie hält ihn fest! Wieso hält sie ihn fest? Und wieso sieht sie so ängstlich aus?, dachte Robert noch, dann folgte er seiner Frau in den Keller.

6

Die kleine Polin spinnt doch, findest du nicht auch?«

Robert stand mit nacktem Oberkörper vor dem Badezimmerspiegel der neuen Wohnung und betrachtete mit nachdenklicher Miene die immer noch frische Narbe seiner Schusswunde am Bauch. Es war nicht die einzige, die bewies, wie heftig die Ärzte um sein Leben gekämpft hatten.

Marie tauchte in der Badezimmertür auf. »Pst, die Kinder liegen schon im Bett.«

Robert blickte wieder in den Spiegel.

»Außerdem will ich nicht, dass du so über Theresa redest.«

»Meinst du etwa, sie steht hinter der Tür und lauscht?«

»Ganz bestimmt nicht. Sie ist ein liebes Mädchen. Vielleicht ein bisschen schüchtern, aber ...«

»Aber eben auch ein bisschen verrückt. Wie sie sich vor dem Keller angestellt hat ... Gib zu, am Ende hast du doch auch Angst gehabt, die Treppe runterzugehen.«

»Ein bisschen schon.«

»Und dabei war das ganze Getue vollkommen unnötig. Was war denn schon da unten? Nur ein paar Waschmaschinen, Mäuseköttel und Gerümpel.«

»Vorsicht, du redest immerhin von Tante Hedwigs Möbeln.« Marie grinste.

»Wehe, du kommst auf die Idee, das muffige Zeug wieder in unsere Wohnung zu schleppen.«

»Muffiges Zeug? Wahrscheinlich sind echte Antiquitäten darunter!«

Robert schaute Marie tief in die Augen.

»Schon gut«, seufzte sie. »Wir haben ja genug eigene Möbel.«

Robert nickte zufrieden und betrachtete wieder seine Narbe.

»Alles in Ordnung mit dir?«

»Keine Sorge, ich bin wieder voll einsatzfähig, falls du das meinst.« Er lächelte.

Aber Marie blieb ernst. »Ich hab dein Gesicht gesehen, als du den Koffer geschleppt hast. Ich kann einfach nicht verstehen, warum du so unvorsichtig bist. Willst du unbedingt wieder ins Krankenhaus zurück?«

Robert schüttelte den Kopf. Nein, das wollte er ganz sicher nicht. Die Monate in der Charité waren die längsten seines bisherigen Lebens gewesen. Er wusste, dass er nie mehr ganz gesund werden würde. Die Pillen, die er täglich nehmen musste, waren noch nicht einmal das Schlimmste. Viel mehr belastete ihn, dass die Verletzung und ihre Folgen ihm sein Grundvertrauen in seinen Körper genommen hatten. Er hatte immer viel Sport getrieben, Fußball, Skifahren, Segeln, Boxen, Jogging, war sogar einmal den Berlin-Marathon mitgelaufen. Aber das war jetzt vorbei. Die Ärzte erlaubten ihm nur noch Spaziergänge, ein bisschen Radfahren und Schwimmen.

Marie sah, wie Robert bedrückt über die Narbe strich. »Hör auf zu grübeln, und komm ins Bett«, sagte sie sanft, gab ihm einen Kuss auf die Wange und ließ ihn allein.

Robert wartete einen Moment, bis er sicher war, dass Marie ihn nicht mehr sehen oder hören konnte. Dann griff er in die Tasche seiner Jacke, die an einem Türhaken hing, und holte seine Pillendose hervor.

Nachdenklich betrachtete er sie einen Augenblick lang, dann schaute er wieder in den Spiegel.

Wie müde und abgespannt er aussah!

»Du Idiot, pass bloß auf«, sagte er leise zu seinem Spiegelbild, gab sich einen Ruck und nahm vier Tabletten auf einmal. Dieses Mal spülte er sie mit einem großen Schluck Wasser herunter.

Er verließ das Badezimmer und ging zu Marie ins Schlafzimmer. Ihr Bett bestand im Moment nur aus einer großen Matratze, die Tom für sie auf den Boden gelegt hatte. Auch für Lars, der heute im gleichen Zimmer wie seine Eltern schlafen wollte, hatte er eine Matratze herauf in die Wohnung geschleppt.

Robert konnte das leise, gleichmäßige Schnarchen seines Sohnes hören. Er betrachtete ihn lächelnd.

»Im Schlaf sieht er immer noch aus wie ein kleines Baby, findest du nicht auch? So süß, so …«

»… zerbrechlich«, fiel Robert Marie ins Wort. Lars lag auf dem Rücken. Seine Hände hatte er zu Fäusten geballt – beide Daumen hielt er fest umschlossen.

Emma hatte es am besten. Sie lag in ihrer warmen Wiege, die ihre Eltern als einziges Möbelstück mit im Auto transportiert hatten. Auch sie schlief tief und fest. Mit zu einem Kussmund gespitzten Lippen kuschelte sie sich an ihren Plüschstorch, ohne den sie nicht schlafen konnte.

Robert trat ans offene Fenster und schaute in die Dunkelheit hinaus. Viel sehen konnte er nicht. Gegen Abend hatte sich der Himmel zugezogen. Über dem Spreewald lag ein milchiger Nebel. Vom Fluss her hörte er leises Gurgeln, ansonsten war es still.

Schon wieder Stille. Selbst der Wind hatte sich gelegt. Robert atmete tief durch.

»Okay, wenn wir das Fenster auflassen?«, meldete sich Marie, die es sich schon auf ihrem gemeinsamen, nur von einer Bettlampe beleuchteten Nachtlager bequem gemacht hatte.

Robert nickte und legte sich zu ihr. Nachdenklich verschränkte er die Arme hinter dem Kopf und starrte an die hohe Decke. Marie kuschelte sich an ihn. Für einen Moment schwiegen beide.

»Denkst du wirklich, wir machen alles richtig?«, fragte er leise.

»Was meinst du?«

»Na ja, alles eben. Dass wir Berlin verlassen, dieses Hotel übernehmen ...«

»Fängst du schon wieder an, an allem zu zweifeln?«

»Nein ...«, stöhnte Robert gedehnt.

»Ganz im Ernst, du hast dich heute unmöglich benommen. Ich kann mir vorstellen, wie schwierig das alles für dich sein muss, aber du musst doch zugeben, dass es hier wunderschön ist.«

Robert seufzte und nickte langsam.

Marie betrachtete ihn. »Und hör endlich auf, alles so negativ zu sehen. Damit machst du dir es nur selbst schwerer als notwendig. Schließlich haben wir sehr großes Glück gehabt.«

»Ich weiß ja«, murmelte Robert kaum hörbar.

»Und damit meine ich nicht nur, dass du überlebt hast, sondern auch, dass wir durch einen Zufall die Chance für einen Neuanfang bekommen haben. Ich bin sicher, dass es das Richtige für uns ist.« Marie atmete tief durch und schloss dann müde die Augen.

Zu Robert wollte der Schlaf noch nicht kommen. Wieder schaute er aus dem Fenster in den dunklen Himmel. Schmerzerfüllt wanderten seine Gedanken zu der Schießerei auf dem Dach in Friedrichshain zurück. Er war tot gewesen! In seiner Erinnerung ähnelte der Zustand einem Gewitter. Ein stummes Aufblitzen von Szenen aus seinem Leben. Schöne Erinnerungen wie die Geburt von Lars, aber auch düstere wie die an den Autounfall, den er vor ein paar Jahren erlitten hatte. Dazu Gesichter, freundliche, böse und hässliche von Menschen, die er liebte und fürchtete.

Robert hatte immer über die esoterischen Spinner gelacht, die im Fernsehen von ihren Nahtoderfahrungen berichteten. Jetzt war ihm nicht mehr zum Lachen zumute. Auch er hatte den Tunnel gesehen, nur dass er nicht dunkel, sondern hell und einladend gewesen war. Wie eine Verheißung, an deren Ende ein sternengleiches Leuchten auf ihn wartete. Augenblicklich waren alle Angst und sämtliche Schmerzen von ihm abgefallen. Und dann hatte er sanft zu schweben begonnen, immer höher, auf das Licht zu. Er hatte gelacht, laut gelacht, so glücklich war er in diesem Moment gewesen.

Dann war er mit einem brutalen, schmerzhaften Schock wieder ins Leben zurückgekehrt, zurück in die grelle, Furcht erregende, enge und hektische Realität im Innern des Rettungswagens. Blinkende Armaturen, das gleichmäßige Pumpen eines Beatmungsgeräts. Dazu Blut, überall Blut. Sein Blut! Dann hatte er wieder das Bewusstsein verloren und war erst Tage später in der Charité aufgewacht.

Robert erinnerte sich daran, wie verzweifelt er die ersten Wochen im Krankenhaus gewesen war. Schmerzen. Angst, eventuell nie wieder gehen zu können. Schon bald war klar gewesen, dass er nie wieder arbeiten würde können, zumindest nicht als Polizeibeamter. Höchstens ein staubiger Bürojob im Präsidium in der Sonnenallee wäre eventuell noch drin gewesen. Aber auch langes Sitzen war extrem schmerzhaft für ihn. Viele Nächte hatte Robert im Krankenhaus wach gelegen und über seine Zukunft gegrübelt.

Nun würde er also in diesem Hotel Hausmeister werden. Mitten in der Einöde des Spreewalds. Was für ein Abstieg für einen ehemaligen Kriminalhauptkommissar aus Berlin.

Er verzog das Gesicht. Das kleine, missgünstige Teufelchen auf seiner Schulter schwenkte wieder seine trotzige Fackel. Doch dieses Mal meldete sich auch das kleine Engelchen zu Wort. Jetzt aber Schluss mit dem Gejammer, rief es ihn mit sanfter Stimme zur Vernunft. Hör auf deine Frau, mach endlich die Augen auf, und sieh, wie schön es hier ist. Schon allein die Wohnung! Kommissar hin oder her, aber als Beamter hättest du dir so ein feudales Zuhause niemals leisten können. Und was heißt hier überhaupt Hausmeister? Eigentlich wirst du neben Marie ein richtiger Direktor sein, ein *Hotel*direktor. Wenn du ehrlich bist, musst du zugeben, dass es schlimmer hätte kommen können.

»Mama?«

Lars war wach geworden und riss Robert aus seinen Gedanken. Durch die ungewohnte Umgebung irritiert, blickte der Junge zu der Matratze seiner Eltern hinüber.

»Darf ich zu euch kommen?«

Marie hielt schlaftrunken ihre Decke hoch. Schnell huschte Lars zu ihr, drückte sich an ihre Seite und war im nächsten Augenblick schon wieder eingeschlafen. Marie schaute Robert mit kleinen Augen an: »Und was ist mit dir? Willst du nicht auch endlich schlafen?«

Robert zuckte verlegen mit den Schultern.

Marie gab ihm einen Kuss auf die Wange. »Gute Nacht«, flüsterte sie sanft.

Er nickte wortlos, dann kuschelte er sich an den warmen, weichen Körper seiner Frau. »Schlaf schön, Marie«, flüsterte er.

»Du weißt, was man über die erste Nacht in einem neuen Haus sagt, oder?«

Robert schüttelte den Kopf.

»Alles, was du jetzt träumst, wird in Erfüllung gehen.«

Robert lächelte, gähnte und schloss müde die Augen.

7

Er trieb mit dem Gesicht nach oben im Fluss. Den Vollmond betrachtend glitt er langsam an den Bäumen vorbei, deren Blätter sich im Schein der funkelnden Sterne bedächtig im Wind bewegten. Alles war still, nur der Fluss gurgelte leise um ihn herum.

Robert sah einen stummen Angler, einen alten Mann mit trüben, müden Augen. Die beiden Männer im Schlauchboot fuhren langsam an ihm vorbei und nickten ihm spöttisch lächelnd zu. Für einen kurzen Moment war es ihm, als wenn einer der beiden Löwes Gesichtszüge hatte – oder war nur sein Grinsen ähnlich zynisch gewesen? Dann verschwanden die Männer aus seinem Sichtfeld. Robert konnte noch hören, wie ihre Ruder leise und regelmäßig in den Fluss stießen.

Ein anderes Geräusch wehte herüber, zuerst leise, dann immer lauter. Kirchenglocken? Ein Vogelschwarm? Schnatternde Gänse? Schließlich erkannte er, was es war. Lachen. Kinderlachen.

Er spürte, wie er aus dem Wasser gehoben und zu dem Ursprung des Lachens gezogen wurde. Ein sonnenheller, heißer Sommertag löste die dunkle Nacht ab.

Robert lief durch das strahlende Licht und hörte wieder das ausgelassene Lachen. Wie ein schmerzender Pfeil traf ihn die Erkenntnis, dass die Kinder in Gefahr waren, dass ein großer Schatten im Begriff war, sie zu verschlingen. Er sprintete durch hohes Gras, durch struppiges Dickicht, über weite Felder. Über einen langen, geraden Pfad durch einen natürlichen, von der Natur geschaffenen Hohlweg. Sein Atem raste, die Narbe quälte ihn mit pochendem Schmerz. Aber er lief immer weiter, setzte einen Fuß vor den anderen. Woher kam das Lachen? Wo waren die Kinder?

Waren es *seine* Kinder?

Robert konnte sie nicht entdecken. Aber es blieb ihm nicht mehr viel Zeit, das spürte er. Vor Angst, zu spät zu kommen, begann er zu zittern.

Endlich war er ganz nah. Er war sich sicher, dass die Kinder auf der anderen Seite der Buschreihe auf der Lichtung sein mussten. Fast besinnungslos vor Erschöpfung bog Robert um die Hecke – nichts. Nur ein leeres Stück Rasen. Der Garten des Spreewaldhofs, im Hintergrund der hohe, kunstvoll verzierte Zaun mit den scharfen Metallspitzen, die unheilvoll in den Himmel ragten. Von den Eichen wehten Blätter herüber. Der Trecker stand verloren auf dem Rasen und verrottete. Ein Fossil aus längst vergangener Zeit.

Verwirrt drehte sich Robert im Kreis, hielt sich den immer noch heftig schmerzenden Bauch. Dann starrte er ungläubig auf seine Hände:

Die Wunde war wieder aufgeplatzt, Blut rann zwischen seinen Fingern hindurch, rote Tropfen fielen auf den Boden.

Er stolperte benommen, hatte Schwierigkeiten, sich auf den Beinen zu halten. Bloß nicht ohnmächtig werden. Er durfte die Kinder nicht im Stich lassen. Aber wo waren sie? Warum konnte er plötzlich ihr Lachen nicht mehr hören? Wieder war es völlig still geworden, totenstill. Und kein Mensch war zu sehen.

Doch jemand, *etwas* beobachtete ihn.

Robert drehte sich um, immer wieder, in alle Richtungen, die Hände ständig auf seinem blutenden Bauch. Jedes Mal erwartete er, jemandem gegenüberzustehen, der ihn mit einem diabolischen Grinsen anstarren würde.

Plötzlich gab der Boden nach, und Robert versank im weichen Erdreich. Er schrie auf, der Schrei stumm, denn sein Mund war schon mit kalter, feuchter Erde gefüllt. Nur sein Gesicht ragte heraus. Jeden Moment konnte er vollständig in den Tiefen des Moores versinken.

Ein kleines Mädchen starrte mit blonden Haaren und mit roten Schleifchen verzierten Zöpfen von oben auf ihn hinab, seltsam abwesend und traurig, doch ohne Mitleid.

Mit letzter Kraft gelang es Robert, wenigstens einen Arm aus dem Schlamm herauszuziehen und ihn dem Mädchen entgegenzustrecken. Vielleicht konnte es ihm ja irgendwie heraushelfen.

Aber das kleine Mädchen lachte nur. Eigentlich war es schon gar kein Kind mehr. Es war mittlerweile zu einer jungen Frau geworden. Einer sehr schönen, begehrenswerten jungen Frau. Trotz seiner erbärmlichen Lage hatte Robert in diesem Moment nur einen Gedanken. Er musste diese Frau haben, musste mit ihr schlafen! Und zwar sofort.

Aber ihr Gesicht veränderte sich weiter. Sie alterte. Falten gruben sich in ihre Haut. Robert versuchte ihr neues Gesicht zu erkennen, wurde aber von der Sonne, die jetzt genau hinter ihr stand, geblendet. Dann begann er wieder zu sinken, bis er in der Erde verschwand.

Stöhnend öffnete er die Augen. Er lag auf einem staubigen Steinboden und starrte überrascht auf seine Hände. Sie waren vom Schlamm und von der schweren dunklen Erde dreckig, aber kein Blut klebte an ihnen. Ungläubig betrachtete er seinen Bauch. Die Wunde war verschwunden! Noch nicht mal eine Narbe war zu sehen!

Robert schaute sich um. Er musste sich im Keller des Spreewaldhofs befinden. Überall standen Gerümpel und Tante Hedwigs eingestaubte Möbel herum. Im Hintergrund war ein lautes, tiefes Rauschen zu hören. Die Waschmaschinen. Robert ging in den anderen Raum, in dem Marie mit nachdenklicher Miene Wäsche in eine Maschine stopfte. Immer wieder rief Robert ihren Namen, doch Marie reagierte nicht, sondern arbeitete ungestört weiter.

Die Marie, die er jetzt vor sich sah, war fremd für ihn. Er wusste, dass sie seine Frau war und er zu ihr gehörte. Und obwohl er noch immer spürte, wie sehr er sie liebte, war sie unendlich weit von ihm entfernt, so als würde sie zu einem anderen Leben gehören, zu einem anderen, parallelen Universum. Robert erstarrte. Er spürte eine tiefe Schuld. Er hatte Marie im Stich gelassen, sie und die Kinder. Für eine andere Frau.

Aber es war nicht die Liebe zu einer anderen, die zwischen ihm und Marie stand. Es war ein Gefühl des Hasses, der Besessenheit, das bleischwer auf sein Gemüt drückte und keine andere Emotion zuließ.

Doch der Hass war nicht sein eigener. Er ging von einer anderen Person aus, die sich mit ihm hier im Keller befand und seine Frau beobachtete. Der Hass stammte von der anderen Frau, von dem anderen … *Etwas*.

Zurück im Schlafzimmer bemerkte er den Geruch nach Wasser. Es *stank* nach faulem, abgestandenem Flusswasser, als sich der Schatten aus der Dunkelheit löste und langsam auf die Matratze zubewegte, die mitten in dem sonst leeren Zimmer lag.

Das Gesicht der Frau war unter ihren wirren, langen Haaren kaum zu erkennen. Die Augen leuchteten wie kleine, glühende Steine. Ihre Haut glänzte feucht, ihr zerrissener Mantel war mit Schlamm und verfaulten Algen bedeckt. Die aufgesprungenen, schmalen Lippen fest aufeinandergepresst betrachtete sie die Familie, die eng umschlungen vor ihr lag. Lars, dessen Augen unruhig im Schlaf hin und her zuckten. Marie, die ihren Sohn instinktiv eng an sich drückte. Und

Robert, der sich in einem unruhigen Schlaf von einer Seite auf die andere wälzte.

Die Frau lächelte spöttisch, als sie Robert betrachtete, beugte sich hinunter, um ihm über das Gesicht zu streichen. Doch ihre schmutzigen Hände berührten weder seine Wange noch seine Stirn oder seine Haare. Stattdessen fuhr ihre Hand im Abstand von nur Millimetern über seine verschwitzte Haut. Zärtlich, sanft. Ihre Lippen zitterten und bebten, bevor sie sich zu einem stummen Schrei öffneten. Neben dem Ticken einer Uhr war ein leises, tiefes Stöhnen zu hören, dann zog die Frau ihre Hand zurück und betrachtete den schlafenden Robert voller Sehnsucht und Verzweiflung.

Ein leises Geräusch ließ die Frau aufhorchen.

Langsam wandte sie sich der Wiege zu, legte irritiert den Kopf auf die Schulter und betrachtete die friedlich in ihrem Schlaf seufzende Emma. Der schmale Mund der Frau verzog sich zu einem abfälligen Lächeln. Sie streckte ihre nach Fluss und Schlamm stinkende Hand aus – und zog das kleine rosa Deckchen zur Seite.

»Nein!«

Mit einem Stöhnen schnellte Robert hoch und starrte voller Panik zu Emmas Wiege. Aber da war nichts, kein Mensch war im Raum – außer seiner kleinen Familie.

Was war mit der Wasserhexe geschehen? Er hatte ihr doch noch eben ins Gesicht geschaut?

Schwer atmend suchte er den Boden nach Spuren ab. Nichts. Die Kinder schliefen ruhig, Emma in ihrer Wiege, Lars in Maries Arm, und draußen in der dunklen Nacht rauschte sanft der Wind. Alles war friedlich.

»Was ist mit dir?«, flüsterte Marie müde.

»Nichts«, stammelte Robert.

»Mein Gott, du bist ja völlig nass geschwitzt! Hast du schlecht geträumt?« Sie blickte ihn liebevoll an.

»Ein bisschen.«

»Du Armer. Komm her.« Marie zog ihren Arm sanft unter Lars hervor und legte ihn stattdessen um Robert.

»Ganz ruhig, ist doch alles gut«, hauchte sie ihm ins Ohr.

Robert nickte, aber es dauerte lange, bis er sich wieder beruhigt hatte. Marie war da schon längst wieder eingeschlafen.

Mit aufgerissenen Augen starrte Robert an die Decke, hörte seinen eigenen Herzschlag und das Rauschen der Bäume. Schließlich schob er Maries Arm vorsichtig zur Seite, stand leise auf und schloss das Fenster.

Erst dann konnte auch er schlafen.

8

Sie saß allein am Fluss und blickte mit starrer Miene in das dunkle, träge dahinfließende Wasser. Das schlechte Wetter der letzten Tage hatte die Spree so aufgewühlt, dass sie den schlammigen Grund nicht erkennen konnte. Stattdessen spiegelte sich in der glatten Flussoberfläche ihr eigenes, trauriges Gesicht. Nachdenklich strich sie mit den Fingern über die kleinen Falten unter ihren Augen. Sie sah alt aus.

Langsam setzte Regen ein, erste Tropfen fielen ins Wasser und verwandelten ihr Gesicht in eine verzerrte Fratze. Sie starrte unverwandt auf ihr Spiegelbild und seufzte. Das ewige Warten zerrte an ihren Nerven. Wieso hatte sie nicht mitkommen dürfen? Wieso hatte sie allein zurückbleiben müssen? In der kleinen Hütte, die mitten im Wald lag. Nahe dem Dorf, in dem sie kaum jemanden kannte und niemand sie kennen wollte.

Die sanfte Strömung nahm einen Schlammwirbel mit sich, sodass sie wieder den sandigen Grund sehen konnte. Die Blätter eines dunkelgrünen Farns bewegten sich im Wasser langsam hin und her. Ein kleiner Fisch tauchte hinter einem Stein auf und schwamm in die Mitte des Flusses, wo er sich scheinbar schwerelos der Strömung entgegenstemmte.

Gelangweilt nahm sie einen Kieselstein und warf ihn nach dem Fisch. Für einen kurzen Moment trübte sich das Wasser durch den aufgewühlten Sand, als es wieder aufklarte, war der Fisch verschwunden.

Ihr Blick fand den Stein auf dem Grund. Er lag so selbstverständlich da, als hätte er schon immer dort gelegen.

Sie dachte daran, dass der Stein jetzt wohl für immer am Flussgrund bleiben würde. Wie lange hatte er schon an der Uferböschung gelegen? Nur wegen ihr musste er nun viele, viele Jahre, Tausende, vielleicht sogar Millionen von Jahren auf dem dunklen Grund der Spree verharren, bis ihn ein noch unklares Schicksal wieder an Land spülen würde.

Sie fühlte sich dem Stein verbunden. Ging es ihr nicht genauso wie ihm? Ein geheimnisvolles Schicksal hatte auch sie vor zwei Jahren aus ihrer Heimat hierher getragen. Wie lange würde sie noch hierbleiben? Sie wusste es nicht.

Der Regen nahm an Heftigkeit zu. Noch immer blickte sie, einer Statue gleich, mit trägem Blick in den Fluss. Erst als sich das Regenwasser in den Ästen über ihr sammelte und ein dicker Tropfen sie auf der Stirn traf, erwachte sie kurz aus ihrer Starre und legte sich eine Decke um die Schulter, bevor sie sich wieder ihren Gedanken überließ.

Bin ich glücklich?, fragte sie sich. Sie dachte daran, wie sie heute im Dorf gewesen war, um in dem kleinen Laden etwas Garn und einige Gewürze zu kaufen. Sie hatte die Blicke der Leute deutlich gespürt, wie Nadelstiche auf ihrem Rücken. Ihr Deutsch war nicht gut genug, um in jeder Situation alles zu verstehen, doch als ausgerechnet der Bürgermeister über sie schimpfte, hatte sie jedes Wort verstanden. In seiner widerlichen braunen Uniform hatte er neben der Kasse gestanden, und als er über sie sprach, spritzte Spucke aus seinem Mund.

»Polackenhure« – das Wort hatte sie hier schon oft gehört. Sie erinnerte sich an die spöttisch grinsenden Gesichter der anderen Ladenbesucher und warf verächtlich eine Handvoll Dreck und Blätter ins Wasser.

Wie sehr sie diese Menschen hasste! Was wussten sie schon vom richtigen Leben, sie, die ihr kleines Dorf am Ende der Welt noch nie verlassen hatten? Nichts wussten sie! Ver-

recken sollten sie, alle miteinander. Verbrennen in ihren steinernen Häusern. Oder, besser noch, ertrinken. Ersaufen in dem Fluss, an dem sie ihr ganzes jämmerliches Leben verbracht hatten.

Einen Moment lang gab sie sich ihrem Hass hin und beobachtete ein Blatt, das verloren auf dem dunklen Fluss dahinglitt, bis es hinter einem tief im Wasser hängenden Zweig verschwand.

Dieses Warten, dieses ewige Warten, das störte sie am meisten. Wie lange sollte das noch so weitergehen? Es war nicht gut, sich zu lange nur mit sich und seinen Gedanken zu beschäftigen. Nicht gut für sie selbst, aber auch nicht für die wenigen Menschen, mit denen sie in Berührung kam. Manchmal überkam sie selbst die Angst vor den Ideen, den Gedanken, die sich dann wie groteske Bilder in ihren Verstand drängten.

Der Regen wurde wieder schwächer. Licht spiegelte sich im Wasser, das nur noch vereinzelt von Tropfen erschüttert wurde. Ein Vogel schien mit zaghaftem Zwitschern zu fragen, ob er sein Nest wieder verlassen durfte. Als sie in den Himmel schaute, brach die Sonne durch das dunkle Grau.

Ein Zeichen. Sie lächelte, strich mit der flachen Hand durch das feuchte Gras und betrachtete ihre nassen Finger. Ja, es stimmte, nicht alles war schlecht. Auch im Schatten gab es Licht. Sie durfte nur nicht die Hoffnung verlieren. Aber wenn jemand auf dieser von Gewalt, Lügen und Niedertracht getriebenen Welt auf bessere Zeiten hoffen durfte, dann doch sie!

Bald würde alles anders werden. Bald würde sie nicht mehr allein sein, nie wieder. Dann würden Liebe und Zärtlichkeit ihre dunklen Gedanken vertreiben.

Leises Lachen drang an ihr Ohr. Kinderlachen, unbeschwert und rein und noch weit entfernt.

Oder war es nur eine Einbildung? So wie häufig? Manchmal wurden ihre Fantasien so real, so greifbar, so überwältigend, dass sie sie wie eine Woge umschlossen und mitrissen. Was real, was nur ein Traum war, das konnte sie dann selbst nicht mehr unterscheiden. Meist fühlte sie sich in ihren Fantasien so wohl wie in einem warmen Haus, aber manchmal drückten ihre Fantasien sie auch zu Boden, zogen sie hinunter in ein dunkles Loch.

Das Lachen war verstummt. Wahrscheinlich hatte sie es sich wirklich nur eingebildet. Aber für sie war es nur ein erneutes Zeichen, ein früher Gruß aus einer besseren Zukunft. Ja, alles würde sich zum Guten wenden. Sie war die Einzige, die bis jetzt davon wusste, ihm hatte sie noch nichts davon erzählt.

Mit einem glücklich verklärten Lächeln strich sie über ihren schlanken Körper. Auch wenn es noch recht früh war, konnte sie spüren, wie ihre bisherigen flachen Brüste in den letzten Tagen etwas größer und fester geworden waren. Und wenn sie ihre Hand auf ihren noch flachen Bauch legte, konnte sie den zarten Herzschlag durch ihr dünnes Leinenkleid fühlen. Und das, da war sie sich ganz sicher, war keine Einbildung.

9

Marie wurde um sieben von strahlendem Sonnenschein geweckt. Der erste Tag im Spreewaldhof, in ihrem neuen Zuhause. Sie konnte noch immer kaum glauben, dass dieses wunderschöne alte Haus von jetzt an ihr gehörte. Natürlich musste noch einiges getan und vieles renoviert werden, aber sie hatte Zeit, ihr ganzes Leben lang! Sie war fest entschlossen, das Hotel, *ihr* Hotel, zu einer Perle des Spreewaldes zu machen, und konnte es kaum erwarten, damit zu beginnen.

Lächelnd blickte sie zum noch leise schnarchenden Lars, der sich im Schlaf eng an seinen Vater gekuschelt hatte. Robert schien mal wieder eine schwere Nacht hinter sich zu haben. Er war völlig verschwitzt, die Haare klebten an seiner Stirn. Marie wollte gar nicht wissen, was für schreckliche Alpträume ihn dieses Mal heimgesucht hatten.

Seit der Schießerei in Friedrichshain war er immer wieder schreiend in der Nacht aufgewacht – und hatte dann behauptet, sich nicht an seine Träume erinnern zu können. Marie wusste, dass er log, um ihr mit seinen düsteren Visionen keine Angst zu machen. Auch wenn Robert sich immer cool gab und Witze riss, wusste sie doch, wie sensibel er war. Und dafür liebte sie ihn.

Vorsichtig, um ihn nicht zu wecken, küsste sie ihn auf die Wange und hörte plötzlich ein leises Geräusch. Als sie in die Wiege blickte, strahlte Emma sie mit großen Augen an und streckte ihre kleinen Ärmchen nach ihr aus.

»Hallo, meine Süße, bist du auch schon wach?«, flüsterte

Marie und nahm ihre Tochter in den Arm. »Kannst wohl auch nicht abwarten, dass der neue Tag endlich beginnt?«

Als Antwort ertönte ein fröhliches Brabbeln. Marie drückte ihr Baby an sich. Wie gut Emma doch roch! Verliebt schloss Marie die Augen.

»Guten Morgen. Wie spät ist es denn?« Robert war wach geworden. Leise stöhnend streckte er sich. Das lange Liegen auf einer zu weichen Matratze tat seinem Rücken gar nicht gut. Zum Glück würde heute ihr richtiges Bett angeliefert werden.

»Nur keine Hektik«, beruhigte ihn Marie. »Ich geh mit Emma schon mal nach unten und mache Frühstück.«

Robert lächelte Marie schläfrig an und blieb liegen.

Als Marie mit Emma in die Küche kam, duftete es schon nach frischem Kaffee. Tom und Theresa waren schon länger auf und hatten mit viel Liebe ein leckeres Frühstück vorbereitet. Es gab Rührei, verschiedene Sorten Aufschnitt und mehrere Marmeladen, dazu frische Brötchen vom Bäcker.

»Normalerweise backen wir die selbst, aber der Ofen funktioniert im Moment nicht richtig.« Verlegen deutete Tom auf die Brötchen.

Marie war gerührt. Was konnte schon schiefgehen, wenn sie so liebenswerte Angestellte hatte? Überhaupt schien es ein wunderbarer Tag zu werden: Durch das offene Küchenfenster drang Vogelgezwitscher und eine leichte, warme Morgenbrise.

Wenig später betraten auch Robert und Lars die Küche, sodass sie gemeinsam im leeren, aber aufgeräumten und von Theresa mit Blumen geschmückten Frühstücksraum ihren ersten Tag im Spreewaldhof begannen.

Marie bestand darauf, dass Tom und Theresa sich zu ihnen setzten. Als die beiden erklärten, schon gefrühstückt zu haben, überredete Marie sie, wenigstens einen Kaffee mit ihnen zu trinken.

Robert sah noch immer recht müde aus, aber dafür schien er heute nicht auf Stänkern aus zu sein. Er plauderte freundlich mit Tom und Theresa, genoss das leckere Frühstück und machte sogar Witze mit Lars und Emma. Marie strahlte und fühlte sich wie die glücklichste Frau der Welt.

Plötzlich erklang von draußen lautes Hupen.

»Unsere Möbel!« Marie sprang auf.

Tatsächlich stand der Lastwagen mit Berliner Kennzeichen vor der Tür. Vier Möbelpacker, die sich aus dem Führerhaus quälten, schauten sich mit einer Mischung aus Überheblichkeit und milder Verachtung um. Marie kannte diesen Blick. Wenn Berliner es mal schafften, ihre Stadt zu verlassen, guckten sie fast alle so. So wie gestern auch Robert.

Marie begrüßte die Männer betont freundlich. »Wie schön, dass Sie uns gefunden haben. Ich hoffe, Sie hatten keine Probleme?«

»Ist ja schon ein bisschen abgelegen hier. Hätte nicht gedacht, dass hier noch jemand wohnt«, antwortete der Chef der Truppe, ein blonder, an die zwei Meter großer Hüne. Seine Kollegen, ein weiterer Riese, ein kleinerer, aber sehr zäh wirkender Mann mit komplett tätowierten Armen und ein junger Bursche, grinsten frech.

»Seid ihr denn schnell aus Berlin rausgekommen?«

Marie schaute genervt zu Robert. Wieso musste er die Leute immer gleich duzen? Aber ihre Bedenken, dass sich die Möbelpacker daran stören würden, erwiesen sich als falsch.

Der Chefriese schüttelte den Kopf. »Eigentlich nicht. Am Funkturm war wieder ein Riesenstau. Wenn wir nicht so früh losgefahren wären, dann …«

»Und über Adlershof habt ihr keine Lust gehabt, was?« Robert grinste.

Marie schaute ihn irritiert an, bis sie kapierte, dass es eine rhetorische Frage gewesen war. Die Möbelpacker hatten sofort verstanden, was Robert meinte, und grinsten nun auch.

»Sehen wir so aus? Wir fahren heute schließlich schon lang genug im Osten rum.« Die vier lachten. Marie verdrehte die Augen. Robert schien neue Freunde gefunden zu haben.

»Na schön, dann fangen wir doch gleich mal an, damit Sie so schnell wie möglich wieder zurück nach Berlin fahren können.« Sie klatschte in die Hände. Vor zwei Tagen hatten ihre Berliner Freunde ihnen in Wilmersdorf noch beim Einpacken und -laden der Möbel geholfen, nun sollten die Männer von der Spedition alles in ihre neue Wohnung tragen und anschließend Schränke und Betten zusammenbauen. Marie wollte so schnell wie möglich in ihren eigenen Möbeln wohnen. Robert hatte am Anfang protestiert – wenigstens den Aufbau der Möbel hätte er gern selbst übernommen –, aber davon wollte Marie nichts hören. Er sollte seinen Rücken schonen und von den schweren Schrankwänden und Tischplatten die Finger lassen. Außerdem würde es im Spreewaldhof noch mehr als genug Arbeit für ihn geben.

Marie zeigte den Möbelpackern den Weg durch das enge Treppenhaus und begleitete sie in ihre Wohnung.

»Vierter Stock? Das hätten Sie mal früher sagen sollen«, nölte der blonde Hüne, »dann wären wir mit mehr Leuten gekommen.«

Marie blieb ruhig und ignorierte, dass die Männer ihr auf den Busen starrten. »Beschweren Sie sich bei Ihrem Chef. Dem habe ich alles genau erklärt.«

»Ich könnte ja helfen«, bot Tom seine Hilfe an.

Marie schüttelte den Kopf. »Nein, Tom. Mir wäre es lieber, wenn Sie sich schon mal um den Rasen vor dem Hotel kümmern könnten. Er macht doch einen eher ungepflegten Eindruck.«

Tom nickte. »Ein Job für Traktorfahrer«, sagte er lächelnd zu Lars. »Hast du Lust, mir zu helfen?«

Lars nickte glücklich und machte sich mit Tom auf den Weg. Auch die Möbelpacker begannen mit der Arbeit und schleppten unter Ächzen und Stöhnen die Möbel vom Lastwagen in die Wohnung, wo Marie auf sie wartete und sie in die richtigen Zimmer lotste.

Zu ihrer großen Erleichterung hielt sich Robert mit dem Anpacken zurück. »Das schaffe ich mit ein paar Freunden auch allein«, hatte er noch in Wilmersdorf behauptet, jetzt aber ließ er selbst den jüngsten Möbelpacker machen, als dieser mit Roberts geliebten Schallplatten schnaufend die Treppen hinaufgestapft kam und mit der schweren Kiste völlig überfordert war.

»Geile Platten«, ächzte der junge Mann völlig außer Atem. Robert nickte verlegen und deutete in die Ecke, in der er die Kiste abstellen sollte.

»Alles in Ordnung?«, erkundigte sich Marie bei Robert. Sie wunderte sich darüber, dass Robert die Anerkennung für seinen größten Schatz ohne ein Lächeln hinnahm.

»Klar, warum auch nicht?«, erwiderte Robert kurz angebunden und hob gedankenverloren ein paar Bücher auf, die aus einer anderen Kiste gefallen waren.

Er wirkte traurig, aber bevor Marie ihn darauf ansprechen konnte, wankte der Tätowierte mit der Waschmaschine in die Wohnung. Der Schweiß lief in Strömen an seinem hageren Körper herunter und tropfte von seiner Nase auf den Dielenboden. Kein Wunder, schließlich trug er das schwere Gerät ganz allein auf dem Rücken!

Nun konnte Robert doch nicht an sich halten und machte Anstalten mit anzufassen.

»Einen Moment …«

»Aus dem Weg!«, fauchte ihn der Mann an. »Ich schaffe das schon!«

Marie war sicher, dass der Möbelpacker nicht unhöflich hatte sein wollen, sondern schlicht am Ende seiner Kräfte war und gut darauf verzichten konnte, dass Robert die ganze Sache im letzten Augenblick noch erschwerte.

Trotzdem schien Robert die Zurückweisung getroffen zu haben.

»Eine große Hilfe bin ich nicht gerade, was?«, meinte er müde zu Marie.

»Lass sie doch einfach mal machen, dafür bezahlen wir sie schließlich«, flüsterte sie leise zurück.

Robert schaute nachdenklich auf die vielen Kisten und die Einzelteile ihrer Möbel. Marie wusste, was ihm durch den Kopf ging. Kaum vorstellbar, dass aus diesem wirren Durcheinander später einmal ihre Wohnung werden sollte. Aber schaute Robert wirklich nur deshalb so traurig?

»Wieso machst du nicht einen kleinen Spaziergang mit Emma? Wenn ihr zurückkommt, ist schon alles aufgebaut, und wir können einen Kaffee in unserer eingerichteten, neuen Wohnung trinken.«

Marie wurde bewusst, dass der Tätowierte und der Riese, der gerade mit einer weiteren Kiste das Zimmer betreten hatte, mithörten. Würde Robert sich jetzt bloßgestellt fühlen?

Doch zu ihrer Überraschung nickte er. »In Ordnung. Dann bis später.«

Ohne ein weiteres Wort verließ er die Wohnung. Marie schaute ihm unsicher hinterher.

»Wo sollen die Spielsachen hier hin?«, fragte der Riese und starrte wieder auf ihren Busen.

10

Emma stieß kleine Freudenschreie aus, als Robert sie in ihrem schicken blau-weißen Kinderwagen durch Glubitz' Haupt- und einzige Straße schob, die sich in sanften Kurven durch das kleine Dorf zog. Kein Mensch war zu sehen, der Wind rauschte in den hohen Birken über ihnen.

Doch die Schönheit der Natur war das Letzte, was Robert im Moment interessierte. Kaum hatte er hinter einer kleinen Baumgruppe die erste Biegung erreicht und war dem Sichtfeld des Hotels entkommen, ließ er sich ächzend auf eine morsche, mit Moos überwucherte Bank fallen.

Die Schmerzen waren kaum auszuhalten! Seit dem Morgen schon hämmerte ein kleiner Teufel mit einem spitzen Meißel auf seine Wirbelsäule ein.

Er hatte beim Möbeltragen helfen wollen, aber dann waren die Schmerzen wie ein heftiges Gewitter über ihn gekommen. Als die Männer die Möbel nach oben trugen, war er froh gewesen, sich überhaupt noch auf den Beinen halten zu können.

Marie hatte er nichts davon gesagt, sie machte sich schon genug Sorgen. Und es gab wirklich andere Dinge, die jetzt wichtiger waren. Marie sollte nicht ständig sehen, was für ein Wrack aus ihm geworden war. Auch wenn er wusste, dass sie ihn verstehen würde, war ihm sein Zustand peinlich. Zum Glück hatte er mittlerweile Routine darin entwickelt, ihn vor Marie zu verheimlichen.

Und was hätte es auch geändert, wenn Marie gewusst hätte, wie schlimm es um seinen Rücken stand? Sein Arzt in

Berlin hatte ihm wenig Hoffnung gemacht. Er müsse eben lernen, mit den Schmerzen zu leben. Natürlich könne man noch einmal operieren, hatte ihm der Arzt hinter seinem schweren Schreibtisch sitzend gesagt und dabei knirschend seinen Bleistift angespitzt. Aber die Chancen, dass Robert nach der Operation ab der Hüfte gelähmt wäre, stünden bei vier zu eins.

Zum Glück gab es seine kleinen gelben Freunde, die ihn beim Kampf gegen die immer wiederkehrenden Schmerzen unterstützten. Mit zitternden Fingern tastete er in den tiefen Taschen seiner Hose nach der Pillendose. Noch in Berlin hatte er sie aufgefüllt. Zwei Stück am Tag hatte der Arzt ihm verordnet, eine morgens, eine abends. Er entschied sich, zwei auf einmal zu schlucken – obwohl er seine morgendliche Ration schon eingenommen hatte. Seufzend schloss er die Augen.

Bereits nach wenigen Minuten durchströmte ein warmes Gefühl seinen Körper. Die Tabletten begannen zu wirken. Er atmete tief durch und erhob sich langsam. Seine Beine zitterten noch, und natürlich machte sich der Rücken sofort wieder bemerkbar, aber die Schmerzen waren bereits erträglicher.

Als er ein leises Geräusch aus dem Kinderwagen hörte, bog er den Sonnenschirm zur Seite, den Marie an der Haube festgeklemmt hatte. Emma strampelte ungeduldig. Lächelnd nahm er sie in den Arm und drückte sie an sich.

»Schon gut, meine Kleine. Dein Papa ist jetzt wieder voll da«, flüsterte er ihr zu. Emma griff juchzend nach seiner Nase und quetschte sie, als sei er eine Gummipuppe. Robert grinste, gab Emma einen dicken Schmatzer auf die Wange und legte sie zurück. Dann schob er den Kinderwagen wieder auf die Straße und setzte seinen Spaziergang fort.

Zum ersten Mal, seit er das Hotel verlassen hatte, nahm er sich die Zeit, sich ein bisschen genauer umzuschauen.

Glubitz. Was für ein Nest! Neben einigen windschiefen Scheunen konnte er nur ein paar einsame Hexenhäuschen entdecken, die sich zwischen den Bäumen und hinter hohen Hecken versteckten. Bei den meisten Häusern bröckelte der Putz von den grauen Wänden, in den langen Einfahrten sah Robert mehrere Opel Vectra und nur einen – aufgebockten – Trabbi.

Emmas Kinderwagen quietschte, er nahm sich vor, Tom später nach etwas Öl zu fragen. Das also würde seine erste Amtshandlung als neuer Hausmeister des Spreewaldhofes sein.

Nur einmal erblickte er einen Menschen, einen Mann, der mit freiem, in der Sonne glänzendem Speckbauch auf seiner Gartenliege Zeitung las. Als Robert und Emma mit quietschendem Kinderwagen am Zaun vorbeifuhren, hob er kurz den Kopf. Robert nickte ihm freundlich zu, doch der Mann betrachtete ihn nur mit abschätzigem Blick, bevor er sich wieder in seine Zeitung vertiefte.

Robert schüttelte den Kopf. Diese Ossis waren doch alle ungehobelte Sturköpfe.

Kurze Zeit später kamen Gurkenfelder in Sicht. Bisher hatte Robert keinen Gedanken daran verschwendet, wie Gurken wuchsen und woher sie kamen. Jetzt lagen die weiten Felder mit dem vertrockneten Grün auf dem staubigen Sand vor ihm. Einige wenige Bauern standen in großer Entfernung zusammen und unterhielten sich, während ihre Hände tief in ihren Taschen steckten. Alles recht unspektakulär, fand Robert und schob die mittlerweile schlafende Emma weiter die Straße entlang.

An einer kleinen Bushaltestelle, der einzigen in Glubitz, entdeckte er einige schiefe Holztafeln mit vom Regen aufgequollenen Plakaten der letzten Kommunalwahl. Milde lächelnde Gesichter der PDS- und CDU-Abgeordneten. Er betrachtete sie genauer. Sahen die Politiker hier anders aus als im Westen? Auf den ersten Blick konnte er keine Unterschiede feststellen, aber wie er wusste, kamen viele Politiker in den neuen Bundesländern – vielleicht nicht gerade die von der PDS – jetzt aus dem Westen. Sozusagen als Entwicklungshelfer in Sachen Demokratie. So oder so, Politik interessierte Robert nur wenig. Als Polizist hatte er sich in Berlin von den jeweiligen Regierungen der Stadt immer wieder verraten gefühlt. Und auch die Menschen auf diesen Plakaten sahen nicht gerade so aus, als ob man ihnen vertrauen konnte.

Schließlich erreichte er mit Emma das Ortsende. Die nur mit wenigen Häusern bebaute Straße endete direkt vor der Spree, die dort aus einem Birkenwald heraus- und dann zu einem Sperrwerk mit einer kleinen Schleuse floss. Das andere Ufer war unbewohnt. Dort gab es nur mannshohes Schilf und stachelige Sträucher, darüber Schwärme von bunt-metallisch glänzenden Libellen.

Robert stand an einem durch die Feuchtigkeit halb verfaulten Holzgatter und blickte in den kleinen Weiher hinunter, in dem sich das Wasser nach der aus rotem Backstein gemauerten Schleuse leise gurgelnd sammelte. Anschließend floss die Spree beschaulich weiter und verschwand nach einigen Kurven hinter einer grünen Wand aus Schilf, wilden Büschen und Birken.

An einem Ufer wurde der Fluss von einem schmalen Sandweg begleitet, der an der Kehre hinter einem Sperrbalken begann. »Lübbenau 5 Kilometer«, las Robert in altdeutschen Buchstaben auf einem Holzschild, das am Beginn des Weges im sumpfigen Boden steckte. Das kleine Städtchen, das sie auf der Anreise von der Autobahn kurz durchquert hatten – in diesem Moment erschien es ihm wie die Verheißung von Zivilisation und Leben. Er beschloss, sobald wie möglich einmal mit dem Fahrrad in den Ort zu fahren.

Eine quakende Ente lenkte seine Aufmerksamkeit wieder auf den träge dahinfließenden Fluss. Nachdenklich starrte er in das dunkle Wasser. Den Grund konnte er nicht erkennen, dafür aber einen kleinen Fischschwarm, der wie ein Schatten durch das Wasser glitt.

Er musste an den unheimlichen Traum der letzten Nacht denken. Die Erinnerung daran, wie er durch den Wald geirrt und plötzlich im Morast versunken war, war noch immer lebendig. Vor allem aber dachte er an die Frau mit den schwarzen Haaren und den leuchtenden roten Augen. Er schüttelte sich.

Seit dem Schusswechsel auf dem Dach hatte er immer wieder verwirrende, beängstigende Dinge geträumt und war oft schweißgebadet aufgewacht. Aber so real wie der Traum der letzten Nacht war bisher keiner gewesen. Das Licht, der Wind, selbst die Gerüche – alles war so gewesen, als wäre er wirklich durch den Spreewald gelaufen. Und heute Morgen hatte er tatsächlich den Eindruck gehabt, dass es in ihrer Wohnung nach faulem, abgestandenem Wasser stank. Der Geruch kam nicht von draußen, er hatte im Raum gehangen – wie eine vergessene Erinnerung.

Den ganzen Vormittag über hatte die dunkle Stimmung des Traumes wie ein Schatten auf ihm gelegen, obwohl er mit aller Macht versucht hatte, sich nichts anmerken zu lassen. Doch selbst als der junge Möbelpacker die Plattensammlung in die neue Wohnung gewuchtet hatte, hatte Robert an die dunkle Frau denken müssen. Und an die bodenlose, panische Angst, die er im Traum um Marie und seine beiden Kinder gehabt hatte.

Jetzt, an der idyllischen Schleuse, betrachtete er die in der Mittagssonne glitzernde Spree und sein mit seligem Lächeln schlafendes Baby im Kinderwagen. Er schämte sich für seine Angst. Es war doch nur ein Traum gewesen, ein intensiver, verstörender Traum. Was für ein Feigling aus ihm geworden war! Er musste sich wirklich besser zusammenreißen.

Er holte tief Luft und schaute einem Vogelschwarm hinterher, der in einem Bogen über den Weiher flog, um sich dann zwitschernd auf einem Baum niederzulassen. Als er spürte, wie ihm eine leichte Brise durch die Haare strich, erfasste ein wohliges Gefühl seinen Körper. Er lächelte, konnte es selbst kaum glauben, aber auf einmal durchströmte ihn ein Optimismus, wie er ihn schon lange nicht mehr gefühlt hatte. Vielleicht würde er mit seiner Familie hier in Glubitz ja doch glücklich werden. Hauptsache, er wurde erst mal wieder gesund und hörte auf, Sklave seines kranken Körpers zu sein.

Im Nachhinein war Robert sich nicht sicher, wie lange der alte Mann am anderen Ufer des Weihers ihn schon beobachtet hatte. Mit seinem weißen Bart, seinen grauen Haaren und seinem vom Alter zerfurchten Gesicht hatte er große Ähnlichkeit mit Gandalf. Allerdings hätte der weise Zauberer aus »Herr der Ringe« sicherlich keine Gummistiefel getragen. Über die Entfernung war seine Größe schwer einzuschätzen, aber Robert tippte, dass der Mann fast einen Kopf größer als er selbst war. Ein Riese. Wie eine Statue stand er neben einer kleinen Baumgruppe und blickte zu Robert hinüber.

Robert grüßte mit einem stummen Kopfnicken. Keine Reaktion. Stattdessen starrte ihn der Unbekannte weiter an. Wenn man eine Gefühlsregung aus der unbeweglichen Miene des Mannes herauslesen konnte, dann war es kühle Verachtung.

Doch etwas anderes verunsicherte Robert viel stärker. Er war sich sicher, dass er den alten Mann schon einmal gesehen hatte. Vor kurzem erst hatte er direkt in dessen trauriges, von Falten zerfurchtes Gesicht geblickt. Der Mann – das war der Angler, der ihm letzte Nacht in seinem Traum erschienen war.

Benommen rieb Robert sich die Augen. Als er die Hand wieder fortnahm, segelte eine Schwalbe über das Schilf und dann über die Stelle, wo eben noch der Mann gestanden hatte. Er war verschwunden! Wie vom Erdboden verschluckt, obwohl Robert nur eine Sekunde lang weggesehen hatte …

Er leerte das Bierglas fast in einem Zug. Genau wie vorher schon den Korn. Eigentlich mochte er keinen harten Alkohol, aber auf den Schrecken an der Schleuse hatte er unbedingt etwas trinken müssen. Neben dem Hinweisschild eines Campingplatzes hatte er Werbung für eine Gaststätte entdeckt: das Glubitzer Eck. Die Gaststätte hatte sich als ein mit Plastikwänden vergrößerter Imbiss entpuppt, der gleichzeitig auch als Rezeption des Campingplatzes diente. Robert hatte keine Ahnung, wie viel hier im Hochsommer los war, aber im Moment standen nur ein paar Wohnwagen und einige windschiefe Hauszelte im hohen, ungepflegten Gras. Auf dem Weg zum Glubitzer Eck, der quer über den Campingplatz führte, betrachtete er die Kennzeichen der wenigen Wagen. Alle kamen aus dem Osten.

Lag es an Emmas neuem Kinderwagen oder an seiner schweren Lederjacke aus dem Bikerladen in Kreuzberg, aber die Camper hatten ihn alle angestarrt, als käme er vom Mond – oder eben aus dem Westen. Immerhin hatte ihn eine ältere Frau als Reaktion auf sein kurzes Nicken freundlich gegrüßt. »Tach schön«, hatte sie gesagt und sich dann wieder um ihren Abwasch gekümmert.

Nun saß Robert auf einer kleinen Terrasse, die zum Imbiss gehörte und direkt an der Spree lag. Emma schlief tief und fest. Robert legte die Beine auf einen Stuhl und dachte mit seinem Bier in der Hand darüber nach, ob er den Mann am anderen Spreeufer wirklich gesehen hatte. Natürlich, er war doch nicht verrückt! Er konnte sich genau daran erinnern, wie er mit seinen müden Augen geblinzelt hatte.

Oder etwa doch nicht?

Robert rieb sich seufzend über die Stirn. Was passierte mit ihm? Wie konnte es sein, dass sich Traum und Wirklichkeit vermischten?

Nach einem Moment glaubte er die Antwort zu wissen. Er hatte einfach nur einen schrecklichen Alptraum gehabt. Die dunkle, schlammverschmierte Fratze der Frau hatte er noch immer erschreckend klar vor Augen. Wahrscheinlich litt seine Psyche noch immer unter den Ereignissen der letzten Monate. Kein Wunder, dass er manchmal Gespenster sah.

Robert nahm noch einen Schluck Radeberger, dann hakte er das Thema ab. Schluss mit den Grübeleien. Die waren auch in seinem aktiven Polizeidienst nie seine Stärke gewesen. Sollten doch Profiler oder irgendwelche anderen Klugscheißer über ihren Büchern sitzen und sich um die Psychologie der Verbrecher kümmern, er war ein Mann der Tat. Sein Revier war die Straße. Er war gut darin, die bösen Burschen zu schnappen und hinter Schloss und Riegel zu schicken.

Er schaute sich um. Bis auf einen Mann, der an einem anderen Tisch saß und schläfrig an seinem Bier nippte, war er der einzige Gast. Die junge Bedienung mit der nach hinten gebundenen Dauerwelle hatte ihn schon beim Reinkommen von oben bis unten gemustert. Jetzt stand das Mädchen hinter dem Tresen und wusch Gläser. Sie hatte das Radio etwas lauter gedreht und versuchte sich sinnlich zu den Klängen von Right Said Fred zu bewegen, während sie Robert kokette Blicke zuwarf. Er fühlte sich geschmeichelt, aber die Kleine war höchstens sechzehn. Selbst für einen kurzen Augenflirt war sie ihm zu jung.

Ein Mann im Rentneralter betrat den Imbiss. Sein Anzug wirkte abgetragen und war an den Jackentaschen ausgeleiert, seine Haare hatte er auf der hohen Stirn streng nach hinten gekämmt und mit Haarwasser festgedrückt. Unter seinem weißen Hemd wölbte sich ein stattlicher Bauch, der nicht zu seinen dünnen Beinen passte. Trotzdem strahlte seine Körperhaltung Autorität aus.

Als er hereinkam, bemerkte er für einen kurzen Moment, wie sich Robert und das junge Mädchen hinter dem Tresen zulächelten. Er runzelte die Stirn und warf Robert einen abschätzigen Blick zu, bevor er auf das Mädchen einredete, allerdings so leise, dass Robert nichts verstehen konnte. Er schien ihr Vorwürfe zu machen, die das Mädchen allerdings nicht interessierten. Mit einer wegwerfenden Handbewegung wischte sie sein Gerede zur Seite und wandte sich trotzig wieder ihrem Abwasch zu.

Der Mann schaltete die Musik aus. Endlich herrschte Ruhe auf der Terrasse. Robert schloss die Augen und lauschte dem Plätschern der Spree. So ließ es sich aushalten. Ob die Möbelpacker schon fertig waren? Bestimmt hielten sie ihn für einen Waschlappen, weil er nicht mitgeholfen hatte. Oder weil offensichtlich gewesen war, dass Marie das Kommando hatte. Robert beschloss, sich mit seiner Rückkehr noch Zeit zu lassen. Dann waren die Burschen auf jeden Fall weg.

»Sie sind der neue Besitzer vom Spreewaldhof, oder?«

Robert öffnete die Augen. Der Mann im Anzug stand direkt vor ihm.

»Nein, bin ich nicht«, sagte Robert.

»Aber ich habe Ihren Kombi gesehen. Und den Umzugswagen mit Ihren Möbeln.«

Der Mann redete mit schwerem brandenburgischem Akzent. Roberts Tante Emmy hatte genauso gesprochen, was Robert schon als Kind verwirrt hatte. Bisher war es ihm immer wichtig gewesen, Berlin vom umliegenden Brandenburg, der DDR, abzugrenzen. Dass sie jedoch den gleichen Zungenschlag benutzten, ja, dass die Brandenburger sogar noch *berlinerischer* sprachen als die Berliner selbst, das gefiel ihm gar nicht.

»Wir fahren keinen Kombi«, sagte Robert.

Der Mann wurde ungeduldig. »Ich meine diesen großen Bus. Amerikanischer Wagen, oder?«

»Wie war noch gleich Ihr Name?«, fragte Robert.

Der Mann setzte sich, ohne Robert um Erlaubnis zu fragen. »Dudek. Mir gehört der Campingplatz.«

Robert fiel auf, dass ihm auch dieser Mann irgendwie bekannt vorkam. »Ich habe Ihr Gesicht schon mal gesehen. Auf dem Wahlplakat an der Straße?«

Der Mann nickte. »Ja, Bürgermeister von Glubitz bin ich auch.«

»Welche Partei?«, fragte Robert, obwohl er die Antwort schon kannte.

»PDS.« Dudek verzog keine Miene.

Damit waren die Fronten geklärt. Ein Wessi und ein Ex-Stasimann an einem Tisch, dachte Robert. Wie wunderbar, sie würden bestimmt dicke Freunde werden. Spöttisch lächelnd reichte er Dudek die Hand. »Lindner.«

»Also sind Sie doch der neue Besitzer.«

»Das Hotel gehört meiner Frau, nicht mir.«

Dudek musterte Robert und schien die Information als interessant abzuspeichern. »Noch ein Bier?«

»Gern.«

»Sabine!« Dudek nickte dem Mädchen hinter dem Tresen zu, das sich sofort dem Zapfhahn zuwandte.

»Ihre Tochter?«

Dudek betrachtete Robert mit einem argwöhnischen Blick, zwang sich zu einem Lächeln. »Ja, aber in letzter Zeit hört sie überhaupt nicht mehr auf mich. Ständig tanzt sie mir auf der Nase herum.«

Robert warf dem Mädchen einen kurzen Blick zu, das prompt ihre Brust nach vorn streckte. »Teenager eben.«

Dudek sah in den Kinderwagen. »Auch ein Mädchen?«

Robert nickte. »Einen Bruder gibt es auch noch.«

Dudek machte eine höflich-freundliche Bemerkung, dann kam er wieder zur Sache.

»Also der Spreewaldhof. Hübsches Hotel. Aber ganz schön runtergekommen.«

»Wie so vieles hier.«

Dudek ignorierte die Bemerkung. »Kommen Sie denn aus dem Gewerbe, Sie und Ihre Frau?«

»Aus was für einem Gewerbe?«

»Na, aus dem Hotelgewerbe oder der Gastronomie. Ist schließlich nicht einfach, so ein Hotel wieder in Schwung zu bringen.«

Aus dem Kinderwagen war ein leises Rascheln zu hören. Emma wurde langsam wieder wach. Als Robert sich über den Wagen beugte, strampelte sie schon ungeduldig mit den Beinen und sah nicht besonders glücklich aus. »Meine Frau ist Diplomkauffrau«, sagte Robert, als wenn das alles erklären würde.

»Und sonst haben Sie keine Erfahrung?« Dudek lächelte zufrieden. Seine Einschätzung, es hier mit Neulingen zu tun zu haben, die noch grün hinter den Ohren waren, hatte sich bestätigt.

»Meine Frau ist eine erfahrene Geschäftsfrau. Sie weiß, wie so etwas funktioniert.«

»Verstehe.«

Robert sah Dudeks selbstgefälliges Grinsen und hätte ihm am liebsten eine gelangt, doch dann wurde ein neues Bier vor ihm abgestellt.

»Bitte schön«, hauchte Sabine und lächelte Robert sehr zum Missfallen ihres Vaters an, der ihr mit einem stummen Nicken bedeutete, sofort wieder hinter ihrem Tresen zu verschwinden.

»Zum Wohl«, sagte Dudek.

»Was ist mit Ihnen? Trinken Sie nichts?«

Dudek schüttelte den Kopf. »Nicht während der Arbeit.«

Robert nahm einen Schluck, während er sanft den Kinderwagen auf und ab wippte, in dem Emma angefangen hatte, leise zu weinen.

»Sie kommen aus Berlin?«

»Ja, Wilmersdorf.« Robert wischte sich den Schaum vom Mund.

»Tolle Stadt.«

»Stimmt. Waren Sie mal dort?«

»Oft. Aber nur im Osten.«

»Verstehe.« Emmas Jammern wurde lauter. Robert nahm sie auf den Arm.

»Verzeihung«, sagte er zu Dudek.

»Kein Problem, ich weiß, wie das ist.«

Robert nickte und lächelte gezwungen. Dudeks Gegenwart fing an ihn zu nerven, und dem Campingplatz-Besitzer ging es wohl mit ihm nicht anders.

Dudek klopfte mit der flachen Hand auf den Tisch und erhob sich. »Ich muss zurück an die Arbeit, Herr Lindner.«

»Vielen Dank für das Bier.«

»Hören Sie, wir sind hier eine verschworene Gemeinde.

Wie Sie vielleicht schon bemerkt haben, liegt Glubitz ziemlich abgelegen. Der Ort hat es nie leicht gehabt. Auch in der DDR mussten wir immer aufpassen, den Anschluss nicht zu verpassen. Wir freuen uns über jeden Zuwachs«, er lächelte scheinheilig, »vor allem, wenn er aus dem Westen kommt. Wenn ich also irgendwas für Sie tun kann, melden Sie sich bei mir. Ich helfe gerne, und als Bürgermeister verfüge ich über entsprechende Beziehungen.«

»Davon bin ich überzeugt.«

Wieder überging Dudek Roberts sanften Spott. Stattdessen legte er seine Karte auf den Plastiktisch.

DIETER DUDEK

PDS

Bürgermeister von Glubitz

2. Wirtschaftsreferent Bezirk Cottbus

Auf der Rückseite standen gleich mehrere Telefonnummern und Adressen in Glubitz und Lübbenau.

»Melden Sie sich ruhig bei mir, Herr Lindner. Jederzeit. Und grüßen Sie Ihre Frau ganz herzlich.«

Robert nickte, während Emma zu schreien begann. Sie ließ sich kaum noch halten. Nur mit Mühe konnte er nach der Hand greifen, die Dudek ihm mit breitem Lächeln entgegenstreckte.

»Willkommen in Glubitz«, sagte der Bürgermeister.

»Danke«, stöhnte Robert, weil Emma ihn jetzt zur Abwechslung an der Nase zog.

Dudek sah ihn mit mitleidig väterlichem Blick an. »Vielleicht ein erster Ratschlag: Ihre Tochter braucht dringend eine frische Windel.«

Robert lächelte gequält. Wie dumm, dass er Dudek keine geknallt hatte, als er noch beide Hände frei gehabt hatte.

Kurze Zeit später schob Robert den immer lauter quietschenden Kinderwagen mit der weinenden Emma durch die leere Straße zurück, diesmal in Richtung Spreewaldhof. Warum hatte er Idiot nur Emmas Wickeltasche im Hotel vergessen? Schmerzen hin oder Schmerzen her, Marie wäre nie ohne Ersatzwindel losgezogen. Die hatte immer alles im Griff, selbst wenn die Kinder durchdrehten oder anfingen zu schreien. Robert hatte nicht so viel Geduld und war – bei aller Liebe – oft zu gedankenlos im Umgang mit seinen Kindern. Verzweifelt blickte er in Emmas schon rot angelaufenes Gesicht und legte einen Schritt zu.

Auf der holprigen Straße kamen ihm zwei alte Damen entgegen. Sie sahen aus wie Zwillinge. Beide trugen lehmverkrustete Gummistiefel und speckige Haushaltskittel, die auch seine Tante Emmy aus Luckenwalde immer angehabt hatte. Ihre Gesichter ähnelten vertrockneten Äpfeln. Ihren vielen Falten nach mussten sie über achtzig sein, ihre groben Hände zeugten von einem harten und arbeitsamen Leben. Trotzdem schienen sie ihre Herzenswärme nicht verloren zu haben. Voller Mitgefühl sahen sie zu dem verzweifelten Vater mit dem schreienden Baby.

»Tach schön!«, rief ihnen Robert gehetzt zu, als er Emma an ihnen vorbeischob. Dann bemerkte er irritiert, dass die beiden alten Frauen stehen geblieben waren. Sie lächelten zwar noch immer, aber ihr Lächeln wirkte schockgefroren. Sie ließen seinen Gruß unerwidert und starrten ihn an wie ein Wesen von einem anderen Stern.

Wieso kriegt hier nur keiner die Klappe auf?, dachte Robert bitter.

Er eilte weiter, während die beiden alten Frauen noch immer auf der Straße standen und ihm wie gelähmt hinterherblickten.

»Das kann nicht sein«, stammelte die eine auf Sorbisch.

»Das wird ihr nicht gefallen«, antwortete ihre Schwester.

»Nein. Ganz bestimmt nicht«, stöhnte die andere leise und sah dabei aus, als trüge sie alles Unglück der Welt auf ihren Schultern.

11

Das idyllische kleine Städtchen Lübbenau, rund achtzig Kilometer südlich von Berlin gelegen, galt als Tor zum Spreewald, genauer gesagt zum Oberspreewald, der südlich an den kleineren Unterspreewald grenzt. Für einen Ort mit gerade mal siebzehntausend Einwohnern hatte Lübbenau, oder Lubnjow, wie es auf Sorbisch hieß, erstaunlich viele Attraktionen zu bieten. Es gab ein Schloss mit dazugehöriger Orangerie und Park, die alte Nikolai-Kirche im Zentrum, das Torhaus, in dessen Torbogen seltsamerweise der Kieferknochen eines Wales hing, und als besonderes Highlight, nicht weit entfernt vom historischen Tormarkt, den malerischen Großen Spreewaldhafen, von dem aus Besucher und Touristen in Paddelbooten oder Kanus Touren in das weitläufige Wasserlabyrinth der Umgebung unternehmen konnten. Alternativ bestand die Möglichkeit, sich von Kahnfährleuten auf mit Bänken und Tischen ausgestatteten Holzkähnen gemütlich herumfahren zu lassen. Bis zu zwanzig Personen fassten die Boote, die von kräftigen Fährmännern und sogar einigen Fährfrauen mit großen Holzstangen durch das Wasser geschoben beziehungsweise gestakt wurden.

Abgesehen davon war Lübbenau im Jahr 1992 ein ganz normales Städtchen wie viele andere in der ehemaligen DDR. Bei einigen wenigen historischen Bürgerhäusern hatte man bereits mit der Renovierung begonnen, aber bei den meisten Gebäuden fiel immer noch der Putz von den Wänden, und die Straßen waren mit Baustellen und unzähligen

Schlaglöchern übersät. Nur an den vielen neuen Autos und den flächendeckend neu aufgestellten Parkuhren war zu erkennen, dass sich in den fast drei Jahren seit der Wende etwas getan hatte.

Robert liebte Lübbenau sofort. Nach den ersten Tagen in Glubitz fühlte er sich in dem kleinen Städtchen wie befreit. Endlich wieder unter Menschen, endlich wieder Teil der Zivilisation. Und es gab Geschäfte! Gut, vielleicht war auch hier nicht alles zu bekommen, aber als Neubürger von Glubitz waren seine Ansprüche in den letzten Tagen sehr gesunken. Es gab Musik- und Sportillustrierte, Currywurst war auch kein Problem, und in einer kleinen Gasse in der Nähe des Tormarkts stieß er sogar auf einen Laden mit Platten und CDs. Das Geschäft war nicht viel größer als eine Zugtoilette und das Angebot natürlich nicht so speziell wie in Roberts Lieblingsladen am Schöneberger Winterfeldplatz, aber immerhin konnte Robert sich eine EP von Ugly Kid Joe und die CD von den Spin Doctors kaufen. Nebenbei unterhielt er sich mit dem Verkäufer über Grunge-Rock und gab ihm ein paar Tipps, mit welchen Platten er sein Sortiment vergrößern könnte. Der junge Mann mit Batikhemd und schwarzem Zopf hörte ihm interessiert zu und versprach Besserung.

In der Nähe des Spreehafens an der Dammstraße entdeckte Robert gleich mehrere Kneipen. Die meisten waren – wie das Glubitzer Eck – nur bessere Imbissbuden, in denen gelangweilte Touristen schweigend auf Plastikstühlen hockten und an ihrem Bier nippten, aber ein Gasthaus mit massiven Holztischen und frisch gezapftem Bier gab es auch. Und obwohl er wegen seiner Tabletten nicht viel oder am besten gar keinen Alkohol trinken sollte, bestellte er sich im Laufe des Nachmittags drei Berliner Kindl und war zufrieden mit sich und der Welt.

Marie war zuerst skeptisch gewesen, als Robert ihr erzählt hatte, er wolle mit dem Fahrrad nach Lübbenau fahren. Schön, dass er die Umgebung erkunden und seinen Frieden mit dem Spreewald machen wollte, aber was war mit seinem Rücken? War er wirklich schon so belastbar? Alles kein Problem, versicherte Robert ihr. Und das war es tatsächlich, nachdem er heimlich drei Schmerztabletten geschluckt hatte. Außerdem erinnerte er Marie daran, dass sein Arzt in Berlin ihm sogar geraten hatte, sich nach und nach wieder mehr zu bewegen.

Die schöne Strecke von Glubitz nach Lübbenau führte an der Spree entlang. Okay, als er auf dem Feldweg über ein paar dicke Wurzeln gefahren war, hatte er den Schmerz in der Wirbelsäule bis hinauf in den Nacken gespürt, trotzdem hatte er die Umgebung genossen. Mit dem Kopfhörer seines Walkmans auf den Ohren war er auf seinem Mountainbike über den Sandweg gerauscht, Angler und Kanufahrer waren an ihm vorbeigeflogen. Er hatte den frischen Wind in seinem Gesicht gespürt und beschlossen, ab jetzt wieder öfter mit dem Rad zu fahren. Früher hatte er regelmäßig Krafttraining in einem Fitnessclub am Ku'damm gemacht, war mindestens zweimal wöchentlich durch den Grunewald oder den Tiergarten gejoggt und hatte einmal im Monat mit seinen Polizeikumpels Fußball in einer Sporthalle in Wilmersdorf gespielt. Jetzt hatte er außer der Gymnastik im Krankenhaus monatelang praktisch gar nichts mehr gemacht. Aber das würde sich ändern. Er wollte wieder fit werden, und zwar so schnell wie möglich. Für die nächste Zeit würde er sich ein Sportprogramm aus Radfahren, Rudern und Jogging zusammenstellen.

Zufrieden lehnte er sich auf seinem Stuhl zurück und atmete tief durch. Sein Blick fiel auf das leere Bierglas. Und trinken würde er in Zukunft auch nicht mehr so viel. Er winkte nach der Kellnerin und zahlte.

Anschließend bummelte er am Spreehafen herum, der nur aus einem einzigen Anleger und einer kurzen Promenade bestand. Erstaunlich, wie viel hier los war. Ganze Busladungen von Touristen drängelten sich auf die Kähne, die anschließend fast in Sichtweite voneinander auf Rundtour durch die kleinen Kanäle Lübbenaus gingen oder über die Spree in Richtung Lehde verschwanden, einem kleinen Museumsdorf, das mitten im Sumpf des Spreewaldes lag. Einer der Tourenanbieter auf der Hafenpromenade drückte ihm einen Prospekt in die Hand. Lehde klang interessant, er würde sich den Ort mal anschauen – aber allein, mit einem der Kanus vom Spreewaldhof, nicht mit diesen Rentnerhorden.

Tatsächlich war der Altersdurchschnitt der Lübbenauer Spreebesucher auffallend hoch. So viele alte Menschen auf einem Haufen hatte Robert zuletzt auf den Vertriebenentreffen gesehen, die seine Mutter immer besucht hatte. Er seufzte. Sexy war der Spreewald nicht gerade. Wieso hatte Marie kein Hotel an der Côte d'Azur geerbt? Oder auf Sylt? Oder einfach nur irgendwo am Meer? Kopfschüttelnd betrachtete er die älteren Herrschaften in ihren Ledersandalen und graubraunen Stoffhosen und -jacken. Wie hoch hier wohl die Chance war, auch mal ein attraktives Mädchen im Bikini zu sehen?

Einige Reisebusse ließen ihre betagte Fracht am Hafen heraus beziehungsweise sammelten sie wieder ein. Die meisten der Busse kamen aus dem Osten, aus Leipzig, Dresden oder Frankfurt an der Oder. Auch ein paar Berliner waren dabei, Touristen aus den alten Bundesländern schienen sich hingegen noch immer nicht oder nur selten in das Hinterland der ehemaligen DDR vorzuwagen.

Auf der Hafenpromenade waren einige Stände aufgebaut, an denen original Spreewälder Halstücher und Töpfe angeboten wurden – und natürlich echte Spreewälder Gurken. Robert probierte ein paar von ihnen und war überrascht, wie gut sie schmeckten. Er kaufte gleich mehrere Gläser.

Einen Stand weiter ließ er sich zu mehreren Spreewälder Kartoffelschnäpschen überreden. Keine gute Idee, wie er bald feststellte, schließlich hatte er bereits drei Bier intus. Früher hätte ihm das nichts ausgemacht, aber er war, was das Trinken anging, etwas aus der Übung gekommen und merkte bald, wie ihm die Knie weich wurden.

Ein junges Pärchen in Jeans und T-Shirt bummelte Händchen haltend über die Promenade und schaute sich die einzelnen Stände an. Robert lächelte. Endlich mal junges Blut zwischen all den Fossilien.

Wie alt die beiden wohl waren? Bestimmt nicht älter als achtzehn. Eher jünger. Für einen kurzen Moment ruhte sein Blick auf dem Hinterteil des Mädchens, dann wies er sich zurecht. Was war bloß los mit ihm, dass er sich plötzlich für minderjährige Mädchen interessierte?

Dann bemerkte er, dass die Blicke des Paares weniger auf die Auslagen als auf die Taschen der Rentner gerichtet waren. Als die beiden Teenager scheinbar interessiert Blumengebinde begutachteten, schob sich die Hand des Jungen in die Korbtasche einer alten Dame. So schnell, dass selbst Robert es kaum sehen konnte, hatte der Junge die Brieftasche herausgezogen und sie in seiner Jacke verschwinden lassen.

Robert grinste. Dumm gelaufen, Jungchen, dachte er, ein Profi sollte sich vergewissern, ob er unbeobachtet ist, bevor er zuschlägt. Robert stellte sich hinter den Jungen und hielt ihn mit beiden Armen an der Schulter fest.

»Ganz ruhig, junger Mann«, flüsterte er, »ich glaube, du hast da was, was nicht dir gehört …«

Weiter kam Robert nicht. Während ihn der Junge erschrocken anstarrte, rammte das Mädchen ihm mit voller Kraft das Knie zwischen die Beine. Für einen Moment blieb Robert die Luft weg, und er knickte stöhnend zusammen.

»Los, lauf«, zischte das Mädchen seinem Begleiter zu. Sofort nahm der die Beine in die Hand und rannte davon. Kniend griff Robert nach dem Mädchen, aber er war zu langsam. Er erwischte die Kleine nicht mehr, die genau wie ihr Freund flüchtete, allerdings in die entgegengesetzte Richtung.

Robert schüttelte sich benommen, dann war er wieder auf den Beinen. Während die älteren Herrschaften in seiner Nähe ihn verständnislos anstarrten, schaute er sich um. Wo war der Junge abgeblieben? Er entdeckte ihn, wie er auf der Dammstraße Richtung Schloss sprintete.

»Na warte, du kleine Ratte«, fluchte Robert leise, rappelte sich auf und jagte dem Jungen hinterher. »Festhalten! Halten Sie den Jungen fest!« Aber niemand hörte auf ihn, stattdessen wichen die Touristen im Spreehafen erschrocken vor ihm zurück, als er fluchend an ihnen vorbeilief.

Durch seine Rufe hatte der Junge immerhin bemerkt, dass Robert hinter ihm her war. Mit gehetztem Blick schaute er sich zu ihm um und wäre um ein Haar auf dem brüchigen Kopfsteinpflaster gestürzt. Erst im letzten Augenblick fand er sein Gleichgewicht wieder, schubste eine ältere Dame mit dem Ellenbogen zu Boden und hastete weiter Richtung Zentrum.

Durch das kurze Stolpern hatte sich die Distanz zu Robert verringert. Schon seit vielen Monaten war er nicht mehr gerannt. Ging doch gar nicht mal so schlecht, stellte er zufrieden fest, doch schon im nächsten Moment trafen ihn die ersten Seitenstiche wie spitze Stricknadeln. Robert biss die Zähne zusammen. Nicht schlappmachen, weiterlaufen, gleichmäßig atmen. Er würde sich doch nicht von so einem Bürschchen abhängen lassen!

Robert mobilisierte seine letzten Reserven und machte immer mehr an Boden gut. Während der Junge panisch davonstürmte und dabei immer wieder verblüffte Passanten anrempelte, fand Robert seinen Laufrhythmus. Die Beine schmerzten, der Schweiß lief ihm in Strömen übers Gesicht, und der Rücken fühlte sich an, als würde er von einem Presslufthammer malträtiert werden, aber Robert war alles egal. Als sein Körper Adrenalin in seine Muskeln pumpte, wurde er von einer Welle der Euphorie erfasst, die jeden Schmerz fortspülte. Endlich wurde er wieder gefordert. Endlich konnte er zeigen, was er noch immer draufhatte. Er spürte, dass er den Jungen einholen würde, lächelte grimmig, während die Fußgänger auf der Dammstraße an ihm vorbeiflogen.

Der Junge bog nach links in die schmale Ehm-Welk-Straße ein, die durch die Altstadt Lübbenaus bis zum Topfmarkt führte. Robert war schon ganz nah hinter ihm, als der Junge im Vorbeilaufen einen Postkartenständer vor seine Beine schleuderte. Robert stolperte, stürzte fluchend auf den Fußweg und riss dabei eine Mutter samt deren Einkaufstaschen zu Boden.

»Was soll das?«, rief sie empört, als sie mitansehen musste, wie ihr Gemüse auf die staubige Straße rollte.

Robert schob den Kartenständer zur Seite und rappelte sich auf. Seine Hände waren aufgeschürft. Verflucht, er war völlig aus der Übung. Aber jetzt blieb keine Zeit zum Jammern. »'tschuldigung!«, rief er der Frau zu und nahm die Verfolgung des Jungen wieder auf, dessen Vorsprung sich durch den Zwischenfall wieder auf fünfzig Meter vergrößert hatte.

Der längere Krankenhausaufenthalt machte sich nun doch bemerkbar. Die Rückenschmerzen nahmen ihm die Luft zum Atmen, sein Herz schlug ihm bis zum Hals, und das verfluchte Bier gluckerte in seinem aufgeblähten Magen hin und her. Aber Robert gab nicht auf. Unter Stöhnen und Schnaufen trieb er seinen Körper zum Weiterlaufen an, Schritt für Schritt, die Schmerzen ignorierend. Wieder holte er auf. Das ständige Zurückschauen kostete den Jungen Meter um Meter. Für einen kurzen Moment trafen sich ihre Blicke. Robert sah Angst, Panik, Erschöpfung. Und Unverständnis. Wieso gab sein viel älterer Verfolger nicht endlich auf?

Der Junge erreichte den Topfmarkt, dessen Straßenbelag gerade großflächig ausgebessert wurde. Als Folge parkten die Autos nicht nur auf der vorgesehenen Fläche in der Platzmitte, sondern auch an den Seiten und zum Teil mitten auf dem Bürgersteig. Die Wagen, die über den Platz in Richtung Spreehafen fahren wollten, hatten Mühe, sich einen Weg durch das Durcheinander zu bahnen.

Plötzlich setzte ein Ford Fiesta aus seiner Parklücke zurück. Der Junge konnte nicht mehr bremsen und knallte frontal gegen den sowieso schon zerbeulten Wagen.

Benommen versuchte er wieder auf die Beine zu kommen, aber Robert war bereits bei ihm. Wütend bog er dem Jungen den Arm auf den Rücken und drückte ihn auf den warmen Asphalt.

»Du kleiner Scheißkerl! Denkst, du kannst einfach abhauen, was?«, fauchte Robert außer Atem.

Zu seiner Überraschung begann der Junge zu schreien. »Hilfe! Lassen Sie mich los!«

»Das hättest du wohl gern.« Der Junge zappelte wie verrückt, biss und kratzte und versuchte sich mit aller Macht zu befreien. Robert versetzte ihm einen kurzen Schlag in die Seite, der Junge stöhnte schmerzerfüllt. Robert presste ihm sein Knie in den Rücken und drückte sein Gesicht auf die Straße.

»Lassen Sie den Jungen los! Sofort.« Ein älterer Mann mit Krückstock packte Robert mit der freien Hand an der Schulter.

»Helfen Sie mir! Ich habe keine Ahnung, was der Kerl von mir will!«, schrie der Junge.

Als Robert hochschaute, hatte sich eine größere Menschenmenge um ihn und den Jungen gebildet. Verwirrt und neugierig gafften die Passanten die beiden an. Irritiert bemerkte Robert, dass die meisten nur ihn böse anstarrten. Klar, was sie sahen, war ein verschwitzter Mann mit einer Rockerlederjacke, der einen Teenager in den Straßendreck presste.

»Hören Sie nicht auf ihn, ich bin von der Polizei! Er hat eine Brieftasche gestohlen.«

»Er lügt! Ich habe nichts getan!«

Robert blickte den Jungen an und bemerkte, dass er weinte. Keine Show, die Angst war nicht gespielt.

Plötzlich wurde Robert schwindelig. Er schwankte. Die ungewohnte Anstrengung war wohl doch zu viel für ihn gewesen. Und seltsam: Auf einmal stank es nach abgestandenem Wasser. Wehte der Geruch vom Spreehafen bis hierher herüber? Benommen blickte er in die schimpfende Menschenmenge, konnte kaum noch einzelne Gesichter erkennen.

Nur eins sah er ganz klar: Im Hintergrund stand der alte Mann, dem er schon an der Schleuse in Glubitz begegnet war. Wieder starrte er Robert mit der gleichen abschätzig vorwurfsvollen Miene an. Der Blickkontakt hielt nur einen kurzen Moment, aber Robert kam er vor wie eine halbe Ewigkeit. Dann schoben sich andere Männer und Frauen vor den Mann. Robert reckte sich, konnte ihn aber nicht mehr entdecken.

Die Stimmung unter den Passanten wurde immer aggressiver. Offensichtlich hatten sie sich entschieden, nicht Robert, sondern dem Jungen zu glauben, den er noch immer im Polizeigriff auf den Boden drückte.

»Lassen Sie den Jungen los!«

»Sind Sie besoffen, oder was?«

»Wieso holt nicht endlich jemand die Polizei?«

Ein paar kräftige Männer versuchten ihn von dem Jungen wegzuzerren, aber Robert ließ nicht locker. »Finger weg! Ich bin von der Polizei, verdammt noch mal!«

»Tatsächlich? Dann zeigen Sie uns doch mal Ihren Dienstausweis!«, meldete sich der forsche Rentner und schlug mit dem Krückstock auf Roberts Hände. Robert starrte ihn mit großen Augen an, ließ aber nicht von dem Jungen ab.

»Ja, den Ausweis würde ich auch gern mal sehen.« Die Stimme gehörte einer uniformierten Polizistin, die sich mit einem Kollegen durch die Menge drängelte. Robert seufzte erleichtert. Endlich Unterstützung. An den Abzeichen ihrer Uniform erkannte Robert die Beamtin als Hauptkommissarin. Obwohl sie einen Kopf kleiner war als er, strahlte sie Autorität und Kompetenz aus. Mit ihren streng nach hinten gebundenen Haaren wirkte sie recht attraktiv – trotz der lächerlichen Mütze, die sie wie alle Schutzpolizisten tragen musste.

Ihr Kollege widmete sich der murrenden Menge. »Das war's, Herrschaften. Gehen Sie jetzt weiter. Wir kümmern uns um alles.«

Die Kommissarin half dem Jungen hoch. Er schluchzte noch immer, sein Gesicht war von Tränen und Straßendreck verschmiert. Ein Bild des Jammers.

Die Beamtin reichte ihm ein Taschentuch, damit er sich das Gesicht abwischen konnte, bevor sie sich an Robert wandte, der sich mühsam aufrichtete.

»Können Sie mir erklären, was hier los ist?«

»Was hier los ist? Der kleine Scheißkerl hat einer Rentnerin die Brieftasche gestohlen.«

»Stimmt nicht«, schluchzte der Junge.

»Jetzt lügt er auch noch. Schauen Sie doch in seine Jackentasche, in die hat er sie verschwinden lassen.«

Die Kommissarin nickte ihrem Kollegen zu, der daraufhin die Tasche durchsuchte. Bis auf einen Kamm und einige Geldscheine fand er nichts. Die Kommissarin blickte auffordernd zu Robert.

»Verdammt, denken Sie etwa, ich lüge Sie an?«, schimpfte er.

»Sie haben gesagt, Sie sind Polizist?«

»Allerdings. Kriminalhauptkommissar Robert Lindner. Aus Berlin.« Die Beamtin horchte überrascht auf, was Robert dazu verleitete, hinzuzufügen: »Westberlin.«

Sofort verstummten die Passanten, die noch ausgeharrt hatten.

»Darf ich Ihren Dienstausweis sehen?«, fragte die Kommissarin.

Er wich ihrem forschenden Blick aus. »Habe ich nicht dabei.«

Die Kommissarin wirkte wenig überzeugt von Roberts Auftritt und packte ihn am Arm – nicht wie einen Kollegen, sondern wie einen Verdächtigen. »Na schön, Herr Kriminalhauptkommissar aus Westberlin. Ich glaube, es ist das Beste, wir unterhalten uns auf der Wache weiter.«

12

Hauptkommissarin Karin Schulte trat in ihr Büro, in dem Robert schon ungeduldig vor ihrem Schreibtisch auf einem Stuhl wartete.

»Und? Was sagt er?«, erkundigte sich Robert.

Die Kommissarin setzte sich, zündete sich eine Zigarette an und betrachtete schweigend ihren Gast.

»Hat Ihr Kollege mit der älteren Frau gesprochen?«, drängte Robert mit wachsender Ungeduld.

Schulte schüttelte den Kopf. »Hat er nicht. Es war nirgendwo eine Frau zu finden, die sich darüber beklagt hätte, dass ihr etwas gestohlen wurde.«

»Aber das kann nicht sein. Hat er wirklich überall nachgefragt?«

Die Beamtin zog gereizt an ihrer Zigarette. »Natürlich. An jedem einzelnen Stand. Und bei den Fährleuten.«

»Dann hat sie es vielleicht noch gar nicht gemerkt? Sie müssen in den Bussen nachfragen lassen. Vielleicht ist die Frau ja schon längst wieder auf dem Weg nach Hause.«

»Ich denke, wir warten einfach ab, was passiert. Falls Sie recht haben, wird sich die Dame schon von selbst melden.«

»Was soll das heißen: Falls ich recht habe? Ich habe den Jungen dabei erwischt, wie er ihr das Portemonnaie aus der Tasche gezogen hat.«

»Das Einzige, was die Leute gesehen haben, ist, dass Sie einen Minderjährigen durch die Stadt gejagt haben.«

»Wie bitte? Jetzt soll ich der Böse sein?«

Nein, sollst du nicht, dachte Schulte. Eine kurze Recherche hatte ergeben, dass der Junge schon mehrmals wegen Taschendiebstahls aufgefallen war. Auch wenn er es noch nicht zugegeben hatte, konnte sie sich gut vorstellen, dass er auch dieses Mal nicht unschuldig war. Aber sie wollte es dem Herrn Hauptkommissar nicht allzu leicht machen. Sie hatte seinen abschätzigen Blick genau bemerkt, mit dem er die Büroausstattung betrachtet hatte, als sie die Wache am Kirchplatz betreten hatten. Auch die forsche Art, mit der er sich einen Stuhl gegriffen und es sich vor ihrem Schreibtisch bequem gemacht hatte, war ihr sofort aufgefallen. Wie viele Westdeutsche in den neuen Bundesländern strahlte auch Robert Lindner eine Selbstgefälligkeit und Arroganz aus, die sie innerlich zur Weißglut trieb. Sie beschloss, ihn noch ein bisschen hinzuhalten.

»Der Junge behauptet, er habe mit seiner Freundin nur einen Spaziergang gemacht. Sie wären ohne jeden Grund plötzlich über ihn hergefallen.«

»Das ist eine Lüge! Die beiden haben versucht Rentner abzuziehen!«

»Das können wir bisher nicht beweisen. Nicht ohne die gestohlene Brieftasche.«

»Dann hat der Mistkerl sie auf der Flucht eben weggeworfen!«

»Und wohin?«

»Was weiß ich! Schicken Sie Ihre Leute los, die sollen gründlich die Straße absuchen.«

»Eine ausgezeichnete Idee.« Die Beamtin lächelte mitleidig.

»Oder lassen Sie mich mit ihm allein. Nur eine Minute. Dann rückt er schon mit der Sprache raus.«

»Ach, stimmt, ich vergaß, Sie sind ja auch Polizist. Aus Berlin. Ich meine natürlich«, sie senkte dramatisch die Stimme, »aus Westberlin.«

»Und? Ist das ein Problem für Sie?«

Schulte schüttelte den Kopf. »Natürlich nicht. Wir hier in der Einöde sind für jede Hilfe dankbar. Vor allem, wenn sie von unseren neuen Kollegen aus dem Westen kommt.«

»Wollen Sie mich verarschen?«

Sie wippte auf ihrem Stuhl. »Nicht doch, wie kommen Sie denn darauf?«

Die Kommissarin begegnete seinem trotzigen Blick. Eigentlich sah er ja ganz süß aus. Sie griff nach einer Thermoskanne.

»Wollen Sie auch einen Kaffee?«

»Nein, danke.« Robert verlor allmählich die Geduld. »Ich habe alles erzählt, was ich weiß. Kann ich jetzt endlich gehen?«

»Nun, ich würde es begrüßen, wenn Sie Ihre Aussage noch einmal bei meinem Kollegen wiederholen. Fürs Protokoll. Und Ihre Berliner Adressdaten brauchen wir auch noch.« Karin Schulte lächelte, während sie ihre Zigarette ausdrückte. »Bei welcher Dienststelle sind Sie denn?«

Robert zögerte einen Moment, bevor er antwortete. »Polizeidirektion 5.«

»Neukölln und Kreuzberg, da haben Sie bestimmt gut zu tun?«

»Ja, schon.«

»Da weht sicher ein anderer Wind als hier bei uns im schönen Spreewald.«

Robert nickte.

»Mörder, Drogendealer, Bankräuber – so etwas kennen wir hier ja gar nicht.« Ihr Gegenüber grinste gequält. Offensichtlich verspürte er keine Lust, von seiner Arbeit zu erzählen. Seltsam, da bot sie ihm die Gelegenheit, ein bisschen anzugeben, und er ging nicht darauf ein. Überhaupt hatte sie den Eindruck, dass er hinter seiner Fassade gar nicht so cool war, wie er sich gab. Im Gegenteil. Bei genauerem Hinschauen wirkte er irgendwie gebrochen. Der Beamtin waren die dunklen Schatten unter seinen Augen nicht entgangen. Und auch seine leicht schiefe Sitzhaltung ließ darauf schließen, dass er mental wie auch körperlich nicht im Gleichgewicht war.

Sie fand das sexy. Männer mit kleinen Schwächen, Männer, die Hilfe brauchten, interessierten sie. Sie lächelte ihn etwas freundlicher an. »Was hat Sie denn zu uns nach Lübbenau verschlagen? Urlaub?«

Wieder wich Robert ihrem forschenden Blick aus. »Eher nicht.«

»Was dann? Sagen Sie bloß, Sie ermitteln hier?«

Robert stöhnte genervt und stand auf. »Entschuldigen Sie, Frau Schultze …«

»Schulte. Ohne Z.«

Robert nickte ungeduldig. »Okay, dann eben Frau Schulte. Ich habe nicht so viel Zeit. Wenn Sie meine Aussage unbedingt noch schriftlich brauchen, würde ich das gern schnell hinter mich bringen.«

Sie nippte an ihrem Kaffee und erhob sich. »Natürlich, ganz wie Sie wollen.«

Es klopfte an der Tür, und Schultes Kollege, dem Robert schon auf dem Topfmarkt begegnet war, trat mit breitem Lächeln ein. »Wir haben was.«

»Hat sich die alte Frau gemeldet?«, fragte Robert als Erster.

Der Beamte schüttelte den Kopf. »Nein, aber wir wissen jetzt, wer sie ist. Und wir können sie anrufen.«

Er legte eine Brieftasche auf den Tisch. Robert erkannte sie sofort wieder.

»Eine Touristin hat sie gerade abgegeben. Hat sie in der Ehm-Welk-Straße gefunden.« Er schaute zu Robert: »Das ist die, die runter zum Hafen führt.«

»Was habe ich gesagt? Der Kerl hat sie weggeworfen!« Robert warf der Kommissarin einen selbstgefälligen Blick zu.

Hab schon kapiert, du Blödmann, dachte sie und schenkte ihm ein liebenswürdiges Lächeln.

13

Eine halbe Stunde später hatte Robert seine Aussage zu Protokoll gegeben und befand sich wieder auf dem Heimweg nach Glubitz. Nachdenklich radelte er durch Lübbenaus immer noch belebte Altstadt. Richtig glücklich war er mit dem Ausgang des Abenteuers nicht. Obwohl er einen Taschendieb geschnappt hatte, war von der Euphorie, die er während der kleinen Verfolgungsjagd verspürt hatte, nichts mehr übrig. Sein erster Fall, seit er das Krankenhaus verlassen hatte – er lachte bitter auf. Wie jämmerlich. Der Junge war nur ein ganz kleiner Fisch. Sein tränen- und dreckverschmiertes Gesicht würde er so schnell nicht vergessen.

Und dann die Kommissarin. Hatte sie mit ihm flirten oder streiten wollen? Mit ihren klaren Augen, ihrer aufrechten Haltung und den streng nach hinten gebundenen Haaren sah sie aus wie eine Frau, die genau wusste, was sie wollte. Robert musste zugeben, dass er sie sehr attraktiv fand. Ein bisschen erinnerte sie ihn an Marie. Die war auch eine dominante Frau, die genaue Vorstellungen vom Leben hatte und die Dinge in die eigene Hand nahm.

Rückblickend hätte er gegenüber der Kommissarin gern mehr Selbstbewusstsein gezeigt. Wie dumm, dass sie ihn beim Flunkern ertappen würde. Denn als er ihrem Kollegen am Ende seine persönlichen Daten aufschreiben musste, hatte er natürlich nicht mehr seine Adresse in Berlin, sondern in Glubitz angegeben. Wenn sie schlau war – und Robert hielt sie für sehr schlau –, wusste sie schon jetzt, dass er nicht mehr bei der Kriminalpolizei war. Und kannte bestimmt auch den Grund dafür.

Robert stöhnte auf bei dem Gedanken, dass die strenge – und äußerst hübsche – Kommissarin ihn für einen verlogenen Wessicop halten würde.

Egal, versuchte er sich einzureden. Sollte sie doch denken, was sie wollte. Schließlich würde er ihr nicht mehr so schnell über den Weg laufen. Seine Zukunft lag jetzt in der Hotelbranche. Er seufzte wehmütig.

Inzwischen hatte er den Ortsrand von Lübbenau erreicht. Von einer staubigen Sackgasse ging neben der Einfahrt zu einer kleinen Werft für Spreekähne der lange Weg nach Glubitz ab. Die Dämmerung hatte eingesetzt, doch trotz der Schatten, den die Birken auf den Weg warfen, konnte Robert noch gut erkennen, wie der Pfad sich kilometerweit geradeaus an der Spree entlangzog, bis er am Horizont schließlich nach links abbog.

Da er keinen anderen Radfahrer oder Fußgänger entdecken konnte, fuhr er ohne Licht. Ohne das lästige Geräusch des Trafos hatte er das Gefühl, schneller zu fahren. Das hier war schließlich eine sportliche Herausforderung. Auf dem Hinweg hatte er genau einundzwanzig Minuten gebraucht, vielleicht konnte er die Zeit ja jetzt unterbieten.

Robert setzte sich die Kopfhörer seines Walkmans auf. Er hatte ihn sich noch in Berlin gekauft. Neben dem Kassettenlaufwerk besaß er auch ein eingebautes Mikro. Eine Zeitlang hatte er die Idee gehabt, eine Art Tagebuch auf Band zu sprechen, hatte aber schon nach dem ersten Mal die Aufnahme wieder gelöscht. Es war einfach nicht sein Ding, mit sich selbst zu reden.

Er kramte in seiner Jackentasche nach der passenden Musik. Für jede Situation und für jede mögliche Stimmung hatte er Mixkassetten zusammengestellt. Abgesehen von der

Fußballsendung am Samstagnachmittag schaltete er das Radio selten ein. Er wollte seine ganz persönliche Musik für sein ganz individuelles Leben. Er besaß eine ganze Kiste voll mit Kassetten, darunter welche fürs Autofahren in der Stadt, fürs Autofahren über Land, um zu tanzen, um Liebe zu machen – was Marie albern fand –, Musik zum abendlichen Bierchen mit Kumpels und Gute-Laune-Kassetten, die er aber schon lange nicht mehr eingelegt hatte. Außerdem natürlich welche mit Musik für ganz normale Tage und für solche, an denen er am liebsten die ganze Welt zusammentreten wollte. Nur fürs abendliche Fahrradfahren an der Spree entlang hatte er noch keine Kassette griffbereit, also entschied er sich für ein Tape, das er für seine Joggingrunden in Berlin zusammengestellt hatte. Darauf fanden sich Lieder von Bruce Springsteen, aber auch von Grunge-Bands wie Nirvana und Pearl Jam. Ziemlich heftig für eine Fahrt durch das verträumte Naturidyll, aber nach der Sache mit dem Taschendieb und der strengen Kommissarin brauchte Robert einfach eine große Portion Schweinerock.

Er schaltete den Walkman ein. Als Erstes dröhnte Slashs Gitarre in »Sweet Child of Mine« in seine Ohren. Für den Anfang war Guns N' Roses perfekt. Robert trat in die Pedalen und raste über den langen Hohlweg in Richtung Glubitz.

Schon nach der ersten dicken Eichenwurzel meldete sich sein Rücken. Konnte man Schmerzen nicht einfach vergessen? In der Wache in Lübbenau hatte er keinen Gedanken an seinen Rücken verschwendet. Vielleicht bestand darin ja der neue Trick. Er musste sich einfach so viel vornehmen – Arbeit im Hotel, Sport, Ausflüge mit Marie und den Kindern –, dass er gar keine Zeit mehr hatte, um die Schmerzen wahrzunehmen.

Vielleicht konnte ihm auch Musik dabei helfen. Mittlerweile lief Nirvana, allerdings nicht »Smells Like Teen Spirit«, der Song, den man ständig und überall hörte. Roberts Favorit von der »Nevermind«-LP war »Lithium«. Während die Gurkengläser im Gepäckkorb schepperten, brüllte Robert das Lied voller Inbrunst in den Spreewald – und war für einen Moment der festen Überzeugung, dass er unsterblich war.

Seine Lieblingsorte auf dem Weg zwischen Glubitz und Lübbenau waren jetzt schon die kleinen Holzbrücken, die über die sumpfigen Seitenarme der Spree führten. Mit genügend Tempo konnte man sie wie Sprungschanzen benutzen. Natürlich zog es beim Aufprall auf den Boden jedes Mal ein bisschen im Rücken, aber an diesem Abend war ihm alles egal. Angefeuert von Kurt Cobain hatte er das Gefühl, durch den Spreewald zu fliegen.

Dann passierte es.

Bandsalat. Ausgerechnet bei »Drown« von den Smashing Pumpkins begann das Band zu leiern, bevor der Rekorder schließlich knirschend den Geist aufgab. Fluchend bremste Robert, lehnte sein Fahrrad an eine verwitterte Holzbank und öffnete den Deckel seines Walkmans.

Mist, Musik konnte er für den Rest seiner Fahrt vergessen. Das Kassettenband hatte sich mehrfach um den Tonkopf gewickelt. Ungeduldig versuchte Robert es durch Hin- und Herziehen zu lösen, doch nur mit dem Ergebnis, dass er ein meterlanges Tonbandgewirr in der Hand hielt. Kurzerhand riss er das Band durch und fluchte. Wieso konnten die nicht mal etwas Richtiges erfinden, um unterwegs ohne Schwierigkeiten Musik zu hören? Die brandneuen tragbaren CD-Player waren auch nicht viel besser. Schon bei der kleinsten Erschütterung gaben sie ihren Geist auf.

Robert stopfte den kaputten Walkman in seine Tasche und schaute sich um. Die Lichter von Lübbenau waren nicht mehr zu erkennen, und bis zu den ersten Häusern von Glubitz waren es noch einige Kilometer.

Verrückt, wie still es hier war. In Berlin gab es immer eine Geräuschkulisse, selbst in der Nacht. Und richtig dunkel wurde es auch nie, sogar im Grunewald oder an den Ufern des Wannsees konnte man immer noch die gelbdunstige Lichtkuppel über der Stadt sehen.

Er atmete tief durch. Wie vollkommen sich die Natur hier im Spreewald anfühlte! Die feuchte, abendlich kühle Luft, der leise Wind, das Rauschen der Blätter in den Birken und im hohen Schilf, alles war perfekt – und die Nacht magisch. Nach einem leisen Rascheln watschelte eine Ente aus der Uferböschung und ließ sich von der Strömung langsam flussabwärts Richtung Lübbenau treiben.

Er dachte daran, wie er als Kind oft stundenlang am offenen Fenster gesessen und in die Nacht gestarrt hatte. Woran lag es nur, dass man in der Dunkelheit besser hören konnte? Nur daran, dass alles schlief und auch der Straßenlärm abnahm? Oder war es die Luft? Als Junge hatte sich Robert eine Theorie zurechtgelegt, dass es an der Dichte der Geräusche lag. Am Tag wurde die Luft demnach von unzähligen, miteinander konkurrierenden Schallwellen verstopft – wie klebriger Sirup. In der Nacht gab es dagegen viel weniger Geräusche, die die Luft verschmutzten. Dann war sie so klar wie Quellwasser. Wie ein frisches Nichts, das Raum für eigene Vorstellungen und Träume ließ.

Er betrachtete den Fluss und dachte an den Traum, den er in seiner ersten Nacht in Glubitz gehabt hatte. Sofort waren nicht nur die Erinnerungen wieder da, sondern auch die Gefühle. Das dumpfe Magendrücken, die Sorge um seine Kinder, der Schrecken vor den roten Augen der schwarzen Frau und die Ahnung, dass über allem ein dunkler, nach faulem Wasser stinkender Schatten lag.

Unsicher reckte er den Hals. Die Angst war wieder da. Er schüttelte den Kopf, wollte sie vertreiben. Erfolglos. Plötzlich wusste er, dass die Ursache für seine Angst nicht nur in der Erinnerung an seinen Traum zu suchen war. Er war sich sicher, ganz sicher sogar, dass der dunkle Schatten tatsächlich in seiner Nähe war, ganz real, und nicht seiner Einbildung entsprang.

Nervös schaute er sich um – jedes Mal mit dem Gefühl, dass er jemanden oder *etwas* hinter oder neben sich ertappen würde. Aber außer der friedlich schlafenden Natur des Spreewaldes konnte er nichts entdecken.

Plötzlich zuckte er erschrocken zusammen. Etwas hatte ihn wie ein dunkler Blitz berührt.

Oder war ihm nur ein Tier zu nah gekommen?

Dann entdeckte er die Schwalbe. Sie war dicht an seinem Kopf vorbeigesegelt. Oder war es eine Fledermaus? Jedenfalls flog das Tier auf der Jagd nach Insekten jetzt über die Wasseroberfläche der Spree und verschwand dann lautlos im Schatten der dunklen Böschung.

Nur ein Tier. Da war er nun ein einziges Mal mitten in fast unberührter Natur, und schon machte er sich bei jedem Geräusch in die Hose. Was war er nur für ein Feigling, dachte er und musste über sich selbst lächeln.

Er gab sich einen Ruck und stieg wieder auf das Fahrrad. Es wurde Zeit, dass er zu seiner Familie nach Hause kam. Bestimmt wartete sie schon mit dem Abendessen auf ihn. Ob Marie die Gurken schmecken würden?

Mit dem Fuß drückte er gegen den Trafo, um ihn an den Reifen zu klappen. Er konnte den Weg zwar immer noch ausreichend gut erkennen, aber sicher war sicher. Vor allem nach dem Fledermaus-Erlebnis.

Wäre Robert ehrlich gewesen, hätte er zugeben müssen, dass er sich noch immer unwohl fühlte – und bestimmt nicht wegen Tieren, Wurzeln und tiefer Schlaglöcher, die sich in den Schatten verstecken konnten.

Aber so ehrlich war er nicht, noch nicht einmal mit sich selbst. Stattdessen sagte er sich, dass er als Polizist ein gutes Vorbild zu sein hatte. Und ohne Licht stellte er nun einmal eine Gefahr für andere Radfahrer und Spaziergänger dar. Und für die Tiere, die eventuell seinen Weg kreuzten.

Zufrieden trat Robert wieder in die Pedalen. Um auch die letzten bösen Geister zu vertreiben, begann er leise »Sweet Child of Mine« zu singen, entschied sich nach wenigen Takten aber fürs Summen. Texte hatte er sich noch nie merken können.

Das kleine Mädchen im grauen Leinenleibchen blickte Robert mit starrer, verstörter Miene hinterher, als er über die knarrende Holzbrücke in Richtung Glubitz verschwand. Verloren wie ein gestürzter Engel stand sie mit aufgeschürften, nackten Füßen da und streckte den Arm aus, als würde sie noch nach ihm greifen wollen. Der Größe nach war das Mädchen höchstens sechs oder sieben Jahre alt, trotzdem lag in seinem bleichen Gesicht nichts Kindliches. Die blauen, aufgequollenen Lippen presste es zu einem ernsten Strich zusammen, und in seinen trüben, traurigen Augen spiegelte sich alles Grau und Elend der Welt.

Aber nicht das Licht der ersten Sterne, die jetzt am Himmel leuchteten.

14

Der Schmerz kam über sie wie ein Erdbeben. Von Krämpfen geschüttelt wollte sie schreien, aber der Schmerz traf sie so heftig, so plötzlich und so unmittelbar, dass er ihr den Atem nahm und sie keinen Ton hervorbrachte. Ihr Körper bäumte sich auf, ihre Arme und Hände versteiften sich, alles, ihr Leben, ihre ganze Welt, dröhnte in dem kaum zu ertragenden, nicht abnehmenden Schmerz.

Nach einem schier unendlichen Moment löste sich die Verspannung. Mit einem tiefen Stöhnen sackte ihr Körper in sich zusammen. Sie rang nach Luft. Das Herz schlug ihr bis zum Hals, wie ein zuckendes, um sein Leben kämpfendes Tier.

Als sie in sich hineinhorchte, spürte sie nichts. Lieber Gott, flehte sie, bitte, tu mir das nicht an, verlass mich nicht, verlass uns nicht, nicht jetzt, so kurz vor dem Ende!

Zitternd tasteten ihre Hände über ihren riesigen Bauch. Bitte, nur das nicht … Tränen liefen ihr über die Wangen, während die schreckliche Erkenntnis von ihrem Verstand Besitz ergriff.

Dann spürte sie plötzlich wieder einen gleichmäßigen Rhythmus, ein leises Klopfen, ganz leise, ganz zart.

Vor Erleichterung begann sie zu schluchzen. Ganz ruhig, flüsterte sie, sprach aber nicht, wie so viele Male zuvor, zu sich, sondern zu dem kleinen Leben, das in ihrem Körper darum kämpfte, auf die Welt kommen zu dürfen. Ganz ruhig, wiederholte sie, Mama ist bei dir, Mama wird dich nicht im Stich lassen, niemals. Wir schaffen das gemeinsam, du und ich.

Erschöpft schloss sie die Augen, konzentrierte sich darauf, gleichmäßig zu atmen. Immer gleichmäßig. Nach der gefühlten Ewigkeit in der Welt der Schmerzen kehrte sie langsam wieder in die Gegenwart zurück. Draußen riss der Sturm an dem Dach, und der Regen fiel in Sturzbächen auf die aufgeweichte Erde.

Von ihrem Bett, das eigentlich nicht viel mehr als eine schmale Holzpritsche war, konnte sie durch die nassen Schlieren auf der Fensterscheibe hindurch den Himmel sehen. Die grauen Wolken trieben in wilden Wirbeln ineinander, der Sturm rüttelte an den Kronen der Birken. Sie konnte hören, wie der Regen das Flusswasser aufwühlte und die Wellen in die Böschung trieben.

Wo blieb nur die Hilfe? Wie lange war es her, dass sie den Jungen losgeschickt hatte, einen Arzt zu holen? Eine Stunde? Zwei, drei, vier? Einen Tag? Sie wusste es nicht. Sie hatte jedes Zeitgefühl verloren.

Dennoch war sie sich sicher, dass sie sich auf den Jungen verlassen konnte. Wenigstens auf ihn. Nicht dass sie gute Freunde waren, er redete nicht viel, starrte sie meistens stumm an, aber an diesem trostlosen Ort am dunklen Ende der Welt war er der einzige Mensch, der ihr half. Als sie krank gewesen war, war er für sie zum Markt gelaufen. Als der Sturm einen Teil des Daches abgedeckt hatte, hatte er die Leiter gehalten, damit sie den Schaden reparieren konnte. Als sie verzweifelt geweint hatte, war er bei ihr gewesen und hatte ihr ein Taschentuch gereicht.

Warum tat er das? Warum kümmerte er sich um sie, wenn alle anderen sie doch wie eine Aussätzige behandelten? Sie wusste es nicht. Vielleicht, weil er genau wie sie ein Außenseiter war. Obwohl er nicht viel aß, war er dick, viel zu dick für einen kleinen Jungen.

Immer wieder hatte sie ihm etwas von ihrer Gemüsesuppe angeboten, von ihrem Brot, der Ziegenmilch und sogar von den paar kümmerlichen Gurken, die sie hinter ihrer Hütte anpflanzte. Meistens hatte er abgelehnt. Hatte behauptet, nicht hungrig zu sein. Aber hinter seinem kindlich-ernsten Gesicht meinte sie, Mitleid für sie erkannt zu haben. Er wollte ihr nichts wegessen.

Und nun war er losgelaufen, um Hilfe zu holen. Als er vor ihrer Hütte aufgetaucht war, wäre sie ihm am liebsten vor Erleichterung um den Hals gefallen. Aber sie war zu schwach gewesen, um sich von ihrer Liege zu erheben.

Viele Stunden hatte sie vorher schon allein dagelegen, nachdem sie in der Nacht zum ersten Mal Wehen gehabt hatte. Sie wusste, dass sie unbedingt ärztliche Hilfe brauchte, aber bis zum Dorf war es fast eine Stunde zu Fuß über den holprigen Pfad, der durch den Wald und die Spreeauen führte. Mit dem Boot brauchte man nur halb so lange.

Als sie sich von Krämpfen geschüttelt auf den Weg machen wollte, waren ihr bereits nach ein paar Metern die Beine unter ihrem schweren Körper weggeknickt.

Sie hatte den erschrockenen Blick in den Augen des Jungen gesehen, als sie am Boden lag. Vielleicht hätte sie doch auf sein Angebot eingehen sollen, sie mit ihrem Boot zum Dorf zu rudern.

Der gute Junge. Er war ein schlechter Ruderer. Ein paarmal waren sie gemeinsam zum Angeln auf den Fluss gefahren. Wenn er am Ruder saß, waren sie stets kurz darauf in der stacheligen Böschung gelandet. Allein mit ihm und dem Kind in ihr irgendwo im unendlichen Wasserlabyrinth des Spreewaldes – ein Alptraum, den sie auf keinen Fall riskieren wollte.

So wie die Vögel auch bei noch blauem Himmel spüren, dass ein Unwetter naht, so spürte sie, dass die Schmerzen zurückkehrten. Zitternd vor Angst zwang sie sich, gleichmäßig Luft zu holen. Ihre Atemzüge gingen stoßweise.

Es war viel zu früh, das wusste sie. Erst in zwei, eigentlich sogar drei Monaten hätte es so weit sein sollen. Und noch etwas meinte sie zu spüren, auch wenn sie keine Ärztin war und nur einmal bei einer Geburt zugeschaut hatte, damals in Polen, in ihrem anderen Leben. Das Baby lag in einer falschen Position. So wie es sich jetzt in ihrem Bauch bewegte, konnte und durfte es nicht auf die Welt kommen.

Sie vermied alles, um nicht zu pressen. Sie musste die Schmerzen ertragen, um das Leben ihres Kindes nicht zu gefährden.

Wenn doch nur der Arzt endlich kommen würde. Sie hatte den alten Mann mit dem grauen Schnauzer und der hohen Stirn nur einmal gesehen, als sie sich bei einem Sturz fast den Arm gebrochen hatte. Wie ein kaputter Flügel hatte er an ihrer Seite heruntergehangen.

Damals hatte sie noch Kraft zum Laufen gehabt. Mit zitternden Beinen hatte sie sich auf dem rutschigen Pfad bis ins Dorf geschleppt. Der Arzt hatte sich über die sonntägliche Störung aufgeregt. Nur wegen ihr hatte er nicht in die Kirche gehen können, ausgerechnet wegen ihr. Wie sich herausstellte, war der Arm nicht gebrochen, sondern nur schwer geprellt. Während der Arzt ihr den Verband angelegt hatte, hatte er ununterbrochen geschimpft, weil sie ihn wegen einer Lappalie belästigt hatte.

Stöhnend legte sie ihren Kopf auf ihr kleines, hartes Kissen. Wie hatte es nur so weit kommen können? Womit hatte sie es verdient, so ein Dasein zu führen? Warum sie? Allein die Hoffnung darauf, dass eines Tages …

Wieder dieser Schmerz! Mit einer bisher noch unerreichten Urgewalt schlug er ihr mitten in den Unterleib. Sie schrie so laut, dass sie sicher war, dass jede Seele im Spreewald sie hören musste.

Wo blieb nur die Hilfe? Warum kam niemand? Wenn

schon nicht wegen ihr, dann doch wegen des Babys, das anscheinend unbedingt auf die Welt kommen wollte.

Immer heftiger wurden die Wehen. Immer neue Schmerzen gruben sich tief durch ihren zuckenden Körper. Verzweifelt erkannte sie, dass es keinen Sinn hatte, länger zu warten. Sie konnte das Kind nicht mehr zurückhalten.

Stöhnend begann sie zu pressen. Immer wieder.

Sie spürte, wie sich ihr Leib öffnete, langsam, ganz langsam. Tränen liefen ihr über das Gesicht. Los, machte sie sich Mut, nur noch ein paarmal, dann hast du es geschafft! Pressen! Pressen! Aber diese Schmerzen, diese unerträglichen Schmerzen!

Sie wollte erneut schreien, aber ihrem gequälten Leib fehlte die Kraft. Mit einem schwachen Stöhnen verlor sie das Bewusstsein und versank in einem undurchdringlichen Nebel.

Das Zwitschern der Vögel war das Erste, was sie hörte, als sie wieder zu sich kam. Langsam öffnete sie die Augen und spähte aus dem Fenster zum strahlend blauen Himmel hinauf. Der Regen hatte aufgehört, die dunklen Wolken waren verschwunden. Auch der Wind hatte nachgelassen. Die Äste der Birke bewegten sich nur noch kaum wahrnehmbar hin und her. Das Unwetter war vorüber.

Aus dem benachbarten Stall vernahm sie das leise Meckern ihrer Ziege. Ihr einziges Tier hatte den Sturm zum Glück überlebt.

Aber …

Erst jetzt merkte sie, dass etwas ganz und gar nicht stimmte. Ihr Bauch hämmerte leise wie ein leer laufender Motor. Ihr Bett war feucht, und nicht nur das, ab der Hüfte war sie selbst klitschnass. Panisch fiel ihr Blick auf ihre Hand, die gerade noch ihren Bauch betastet hatte. Rote Schlieren. Sie schrie auf, versuchte mühsam sich aufzusetzen.

Sie merkte, dass sie nicht allein auf ihrer Pritsche lag. Neben ihr schlief ein kleines, blut- und schleimverschmiertes Wesen, das durch die Nabelschnur noch immer verbunden mit ihr, seiner Mutter, war. Tränen stiegen ihr in die Augen: Es war ein Junge. Sein Kopf lag friedlich zur Seite gedreht, als würde er träumen.

Aber er träumte nicht. Genauso wenig, wie er schlief. Weinend betastete sie seinen geschwollenen Kopf und sah, dass sich die Nabelschnur wie eine Schlinge um seinen Hals gelegt hatte.

Das war der Moment, in dem sie, eben noch schwankend vor einem bodenlosen Abgrund, einen Schritt nach vorne ging.

15

Robert schaute tief in die dunkle Finsternis. Wieder einmal war er nur allzu deutlich zu riechen: der Gestank nach altem, abgestandenem Wasser.

»Wieso lassen Sie mich das nicht machen, Herr Lindner?«

»Ich werde doch wohl ein verstopftes Rohr austauschen können, verdammt noch mal.« Robert tropfte die stinkende Brühe aus dem Abfluss ins Gesicht.

Tom stand vor der Spüle in der Hotelküche, auf dem nassen, verdreckten Boden lag Werkzeug herum. Von Robert waren nur die Beine zu sehen, der Rest von ihm befand sich unter der Spüle, die er zum Teil schon auseinandergenommen hatte.

Tom betrachtete das Chaos auf dem Boden. »Natürlich können Sie das. Aber ich kenne mich hier besser aus. Ich habe das schon oft gemacht.«

Robert bezweifelte das. Das rostige Rohr war in den letzten hundert Jahren nicht einmal angefasst worden. Ächzend versuchte er erneut die Rohrzange an der Schelle anzulegen, rutschte aber wieder ab.

»Weißt du, wie du mir helfen kannst, Tom?« Irgendwann, sie hatten am Bootssteg gearbeitet, hatte Robert angefangen Tom zu duzen und der hatte keine Einwände erhoben. »Bring mir eine Taschenlampe. Ich kann hier unten kaum etwas erkennen.«

Tom war lieber beim Sie geblieben. »In Ordnung, Herr Lindner«, sagte er müde. »Im Schuppen sollte eine sein.«

Robert hörte, wie Tom die Küche verließ. Endlich war

er für einen Moment allein. Unter der Spüle war es auf dem alten Kachelboden nicht besonders bequem, trotzdem blieb Robert liegen. Aufstehen und sich dann wieder unter die Spüle zwingen – das wollte er seinem Rücken nicht antun.

In den letzten Tagen hatte er ein Intensivprogramm gestartet, um seine Rückenprobleme in den Hintergrund zu drängen. Wie ein Verrückter hatte er sich in seine Hausmeistertätigkeit gestürzt. Er hatte begonnen die Flure zu streichen, hatte die Beete im Garten begradigt und komplett umgegraben, den Bootssteg ausgebessert und neu gestrichen und außerdem versucht, das brüchige Dach des Schuppens auszubessern.

Marie stand dem ungebremsten Tatendrang ihres Mannes mit gemischten Gefühlen gegenüber. Natürlich war sie für seine Hilfe dankbar, aber war Roberts Rücken schon so belastbar?

Sie wusste nicht, dass er sich so mit Schmerztabletten vollgepumpt hatte, dass er sich einen Nagel in die Hand hätte schlagen können, ohne etwas zu spüren.

Um Robert nicht zu überfordern und weil Marie – berechtigte – Zweifel an seinen handwerklichen Fähigkeiten hegte, hatte sie Tom beauftragt, nicht von der Seite ihres Mannes zu weichen.

Natürlich wollte Robert keinen Aufpasser. Aber wie sich herausstellte, hatte er Toms handwerkliches Geschick mehr als nötig. Ohne seine Hilfe hätte er kaum etwas von dem geschafft, was er sich vorgenommen hatte. Tom hatte die Leiter gehalten, die Farben für den Flur gemischt, die Kanten an den Fuß- und Stuckleisten vor dem Streichen abgeklebt und die Bretter für den Steg und den Schuppen zurechtgesägt. Robert wusste, dass Tom der eigentliche Chef war, auch wenn der das immer wieder bestritt – besonders vor Marie, was Robert ihm hoch anrechnete.

Doch Toms ständige Sorge um seine Gesundheit ging ihm auf die Nerven. Fast im Viertelstundentakt erkundigte er sich, ob mit ihm alles in Ordnung sei und sein Rücken nicht zu sehr schmerze.

Tom ahnte nicht, dass nicht die Schmerzen der Grund dafür waren, dass Robert immer wieder nachdenklich in die Ferne blickte und abwesend wirkte. Es waren die Träume. Die Alpträume, die Robert seit seiner Ankunft in Glubitz plagten. Die endlosen Irrfahrten durch den Spreewald, die ständige Angst vor etwas Unbekanntem, das ihm im schwarzen Wasser auflauerte.

Dazu kam das irritierende Gefühl der Entfremdung von Marie.

Robert konnte sich an einen Traum erinnern, in dem er und Marie allein auf einem riesigen, bis zum Horizont reichenden Feld standen, allerdings nicht nebeneinander, sondern in großer Distanz. Immer wieder hatte er nach seiner Frau gerufen, gewunken, geschrien, aber sie hatte nicht auf ihn reagiert – obwohl sie ihn gesehen haben musste. Das war das Schlimmste an dem Traum gewesen: Die endgültige Erkenntnis, dass er Marie für immer verloren hatte und er ihr eigentlich schon immer fremd gewesen war.

Schweißgebadet war Robert aus dem Traum aufgeschreckt, war dann so dicht wie möglich an seine neben ihm schlafende Frau herangerückt und hatte seinen Körper an ihren gepresst. Marie war durch die Berührung aufgewacht und hatte überrascht lächelnd wissen wollen, was mit ihm los sei. Statt einer Antwort hatte er sie so lange mit Küssen überhäuft, bis sie mitten in der Nacht miteinander geschlafen hatten. Wie ein Ertrinkender war er über seine Frau hergefallen. Marie hatte sein Ausbruch ganz augenscheinlich gefallen, denn anschließend war sie selig in seinen Armen eingeschlafen – und hatte nicht mitbekommen, wie er, immer noch in der düsteren Stimmung seines Traumes gefangen, geweint hatte.

»Hier, tut mir leid, dass es so lange gedauert hat.« Tom schob Robert die angeschaltete Taschenlampe unter die Spüle. »Ich musste neue Batterien suchen.«

»Danke schön.«

»Jetzt mal im Ernst, Herr Lindner, lassen Sie mich das machen.«

»Nein, wenigstens eine Sache will ich ohne deine Hilfe hinkriegen. Sieh lieber nach, ob die Farbe im Treppenhaus schon getrocknet ist. Falls ja, kannst du schon mit den Fußleisten anfangen.«

Robert konnte selbst unter der Spüle spüren, wie Tom mit sich kämpfte. »Keine Sorge, Tom. Ich kriege das hier schon hin.«

»Na gut. Und wenn doch was ist, rufen Sie mich einfach.«

»Natürlich.«

Tom zog in Richtung Treppenhaus ab, während Robert im Licht der Taschenlampe das Rohr unter der Spüle genauer betrachtete. Alles war verrostet und voller Schimmel. Es musste komplett ausgetauscht werden, aber dafür musste er es erst einmal abmontieren.

Wieder legte er die Rohrzange an die Schelle und stemmte sich mit aller Macht dagegen.

Für einen kurzen, schrecklichen Moment erschien ein Bild aus seinem Traum vor seinem geistigen Auge: Auf einer der kleinen Spreebrücken begann Emmas Kinderwagen langsam auf das dunkle Wasser zuzurollen, so als würde jemand mit einem unsichtbaren Seil an ihm ziehen.

»Nein«, stöhnte Robert und versuchte seine Gedanken allein auf das Rohr vor sich zu konzentrieren, um das unheimliche Bild aus seinem Kopf zu vertreiben. Endlich bewegte sich die Schelle langsam.

Plötzlich brach das alte Rohr mit einem lauten Krachen durch und fiel auf Robert. Zum Glück hatten sie vorher daran gedacht, das Wasser abzustellen, trotzdem befand sich in der Leitung noch so viel abgestandene Brühe, dass sein T-Shirt völlig durchnässt wurde. Dazu fiel ihm aus dem kaputten Rohr auch noch eine feuchte Mischung aus Haaren, Essensresten und Dingen ins Gesicht, die er sich lieber nicht vorstellen wollte.

»Verdammte Scheiße!« Robert kroch unter der kaputten Spüle hervor und richtete sich auf.

Tom war sofort besorgt an der Tür. »Was ist passiert?«

»Nichts«, fauchte Robert ihn an. »Ich habe alles im Griff.«

»Das sieht aber nicht so aus.«

»Bitte, Tom«, presste Robert genervt hervor, »lass mich einfach nur machen, okay?«

Tom betrachtete seinen triefenden Chef und grinste. »Vielleicht sollten Sie erst einmal duschen?«

»Mache ich, wenn ich hier fertig bin. Kümmere du dich mal lieber um die Farbe.«

Tom nickte. Robert Lindner war wirklich nicht zu helfen.

»Eins noch. Lagern irgendwo noch andere Rohre? Also Rohrteile, die man zum Ausbessern benutzen kann?«

Tom nickte. Sein Grinsen war verschwunden. »Unten im Keller, neben der Waschküche. Ich hole Ihnen welche hoch.«

»Nein, verdammt noch mal! Ich bin doch kein alter Mann. Ich kann sie mir selbst holen.«

»Aber Herr Lindner, ich ...« Tom schwieg, als er Roberts Gesichtsausdruck sah. »Na schön, ich bin wieder im Flur, falls Sie mich suchen.«

Wütend stieß Robert ein rostiges Rohrstück mit dem Fuß in die Ecke.

»Störe ich Sie bei der Arbeit?«, dröhnte plötzlich eine bekannte Stimme.

Robert drehte sich um. Vor ihm stand der Bürgermeister und betrachtete ihn amüsiert.

»Wo kommen Sie denn her?«

Dudek deutete auf den Flur, der zur Terrasse führte. »Ich bin hinten reingegangen. Ihre Türklingel ist kaputt.« Grinsend betrachtete er die Trümmer der Spüle. »Und offensichtlich nicht nur die.«

Robert lächelte gequält.

»Ich habe Ihnen doch gesagt, dass Sie mich anrufen können, wenn Sie Hilfe brauchen.«

»Wir kommen ganz gut allein klar, herzlichen Dank.«

Dudek musterte Roberts nasses T-Shirt. »Sind Sie sich da sicher?«

Robert nickte und griff nach einem Handtuch, um sich sein Gesicht abzuwischen.

Der Bürgermeister schaute sich mit betont besorgter Miene um. »So ein altes Haus macht viel Arbeit. Da weiß man gar nicht, wo man anfangen soll, was?«

»Schon, aber dafür wird es am Ende umso schöner.«

»Ich habe den Bootssteg gesehen. Sie haben ihn repariert.«

Robert schwieg.

Dudek rümpfte die Nase und versuchte einen Blick ins Treppenhaus zu werfen. »Und am Streichen sind Sie auch schon? Respekt.«

»Wir wollen den Muff der letzten fünfzig Jahre aus dem Haus vertreiben.«

»Da bin ich aber gespannt.« Dudek lächelte säuerlich.

»Gibt es einen konkreten Grund für Ihren Besuch?«, erkundigte sich Robert.

Dudek nickte. »Ich habe eine Verabredung mit Ihrer Frau.«

»Tatsächlich?« Robert war überrascht. »Davon weiß ich nichts.«

»Ich habe sie ja auch erst vor einer Stunde angerufen.«

»Und was wollen Sie von ihr?«

»Ein bisschen plaudern. Über Geschäftliches.« Dudek machte eine wegwerfende Geste, um zu demonstrieren, dass es in seinem Leben Wichtigeres gab, als Spülen zu reparieren.

»Und worüber genau?«

Dudek fuhr mit dem Finger prüfend über den Küchentisch. »Hatten Sie nicht gesagt, dass das Hotel eigentlich Ihrer Frau gehört?«

»Das stimmt. Trotzdem können Sie genauso gut mit mir reden.«

Dudek gab sich überrascht. Für einen Moment hielt Robert seinem fragenden Lächeln stand, dann seufzte er müde. »Sie ist oben in ihrem Büro.«

Dudek nickte zufrieden.

Robert warf das schmutzige Handtuch in die Ecke. »Kommen Sie, ich bringe Sie hin.«

Dudek hob die Hände. »Nur keine Umstände, Herr Lindner, ich kenne den Weg.«

Robert schwieg irritiert.

»Die Tante Ihrer Frau und ich, wir waren gute Freunde.« Er lächelte milde, bevor er Robert kumpelhaft auf die Schulter klopfte. »Lassen Sie uns doch mal wieder ein Bier zusammen trinken«, sagte er gönnerhaft, bevor er die Küche verließ.

In diesem Leben ganz bestimmt nicht, dachte Robert und blickte dem Bürgermeister genervt hinterher. Dann machte er sich auf den Weg in den Keller.

Der Spreewaldhof besaß eigentlich zwei Keller.

Im einen standen die großen Waschmaschinen für die Handtücher und Bettwäsche. Zusätzlich gab es Lagerräume für Lebensmittel und all die anderen Dinge, die in einem Hotel gebraucht wurden: Klopapier, Geschirr, Besteck, Getränkekisten, Dekorationsartikel und vieles mehr. Außerdem war da noch ein dunkler Raum, in dem Tom die alten Möbel von Maries Tante untergestellt hatte. Er hatte sich bemüht, alles so sorgfältig wie möglich zu behandeln, und sie mit Laken verhüllt, um sie vor Schmutz und dem Putz zu schützen, der hier, genau wie in allen anderen Kellerräumen, immer wieder von der Decke rieselte. Robert hatte sich die Mischung aus brüchigem Vorkriegskitsch und speckiger DDR-Presspappe gemeinsam mit Marie angeschaut. Sein Vorschlag hatte gelautet, den ganzen Trödel in einem großen Feuer zu verbrennen, doch davon hatte Marie nichts wissen wollen. Vielleicht lagerten hier ja doch noch ein paar Antiquitäten. Sie wollte sich die Sachen noch einmal genauer anschauen, irgendwann, wenn sie mehr Zeit hatte.

Der erste Teil des Kellers wurde von Tom und Theresa zwar regelmäßig gefegt und gewischt, war aber wie alle anderen Bereiche des Hotels renovierungsbedürftig. Vor allem die Elektrik stellte ein großes Problem dar. Die Leitungen hingen zum Großteil lose über den unverputzten Wänden, die Lampen waren total veraltet und spendeten viel zu wenig Licht für die großen Räume. Zudem kam es in dem alten Sicherungskasten, der noch aus den sechziger Jahren stammte, ständig zu Kurzschlüssen, die besonders deshalb gefährlich waren, weil der gesamte Keller des Spreewaldhofes durch den nahen Fluss mit Feuchtigkeit zu kämpfen hatte.

Am stärksten galt das für den zweiten, etwas tiefer gelegenen Teil. Tom hatte erzählt, dass dieser Bereich bei Hochwasser regelmäßig vollllief. Es sei keine Seltenheit, dass die Spree einem dort bis zu den Knien stand.

Um das zu verhindern, hätte nicht nur der ganze Keller,

sondern das gesamte Fundament des alten Hauses erneuert und isoliert werden müssen, aber dafür hatte Tante Hedwig natürlich das Geld gefehlt. Sie hatte sich stattdessen dafür entschieden, diesen Teil des Kellers einfach aufzugeben. Die meisten Räume hatte sie zumauern oder mit dicken Stahltüren verschließen lassen. Den Gang, der in den düsteren, nur von einer nackten Glühbirne beleuchteten Bereich führte, hatte sie mit einem dicken Stahlgitter abgetrennt. Tom hatte lange nach dem Schlüssel für das schwere Vorhängeschloss suchen müssen, als Marie und Robert darauf bestanden hatten, sich auch diesen Bereich anzuschauen.

Ein einziger Blick in die schlammigen Räume hatte ihnen gereicht. Dieser Teil, Robert nannte ihn die Gruft, war für das Hotel verloren. Marie hatte schon Kontakt mit einem Architekten aufgenommen, der feststellen sollte, ob man die Räume komplett versiegeln konnte.

Im flackernden Licht einer schief hängenden Neonlampe musste Robert längere Zeit suchen, bis er die Ersatzrohre gefunden hatte. Sie lagen in einem Stapel hinter einer Werkbank.

Robert verdrehte die Augen. Tom war mit Sicherheit ordentlich, aber wie Tante Hedwig schien er ein Problem mit dem Wegwerfen von unnützem Trödel zu haben. Stattdessen lagerte er alles so sorgfältig wie möglich. Das Werkzeug hatte er beispielsweise an extra Haken an der Wand aufgehängt. Das sah auf den ersten Blick sehr professionell aus. Doch das meiste war Schrott und gehörte eigentlich auf den Sperrmüll. Genau wie die gestapelten Rohre, die nicht viel besser aussahen als die rostigen Teile oben in der Küche.

Leise ächzend kniete Robert sich nieder. Vielleicht waren ja doch noch ein paar davon zu benutzen.

Plötzlich spürte er, wie ihm ein kalter Schauer über den Rücken lief. Das gleiche Gefühl wie vor einer Woche bei ihrer Ankunft im Spreewald, nahe dem einsamen Feldweg. Und wieder war es still um ihn herum. Auch vorher war im Keller kein Geräusch zu hören gewesen, aber jetzt war die Stille absolut, betäubend. Er fühlte sich wie in einer Blase, in der die normale Zeit und die normale Welt nicht mehr bestanden. Ihm schwindelte. Benommen griff er sich an den Kopf. Was war nur los mit ihm? Schwer atmend richtete er sich langsam auf.

Die Vision traf ihn ins Herz wie ein Schlag in den Bauch. Ihm wurde schwarz vor Augen, stöhnend schnappte er nach Luft. Ihn überkam das überwältigende Gefühl, in dunklem, trübem Wasser zu ertrinken. Er bekam keine Luft, roch den feuchten, abgestandenen Gestank, schmeckte ihn auf der Zunge!

Er wollte nach Hilfe rufen, war aber wie gelähmt. Sein Mund, sein ganzer Körper war taub, ihm fehlte die Kraft, auch nur den kleinsten Finger zu rühren. Irgendetwas, irgendwer schnürte ihm die Kehle zu.

Er trieb auf dem Fluss. Es war Nacht, er konnte Sterne sehen und den hellen Mond. Und kleine Hände, die aus dem Wasser ragten. Kinderhände! In wilder Panik wollte Robert nach ihnen greifen, aber so sehr er sich auch mühte und streckte, er schaffte es einfach nicht. Ein paar Millimeter fehlten.

Er begann auf den Grund zu sinken, an seinen Füßen spürte er deutlich den schleimigen Boden aus Algen und totem Gewebe. Aber er wollte nicht sterben, er wollte doch leben! Irre vor Angst versuchte er sich zu drehen, den Pflanzen zu entkommen, als er ein bleiches Gesicht nur wenige Zentimeter vor dem seinen sah. Maries Gesicht! Mit starren, toten Augen blickte sie ihn an, schwebte im Wasser an ihm vorbei.

Robert schrie, aber das Wasser erstickte jeden Laut. Warum nur konnte er sich nicht bewegen? Verzweifelt kämpfte er gegen die lähmende Taubheit in seinem Körper an, bis es ihm gelang, einen Arm nach oben zu ziehen. Er griff nach der davontreibenden Marie und …

Er lag in dem staubigen Keller. Stöhnend rappelte er sich auf. Ihm war schlecht, fürchterlich schlecht, in seinem Mund der Geschmack nach widerlich verfaultem Flusswasser. Was war nur mit ihm passiert? Wieso suchten ihn diese unheimlichen Visionen immer noch heim?

Irritiert schaute er sich um. Irgendwas stimmte nicht. Er brauchte einige Momente, bis er merkte, was es war.

Er stand nicht mehr nahe der Werkbank, bei den alten, rostigen Rohren, sondern vor der Gittertür zum abgesperrten Kellerteil. Immer noch in der seltsamen Blase gefangen, wandte er den Kopf in den ins Dunkle führenden Gang. Er kniff die Augen zusammen. Irgendetwas bewegte sich dort wie ein Schatten, kam auf ihn zu, langsam, aber unaufhaltsam.

Er spürte, dass es keinen Ausweg gab. Er konnte noch immer nichts erkennen, aber aus dem Dunkel näherte sich ihm etwas Böses, so voller abgrundtiefem Hass, dass es ihm den Atem nahm. Das Letzte, was er zu sehen glaubte, bevor ihm die Sinne schwanden, waren zwei leuchtende, feuerrote Punkte im schwarzen Nichts.

»Aber das ist doch lächerlich! Ich will mein Hotel nicht verkaufen!« Marie starrte den dicken Mann mit der Halbglatze fassungslos an, der vor ihrem Schreibtisch auf einem Stuhl saß.

»Sie müssen sich ja nicht sofort entscheiden.« Dudek lächelte sanft. »Überlegen Sie es sich einfach in Ruhe.«

»Aber da gibt es nichts zu überlegen. Ich verkaufe nicht. Basta!«

Der Bürgermeister musterte Marie einen Moment lang mitleidig. »Sie kommen aus Berlin, oder?«

»Ja, wieso?«

»Eine tolle Stadt.«

»Vielleicht.«

»Nein, ganz sicher. Und jetzt, nach der Wende, wird bestimmt alles noch viel schöner, größer und prachtvoller.«

Marie ahnte, worauf der Bürgermeister hinauswollte. »Kann schon sein, aber wir haben uns entschieden. Glubitz ist jetzt unser Zuhause. Wir wollen hier den Rest unseres Lebens verbringen.«

»Tatsächlich? Ihr Mann wirkt aber eher so, als hätte er ein bisschen Heimweh.«

»Sie haben ihn schon kennengelernt?«

Dudek nickte und lächelte sie an, wie Erwachsene Kinder anlächeln. »Wir haben ein bisschen geplaudert. Ich habe gesehen, was er schon alles repariert hat. Sehr beeindruckend.«

Marie musterte Dudek misstrauisch. »Ja, Robert macht nicht gern halbe Sachen.«

»Das glaube ich Ihnen. Trotzdem habe ich den Eindruck, dass ihm die viele Arbeit nicht leichtfällt.«

»Hat er das gesagt?«

»Nein, aber seine Körperhaltung drückt das aus. Kann es sein, dass er Probleme mit dem Rücken hat?«

»Das geht Sie nichts an.«

»Ich habe gehört, er hätte in Berlin einen hässlichen Unfall gehabt.«

»Einen Unfall, ja? Nennen das Ihre Freunde von der Partei heutzutage so?«

»Frau Lindner. Lassen Sie uns offen miteinander sprechen.«

»Es wäre wirklich schön, wenn wir das könnten.« Marie schenkte Dudek ein spöttisches Lächeln.

»So eine Hotelrenovierung bedeutet einen Haufen Arbeit. Sie sind fremd hier und kennen keinen Menschen.«

»Das wird sich bald ändern.«

»Außerdem haben Sie nicht den blassesten Schimmer einer Ahnung, was es bedeutet, ein Hotel zu führen.«

»Herr Dudek, machen Sie sich mal keine Gedanken um uns, wir kommen schon klar. Vielen Dank für Ihr Angebot, aber ich bin nicht interessiert.«

»Ich habe Ihnen ja noch gar keine Zahl genannt.«

Marie erhob sich. »Das müssen Sie auch nicht. Der Spreewaldhof steht nicht zum Verkauf. Und jetzt entschuldigen Sie mich, ich habe noch eine Menge zu tun.«

»Das kann ich mir vorstellen.«

In dem Moment stürmte Theresa ins Büro. »Frau Lindner, kommen Sie schnell!«, stieß sie atemlos hervor.

»Was ist passiert?«

»Ihr Mann, er liegt unten und …« Ihr fehlten die Worte. Aber mehr musste sie auch nicht sagen. Marie war schon an ihr vorbei aus dem Zimmer gestürmt.

Robert lag im Flur neben der offenen Kellertür auf dem Boden. Tom saß neben ihm und stützte seinen Kopf, als Marie mit Theresa und dem Bürgermeister im Schlepptau ihn erreichte.

»Oh Gott, Robert?!« Marie war den Tränen nahe.

Tom wirkte mindestens genauso erschrocken wie Marie. »Ich wollte gerade neue Farbe holen, da habe ich ihn hier gefunden.«

Marie kniete sich neben die beiden Männer und nahm Robert in den Arm, der gerade zu Bewusstsein gekommen kam. Verwirrt schaute er in die entsetzte Runde, dann erkannte er seine Frau und lächelte. »Liebling …«

Robert hatte sich auf den Boden und sogar auf die Treppe und den Treppenabsatz übergeben. Marie tauschte einen besorgten Blick mit Tom, dann lächelte sie Robert wieder an und versuchte sich ihre Sorge nicht anmerken zu lassen. »Mein armer Schatz, was wolltest du denn bloß im Keller?«

Robert lächelte mit glasigen Augen und bewegte seinen Kopf schwankend hin und her, als sei er im Moment zu schwer für ihn. »Mach dir keine Sorge. Mir geht's schon wieder gut. Alles in Butter.«

Den Eindruck hatte Marie ganz und gar nicht. Sie drückte Robert mit aller Kraft an sich. Dass sie sich dabei selbst mit seinem Erbrochenen beschmutzte, war ihr egal.

Der Bürgermeister stand etwas abseits von ihnen im Hintergrund und hatte alles nachdenklich beobachtet.

Tom und seine Freundin blickten ihn fragend und betroffen an, als wollten sie von ihm wissen, was zu tun sei.

Dudek schüttelte kaum merklich den Kopf. Während der nichts ahnenden Marie stumm Tränen übers Gesicht liefen, nickten Tom und Theresa dem Bürgermeister zu. Sie hatten verstanden.

16

Erst dem zehnten Reiter gelang es, dem toten Huhn den Kopf abzureißen. Der dreizehnte erwischte den rechten Flügel, der zwanzigste schaffte es, dem toten Vogel unter dem Jubel der Menge auch den linken Flügel zu entfernen.

Marie beugte sich zu Robert. »Bizarr, oder?«

Er nickte und beobachtete, wie vor allem die jugendlichen Zuschauer die Reiter wie Popstars feierten. Gemeinsam mit seiner Familie stand er hinter der Absperrung, einem rotweißen Plastikband, und schaute zu, wie die jungen Burschen von ihren Fans jubelnd auf die Schultern gehoben und dann durch die Menge getragen wurden. Die drei Sieger reckten ihre zerrupften Trophäen wie Goldpokale in die Höhe.

Der arme Hahn, dachte Robert.

Hahnrupfen hieß diese seltsame Veranstaltung. Das Spektakel gab den Lindners zum ersten Mal seit ihrer Ankunft vor fast zwei Monaten die Gelegenheit, sich einen Überblick über fast alle Glubitzer zu machen.

Wie überall im Spreewald traf sich die Jugend auch hier im Herbst, um herauszufinden, wer die Geschicktesten waren. Verständnislos hatte Robert auf einem Plakat die Ankündigungen der weiteren Wettkämpfe gelesen: Stoppelreiten, Ringreiten, Stollenreiten, Froschkarren und Hahnschlagen.

Den Höhepunkt stellte jedoch ganz klar das Hahnrupfen dar. Auf einem abgeernteten Feld wurde dafür ein mit Eichenlaub geschmückter Torbogen aufgestellt. Junge, unverheiratete Männer in grauen Stoffhosen und weißen Hemden mussten immer wieder durch dieses Tor reiten. Im ersten Durchgang hatten sie noch versucht, am Querbalken befestigte Zigaretten oder Schnapsfläschchen herunterzureißen. Dann war es ernst geworden. Staunend hatten die Lindners beobachtet, wie ein toter Hahn kopfüber im Bogen aufgehängt wurde. Anschließend mussten die jungen Männer dem Hahn den Kopf und dann die Flügel abreißen. Die Belohnung: Als erster, zweiter und dritter König durften sich die drei Sieger mit verbundenen Augen ihre Königin unter den anwesenden Mädchen auswählen, die zur Feier des Tages ihre sorbische Tracht trugen.

Jetzt zogen die mit Eichenlaub geschmückten Königspaare auf ihren Pferden feierlich zu dem großen Festzelt, das Dudek neben seinem Campingplatz auf einem Gurkenfeld hatte aufstellen lassen.

Auch die Lindners ließen sich an einem der langen Tische nieder. Sie hatten in Glubitz schon ein paar lockere Bekanntschaften geschlossen, vor allem mit ihren direkten Nachbarn, aber auch mit Lieferanten und Handwerkern, die am Umbau und der Renovierung des Spreewaldhofes beteiligt waren. Trotzdem wirkten die Zuwanderer aus Berlin noch immer wie Fremdkörper. Dieses Fest gehörte den Glubitzern und ihren Gästen aus den umliegenden Dörfern.

Theresa und Tom waren mit Emma und Lars auf dem Feld unterwegs, um sich das Kinderprogramm anzuschauen. Robert und Marie waren allein zurückgeblieben. Verlegen lächelnd klammerten sie sich an ihre Pilsgläser und beobachteten das Treiben um sie herum. Nach dem Auftritt einiger Blasorchester hatte sich auf der Bühne eine kleine Kapelle aufgebaut, die die Gäste mit launischen Versionen alter DDR-Hits zum Tanzen animierte.

Marie beugte sich zu Robert. »Und? Fühlst du dich wieder mal in deinen Vorurteilen bestätigt?«

Robert blickte sie fragend an.

»Na, Dörfler in Trachten, Blasorchester und DDR-Schlager. So hast du dir den Osten doch immer vorgestellt, oder?«

»Ich finde es ganz witzig.«

»Wirklich?«

»Klar, endlich ist hier mal etwas los.«

»Meinst du, wir könnten mit dem Fest auch Touristen in unser Hotel locken? Nächstes Jahr vielleicht?«

Robert warf einen eher skeptischen Blick in die Runde und zuckte mit den Schultern.

»Ah, die Lindners! Wie schön, dass Sie gekommen sind!«

Robert und Marie drehten sich zu Dudek, der hinter ihnen an den Tisch getreten war. Zur Feier des Tages hatte er sich einen anderen Anzug angezogen, der an den Taschen allerdings genauso ausbeulte wie der graue. Marie nickte dem Bürgermeister zur Begrüßung freundlich zu.

»Sagen Sie bloß, Sie haben auch bei diesem Reiterschnickschnack mitgemacht?« Robert deutete auf einen kleinen Eichenlaubzweig, der im obersten Knopfloch von Dudeks Jacke steckte.

Der Bürgermeister lächelte. »Gefallen Ihnen unsere Sitten und Gebräuche nicht?«

»Das sollten Sie lieber den Hahn fragen.«

»Eigentlich wird das Fest nur ihm zu Ehren gefeiert. Aus Dankbarkeit.«

»So zeigt man hier seine Dankbarkeit? Indem man einem den Kopf abreißt?«

Dudeks Lächeln wurde breiter. »Der Hahn ist bei uns ein Symbol für Fruchtbarkeit. Ihm haben wir jedes Jahr unsere Ernte zu verdanken. Leider hat er sich in der Zeit der Aussaat und Ernte so verausgabt, dass er als Fruchtbarkeitsgeist für das nächste Jahr zu schwach und alt geworden ist. Also muss er gerupft werden.«

Robert und Marie blickten den Bürgermeister verständnislos an.

»Aber klar, als Großstadtmenschen muss Ihnen unser Brauchtum natürlich etwas … archaisch vorkommen.«

Marie lächelte breit. »Keine Sorge, Herr Dudek, wir werden uns schon daran gewöhnen.«

»Was dagegen, wenn ich mich zu Ihnen setze?« Ohne eine Antwort abzuwarten, ließ sich Dudek ihnen gegenüber nieder und musterte Robert. »Geht es Ihnen wieder besser, Herr Lindner?«

»Alles in Ordnung.«

»Tatsächlich?«

»Ja, war wohl nur ein kleiner Schwächeanfall.«

»Sah aber eher nach einem Totalzusammenbruch aus.«

»Quatsch.« Robert warf Marie einen schnellen Blick zu. »Ich hatte nur etwas Schlechtes gegessen.«

»Ein Glück. Dann habe ich mir ja umsonst Sorgen gemacht.«

Robert nippte an seinem eigentlich schon leeren Bierglas. »Vielen Dank, aber Sie müssen sich um uns wirklich keine Gedanken machen. Ich – wir haben alles im Griff.«

»Na gut.« Dudek bestellte sich bei einer beleibten Kellnerin ein Bier.

»Ich bin beeindruckt, was Sie hier auf die Beine gestellt haben.« Marie deutete auf das Zelt.

»Nur eine Notlösung. Normalerweise zieht die ganze Bande nach dem Hahnrupfen und der Königinnenwahl in das nächste Gasthaus.«

»Und das wäre?«

»Der Spreewaldhof. Aber durch den Umbau und die Renovierung … nun ja.« Dudek hob bedauernd die Schultern. »Nächstes Jahr können Sie gern wieder kommen. Ich würde mich freuen, das Fest für das Dorf auszurichten.«

Dudek schaute Marie in die Augen. »Haben Sie noch einmal über mein Angebot nachgedacht?«

»Der Umschlag liegt noch immer ungeöffnet auf meinem Schreibtisch.«

»Aber Sie haben ihn nicht weggeworfen.«

»Die Tonne für das Altpapier war schon voll.«

Dudek und Marie starrten sich lächelnd an. Robert fragte sich, wer als Erster den Blick senken würde.

Es war Dudek. Er griff nach seinem Bier und prostete Marie anerkennend zu. »Na dann, auf gute Nachbarschaft. Ich hoffe, Sie nehmen mir mein Interesse nicht übel.«

Marie schüttelte den Kopf, fixierte Dudek aber noch immer. Robert war verwirrt, wie so oft in letzter Zeit. Marie, seine Marie, die liebevolle Mutter seiner Kinder, entwickelte sich langsam, aber sicher zu einer abgebrühten Geschäftsfrau. Noch wusste Robert nicht, ob ihm das gefiel.

Dudeks Blick verriet hingegen sehr wohl, dass er Maries Verhalten äußerst anziehend fand.

Er erkundigte sich nach ihren Erfahrungen mit den örtlichen Handwerkern. Tatsächlich hatten sie in letzter Zeit ein paar Probleme gehabt, vor allem mit den Zimmerleuten, die den Dachstuhl ausbessern sollten. Dudek bot an, Marie ein paar zuverlässigere Handwerker zu organisieren.

Robert saß daneben und fühlte sich wie ein kleiner Schuljunge. Weder Marie noch Dudek beachteten ihn, dabei war er doch der Hausmeister! Handwerker fielen in seinen Bereich. Ein paarmal versuchte er sich in das Gespräch der beiden einzuklinken, hatte aber keinen Erfolg. Auch wenn er es nicht deutlich aussprach, es war klar, dass Dudek mit dem Chef reden wollte – mit Marie.

Robert stand auf. »Ich sehe mal kurz nach den Kindern.«

Marie schenkte ihm ein liebevolles, aber schnelles Lächeln. »In Ordnung, Schatz.«

Als Robert sich im Gehen noch einmal umdrehte, war Marie schon wieder in ihr Gespräch mit dem Bürgermeister vertieft.

Er drückte sich an den Gästen vorbei zur Theke, kaufte sich noch ein Bier und ging dann vor das Zelt.

Seufzend lehnte er sich an das übergroße Rad eines alten Treckers. Endlich stehen, langes Sitzen tat seinem Rücken gar nicht gut. Er beobachtete das Treiben auf dem abgeernteten Feld. In einiger Entfernung entdeckte er Lars zusammen mit Tom beim Hahnschlagen. Anders als beim Hahnrupfen spielte hier kein echter Vogel die traurige Hauptrolle. Robert hatte die Regeln nicht wirklich verstanden, aber offensichtlich funktionierte das Spiel ähnlich wie Blindekuh. Mit verbundenen Augen musste eine Kiste am Boden gefunden und dann mit einem Dreschflegel abgeschlagen werden. Soweit Robert erkennen konnte, stellte sich Lars ganz geschickt an. Sein Junge strahlte übers ganze Gesicht, während Tom ihm anerkennend auf die Schulter klopfte. Theresa stand mit dem Kinderwagen daneben und applaudierte.

»Haben Sie Feuer?«

Überrascht drehte sich Robert um. Neben ihm stand Dudeks Tochter. Wie die meisten jungen Mädchen trug auch sie heute Tracht: ein weißes Spitzenkleid, das ihr bis über die Knie reichte, ein blaues, mit bunten Blumen verziertes Halstuch und auf dem Kopf eine große weiße Haube. Letztere erinnerte Robert an eine Krankenschwester.

»Schicke Mütze«, grinste er.

Das Mädchen verdrehte die Augen und hielt ihm mit einem koketten Blick die Zigarette hin. Als Gegensatz zu ihrer keusch-traditionellen Kleidung hatte sie sich die Augen schwarz geschminkt.

Robert grinste. »Tut mir leid, aber ich rauche nicht. Und du solltest lieber auch die Finger davon lassen.«

Für einen Moment musterte das Mädchen Robert von oben bis unten. Offensichtlich gefiel ihr, was sie sah. »Schade.« Sie lächelte verführerisch, bevor sie mit ausgeprägtem Hüftschwung davonging.

Robert schaute ihr beeindruckt hinterher. So ein kleines Luder, dachte er. Was ihr Vater wohl sagen würde, wenn er wüsste, dass seine Tochter sich hier vor dem Zelt herumtrieb und verheiratete Männer anbaggerte? Hoffentlich würde seine kleine Emma nie so werden. Aber genau wie die Tochter des Bürgermeisters würde auch Emma hier im Spreewald aufwachsen. Vielleicht würde sie irgendwann auch eine Tracht tragen und mit älteren Männern auf Dorffesten flirten.

Robert schüttelte sich bei dem Gedanken. Das würde nie passieren, nicht wenn er dann noch etwas zu sagen hatte. Sein kleiner Engel würde niemals so ein Flittchen wie Dudeks Tochter werden.

Er streckte sich. Immerhin war das Mädchen heute der erste Mensch gewesen, der ihn nicht voller Bedauern und Mitgefühl angeschaut hatte. Die Verkäuferin in dem kleinen Krämerladen, Spaziergänger wie die beiden verrückten alten Gurken-Omas, die Dorfbewohner generell und der Bürgermeister – sie alle betrachteten ihn mit einem besorgten, mitleidigen, manchmal sogar verächtlichen Blick. Keiner sprach ihn direkt an, aber alle schienen Bescheid zu wissen.

Eine Woche war seit dem Erlebnis im Keller jetzt schon vergangen. Tom und Theresa hatten ganz bestimmt niemandem davon erzählt, Marie sowieso nicht, allerdings war Robert sich sicher, dass Dudek den gesamten Ort darüber informiert hatte, dass der neue Nachbar aus Westberlin die Kellertreppe, den Flur und sich selbst vollgekotzt hatte.

Robert schloss die Augen und stöhnte. Der Keller. Er konnte sich nur schemenhaft an das erinnern, was dort passiert war.

Der dunkle Schatten, der plötzlich näher gekommen war. Der kalte Schauer, der über seinen Rücken gelaufen war. Und die Angst. Die schreckliche Angst, die sich auf einmal zentnerschwer auf ihn gelegt und ihm die Beine unter dem Körper weggezogen hatte. Dann war alles schwarz geworden, und das Nächste, woran er sich erinnern konnte, war Maries besorgtes Gesicht über ihm, als er im Flur zur Besinnung gekommen war.

Aber was war wirklich mit ihm passiert? Was war dort unten? Bestand für seine Familie Gefahr? Robert konnte sich gut an das Zögern von Tom und Theresa erinnern, als er und Marie das erste Mal den Keller hatten sehen wollen. Robert hatte Tom vor ein paar Tagen erneut darauf angesprochen, warum sie nicht dort hinuntergehen sollten. Wegen der großen Unordnung und der Feuchtigkeit, hatte Tom geantwortet.

Robert glaubte ihm, und eigentlich wusste er auch, was schuld an seiner Vision vor dem rostigen Gitter im Keller gewesen war. Ein Blick auf sein Erbrochenes hatte gereicht.

Die Tabletten. Er hatte viel zu viele von ihnen geschluckt, überall hatte er die kleinen gelben Teufel erkennen können. Auch Marie waren sie nicht verborgen geblieben, aber sie hatte nur die halbe Wahrheit erkannt. Von seinen Visionen hatte Robert ihr nichts erzählt. Es sei nur ein Schwächeanfall gewesen, hatte er behauptet, trotzdem waren sie schon am nächsten Tag zusammen zu seinem Arzt nach Berlin gefahren. Er bräuchte ein anderes Medikament, hatte Marie dem Mediziner erklärt. Das aktuelle sei unverträglich.

Die neuen Pillen, die er verschrieben bekommen hatte, waren grün. Zwei Stück am Tag, eine morgens und eine abends, hatte der Arzt gesagt.

Als er mit Marie schweigend in den Spreewald zurückgefahren war, hatte er einen Entschluss gefasst. Er würde keine einzige Tablette mehr schlucken, egal, wie stark die Schmerzen werden würden. Ob gelb oder grün, die verfluchten Mistdinger machten ihn noch krank im Kopf.

Die ersten Tage waren ein einziger Alptraum gewesen. Er konnte weder stehen noch sitzen und nur eine kurze Zeit lang liegen. Marie, die nicht ahnte, dass er komplett auf Tabletten verzichtete, musste mitansehen, wie ihr Mann sich vor Schmerzen wand. Besorgt wollte sie schon den Notarzt holen, als sich sein Zustand endlich besserte. Natürlich schmerzte sein Rücken noch immer, wenn er die lange Treppe hinunterging oder sich nach Getränkekisten bückte, aber seit dem dritten, vierten tablettenfreien Tag waren die Schmerzen erträglich. Und wenn er sich so bewegte, wie sein Berliner Arzt es ihm gezeigt hatte, dann verschwanden die Schmerzen manchmal sogar ganz.

Aber das Beste war: Ohne die Tabletten hatte er das Gefühl, klarer denken zu können. Die Luft schmeckte anders, besser, und auch die herbstlichen Farben der Natur schienen intensiver zu leuchten. Er fühlte sich, als wäre er aus einem langen Schlaf erwacht. Die unheimlichen Bilder aus dem Keller waren nur ein Alptraum gewesen, den er in diesem Schlaf geträumt hatte. Und wie alle anderen Träume fing auch dieser an, mit jedem Tag, der verging, stärker zu verblassen. Nur ein unbestimmtes Angstgefühl war zurückgeblieben, aber er war sich sicher, dass auch das mit der Zeit verschwinden würde.

Er hatte darauf bestanden, noch einmal mit Tom in den Keller zu gehen. Als er dort unten zwischen dem Gerümpel, den Wäschekörben und Getränkekisten stand, hatte er über sich selbst lachen müssen. Alles nur Einbildung! Hier gab es weit und breit keine schleimigen Monster, die mit verwesten Armen nach ihm griffen. Der Keller war einfach nur unaufgeräumt und feucht, nicht mehr und nicht weniger. Und wenn es dunkle Schatten gab, dann nur, weil Maries Tante nicht genügend Lampen installiert hatte.

Robert sog die frische Luft ein und genoss den Duft der Erde und des trockenen Strohs, mit dem der Festplatz ausgelegt war. Hinzu kam der Geruch von Bratwürsten, die auf dem Grill vor sich hin brutzelten. Selbst ein Karat-Hit, der aus dem Zelt dröhnte, konnte ihm seine plötzliche gute Laune nicht verderben.

Er brauchte ein neues Bier, aber bevor er wieder zurück ins Zelt ging, wollte er nach den Kindern sehen. Als er sich ihnen näherte, flog ihm Lars glücklich in die Arme.

»Papa, ich habe den Hahn schon dreimal erwischt!«

Tom zwinkerte Robert zu. »Nicht mehr lange, und Ihr Sohn ist ein richtiger Sorbe.«

Robert behielt seine Meinung zu dieser Zukunftsperspektive lieber für sich. »Magst du ein Eis?«

»Gleich. Davor musst du noch zuschauen, wie ich den Hahn schlage!«

»Na schön.«

Lars stellte sich in der kleinen Schlange der Kinder an, die sich an dem Spiel versuchen wollten. Kreischend vor Glück schnappte sich eins nach dem anderen mit verbundenen Augen einen Dreschflegel und suchte damit den Boden nach dem umgedrehten Topf ab.

Als Lars an der Reihe war, band ihm Tom das Tuch um die Augen und drückte ihm den Flegel in die Hand. »Los geht's!« Er schob ihn auf die Spielfläche, wo ein Helfer schon den Topf versetzt hatte.

»Guckst du auch zu, Papa?«, rief Lars aufgeregt, während er sich blind auf die Suche machte.

»Natürlich, was denkst du denn?« Robert lachte. Als er sich kurz umwandte, fiel sein Blick auf einen Tisch, an dem sich mehrere Kinder unter der Aufsicht einer Mutter mit Tusche und Wachsmalstiften austoben durften. Robert stutzte, als er aus dem Augenwinkel das Bild sah, das ein kleines Mädchen mit langen, blonden Zöpfen malte.

»Papa, bist du noch da?« Lars pflügte mit seinem Dreschflegel gerade den Boden weit entfernt vom Topf um.

»Natürlich.« Aber Robert war mit seinem Blick und seinen Gedanken bei dem kleinen Mädchen. Lächelnd setzte er sich zu ihm auf die Bank. »Das ist aber ein tolles Bild, das du da malst.«

»Gefällt es dir?«, erkundigte sich das Mädchen stolz.

Robert betrachtete die Wachszeichnung. Eine Frau stand bis zur Hüfte im Wasser. Lange schwarze Haare hingen ihr wirr über die Schultern, während sie die krakeligen Hände hoch in die Luft hielt.

»Ist das deine Mama?«

»Quatsch.« Das Mädchen lachte. »Das ist doch nicht meine Mama.«

»Wer dann?«

»Die Spreewaldhexe«, sagte das Mädchen und malte der Frau zwei leuchtend rote Augen.

17

Draußen plätscherte leise die Spree, die Grillen zirpten, und der Wind umspielte das Hotel. Trotz der Jahreszeit war es nachts noch überraschend warm.

Robert hatte versucht Marie zu überzeugen, das Fenster zu schließen, aber sie war stur geblieben. Bei geschlossenem Fenster könne sie schlecht schlafen. Und was hatte der Arzt in Berlin gesagt? Gesundes Essen, regelmäßige Bewegung und viel frische Luft – dann würde es Robert bestimmt bald besser gehen.

Im Moment ging es Robert ganz und gar nicht gut. Der Schlaf wollte einfach nicht kommen. Immer wieder musste er an das kleine Mädchen auf dem Dorffest denken und daran, was es über das Bild gesagt hatte. Robert hatte die Kleine so heftig bedrängt, ihm mehr über die Spreewaldhexe zu erzählen, dass die Eltern bald besorgt dazugekommen waren. Ihr Vater hatte ihn aufgefordert, seine Tochter in Ruhe zu lassen, und dabei auf das leere Bierglas in Roberts Händen gestarrt.

Aber Robert hatte das Mädchen einfach nicht in Ruhe lassen können. Erst sollte es ihm verraten, woher es wusste, wie die Spreewaldhexe aussah. Er hatte mit seinem Verhalten ein solches Aufsehen erregt, dass sich eine Menschentraube um ihn gebildet hatte. Fast wäre es zu einer Rangelei mit dem Vater des Mädchens gekommen, doch Tom, der mit Lars dazugeeilt war, hatte gerade noch vermitteln können. Schließlich hatte Robert mit Marie und den Kindern das Fest verlassen. Marie hatte wissen wollen, was geschehen war, aber er hatte nicht darüber sprechen wollen. Immerhin hatte er das Mädchen fragen können, woher es von der Spreewaldhexe erfahren hatte. Aus dem Kindergarten, hatte die Kleine noch antworten können, dann war sie von ihren Eltern fortgezogen worden.

Später am Abend hatte sich Robert bei Tom nach der Spreewaldhexe erkundigt. Hatte er auch von ihr gehört? Tom hatte den Kopf geschüttelt und vermutet, dass es sich dabei um ein altes Märchen aus dem Spreewald handeln könnte. Genaueres wusste er nicht. Er war schließlich auch nicht hier geboren, sondern erst vor fünf Jahren aus dem Erzgebirge nach Glubitz gezogen.

Neidisch betrachtete Robert die schlafende Marie. Er selbst würde diese Nacht bestimmt kein Auge zutun – und zwar nicht wegen der Schmerzen, die ihm vorhin auf der Treppe wieder bis in die Schultern gefahren waren. Da hatte er sich ins Badezimmer geschleppt und nur einen kurzen Moment gezögert, bevor er die Pillendose aufgeschraubt und nicht eine, sondern zwei Tabletten eingeworfen hatte. Schon nach einer Viertelstunde hatte er ihre Wirkung gespürt und konnte Marie bei einer noch nicht ausgepackten Buchkiste helfen.

Was hatte das alles zu bedeuten? Hatten seine Träume, seine Ahnungen, seine Angst und seine Visionen vielleicht doch einen wahren Kern?

Mitternacht war nicht der richtige Zeitpunkt, um solche Fragen zu überdenken, und sein Verstand weigerte sich standhaft, die entscheidende Frage überhaupt zuzulassen. Trotzdem schob sie sich immer wieder in den Vordergrund, trieb immer wieder wie schleichendes Gift vom Boden seines aufgewühlten Bewusstseins nach oben an die Oberfläche.

Gab es die Spreewaldhexe wirklich?

Wieder tauchte das kleine Mädchen auf dem Dorffest in seinen Gedanken auf. War ihr Gekrakel es wirklich wert, sich Sorgen zu machen? Bestimmt war alles nur ein Zufall. Kinder malten eben am liebsten Zauberer, Monster oder andere Fabelwesen. Lars war da keine Ausnahme. Seitdem er Star Wars im Fernsehen gesehen hatte, bevölkerten quallenartige Aliens und Lichtschwerter schwingende Jedi-Ritter seinen Zeichenblock. Und das Mädchen mit den blonden Zöpfen hatte eben eine Hexe gemalt. Und?

Aber es war eine Hexe mit langen schwarzen Haaren gewesen. Eine, die in der Spree lebte und deren Augen rot leuchteten. Sie hatte ausgesehen wie die unheimliche Frau, die immer wieder in seinen Träumen aufgetaucht war. Und der er im Keller begegnet war.

»Nein«, stöhnte Robert mit leiser Stimme. So konnte das nicht weitergehen. Er musste wieder einen klaren Kopf bekommen, und dafür brauchte er unbedingt ausreichend Schlaf. Früher, als er noch Polizist gewesen war – diese Zeit schien bereits eine Ewigkeit zurückzuliegen –, hatte er oft nicht einschlafen können. Kein Wunder, schließlich hatte er tagsüber Schwerkriminelle, Dealer, Mörder und Vergewaltiger durch die Stadt gejagt. Irgendwann war er auf einen Trick verfallen, um nachts endlich Ruhe zu finden: Er dachte an seinen letzten Urlaub und versuchte sich an jede Einzelheit zu erinnern. An die Anreise, an den ersten Tag, an den zweiten. Als wenn er den Urlaub noch einmal durchleben würde, Stunde für Stunde.

Robert entschied sich dafür, die letzte Reise vor seinem »Unfall« Revue passieren zu lassen. Ein Städteurlaub. Drei Tage mit Marie in London. Ein Geschenk seiner Schwiegereltern, die so lange auf die Kinder aufpassten.

Er lächelte, als er daran dachte, wie er mit Marie voller Vorfreude im Flugzeug gesessen hatte. Wie frisch verliebt hatten sie bei einem Glas Sekt Pläne für ihren ersten Abend in London geschmiedet.

Die Maschine war in Gedanken noch nicht in London gelandet, da war Robert schon eingeschlafen.

Das kleine Haus war eines der ältesten in Glubitz und hätte ebenso gut im Museumsdorf in Lehde stehen können. Die Außenwände bestanden zum Großteil aus Holz, das Dach war mit Ried gedeckt. Vor dem Haus gab es riesige Birken und Kiefern, das Gras war kniehoch. Nur dem Gemüsebeet war seine regelmäßige Pflege anzusehen, ansonsten wirkten Haus und Garten, als seien sie von der Zeit und der Welt vergessen worden.

Eine Türklingel gab es nicht. Robert musste einen altertümlichen Türklopfer aus abgegriffenem Messing benutzen.

Nichts passierte. Noch einmal ließ er das Messing gegen die Tür fallen und wartete. Gerade als er sich wieder auf den Rückweg machen wollte, war von drinnen ein leises Schlurfen zu hören.

Die Tür wurde geöffnet, und im Spalt erschien ein ängstliches, faltiges Gesicht. Im Halbdunkel des Flures dahinter konnte er eine weitere, ebenso alte Person erkennen.

»Ja?«, hauchte Emma Grosch. Sein Anblick schien sie zu erschrecken.

»Entschuldigung für die Störung, mein Name ist Robert Lindner, ich …«

»Wir wissen, wer Sie sind«, fiel ihm Bertha Grosch aus dem Hintergrund ins Wort.

»Tatsächlich?«

»Was wollen Sie von uns?«

Robert bemühte sich, so freundlich wie möglich zu sein. »Haben Sie vielleicht einen Moment Zeit für mich? Ich würde Sie gern etwas fragen.«

Die Schwestern blickten sich an.

»Dauert wirklich nicht lange.«

Emma Grosch zuckte mit den Schultern. »Kommen Sie schon rein.«

Der Geruch, der Robert im dunklen Flur entgegenschlug, als er den Frauen in die Küche folgte, ließ ihn sofort an Tante Emmy aus Luckenwalde denken. Es roch nach Alter und Verwesung. Setzte sich dieser Geruch mit den Jahren ganz automatisch in den Möbeln und an den Wänden fest? Wie ein Schmierfilm? Oder legten die Menschen im Alter einfach nicht mehr so viel Wert auf Körperpflege?

Die Schwestern boten ihm einen Kaffee an und redeten dann fast ununterbrochen auf ihn ein. Nach der unterkühlten Begrüßung war das seltsam, aber so war es ihm viel lieber.

Wie schön, dass das alte Hotel nach Hedwigs Tod wieder renoviert wurde. Wie es ihm und seiner Familie in Glubitz gefiel? Ein Segen, dass wieder Kinder im Spreewaldhof spielen würden. Ob ihm das Dorffest gefallen habe und er bereits in Lübbenau gewesen sei? Ob er die Original Spreewalder Gurken schon probiert habe und ob er eine aus ihrer eigenen Ernte probieren wolle?

Als hätten sie Angst, er könne ihnen unangenehme Fragen stellen, ließen ihn die beiden alten Damen einfach nicht zu Wort kommen. Erst mit der Ausrede, er müsse bald wieder ins Hotel zurück, gelang es ihm endlich, ihren Redefluss zu unterbrechen, ohne allzu unhöflich zu wirken.

»Ich möchte Sie gar nicht lange stören. Ich wollte Sie nur kurz etwas fragen.«

»Machen Sie sich keine Gedanken. Sie stören überhaupt nicht. Wir freuen uns über jeden Besuch.«

»Etwas Gebäck zum Kaffee?«

»Bitte, machen Sie sich doch keine Umstände.«

»Ach was, junger Mann. Wir wollen doch nicht, dass Sie uns für schlechte Gastgeber halten.«

Robert lächelte müde. »Dann natürlich gern.«

Emma Grosch machte sich mit knirschenden Knochen an einem alten Schrank zu schaffen und kramte schließlich eine alte Porzellanschüssel hervor. Es war die gleiche Schüssel, die auch Tante Emmy immer auf den Tisch gestellt hatte, und als er einen Keks probierte, musste er feststellen, dass es auch das gleiche trockene Gebäck wie vor zwanzig Jahren war.

»Wirklich gut«, heuchelte er.

Die Schwestern lächelten zufrieden.

»Greifen Sie ruhig zu. Wir haben noch mehr davon.«

Schnell, um einem erneuten Redeschwall der beiden zuvorzukommen, begann er mit vollem Mund zu sprechen.

»Ich war heute im Kindergarten. In Barlitz.«

»Tatsächlich?«

»Ich wollte mich mal umschauen«, log er und schluckte den harten Keks herunter, »wegen meiner Tochter.«

»Aber die Kleine ist doch noch ein Baby?«

»Schon. Aber ich möchte sichergehen, dass Emma später auch einen Platz bekommt.«

»Das sollte kein Problem sein. So viele Kinder gibt es hier nicht mehr. Leider.«

»Eine Schande. Immer mehr Leute ziehen weg. Manche nach Leipzig oder Dresden ...«

»... aber die meisten nach Berlin. Oder in den Westen.«

»Die Wessis sind ja froh für jedes Kind, das sie von uns bekommen.« Bertha Grosch hielt ihm erneut die Schüssel hin. Er hob abwehrend die Hände, aber die alte Dame bestand darauf, dass er sich noch einmal bediente.

»Im Kindergarten habe ich gehört, dass Sie dort manchmal aushelfen.«

»O ja, wir lieben Kinder.«
»Leider haben wir keine eigenen.«
»Haben eben nie den Richtigen gefunden.«
»Die Richtigen«, verbesserte Bertha sofort.
»Dabei hätten wir auf dem Feld Hilfe gut gebrauchen können.«
Robert nickte. »Die Kindergärtnerin meinte, Sie würden den Kindern häufig Geschichten vorlesen«, kam er wieder auf sein Anliegen zurück.
Emma Grosch nickte. »Die süßen Kleinen. Sie können sich gar nicht vorstellen, wie die sich darüber freuen.«
»Ich hatte auch den Eindruck, dass die Kinder Sie lieben. Sie haben alle von Ihnen geschwärmt.«
»Ach ja? Wie schön.« Die Schwestern tauschten ein gerührtes Lächeln.
Er räusperte sich. Schuld war nicht der trockene Keks, der ihm im Hals stecken geblieben war. Jedenfalls nicht nur. »Die Kinder haben mir von einer Geschichte erzählt, die sie besonders spannend fanden.«
»Und welche war das?«
Robert beobachtete die Mienen der beiden Frauen genau, als er sagte: »Die von der Spreewaldhexe.«
Das Lächeln der Grosch-Schwestern gefror augenblicklich.
Für einen langen Moment herrschte zum ersten Mal Schweigen. Die beiden starrten Robert an, als würden sie dadurch erkennen, was genau er wusste.
»Das ist ja wirklich verrückt.« Emma Grosch lächelte unsicher.
»Können Sie mir mehr darüber erzählen?«
»Über die Spreewaldhexe? Ach, da gibt es nicht viel zu erzählen.«
»Können Sie mir das Buch mit der Geschichte zeigen?«

»Warum?« Nervöse Blicke.

»Ich lese meinem Jungen oft vor dem Schlafengehen noch etwas vor. Er ist zwar eigentlich schon zu alt dafür, aber …« Langsam wurde Robert ungeduldig.

»Sie wollen ihm am Abend ausgerechnet von der Spreewaldhexe erzählen?«

»Ich lese auch selbst gern Mythen und Sagen.«

Die beiden Frauen begannen hektisch auf Sorbisch miteinander zu sprechen, dann wandte sich Bertha Grosch wieder an ihn. »Es gibt kein Buch.«

»Es ist nur eine alte Geschichte, die in der Gegend erzählt wird«, ergänzte ihre Schwester. Als wäre damit alles gesagt, nahm sie die Schüssel mit den Keksen und begann das Geschirr abzuräumen.

Robert hielt sie am Handgelenk fest.

»Bitte«, rief er verzweifelt, »erzählen Sie mir die Geschichte. Ich muss wissen, was es mit der Hexe auf sich hat.«

Ein lautes Krachen hallte plötzlich durch das Zimmer. Robert zuckte erschrocken zusammen. Sofort spürte er wieder einen Stich in seinem Rücken.

»Entschuldigung …«, stotterte Bertha Grosch und begann mit ihrer Schwester die Scherben der zerbrochenen Schüssel vom Boden aufzusammeln.

Trotz seiner Schmerzen ging Robert leise ächzend in die Knie, um den beiden alten Damen zu helfen. Dabei sah er auf ihre Hände. Sie zitterten so sehr, dass sie die Scherben kaum halten konnten.

Robert blickte in ihre Gesichter und erkannte, dass Bertha und Emma Grosch panische Angst hatten.

18

Mit geübtem Schwung warf Christian seine Angel aus. Platschend tauchte der Köder in den Fluss. Der Junge beobachtete, wie der kleine Haken mit der Brotkrume im klaren Wasser nach unten sank und in der sanften Strömung zu schweben begann.

Nun musste er warten.

Er blickte in die Sonne, die am herbstlichen Nachmittag schon tief stand. Blinzelnd wandte er sich wieder seinem Köder zu. Noch konnte er keinen Fisch entdecken, aber er wusste, dass es hier Fische gab. Bisher hatte er in dieser Gegend nur kleine Plötzen und Schleien gefangen, aber sein Vater hatte auch schon mal einen Hecht aus dem Fluss gezogen. Ein richtiges Monster, mit langem Maul und scharfen Zähnen. Im Wohnzimmer stand noch immer das Foto auf dem Schrank.

Einen Hecht würde er heute wohl nicht fangen, aber da gab es ja noch den Karpfen. Nicht irgendeinen, sondern den größten der ganzen Spree. Schon sein Opa hatte von ihm erzählt. Der uralte vernarbte Fisch sollte hier in der Nähe auf dem dunklen, schlammigen Grund leben. Einmal hatte Christian ihn sogar schon gesehen. Nur für einen kurzen Augenblick, aber er konnte sich noch genau an den riesigen Schatten erinnern, der sich plötzlich der Wasseroberfläche genähert und nach einer Fliege geschnappt hatte. Ein Hecht, hatte Christian zuerst vermutet, dann aber das schiefe Maul des Karpfens gesehen, voller Narben und Schrammen. Sogar einen rostigen Angelhaken hatte er in dessen Maul erkennen können.

Es hieß, der Fisch sei groß genug, um einen Dackel ins Wasser zu ziehen, aber Christian bezweifelte, dass Karpfen überhaupt an Hunden interessiert waren. Als er ihn damals im Fluss gesehen hatte, war er jedenfalls sicher gewesen, dass er groß genug war, um ein kleines Kind zu fressen.

Plötzlich hörte Christian hinter sich ein leises Geräusch und drehte sich erschrocken um.

Zwei Meter hinter ihm im Gebüsch stand ein anderer Junge.

Christian nickte ihm zur Begrüßung nur zu und konzentrierte sich wieder auf seinen Köder.

»Wo ist deine Angel?«

»Mein Vater hat sie mir weggenommen«, sagte Lars.

Überrascht drehte Christian sich um. »Wieso das denn?«

»Ich weiß nicht. Ich glaube, er will nicht, dass ich mich am Wasser aufhalte.«

»Warum? Spinnt der?«

Lars zuckte ratlos mit den Schultern und setzte sich neben Christian. Für einen langen Moment schauten beide ins dunkle Wasser und sahen zu, wie kleine Blasen vom Grund an die Oberfläche stiegen.

»Hast du heute schon einen Fisch gesehen?«

»Nein. Aber keine Sorge, um diese Zeit bekommen sie alle Kohldampf.«

Lars nickte und atmete tief durch. »Darf ich sie später auch mal halten?«, fragte er nach einer Weile und deutete schüchtern auf Christians Angel.

Christian nickte, und Lars lächelte zufrieden.

»Sind sie nicht süß?«

»Oh ja, das sind sie.«

Marie schaute mit einem gerührten Lächeln in Richtung Spree, wo Lars in einiger Entfernung mit seinem neuen Freund am Ufer saß.

Paula Krämer stellte sich neben Marie auf die kleine Terrasse und hielt ihr eine Tasse hin.

»Kaffee?«

Marie nickte dankbar. Noch kannte sie nur wenige Leute in Glubitz, aber Paula war ihr sofort sympathisch gewesen. Der kleinen, untersetzten Frau mit den wachen, freundlichen Augen gehörte der einzige Laden im Ort, eine bunte und leicht chaotische Mischung aus Krämerladen, Kiosk und Supermarkt. Hier gab es alles, was die Dörfler für den alltäglichen Bedarf brauchten: Bier, Brot und Brötchen, Klebebilder und Spielzeug, Zeitungen, Lebensmittel und Gurken.

Paulas ganzer Stolz war die neue Gefriertruhe aus Westproduktion, in der sie seit Kurzem Fertiggerichte und Tiefkühlkost anbot. Noch lief der Verkauf schleppend, aber Paula war optimistisch, dass sie damit neue Käuferschichten erobern würde.

Marie war mittlerweile ein regelmäßiger Gast in dem kleinen Laden. Nicht nur um einzukaufen, sondern auch um zu plaudern. Denn Paula war so etwas wie die gute Seele von Glubitz. Sie kannte jeden und wusste alles. Für ihre Kunden hatte sie immer ein freundliches Wort parat. Und obwohl über den Tag verteilt nicht gerade viele Käufer kamen, war Paula doch zufrieden. Ihr Verdienst reichte zum Leben.

Schon seit vier Generationen gehörte den Krämers der kleine Laden, der etwas abseits von der Straße lag, dafür aber direkt neben einem Fußweg, der in Sichtweite über eine kleine, malerische Holzbrücke führte, die die Spree überquerte.

Besonders schätzte Marie an Paulas Laden die kleine Terrasse, von der man unter dem schattigen Dach zweier alter Buchen einen wunderschönen Blick auf die Spree hatte. Es gab nur einen Tisch, eine Holzbank und ein paar Klappstühle, trotzdem hatte Marie in dieser beschaulichen Idylle wie nirgendwo sonst in Glubitz das Gefühl, im Spreewald angekommen zu sein. Was natürlich nicht zuletzt an der herzlichen Paula lag. Und an Christian, der mittlerweile Lars' bester und eigentlich auch einziger Freund in Glubitz geworden war.

Da im Laden augenblicklich nichts zu tun war, setzte sich Paula neben Marie auf die Holzbank und strich ihr einfaches, aber hübsches marineblaues Kleid glatt. Lächelnd warf sie kurz einen Blick in den Kinderwagen, in dem Emma friedlich schlummerte, und beobachtete dann zusammen mit Marie die Jungen.

»Wie schön, dass sie sich so gut verstehen.«

Marie nickte. »Ich hätte nie gedacht, dass aus Lars ein begeisterter Angler werden würde.«

»Christian liebt Angeln. Aber seit sein Vater«, Paula zögerte, »nicht mehr da ist, hat er immer nur allein am Fluss gesessen.«

Marie blickte mitfühlend zu Paula, die für einen Moment ihren Gedanken nachhing. Paulas Mann hatte sich kurz nach der Wende in den Westen abgesetzt. Kein »Auf Wiedersehen«, kein Abschied, auch nicht von seinem Sohn. Später eine launige Karte mit einem Bild vom Kölner Dom, aufgenommen in der Nacht. Natürlich fehlte die Absenderadresse.

Paula bemerkte, dass Marie sie beobachtete, und lächelte tapfer. »Was macht das Hotel? Geht es mit der Renovierung voran?«

»Schon, aber es ist doch mehr Arbeit, als ich am Anfang dachte.«

»Wenn man einmal anfängt, kommen immer neue Dinge hinzu, die getan werden müssen, nicht wahr?«

Marie nickte. Als sie die Wasserschäden an den Wänden

hatten ausbessern wollen, hatte sich herausgestellt, dass es mit einfachem Ausbessern nicht getan war. Alle Rohre, vom Keller bis in den obersten Stock, mussten ausgetauscht werden. Trotzdem wirkte die Arbeit auf Marie wie ein Jungbrunnen. Endlich ging es in ihrem Leben nicht mehr ausschließlich um volle Windeln und Hausaufgabenkontrolle.

Paula nippte an ihrem Kaffee. »Tja, die alte Hedwig. Am Ende hat sie das Hotel doch ziemlich verkommen lassen. Das große Haus war wohl zu viel für die alte Dame.«

»Manchmal bin ich mir nicht sicher, ob es nicht auch für mich zu viel ist.«

»Hat dir der Dudek nicht ein paar gute Handwerker organisiert?«

»Schon, und er versucht auch immer wieder, uns zu unterstützen, aber ich möchte das nicht.«

Paula nickte. »Ja, er ist ein alter Geier. Denkt immer nur an seinen eigenen Vorteil. Trotzdem, er hat die besten Kontakte hier.«

»Und er will das Hotel kaufen. Ich fürchte, dass er mir Saboteure ins Haus schickt, damit er am Ende doch seinen Willen bekommt.«

Paula grinste: »Keine Sorge, Marie. Die Zeiten von Spitzeln und Geheimagenten gehören auch bei uns der Vergangenheit an.«

»Hoffentlich.«

»Was ist eigentlich mit deinem Mann? Kann er dir helfen? Trotz seiner ... Probleme?«

»Er bemüht sich«, antwortete Marie nach einer Weile. »Aber es fällt ihm nicht leicht. Sein Rücken macht ihm noch immer zu schaffen.« War es wirklich nur der Rücken? In letzter Zeit hatte Marie oft das Gefühl, dass Robert unter psychischen Problemen litt. Depressionen? Es gab Tage, in denen er sich gar nicht genug Arbeit aufhalsen konnte und im Spreewaldhof wie aufgezogen von einer Baustelle zur nächsten lief. Diese wurden jedoch von Phasen unterbrochen, in denen er wie ein Gespenst allein durchs Hotel schlich und erschrocken zusammenzuckte, wenn man ihn nur ansprach. Wollte sie, aufgeregt wegen der Fortschritte, die der Hotelumbau machte, dann abends im Bett mit ihm reden, drehte er sich einfach zur Seite und zeigte ihr die kalte Schulter. Sie wusste, dass er ihre Begeisterung für das Hotel noch immer nicht teilte, aber dass er sich oft noch nicht einmal mit ihr streiten wollte, sondern nur seinen düsteren Gedanken nachhing, das war ein schlechtes Zeichen.

Dabei hatte er hier in Glubitz sogar ein eigenes Zimmer, ein Luxus, den sie sich in Berlin nicht hatten leisten können. In seinem Raum konnte Robert sich mit seinem Große-Jungs-Kram ausbreiten, mit seinen vielen Schallplatten und CDs, seiner alten Fender-Gitarre und seinen Hertha-Fan-Postern. Oft saß er stundenlang in seinem Zimmer und hörte Musik. Maries Hoffnung, dass ihn das entspannen würde, hatte sich bisher nicht erfüllt. Im Gegenteil: In den letzten Wochen war Robert immer nervöser und unausgeglichener geworden. Sie hatte nicht selten das Gefühl, dass sie ihren Mann nicht mehr erreichte, nicht mehr zu ihm durchdrang. Aber was sollte sie tun? Das Hotel machte so viel Arbeit, dass sie keine Zeit hatte, sich ständig um Roberts Launen zu kümmern.

»Hat dein Mann auch schon ein paar Freunde gefunden?«, erkundigte sich Paula.

Marie schüttelte den Kopf. »Schön wär's, aber nein, nicht wirklich. Auch Tom wird wohl kein richtiger Freund werden.«

»Wir haben im Ort einen Chor. Vielleicht wäre das ja etwas für ihn?«

Marie dachte an Roberts Musikgeschmack, erinnerte sich,

wie er über die Spielmannszüge beim Dorffest hergezogen hatte. »Eher nicht.«

Paula überlegte weiter. »Und Fußball kann er noch nicht wieder spielen, oder? Der Trainer von Frischauf Barltiz hat mir gesagt, sie suchen noch einen guten Torwart.«

Wieder schüttelte Marie den Kopf.

»Früher ist Robert jedem Ball hinterhergelaufen wie ein junger Hund, aber seit seinem Unfall geht das nicht mehr. Ein Sturz und …« Marie versagte die Stimme, und sie begann den Kinderwagen mit Emma leicht auf und ab zu wiegen.

»Und Angeln? Es müsste ihm doch gefallen, so viel Zeit an der frischen Luft zu verbringen.«

Marie lächelte. »Wirklich lieb von dir, dass du dir so viele Gedanken um Robert machst.«

»Ich möchte nur, dass ihr euch bei uns wohlfühlt.«

»Das tun wir, Paula, wirklich. Es ist so schön hier, die Luft, die Natur, das viele Wasser.«

»Aber dein Mann …«

»Um Robert mach dir mal keine Sorgen. Er hat jetzt ein neues Medikament verschrieben bekommen. In ein paar Wochen wird er wieder ganz der Alte sein.«

Vom Fluss her drang lauter Jubel zu ihnen hinauf, als Christian und Lars einen zuckenden und in der Nachmittagssonne glitzernden Fisch aus dem Wasser zogen. Allerdings war er viel zu klein, um ihn zu behalten. Marie beobachtete, wie Paulas Sohn den zappelnden Fisch vorsichtig wieder vom Haken löste und in die Spree zurückwarf.

»Rede doch mal mit deinem Mann. Wegen des Angelns, meine ich. Dann könnte er zusammen mit den beiden Rackern losziehen. Euer Sohn würde sich freuen – und Christian bestimmt auch.«

Eine ältere Frau mit Küchenschürze überquerte mit leerem Einkaufskorb die Brücke. Paula begrüßte sie freundlich und verschwand mit ihr im Laden.

Marie blieb allein auf der kleinen Terrasse zurück. Nachdenklich blickte sie zu Lars und seinem Freund am Ufer. Mit vor Aufregung roten Wangen befestigten sie gerade einen neuen Köder am Haken, bevor sie die Angel auswarfen.

Aber nein, auf Angeln hatte Robert bestimmt keine Lust.

Seit der Schießerei hatte sie keine Ahnung mehr, was in ihm vorging. In Berlin hatte er noch dafür gesorgt, dass Lars schon mit neun den Fahrtenschwimmer gemacht hatte, aber jetzt war alles anders. Jetzt schien ihm alles egal.

Dabei gab es mit der Spree direkt hinter ihrem Haus so viele Möglichkeiten, doch Robert wollte von Wasser partout nichts wissen.

In Berlin hatten sie damals eine Liste mit den Pros und Kontras für und gegen den Spreewald gemacht. Robert hatte trotzig ausschließlich Argumente dagegen gefunden. Zu weit entfernt von Berlin, tiefste Provinz im Osten, kein Nachtleben. Nur Kanu- und Kajakfahren hatten auf der Pro-Seite seines Zettels gestanden. Darauf hatte er sich gefreut. Nun kam es ihr manchmal so vor, als hätte er regelrechte Angst vor dem Wasser. So weit wie möglich hielt er sich von allen Flüssen und Tümpeln fern, was nicht gerade einfach war, wenn man mitten im Spreewald wohnte. Seit dem Dorffest vor zwei Wochen hatte sich die Wasserphobie sogar noch verstärkt. Seitdem achtete Robert sogar darauf, dass auch Lars und Emma in ihrem Kinderwagen am besten nicht einmal in die Nähe des Wassers kamen. Als Lars Tom bei der Reparatur des Bootsstegs hatte helfen wollen, hatte Robert ihn zurück ins Haus geschickt. Auch der geplante Familienausflug mit einem der Kanus aus dem Schuppen hatte nicht stattgefunden, obwohl Marie angeboten hatte, seinem Rücken zuliebe das Rudern zu übernehmen. Und als Tom mit Lars eine Runde auf der Spree hatte drehen wollen, war Robert schier ausgeflippt und hatte seinen Sohn panisch wieder aus dem Boot gezerrt. Seine Begründung: Lars könne ins Wasser fallen und im Schlamm versinken.

So ein Blödsinn, dachte Marie.

Neulich war Robert völlig durchgedreht. Gemeinsam mit Tom und Theresa hatten sie auf dem Rasen im Garten gepicknickt. Während Tom mit Lars Fußball spielte, war Robert auf der Decke eingeschlafen. Nach ein paar Minuten war er mit einem leisen Schrei aufgewacht, hatte sich mit aufgerissenen Augen sofort auf den Kinderwagen gestürzt und ihn samt Emma zum Hotel zurückgezerrt. Die Kleine war aus ihrem Mittagschlaf geweckt worden und hatte zu weinen begonnen. Und als alle Robert verständnislos angestarrt und eine Begründung erwartet hatten, hatte der ihnen stattdessen Vorwürfe gemacht. Wie konnten sie den Kinderwagen nur so dicht am Wasser stehen lassen? Hatte denn niemand bemerkt, dass er auf den Fluss zugerollt war? Dabei hatte Emmas Buggy mindestens zehn Meter vom Wasser entfernt gestanden, mit fest angezogenen Bremsen.

Hast du wieder schlecht geträumt?, hatte Marie Robert besorgt gefragt. Aber der war ohne ein weiteres Wort zurück ins Hotel gestapft.

Wieder schaute Marie zu Lars und Christian, die erneut aufgeregt die Angelleine einholten, dieses Mal aber ohne Erfolg. Sie seufzte. Was würde Paula wohl dazu sagen, dass Robert Lars jetzt auch noch das Angeln verbot? Weil es wegen der vielen Strömungen zu gefährlich sei.

Völliger Blödsinn, fand Marie, trotzdem hatte sie zuerst den Mund gehalten. Später hatte sie den enttäuschten Lars zur Seite genommen und ihm erklärt, dass sein Papa im Moment ein paar Schwierigkeiten habe und ein bisschen nervös sei. Und natürlich könne er sich weiter mit seinem Kumpel Christian zum Angeln treffen.

Paula kam zurück auf die Terrasse. »Die gute Frau Nowak. Jeden Tag kommt sie einmal in meinen Laden und kauft nur das, was sie für einen Tag zum Essen braucht. So macht sie das schon seit Ewigkeiten. Ihre Enkel haben ihr angeboten, mit ihr wöchentlich zu dem neuen Supermarkt in Lübbenau zu fahren, aber das hat sie abgelehnt. Sie will ausschließlich bei mir einkaufen, und das jeden Tag.«

Marie lächelte. »Das nenne ich mal eine Stammkundin.«

Paula deutete auf ihre Tasse. »Noch einen?«

»Gern, aber dann muss ich schleunigst wieder ins Hotel zurück. Der Glasermeister aus Burg wollte noch ...«

»Hier treibst du dich also rum!«

Marie und Paula drehten sich erschrocken um. Keiner von beiden hatte Robert auf seinem Fahrrad bemerkt.

»Hallo, Schatz, wie war deine Radtour?«

»Gut.« Robert blickte an Marie vorbei zu den Jungen, die sich lachend um einen neuen Köder kümmerten. »Was soll das? Hatte ich dem Jungen nicht verboten zu angeln?«

Irritiert blickte Paula zu Marie, die verlegen lächelte.

»Jetzt stell dich nicht so an«, sagte sie mit sanfter Stimme. »Siehst du nicht, wie viel Spaß die beiden haben? Außerdem bin ich doch hier und passe auf. Auch wenn ich wirklich nicht weiß, wovor man hier Angst haben sollte.«

Robert hielt kurz inne, bevor er nickte. Doch überzeugt war er nicht, das sah Marie ihrem Mann an. Er hielt sich nur wegen Paula zurück. Später würde er ihr mit Sicherheit heftige Vorwürfe machen, weil sie seine Autorität untergraben hatte.

Paula spürte die Spannung zwischen den beiden. »Kann ich Ihnen auch einen Kaffee bringen, Herr Lindner?«

»Vielleicht eher etwas Kaltes?«

»Natürlich. Saft? Limonade? Oder ein Bier?«

»Ein Bier wäre schön, danke.«

Robert schenkte Marie ein trotziges Lächeln, doch sie verdrehte genervt die Augen. Sollte Robert doch trinken, was er wollte.

Während Paula im Laden verschwand, ließ sich Robert neben Marie auf der Holzbank nieder, wandte seinen Blick aber nicht von den beiden Jungen unten am Ufer.

Wie schlecht er aussah. Lag es wirklich nur an den Schlafproblemen, dass er solch dunkle Ringe um die Augen hatte? Seine Haut war bleich, fast teigig. Er sah aus wie ein erschöpfter Nachtschwärmer, der sich bis in die Morgenstunden in irgendwelchen Berliner Clubs herumgetrieben hat. Und das hier, mitten in der Natur! Selbst der sonst eher hellhäutige Lars hatte während der letzten Wochen eine gesunde, braune Hautfarbe bekommen.

Und rasiert hatte sich Robert auch wieder nicht. Früher hatte Marie der Dreitagebart sogar gefallen, jetzt sah er mit dem dunklen Schatten im Gesicht nur ungepflegt und kränklich aus.

»Ich dachte, du würdest länger unterwegs sein.«

»Stimmt, ganz offensichtlich hast du das gedacht«, erwiderte er gekränkt.

Marie ignorierte die Spitze. »Was war los? Wieder der Rücken?«

Robert schüttelte geistesabwesend den Kopf und streckte sich kurz, als er ein leises Platschen vom Fluss hörte. Aber es war nur ein Stein gewesen, den Lars ins Wasser geworfen hatte. Robert atmete wieder aus.

»Ich wäre gern länger gefahren, aber der Hinterreifen scheint ein Loch zu haben. Er verliert ständig Luft.«

Paula kam zurück. In der einen Hand hielt sie ein Glas, in der anderen ein Spreewälder Pils.

»Vielen Dank, aber ich brauche kein Glas.« Robert nahm ihr die Flasche aus der Hand.

Sie nickte und setzte sich auf einen Stuhl zu ihnen. Für einen Moment herrschte verlegenes Schweigen. Irritiert blickte Paula zu Robert, der wieder nur Augen für die beiden Jungen hatte. Die beiden hatten die Angel mittlerweile weggelegt und erforschten die Uferböschung. Was genau ihre Aufmerksamkeit fesselte, war aus der Entfernung nicht zu erkennen.

»Ich habe es schon zu Ihrer Frau gesagt, ist es nicht toll, wie gut sich die beiden verstehen?«, versuchte Paula das Schweigen zu brechen.

Robert nickte stumm und nahm einen Schluck aus der Flasche.

»Nur schade, dass Christian und Lars nicht in derselben Klasse sind.« Marie wollte dem Gespräch eine andere Richtung geben.

»Vielleicht können wir ja mal mit dem Schuldirektor sprechen. So viele Kinder kommen ja nun wirklich nicht aus Glubitz …« Paula verstummte, als Robert plötzlich aufsprang.

Erschrocken starrte er zum Fluss hinunter.

Auch Paula und Marie folgten seinem Blick. Die beiden Jungen waren auf einen am Ufer festgebundenen Spreekahn geklettert und schauten von dort hinunter auf den Flussgrund.

Christian sprang zurück ans Ufer, sodass der Kahn heftig wackelte. Lars schwankte, verlor aber nicht das Gleichgewicht. Angst schien er keine zu haben, er lachte ausgelassen.

Marie, Robert und Paula konnten nicht jedes Wort verstehen, aber offensichtlich forderte Lars Christian auf, sich zu beeilen. Paulas Sohn schnappte sich seinen Kescher und lief zurück zum Kahn.

Als Marie zu Robert schaute, sah sie nackte Panik in seinem Gesicht.

»Robert, was ist los mit dir? Die Kinder spielen doch nur.«

Doch er beachtete sie gar nicht, hatte nur Augen für Lars auf dem immer noch wackelnden Boot.

»Lars, um Gottes willen, pass doch auf!«

Erst jetzt merkte Lars, dass auch sein Vater auf der Terrasse des Ladens stand. »Papa?«

Robert sprang über den kleinen Holzzaun, der hinter Paulas Sitzbank stand. »Runter von dem Boot, sofort!«, schrie er panisch.

Lars wirkte wie gelähmt, und auch Christian war mit der Angel in der Hand erstarrt.

»Robert!«, rief Marie entsetzt, aber sie konnte ihren Mann nicht aufhalten. Wie ein Irrer lief und stolperte Robert den kleinen Abhang hinunter und auf den Kahn zu.

»Hast du mich nicht gehört? Runter da!«

Lars verstand nicht, was los war. Abgelenkt durch seinen herbeilaufenden Vater verlor er für einen Moment die Konzentration. Das Boot wackelte heftiger, Lars breitete noch die Arme aus, um die Balance zu halten, stürzte aber mit einem lauten Platschen in die Spree.

»Nein!«, brüllte Robert, und auch Marie war jetzt aufgesprungen.

Lars schrie erschrocken auf, obwohl ihm das Wasser nur bis zu den Schultern reichte.

Ohne zu zögern sprang Robert in den Fluss. Entgeistert sahen Marie und Paula mit an, wie er sich durch das schlammige Wasser zu Lars vorkämpfte. Wie ein Rettungsschwimmer riss er den Jungen an sich und zog ihn stöhnend ans Ufer.

Lars hustete schmutziges Wasser aus, das er bei seinem

Sturz geschluckt hatte, aber am meisten Angst machte ihm der Anblick seines wütenden Vaters.

Mit verzerrter Miene beugte sich Robert über ihn. »Was habe ich dir gesagt?!«, schrie er seinen Sohn an, hielt ihn dabei an den Schultern fest und schüttelte ihn. »Halt dich vom Wasser fern! Warum kannst du nicht hören, verdammt noch mal?«

Lars fing an zu weinen.

»Lass sofort den Jungen los!«

Marie und Paula waren Robert ans Ufer gefolgt. Während Paula den verstörten Christian an die Hand nahm, versuchte Marie Robert von Lars wegzuziehen.

»Hör auf! Siehst du nicht, dass du ihm Angst machst?«

Robert drehte sich zu Marie um. Das schmutzige Flusswasser lief ihm das Gesicht hinunter, sein Hemd klebte klitschnass an seinem Körper, aber was Marie am meisten Angst machte, waren seine aufgerissenen Augen und sein abwesender, verstörter Blick.

»Mein Gott, Robert.« Ihre Stimme klang nicht mehr vorwurfsvoll, sondern besorgt. »Was ist nur mit dir los?«

19

Nach dem Zwischenfall an der Spree kehrten die Lindners ins Hotel zurück. Marie verkniff es sich, über Roberts Ausraster zu reden, und bemühte sich stattdessen, Lars zu beruhigen und nebenher Emma zu füttern.

Während des Abendessens sprach Marie ausschließlich mit Lars. Sie war besonders freundlich und liebevoll zu ihm, wollte ihm das Gefühl geben, dass alles wieder in Ordnung war. Mit Robert wechselte sie kein einziges Wort. Er spürte, dass Marie alles tat, um ihn nicht einmal anzuschauen.

Lars dagegen starrte seinen Vater immer wieder verwirrt an. Robert warf ihm ein verlegenes Lächeln zu, aber die Miene seines Sohnes blieb verständnislos. Dass Lars Angst vor ihm hatte und ihn wie einen Fremden betrachtete, tat Robert viel mehr weh als Maries Wut.

Als Marie Lars später noch ein paar Seiten aus der »Unendlichen Geschichte« vorlas, legte auch Robert sich ins Bett. Am offenen Fenster und im gelblichen Licht der Nachttischlampe wartete er auf seinen Prozess. Wie konnte er Marie nur alles erklären, ohne dass sie ihn für einen Geisteskranken hielt?

Zwanzig Minuten später kam Marie ins Schlafzimmer.

»Raus mit der Sprache. Was ist los mit dir?«

Robert begann Marie alles zu erzählen. Wie er das erste Mal das Gefühl gehabt hatte, beobachtet zu werden. Wie er jede Nacht von schrecklichen Alpträumen heimgesucht wurde, in denen eine Frau mit roten Augen ihn und seine

Familie verfolgte. Er beichtete Marie sogar, dass er die Frau bereits im Keller des Spreewaldhofs gesehen hatte.

»In unserem Keller?«

Robert wich Maries forschendem Blick aus. »Ich habe sie nicht direkt gesehen, aber ich habe ganz deutlich … gespürt, dass sie da war.«

»Aha.« Marie sank in ihr Kissen.

»Aber später habe ich ihre Augen gesehen. Im Gang, hinter dem Gitter, ganz deutlich«, fügte Robert hastig hinzu.

»Und dann – was?«

»Dann … dann weiß ich nichts mehr. Das Nächste, woran ich mich erinnern kann, ist, dass ich im Flur lag, wo Tom mich gefunden hat.«

Marie musterte Robert. »Die Pillen. Es waren ganz bestimmt die Pillen. Sie verwirren dich, deshalb hast du dir so einen Quatsch eingebildet.«

»Nein, mit den verdammten Pillen hat das überhaupt nichts zu tun. Ich habe ihre Augen deutlich gesehen. Und die Träume waren so echt. Ich konnte das schmutzige Wasser *riechen*, nachdem die Frau hier im Zimmer war.«

»Die Hexe?«

Robert schaute Marie sauer an. Sie glaubte ihm kein Wort.

»Vielleicht sollten wir das Fenster dann ja doch nachts schließen?« Sie lächelte.

Robert seufzte. »Ich weiß, du hältst mich für verrückt, und ich kann dich sogar verstehen. Ich habe mich lange Zeit selbst gefragt, ob ich noch ganz bei Trost bin. Bis zu dem Dorffest.«

»Sag bloß, die Hexe war auch da?« Marie schien langsam Gefallen daran zu finden, ihn aufzuziehen.

Robert schüttelte den Kopf. »Natürlich nicht, aber dort habe ich zum ersten Mal von der Spreewaldhexe gehört.«

»Der Spreewaldhexe?«, echote Marie.

»Eine Frau mit langen schwarzen Haaren. Und mit roten Augen.«

Marie schwieg, wirkte aber nicht im Mindesten überzeugt.

»Das kann doch kein Zufall sein! Ich hatte vorher nie von dieser Geschichte gehört und wusste trotzdem genau, wie diese Frau aussieht. Weil ich ihr schon begegnet bin!«

»Aber nur in deinen Träumen.«

Robert schüttelte den Kopf. Es hatte keinen Sinn, mit Marie darüber zu reden.

»Und was ist das für eine Geschichte?«

»Du willst sie wirklich hören? Nicht dass du mich wieder auslachst.«

»Erzähl schon.«

»Also, vor einigen Hundert Jahren soll es hier eine Frau gegeben haben, die einsam in den Wäldern lebte. Sie war eine Heilerin, aber viele Leute hielten sie für eine Zauberin oder eine Hexe, niemand wollte etwas mit ihr zu tun haben. Doch dann litten viele Kinder aus dem Spreewald plötzlich an einer rätselhaften Krankheit. Auch die Tochter des Grafen drohte zu sterben, doch kein Arzt konnte ihr helfen. Schließlich wandte er sich an die Frau aus dem Wald und bat sie, seine Tochter und die anderen Kinder aus dem Spreewald zu heilen. Dafür versprach er ihr Geld. Viel Geld. Die Frau machte sich sofort an die Arbeit, und tatsächlich gelang es ihr, eine Medizin anzurühren, die dem Mädchen und den anderen Kindern das Leben rettete.«

»Aber der Graf bezahlte die Frau nicht?«

Robert nickte zufrieden. Wenigstens hörte ihm Marie jetzt zu.

»Genau. Ebenso wenig wie die anderen Eltern. Und es kam noch schlimmer. Als die Frau protestierte, schimpfte und den Grafen und seine Familie verfluchte, behaupteten die Leute, die Frau sei eine Hexe. Schließlich ließ der Graf sie auf dem Scheiterhaufen verbrennen und ihre Asche in die Spree streuen.«

»Was für eine schaurige Geschichte.«

»Sie ist noch nicht zu Ende. Denn die Frau war nicht tot.«

»Obwohl sie verbrannt worden ist?« Marie zog die Stirn in Falten.

»Die Leute erzählen sich, dass sie aus Rache dafür, dass der Graf und die anderen Eltern sie betrogen und schließlich umgebracht haben, bis heute ihr Unwesen in der Spree treibt.«

»Was soll das heißen: *Unwesen*?«

»Dass sie seitdem immer wieder unvorsichtige Kinder in den Fluss zieht.«

»Lass mich raten: Die Frau hat lange schwarze Haare und rote Augen?«

Robert nickte. »Wie glühende Kohlen.«

»Was für ein schönes Märchen.« Marie lächelte. »Ich glaube, ich habe so etwas Ähnliches schon mal gehört, allerdings war das die Geschichte vom schwarzen Mann. Sie wurde erfunden, um Kindern Angst davor zu machen, nachts allein auf die Straße zu gehen.«

»Ich weiß genauso gut wie du, dass das nur eine Sage ist. Aber vielleicht ist ja etwas Wahres dran.«

»An der Hexe?«

»Marie, ich habe es dir doch schon zu sagen versucht: Seit wir hierhergezogen sind, habe ich ständig dieses Gefühl, dass sich etwas im Wasser versteckt. Und dass von der Gegend eine dunkle Bedrohung ausgeht. Andauernd bekomme ich eine Gänsehaut.«

»Willst du etwa wieder mit deiner Ossi-Phobie anfangen?«

Marie wollte einen Scherz machen, aber Robert konnte darüber nicht lachen. Er schaute sie finster an und schwieg.

»Und von wem hast du das Märchen? Kann man es irgendwo nachlesen?«

»Nein.«

»Woher stammt die Geschichte dann?«

»Ich habe sie von den beiden alten Damen. Du weißt schon, die Gurkenbäuerinnen, die in der Nähe der Bushaltestelle wohnen. Sie haben mir geraten, unbedingt aufzupassen, dass sich unsere Kinder nicht zu dicht am Wasser aufhalten.«

Marie starrte Robert einen langen Moment ungläubig an.

»Die Grosch-Schwestern haben dir ein Märchen erzählt, und deshalb schreist du deinen Sohn an und jagst ihm Todesangst ein?«

»Marie, leise, die Kinder«, sagte Robert verlegen.

Marie schüttelte den Kopf. »Mein Gott, was ist nur aus dir geworden? In Berlin warst du ein Kriminalkommissar. Vor niemandem hattest du Angst, nicht mal vor Mördern oder Psychopathen bist du davongelaufen, obwohl es vielleicht besser gewesen wäre. Und jetzt«, Marie seufzte bitter, »jetzt lässt du dich von zwei alten Omas ins Bockshorn jagen, die dir Schauergeschichten erzählen.«

»Aber ich habe schon davor gespürt, dass da etwas Seltsames ist. Da draußen, irgendwo in diesem verdammten Wasser.«

»Merkst du nicht, was du für einen Unsinn redest? Hör endlich auf, alles nur schlechtzumachen.«

»Aber das tue ich doch gar nicht.«

»Natürlich. Schau dich doch mal um. Wir wohnen hier im Paradies. Die Landschaft, die Wälder, die Spree, die ganze Natur, alles ist ein Traum. Selbst die Menschen hier sind freundlich.«

Robert winkte ab.

»Aber natürlich nur zu denen, die sie nicht ständig als Hinterwäldler und zurückgebliebene Ossis beschimpfen.«

Er schwieg trotzig, wusste er doch, dass Marie mit ihren Vorwürfen, was seine ablehnende Haltung gegenüber dem Spreewald anging, recht hatte. Aber zugeben wollte er es nicht. Er spürte, wie sie ihn betrachtete. Mit dem gleichen Blick, mit dem sie sonst Lars ansah, wenn er log und behauptete, seine Hausaufgaben schon gemacht zu haben.

»Und was war heute los? Hast du da auch etwas *gespürt*?«, fragte Marie.

Robert zögerte. Er hörte, wie der Herbstwind durch die Eichen vor dem Fenster strich. Durch die Blätter hindurch konnte er den Großen Wagen am Sternenhimmel ausmachen.

»Jetzt antworte endlich. Du hast meinen Sohn zu Tode erschreckt. Ich will wissen, warum.«

Robert atmete tief durch und schwieg.

»Hat da irgendwo eine Frau aus dem Wasser geguckt? Mit roten Augen? Hat sie ihre krallenartigen Finger nach unserem Jungen ausgestreckt?«

»Marie, bitte, ich will nicht, dass du das ins Lächerliche ziehst.«

»Glaub mir, im Moment ist mir nicht nach Lachen zumute.«

Robert zögerte. »Da war ein Kräuseln im Wasser«, begann er leise.

»Wie bitte? Ein Kräuseln?«

Er nickte. »Ja, ich habe es ganz deutlich gesehen. Es hat sich auf das Boot zubewegt und …«

»Und was?« Marie konnte sich nur noch mit Mühe beherrschen.

Auch Robert wurde jetzt lauter. »Verdammt, ich war ganz sicher, dass da etwas im Wasser war! Ich habe deutlich gespürt, wie es mein Bein berührt hat, als ich Lars aus dem Fluss gezogen habe.«

»Tatsächlich?« Unvermittelt lächelte sie. »Dann hat Lars also doch recht gehabt.«

Robert schaute irritiert auf.

»Eben im Bett, nachdem ich ihm vorgelesen habe, hat er mir erzählt, dass er zusammen mit Christian Moby Dick gesehen hat.«

»Moby Dick?«

Marie grinste. »Den größten Karpfen, den es in der Spree je gegeben hat. Sagt Christian jedenfalls. Er und Lars wollten ihn gerade fangen, als du wie ein Irrer ins Wasser gesprungen bist und ihn vertrieben hast.«

Im Gegensatz zu Marie war Robert auch nach einer Stunde immer noch nicht eingeschlafen.

Unruhig wälzte er sich im Bett hin und her.

Hatte Marie doch recht? War alles nur Einbildung? Wurde er langsam verrückt? Mit offenen Augen lag er auf dem Rücken und lauschte in die Stille. Durch das doch nicht geschlossene Fenster hörte Robert das ferne Gurgeln der Spree, den Wind in den Bäumen, den leisen Ruf eines Käuzchens. Alles schien friedlich. Ein Rascheln in der Baumkrone vor dem Fenster ließ ihn kurz zusammenzucken, dann sah er, wie sich ein kleiner Schatten von einem Ast löste und in den vom fast vollen Mond erleuchteten Himmel flatterte.

Eine Schwalbe. Natürlich hatte er sofort wieder an die Hexe gedacht. War er wirklich nur übernervös? Ginge es nur um ihn, so wäre es etwas anderes, aber auch die Kinder waren betroffen. Was, wenn sie tatsächlich in Gefahr waren – so wie die beiden alten Damen gesagt hatten? Lars solle sich bloß von der Spree fernhalten, sonst würde sie kommen und ihn holen. In Roberts Träumen waren Lars und sogar Emma bereits in den Fluss gezogen worden. Schon mehrere

Male hatte er mitansehen müssen, wie Lars regungslos auf den Grund gesunken war, hatte in seine erschrockenen, aber toten Augen geblickt. Jedes Mal war Robert schweißgebadet aufgewacht. Mittlerweile hatte er Angst einzuschlafen, selbst wenn er todmüde war.

Was, wenn es nicht nur Träume waren?

Er hatte es Marie nicht gesagt, aber was heute im Fluss sein Bein berührt hatte, war kein Fischmaul gewesen. Es hatte sich angefühlt, als habe in dem vom Schlamm getrübten Wasser eine Hand nach ihm gegriffen.

Robert drehte sich im Bett zu Marie, die sich in seine Richtung in ihr Kissen gekuschelt hatte. Ihr Atem ging leise und gleichmäßig. Robert seufzte. Offensichtlich hatte sie kein Problem mit bösen Träumen. Wie konnte sie nur so friedlich schlafen, nach allem, was er ihr vorhin erzählt hatte?

Er betrachtete ihr Gesicht. Wie schön seine Frau war. Die hohen Wangenknochen. Die vollen Lippen. Die fein geschwungenen Augenbrauen. Vor allem die blonden Locken, die über ihre Ohren fielen. Egal, wie Marie ihre Haare trug, an den Ohren machten sie immer, was sie wollten. Auch dafür liebte er sie.

Als er Marie damals auf der Party eines Fußballkumpels in Kreuzberg getroffen hatte, hatte sie die Haare streng nach hinten zu einem langen Zopf gebunden, aber an den Seiten hatten sich einzelne Strähnen aus dem Haarband befreit.

Robert hatte sofort gemerkt, dass Marie etwas ganz Besonderes war.

Eine Frau, die wusste, dass sie attraktiv und intelligent war, und sich trotzdem nichts darauf einbildete. Marie interessierte sich für seinen Beruf und schmeichelte ihm mit Fragen zu seinem Arbeitsalltag. Das organisierte Verbrechen, Mörder und Drogen – das alles war eine fremde Welt für sie. Nicht weil sie vom Land kam, sondern weil sie in geordneten, bürgerlichen Verhältnissen aufgewachsen war. Sie war geborene Hamburgerin und hatte gerade ihr Wirtschaftsstudium in Köln abgeschlossen, Corporate Finance. Ihr Vater erwartete, dass sie eine leitende Funktion in seiner Reederei übernahm, aber Marie wollte lieber ihren eigenen Weg gehen. Und mit ihren guten Noten war es für sie kein Problem gewesen, einen Job bei Jacobs & John zu ergattern, einer der renommiertesten Unternehmungsberatungen Westdeutschlands. Sie hatte am Anfang einer steilen Karriere gestanden.

Dann aber lernte sie Robert kennen, verliebte sich und heiratete ihn. Nur ein halbes Jahr später war sie schwanger. Er hatte ein schlechtes Gewissen gehabt, als sie sich nach kurzem Überlegen bereit erklärt hatte, ihren gut bezahlten Job zu kündigen, um sich um das Baby zu kümmern.

Er war bereit gewesen, alles für Marie zu tun, aber wie hätte er seine Arbeit zurückschrauben sollen? Großstadtcop war man ganz oder gar nicht – vormittags Verbrecherjagd und nachmittags Babysitten, das ging einfach nicht. So hatte das schließlich auch Marie gesehen und ohne viel Jammern die Konsequenzen gezogen. Auch dafür liebte er sie. Wenn es ein Problem gab, überlegte sie, wie sie es angehen sollte, wog die verschiedenen Möglichkeiten ab und fand schließlich mit viel gesundem Menschenverstand eine Lösung.

Marie war nie ein Mensch gewesen, der sich mit Selbstzweifeln quälte. Sie war *straight* – genau wie er selbst. Und er war sich sicher, dass Marie diese Eigenschaft umgekehrt auch immer an ihm gemocht hatte.

Doch nun hatte sich die Situation verändert. Er hatte einfach nicht mehr die Kraft, immer *tough* und *straight* zu sein, so gern er es auch gewesen wäre. Als Marie ihm vorhin ins Gesicht geblickt hatte, hatte er geglaubt, etwas wie Enttäuschung in ihren Augen zu sehen. Hielt sie ihn jetzt für ein Weichei?

Eine leise Stimme aus den hinteren Regionen seines Verstands rief mahnend, wie ungerecht es war, Marie zu verurteilen nach allem, was sie nach seiner Schussverletzung durchgestanden hatte. Trotzdem hatte ihn ihre Reaktion enttäuscht. Wieso nahm sie ihn nicht ernst? Wieso glaubte sie ihm nicht? In all den Jahren als Polizist hatte er fast nie über seine Arbeit geredet. Und warum? Weil er Marie und seine Familie vor den teilweise schrecklichen Erfahrungen, die er im Dienst machte, beschützen wollte.

Doch nun hatte er zum ersten Mal in seinem Leben ein wirkliches Problem. Natürlich war das alles schwer zu glauben, aber Marie musste doch wissen, dass er kein Spinner war. Der Spott in ihrem Blick war einfach unerträglich.

Wieder lauschte er den Geräuschen der Nacht. In der Ferne hörte er erneut ein Käuzchen rufen. Eine Wolke schob sich vor den hellen Mond. Der Wind hatte aufgefrischt, die Eiche vor dem Fenster bog sich. Eine unangenehme Kälte strömte in das Schlafzimmer und verbreitete eine erste Ahnung des bevorstehenden Winters. Fröstelnd zog Robert die Beine an und verkroch sich unter die Decke. Wieder hatte er das beunruhigende Gefühl, dass irgendetwas da draußen auf ihn wartete. Er stöhnte leise.

Wie sollte das nur weitergehen?

Es sollte aufhören, einfach nur aufhören, aber er hatte den Verdacht, dass der Alptraum erst begann.

Er schüttelte den Kopf, um die düsteren Gedanken zu vertreiben. So ging das nicht weiter. Er musste endlich Gewissheit haben, ob seine Angst begründet war. Ob er einer realen Gefahr hinterherjagte oder am Ende doch verrückt war.

Er atmete tief durch. Plötzlich wusste er, wen er fragen konnte.

20

Ah, mein lieber Kollege, der Herr Kriminalkommissar aus Berlin.« Die Kommissarin senkte die Stimme. »Entschuldigung, Westberlin.«

Robert presste ein Lächeln hervor. Wieder saß er vor Karin Schultes Schreibtisch auf der Wache in Lübbenau. Mit seinen im Schoß unsicher verschränkten Händen sah er aus wie ein kleiner Schuljunge, der auf die Verurteilung durch seinen Lehrer wartet.

»Sind Sie gekommen, um sich zu entschuldigen?«

Irritiert blickte er auf. »Wofür?«

»Sie haben mich angelogen. Sie sind nicht mehr«, die Schutzpolizistin zögerte kurz, »im aktiven Dienst.«

»Ich habe nicht gelogen. Ich wollte Sie nur nicht mit meiner Lebensgeschichte langweilen.«

»Aber Sie haben behauptet, Sie wären immer noch Kriminalkommissar in Kreuzberg.« Er wollte etwas erwidern, aber sie hob abwehrend die Hände. »Und übrigens glaube ich nicht, dass mich Ihre Geschichte gelangweilt hätte.«

Während sie sich eine Zigarette anzündete, ließ sie ihn nicht aus den Augen. Unruhig rutschte Robert auf seinem Stuhl hin und her.

»Robert Lindner. Kriminalhauptkommissar in Kreuzberg, Polizeidirektion 5. Schwer verletzt nach einer Schießerei auf dem Dach eines Hauses in der Gubener Straße. In Friedrichshain. Im Berliner Osten.« Sie hielt kurz inne. »Frühpensioniert wegen Dienstunfähigkeit. Umzug in den Spreewald, in ein Hotel, das seine Frau geerbt hat.«

»Sie sind eine gute Polizistin.«

Die Kommissarin grinste. »Mag sein. Aber auch Sie waren ein guter Polizist. Wie vertreiben Sie sich jetzt hier die Zeit? Sagen Sie bloß, Sie helfen Ihrer Frau dabei, das Hotel zu renovieren?«

»Und was wäre, wenn?«

Sie überlegte einen Moment und zuckte dann mit den Schultern. »Ich glaube, das wäre sehr nett von Ihnen«, sagte sie und streifte die Asche über einem kleinen gläsernen Aschenbecher ab.

Robert wurde langsam ungeduldig. »Hören Sie, Frau Kommissarin ...«

»Sie können gern Karin zu mir sagen«, unterbrach sie ihn lächelnd. »Wir sind schließlich Kollegen. Habe ich Ihnen schon erzählt, dass ich auch aus Berlin komme?«

»Ach ja?«

»Geboren im Prenzlauer Berg.« Sie setzte sich kerzengerade auf.

»Und früher auch schon bei der Polizei?«

Karin nickte, und für einen Moment war ihr Lächeln verschwunden. »Oberleutnant der Volkspolizei, Bezirk Mitte.«

Robert gab sich beeindruckt. »Und was hat Sie in die Provinz verschlagen?«

Karin blieb ernst. Sie zögerte. »Private Gründe.«

Offensichtlich hatte auch die Kommissarin eine dunkle Seite, über die sie nicht sprechen wollte. Eine Gemeinsamkeit. Er nickte verständnisvoll und fragte nicht weiter nach.

Karin drückte ihre Zigarette aus.

»Was kann ich also für Sie tun, Robert? Ich darf Sie doch Robert nennen?« Sie blickte ihm wieder tief in die Augen. Diese Frauen aus dem Osten, dachte er, kommen immer viel schneller auf den Punkt.

»Natürlich.«

»Na dann, wie kann ich Ihnen helfen?«

Er räusperte sich und griff verlegen nach dem Kaffee, den sie ihm wieder angeboten und den er dieses Mal angenommen hatte. Auf der Seite prangte das Logo der Fußball-WM in Italien.

»Ich wollte Sie fragen, ob Sie hier in der Gegend auch mit anderen Verbrechern als mit Taschendieben zu tun haben?«

»Sie meinen Drogendealer? Rocker? Schläger? Mörder? Oder gefährliche Serientäter?« Karin grinste.

Robert nickte leicht verunsichert.

»Nein, überhaupt nicht. Was haben Sie denn gedacht? Wir sind hier im Spreewald. Wenn die Welt noch irgendwo in Ordnung ist, dann hier.«

»Also keine … besonderen Vorkommnisse in letzter Zeit?«

Während sie nachdachte, öffnete Karin ihren Zopf, strich ihre Haare glatt und zog sie wieder durch ihr Haarband. Ein warmer Schauer lief Robert über den Rücken.

»Vor sechs Monaten hat irgendein Spinner seine Schlange verloren. Einen Python.«

»Wie – verloren?«

»Er hatte ihn wie einen Hund in seiner Wohnung gehalten. Eines Tages hat der Schwachkopf ein Fenster offen gelassen, und weg war er. Ab in die Spree.«

»Und was ist passiert?«

»War alles nur halb so wild. Es war nur ein kleiner Python, gerade mal einen Meter lang. Aber die Leute hier sind natürlich durchgedreht. Niemand hatte mehr Lust auf eine Kahnfahrt, zumindest nicht die älteren Herrschaften, unser Stammpublikum. Und dann häuften sich Nachrichten, kleine Hunde und andere Tiere seien ins Wasser gezogen worden.«

Robert horchte auf. »Tatsächlich?«

»War natürlich alles Quatsch. Nach zwei Tagen haben wir die Schlange wiedergefunden. Nur wenige Hundert Meter von ihrem Zuhause entfernt. Lag völlig verschreckt und halb erfroren in der Uferböschung.«

»Und es war wirklich dieselbe Schlange?«

Karin starrte ihn irritiert an. »Natürlich, wie viele Pythons soll es hier denn noch geben? Wir wohnen an der Spree, nicht am Amazonas.«

Robert nickte. Schade, eine Riesenschlange hätte eine gute Erklärung für alles sein können, obwohl die Grosch-Schwestern erzählt hatten, dass schon seit über hundert Jahren immer wieder Menschen im Fluss verschwanden.

»Und das war Ihr größter Einsatz?«

»Seit ich in Lübbenau bin, ja.« Karin nickte. »Es gab noch eine größere Schlägerei auf einem Dorffest, aber sonst ist hier eigentlich nichts los.«

Robert schwieg und schaute nachdenklich aus dem vergitterten Fenster in einen Hinterhof voller Gerümpel.

»Sind Sie nun enttäuscht?«

Robert schüttelte den Kopf.

»Wollen Sie etwa wieder ins Geschäft einsteigen und mich unterstützen? Ich würde mich natürlich freuen, schließlich sind Sie ein erfahrener Kollege aus dem Westen«, Karin schenkte ihm ein verschwörerisches Lächeln, »aber leider kommen wir hier nicht gerade um vor Arbeit.«

»Und in den letzten Jahren gab es keine Morde?«

»O Gott, nein. Das ist doch nicht die Bronx. Die Leute hier sind völlig harmlos. Die würden nie jemanden umbringen.«

»Und verschwundene Kinder?«

Karins Miene wurde wieder ernst. »Wie kommen Sie darauf?«

»Ich meine nur, haben Sie mal davon gehört, dass in …«

Dass in Flussnähe eine schwarzhaarige Frau mit rot glühenden Augen Kinder in die Tiefe gezogen hat?, dachte er, sagte es aber natürlich nicht. Er räusperte sich, bevor er fortfuhr. »Ich meine, dass es in der Nähe der Spree ungewöhnliche Vorkommnisse gegeben hat?«

»Ungewöhnliche Vorkommnisse?« Karin starrte ihn verständnislos an.

Robert nickte und zuckte verlegen mit den Schultern. Das bringt doch nichts, ich hätte nicht kommen dürfen, dachte er, während er an seinem Kaffee nippte.

»Was soll die Fragerei? Worauf wollen Sie hinaus?« Karin blickte ihn jetzt misstrauisch an.

Robert seufzte. »Ich habe in Glubitz mit ein paar Nachbarn gesprochen, die mir erzählt haben, dass im Spreewald immer wieder auf rätselhafte Weise Menschen verschwunden sind.«

»Wann?«

Robert schwieg.

»Jetzt sagen Sie schon, wann?«

»In den letzten zweihundert Jahren.«

»Wie bitte?«

Robert rutschte auf dem Stuhl herum. Sein Rücken schmerzte, das lange Sitzen tat ihm nicht gut.

»Es gibt da eine Legende. Vielleicht kennen Sie sie?«

Karin schüttelte den Kopf.

»Mir wurde erzählt, es würde hier eine Art Hexe geben, die in der Spree ihr Unwesen treibt.«

»Eine Hexe«, wiederholte Karin tonlos.

Robert nickte gequält. »Verrückt, oder?«

»Sagen Sie bloß, Sie glauben daran?«

»Natürlich nicht«, antwortete Robert entrüstet, aber er hatte mit der Antwort einen verräterischen Moment zu lange gewartet.

Karin musterte ihn misstrauisch. »Und wieso kommen Sie damit zu mir?«

»Wegen der Nachbarn aus Glubitz. Die haben darüber geredet, und ich habe ihnen versprochen, mich zu erkundigen, ob an der Geschichte etwas dran ist. Ganz offiziell, als Polizist eben.«

Die Notlüge hatte sich Robert auf der Radfahrt nach Lübbenau überlegt. Nicht dass die hübsche Kommissarin ihn noch für einen Vollidioten hielt, wenn an der Sache nichts dran war.

Karin verzog keine Miene. »Und was für Nachbarn sind das?«

Zwei senile, alte Schachteln, die wahrscheinlich nicht mehr ganz bei Trost sind, dachte Robert, sagte aber: »Ein paar ältere Herrschaften. Wir haben neulich auf dem Dorffest nebeneinander gesessen.«

»Und warum machen sich Ihre Freunde Sorgen? So plötzlich, meine ich, wenn es diese Hexe doch schon seit zweihundert Jahren gibt. Ist in letzter Zeit etwas Konkretes vorgefallen?«

Robert zögerte. »Das nicht, aber ...«

Karin ließ ihn nicht aus den Augen und wartete.

»Sie haben mir erzählt, dass sie manchmal ein komisches Gefühl haben, wenn sie am Fluss stehen.«

»Ein komisches Gefühl?«, echote Karin.

»Als wenn da im Fluss irgendetwas wäre. Und dann sind da noch diese Träume, in denen immer wieder eine Frau mit langen schwarzen Haaren auftaucht und Kinder bedroht.« Robert biss sich unsicher auf die Lippen.

Karin schwieg eine gefühlte Ewigkeit.

»Also, was ist jetzt? Kann ich meinen Nachbarn sagen, dass in letzter Zeit nichts passiert ist? Dass sie sich zu viele Sorgen machen?«, drängte Robert.

Karin warf einen Blick auf Roberts Becher. »Noch einen Kaffee?«

Er schüttelte den Kopf.

Sie zündete sich noch eine weitere Zigarette an und warf die leere Packung in einem hohen Bogen in den Mülleimer.

»Eigentlich liegt der Spreewald ja noch nicht einmal hundert Kilometer von Berlin entfernt, trotzdem ist das hier eine ganz eigene Welt. Wunderschön, verwunschen und manchmal auch gefährlich. Wussten Sie, dass es erst in diesem Jahrhundert gelungen ist, den Fluss zu zähmen und in geordnete Bahnen zu lenken? Früher mussten die Leute mit ständigen schweren Überschwemmungen leben.«

Robert nickte müde. Ein Geschichtskurs war das Letzte, was er jetzt brauchte.

»Die Menschen hier leben viel intensiver mit der Natur als wir Städter. Vielleicht gibt es deshalb so viele Märchen und Legenden.«

»Wie das Märchen von der Spreewaldhexe?«

»Davon habe ich noch nichts gehört, was aber nichts heißen muss. So lange bin ich auch noch nicht hier.«

»Dann haben Sie also keine Ahnung, ob Menschen hier auf rätselhafte Weise gestorben sind?«

»Wir beide sollten doch eigentlich wissen, dass es am Ende immer ganz rationale Gründe für den Tod eines Menschen gibt.«

»Natürlich.« Robert war mit der Antwort nicht zufrieden.

»Ich bin mir sicher, dass es keine Spreewaldhexe gibt. Und mir sind auch noch nie Todesfälle zu Ohren gekommen, die man einer solchen Hexe in die Schuhe schieben könnte. Und selbst wenn sie vor meiner Zeit stattgefunden hätten, so würde ich doch davon wissen, ganz bestimmt. Glauben Sie mir, der Spreewald ist eine friedliche Welt. Die Menschen hier sind manchmal vielleicht ein bisschen eigen, aber sie ha-

ben ein gutes Herz.« Sie lächelte. »Sie können Ihren Nachbarn also sagen, dass sie keine Angst haben müssen. Und bestellen Sie ihnen schöne Grüße von mir.«
Robert nickte.

Später verabschiedete ihn Karin an der Tür der kleinen Wache. Es war ein bewölkter Tag, der Wind trieb ein paar Blätter über den Kirchplatz. Robert zog den Reißverschluss seiner Lederjacke bis unters Kinn zu.

Karin sah nachdenklich in den Himmel. »Es soll später regnen.«

Robert schaute zu seinem Fahrrad. »Hoffentlich erst, wenn ich schon zu Hause bin.«

»Sie sind mit dem Drahtesel unterwegs? Sehr sportlich.«

»Irgendwie muss man ja fit bleiben.«

Für einen Moment herrschte zwischen beiden Stille. Robert war verwirrt. Erwartete die Kommissarin, dass er noch etwas Persönliches zu ihr sagte?

»Das muss sehr schlimm für Sie gewesen sein, das, was auf dem Dach in Berlin passiert ist«, sagte sie plötzlich.

Er zögerte etwas mit seiner Erwiderung. »Nicht so schlimm wie die Monate danach im Krankenhaus.«

»Sie mussten wiederbelebt werden, nicht wahr?«

Robert sah sie irritiert an.

»Nach dem Schuss. Für einen Moment waren Sie tot.«

»Sie sind ja bestens informiert.«

Karin lächelte, bevor sie wieder ernst wurde. »Nur Menschen, die solche Extremsituationen schon einmal erlebt haben, können verstehen, was da mit einem passiert.«

»Wie meinen Sie das: Was da mit einem passiert?«

Karin überlegte einen Moment. »Wenn man mit einem Fuß bereits auf der anderen Seite gestanden hat, kriegt man die Tür nie wieder ganz zu.«

Robert starrte sie verständnislos an.

Karin strich ihm kurz, fast zärtlich über den Arm.

»Na los, beeilen Sie sich. Bevor Sie noch in den Regen kommen.«

Dann öffnete sie die knirschende Tür und verschwand wieder in ihrer kleinen Wache.

21

Als Robert das schiefe Holzschild passierte und den holprigen Weg Richtung Glubitz strampelte, fielen die ersten Regentropfen in den staubigen Sand.

Er erhöhte sein Tempo. Das Fahrrad quietschte, und der Vorderreifen schabte in gleichmäßigen Abständen am Schutzblech entlang.

Sein Walkman war noch immer kaputt. Er hatte sich in Lübbenau einen neuen kaufen wollen, doch an der Tür des kleinen Elektroladens in der Nähe des Tormarktes hatte ein Schild gehangen: Wegen Geschäftsaufgabe geschlossen!

Dann eben keine Musik. Es gab genug Dinge, über die er nachdenken musste.

Er war sich sicher, dass die hübsche Kommissarin ihn durchschaut hatte. Sie wusste, dass es keine Nachbarn gab, die ihn geschickt hatten. Robert stöhnte. Jetzt war er für sie nicht mehr nur ein Lügner, sondern auch ein verdammter Feigling, der sich von albernen Kindermärchen verrückt machen ließ.

Aber ausgelacht hatte sie ihn nicht. Robert dachte daran, wie sie beim Abschied seinen Arm berührt hatte und ihm dabei so nahe gekommen war, dass er sie hatte riechen können. Sie verströmte einen Duft nach Polizeiuniform, Cabinet-Zigaretten, aber auch nach etwas, das ihn an Frühling und Begehren erinnerte.

Er schüttelte den Kopf und fing den Gedanken an Karin ein wie einen Schmetterling mit einem Netz. Er war nicht nach Lübbenau gefahren, um mit ihr zu flirten, sondern weil er endlich wissen wollte, ob an seinen Alpträumen etwas dran war. Ob seine Kinder wirklich in Gefahr waren. Und um herauszufinden, ob er wirklich nicht mehr alle Tassen im Schrank hatte. Die beste Nachricht des Tages war wohl, dass alles in Ordnung war. Es gab keine verschwundenen Kinder und auch keine geheimnisvollen Attacken von etwas Unerklärlichem, das in der Spree hauste. Im Nachhinein erschien es ihm lächerlich, dass er die Kommissarin überhaupt mit der Frage nach der Hexe belästigt hatte.

Trotzdem hatte ihm der Besuch auf der Wache gutgetan. Sie war nur eine kleine Zweigstelle und mit dem großen Präsidium in Berlin nicht zu vergleichen, aber der Anblick der Uniformen, das Klingeln der Telefone, die Fahndungsplakate der RAF-Terroristen an den Wänden, das Verhör, das ein Kollege von Karin mit einem Autoraser geführt hatte, sogar der Geruch der Desinfektionsmittel, die offensichtlich in allen staatlichen Büros verwendet wurden – all das hatte ihn an seinen früheren Alltag erinnert. An sein früheres Leben. Als Schwarz noch Schwarz gewesen war und Weiß noch Weiß. Als er mit beiden Beinen noch fest auf dem Boden der Realität gestanden hatte.

Kurzzeitig hatte er das Gefühl gehabt, wieder klar sehen zu können.

Okay, vielleicht hatte er Alpträume. Und wäre das ein Wunder? All die schrecklichen Wochen und Monate im Krankenhaus, die ständigen Schmerzen – das ging an niemandem spurlos vorbei.

Und das Bild des kleinen Mädchens? Zufall. Die Geschichte der beiden alten Frauen? Abergläubisches Gequatsche zweier seniler Omas. Es gab keine Hexe in der Spree, natürlich nicht.

Robert hielt das Gesicht in den stärker werdenden Regen und genoss das Gefühl, als die kühlen Tropfen ihm auf die

Stirn und Wangen spritzten. Nach monatelangem Aufenthalt in einer dunklen Höhle hatte er endlich wieder Tageslicht erblickt.

Er stieg in die Pedalen, nahm Tempo auf und sprang förmlich über die Holzbrücke. Dann der harte Aufprall. Er verzog das Gesicht. Wieder der Rücken. Aber egal, auch diese Schmerzen würden mit der Zeit verschwinden. Vor ein paar Jahren hatte er sich beim Skifahren das Wadenbein angebrochen. Zwei Monate lang war er mit einem Gips herumgestakst. Er konnte sich noch gut an seine Verzweiflung in dieser Zeit erinnern. Er hatte sich nicht vorstellen können, jemals wieder ohne Probleme gehen zu können. Aber natürlich war alles bald geheilt gewesen, und er hatte wieder Joggen und Fußballspielen können. Und während Robert den Weg entlangraste, war er sicher, dass früher oder – wohl eher – später, aber irgendwann ganz sicher, auch seine Rückenschmerzen der Vergangenheit angehören würden.

Plötzlich hörte er ein leises Pfeifen. Das Fahrrad tat einen Ruck, Robert schaute nach unten und fluchte. Der Hinterreifen war platt. Schon wieder. Er stieg ab, um sich das Ventil anzuschauen, aber Aufpumpen schien nicht mehr zu helfen. Der Reifen war hin.

Verdammt, warum hatte er in Lübbenau nicht bei einem Fahrradladen vorbeigeschaut? Er hatte doch gewusst, dass das Ventil nicht mehr richtig funktionierte! Ihm blieb nichts anderes übrig, als nach Hause zu schieben. Noch war von Glubitz nichts zu sehen, aber weit konnte der Ort nicht mehr sein. Bis zur kleinen Schleuse waren es höchstens drei Kilometer. Also nur ein Spaziergang, wenn auch ein verregneter.

Mittlerweile waren die Pfützen auf dem Sandweg, der dicht mit nassem, gelbbraunem Herbstlaub bedeckt war, größer geworden. Robert konnte kaum erkennen, wo der Weg in die Böschung überging.

Scheiß auf den Regen, dachte er und freute sich, von einem schier grenzenlosen Optimismus getrieben, über die Chance, seine wiedergefundene Tatkraft sofort auf die Probe zu stellen. Am Himmel schoben sich die immer dunkleren Wolkenberge wie Aschewolken von Osten über den Spreewald. Der Wind nahm zu. Robert sah, wie sich die schlanken Birken bogen, die rechts und links des Wegs standen.

Er musste an Maries kleine Predigt vom vorherigen Abend denken. Sie wohnten tatsächlich inmitten einer beeindruckenden Natur. Und im Wechselspiel der Elemente war der Spreewald sogar noch schöner als bei strahlendem Sonnenschein. Feuchtigkeit sickerte ihm in die Schuhe, aber er grinste nur.

Später konnte er sich nicht daran erinnern, wo das kleine Mädchen hergekommen war. Höchstens sechs Jahre alt stand es plötzlich am anderen Ufer der Spree mitten in der dornigen Böschung.

Die Kleine starrte traurig lächelnd zu ihm herüber. Sie trug nur ein weißes, schmutziges Leibchen, die nassen Haare klebten ihr am Kopf. Robert bemerkte dunkle Schatten unter ihren Augen. Sie zitterte und schien im Regen erbärmlich zu frieren.

»Was machst du da?«, rief Robert.

Sie verzog keine Miene. Obwohl sie in seine Richtung blickte, war er nicht sicher, ob sie ihn überhaupt bemerkt hatte.

»Wie heißt du, Kleine?«

Das Mädchen rührte sich nicht.

»Kannst du mir sagen, wo deine Eltern sind?«

Keine Reaktion. Das Leibchen flatterte im Wind um den kleinen, hageren Körper. Auf den Armen sah Robert blutige Striemen, wohl von den dornigen Sträuchern.

»Hallo, hörst du mir überhaupt zu?«

Das Mädchen schenkte ihm ein gequältes Lächeln. Immerhin, jetzt hatte er seine Aufmerksamkeit.

»Die Stelle, an der du da stehst, ist gefährlich. Du könntest abrutschen und ins Wasser fallen!«

Mit großen Augen schaute ihn das Mädchen schweigend an, rührte sich aber nicht vom Fleck.

»Am besten gehst du ganz vorsichtig zurück. Ich komme zu dir rüber, und dann schauen wir, wo wir deine Eltern finden.«

Robert blickte den Fluss entlang. Die nächste Brücke befand sich ein ganzes Stück entfernt und war kaum zu erkennen. Konnte er das Mädchen so lange allein lassen?

Plötzlich rührte es sich und machte einen Schritt nach vorn, auf den Fluss zu. Sofort versackten seine nackten Füße im schlammigen Morast, und sein weißes Leibchen wurde von einem hervorstehenden Ast aufgerissen.

Das Mädchen schrie auf, aber erst einen Moment später realisierte Robert, dass er keinen einzigen Laut gehört hatte. Weder den Schrei noch das Reißen des Stoffes. War er wieder dabei, sich in einer Vision zu verlieren? Selbst der Wind und das Rauschen der Blätter schienen verstummt zu sein. Nur der Regen war zu hören.

Das Mädchen stand jetzt direkt am Ufer. Robert konnte sich nicht erklären, wie es so nah an den Fluss hatte gelangen können. Hinter ihm war kein Pfad durch das Dornengestrüpp und das hohe Schilf zu erkennen.

In den Augen des Kindes lag grenzenlose Angst. Hilfe suchend streckte es seine Händchen nach ihm aus.

Robert stöhnte. Wie konnte er der Kleinen helfen? Wie konnte er zu ihr gelangen? Nachdenklich betrachtete er das träge dahinfließende Wasser der Spree. Der Fluss war hier ungefähr zehn Meter breit. Zahllose Blätter trieben auf der Oberfläche wie kleine Schiffe flussabwärts. Dazwischen konnte Robert den dunklen Grund ausmachen. Tief war die Spree hier nicht. Wahrscheinlich reichte ihm das Wasser höchstens bis zu den Knien.

Während er überlegte, befiel ihn wieder das Unwohlsein, das er seit seiner Ankunft immer hatte, sobald er in der Nähe des Flusses war. Das Gefühl, dass etwas im Wasser lauerte und ihn bedrohte.

Schluss damit! Hatte er das nicht gerade geklärt? Hier gab es nichts, vor dem er Angst haben musste. Keine Hexe, keine Monster, nichts. Nur ein kleines Mädchen, das in den Fluss zu fallen drohte.

Robert klappte den Fahrradständer aus, stellte sein Rad ab, schlüpfte aus seinen Schuhen und krempelte seine Hose hoch.

»Rühr dich nicht vom Fleck. Ich komme zu dir rüber.«

Wieder die grenzenlose Panik in den Augen des Mädchens.

»Du musst keine Angst haben«, sagte er so freundlich wie möglich, »ich bin gleich bei dir.«

Aber das Mädchen hörte nicht auf ihn. Stattdessen machte es noch einen Schritt nach vorn. Jetzt stand es mit beiden Füßen tief im Morast. Robert bezweifelte, dass es ohne Hilfe wieder ans Ufer gelangen konnte.

Langsam, um auf dem rutschigen Moos und den nassen Blättern nicht auszurutschen, tastete er sich die schmale Böschung hinunter. Als der kalte Matsch zwischen seinen Zehen nach oben quoll, fluchte er leise. Hexe oder nicht, er würde immer dafür sorgen, dass seine Kinder besser aufpassten als dieses kleine Mädchen da drüben.

Noch immer streckte es ihm die Arme entgegen. Wirklich ihm? Es schien, als wenn sein Blick an Robert vorbeiging. Nervös drehte er sich um, aber da war niemand. Nur sein Fahrrad stand verlassen auf dem Weg.

Plötzlich gab die vom Regen aufgeweichte Uferböschung

nach. Zu spät erkannte Robert, dass er sich lieber auf den Boden hätte konzentrieren sollen. Er stolperte, rutschte auf dem Schlamm aus, konnte das Gleichgewicht nicht halten und schlitterte in die Spree.

Prustend richtete er sich wieder auf. Er fluchte. Jetzt war er nicht nur klitschnass, sondern auch noch voller Schlamm und Laub. Außerdem hatte er sich an einem Ast die Hand aufgerissen. Hoffentlich hatte ihn niemand gesehen.

Die Kleine. Wenn er gedacht hatte, sie würde ihn auslachen, hatte er sich getäuscht. Sie sah ihn noch immer mit demselben Blick an und ruderte verzweifelt mit ihren Armen. Aber noch war Robert viel zu weit entfernt.

»Bin ja schon unterwegs«, brummte er und schob sich stöhnend durch den Fluss, der doch etwas tiefer war, als er angenommen hatte. Bis zu den Hüften reichte ihm das Wasser. Der Grund war schlammig und voller Schlingpflanzen. Jeder Schritt kostete ihn Mühe und Kraft. Seine Rückenschmerzen meldeten sich prompt zurück wie ein alter, vergessen geglaubter Freund.

Und auf einmal verstummte selbst der Regen. Blätter wurden vom Herbstwind auf den Fluss getrieben, die Äste einer Weide tauchten im langsamen Takt ins und aus dem Wasser. Roberts Blick fiel auf eine Ente, die sich gegen die Strömung stemmte, aber hören konnte er nichts.

Er sah zu dem Mädchen. Sein Lächeln, mit dem es ihm nun entgegenblickte, machte ihm in diesem Augenblick mehr Angst als die Panik, die er zuvor noch in ihren Augen gesehen hatte.

War alles nur ein Traum? Ungläubig starrte er auf seine nassen Hände, auf das schmutzige Wasser, das an ihnen herunterlief und Tropfen für Tropfen in den Fluss fiel.

Weiter, er musste weitergehen. Warum nur dauerte es so lange, ans andere Ufer zu gelangen?

Plötzlich konnte Robert den Grund nicht mehr spüren.

Wie ein Stein sank er nach unten, für einen Moment hatte er das Gefühl, in einen bodenlosen Abgrund zu stürzen. Er strampelte, suchte mit den Beinen nach Halt, aber da war nichts. Kein Stein, kein Grund, dabei befand er sich doch in der flachen Spree!

Mit aufgerissenen Augen sah er unter Wasser grün schimmerndes Licht. In hellen Streifen fiel es durch die Wasseroberfläche und verlor sich in der unergründlichen Tiefe.

Nach oben, er musste wieder nach oben. Wie ein Hund paddelte er empor. Nachdem er prustend die Wasseroberfläche durchstoßen hatte, erbrach er die abgestandene Brühe, die er geschluckt hatte, in den Fluss.

Er spürte wieder deutlich den Schlamm unter seinen nackten Füßen. Das Wasser ging ihm nur noch bis zum Bauch. Wo war die endlose Tiefe geblieben, in die er eben noch gesunken war?

Und das Mädchen? Wo war das Mädchen? Hastig drehte er sich um sich selbst. Wo war der Weg, wo war das …?

Die Kleine stand noch immer im Gestrüpp. In ihrem Blick konnte Robert jetzt wieder deutlich Angst sehen. Sie streckte die Arme aus, wollte ihm etwas zeigen, ihn warnen, vor … wovor?

Der Stoß traf ihn mit der Wucht eines Faustschlags in den Bauch. Gerade war er wieder zu Atem gekommen, da trieb ihm der Schlag erneut die Luft aus dem Körper. Etwas umarmte ihn, riss ihn mit aller Macht unter Wasser. Robert versuchte sich aus der Umklammerung zu lösen. Er spürte Schlingen, Arme, Beine, die ihn von hinten umfassten und seinen Kopf in den Fluss zogen. Dann weitere, heftige Schläge, schmerzvolle Tritte gegen die Brust, in die Hüfte und zwischen die Beine. Krallen schlugen sich in seinen Körper, rissen seine Haut auf.

Er kämpfte um sein Leben. Panisch versuchte er seinen Kopf über Wasser zu halten und sich aus der tödlichen Umklammerung zu befreien, aber er hatte keine Chance. Wieder tauchte er unter. Durch die aufgewühlte Wasseroberfläche entdeckte er das Mädchen, das ihn mit starrem Blick in seinem Todeskampf beobachtete.

Den Angreifer sah er nicht. Er war hinter ihm, wand sich mit ihm im Wasser, wenn er den Kopf drehen wollte. Immer heftiger wurden die Attacken. Robert stöhnte, als er sah, dass sich das Wasser rot färbte. Von Blut. Seinem Blut.

Mit allerletzter Kraft gelang es ihm, einen Arm zu befreien. Immerhin war es sein rechter, sein stärkerer Arm. Er hatte nur eine einzige Chance, nur einen Schlag. Mit aller ihm verbliebenen Energie zog er den Arm ruckartig nach hinten.

Robert spürte, wie sein Ellenbogen auf etwas Hartes traf. Er konnte nichts sehen, aber er war sicher, dass er seinem Gegner gerade sehr weh getan hatte. Tatsächlich lockerte sich die Umklammerung. Sollte er sich tatsächlich befreien können?

Aber er hatte sich zu früh gefreut.

Mit ungeheurer Wut wurde er wieder angegriffen und von allen Seiten getroffen. Im schäumenden Wasser hatte er das Gefühl, als würde sein Körper in der Mitte auseinandergerissen. Dann hörte er einen schrillen Schrei, der in seinem Kopf explodierte. Es war der Ruf aus den Abgründen einer gebrochenen, verzweifelten Seele.

Es war der Schrei einer Frau.

Dann war alles schwarz.

22

Natürlich ist das nur ein Märchen.«

»Für Kinder.«

»Nur ein Märchen. Aber das haben wir auch Ihrem Mann gesagt.«

»Wollen Sie noch einen Keks?«

Marie schüttelte den Kopf und lächelte. »Nein, danke. Aber gern noch einen Kaffee.«

»Selbstverständlich.« Sofort griff Bertha Grosch nach der alten Porzellankanne und füllte die Tasse nach.

Marie schaute sich in dem kleinen Wohnzimmer um. Während draußen dunkle Regenwolken aufzogen, war es bei den beiden alten Damen überraschend gemütlich. Im kleinen Holzofen flackerte ein warmes Feuer, der Bohnenkaffee schmeckte ausgezeichnet, und im RFT-Kofferradio auf der alten Anrichte sang Connie Francis von einem schönen, fremden Mann. Nur die Kekse waren ein bisschen hart. In weiser Voraussicht hatte Marie als Gastgeschenk ein paar Stücke Obstkuchen mitgebracht.

Sie hatte die Grosch-Schwestern immer für kauzig gehalten, und das, was Robert ihr von ihnen erzählt hatte, hatte sie in ihrem Urteil nur bestärkt. Wie sie jetzt aber feststellen musste, waren die beiden Damen äußerst liebenswürdig. Wie viele ältere Herrschaften waren sie ein bisschen zerstreut und kamen schnell ins Schnattern. Sie erzählten viele Geschichten von Maries Tante Hedwig, die eine gute Freundin gewesen war, und wollten jede Einzelheit über den Hotelumbau wissen. Ansonsten schienen sich die beiden Damen sehr gut gehalten zu haben. Auch Emma gefiel es hier. Fröhlich brabbelnd saß sie auf dem Schoß ihrer über achtzig Jahre älteren Namensvetterin.

»Was für ein süßes Mädchen. Sie müssen wirklich sehr stolz und glücklich sein«, sagte Emma Grosch und fütterte die Kleine mit dem Brei, den Marie mitgebracht hatte.

»Das bin ich.«

»Sie müssen unbedingt öfter zu Besuch kommen. Wir haben so gern Kinder im Haus.«

»Haben Sie denn selbst welche? Oder sogar Enkelkinder?«, erkundigte sich Marie.

»Leider nicht.« Bertha seufzte traurig. »Wir haben nie die richtigen Männer gefunden.«

»Vor dem Krieg haben wir zwei junge Bauern gekannt. Aus Burg. Das hätte was werden können.«

»Aber dann mussten sie an die Ostfront. Zuerst kamen noch ein paar Briefe, aber ...«

»... dann haben wir nie wieder von ihnen gehört.«

»Wahrscheinlich sind sie gefallen.«

»Oder sie wurden nach Sibirien gebracht.«

»Wir haben keine Ahnung.«

Für einen kurzen Moment richteten die beiden alten Damen ihre Blicke voller Sehnsucht in die Vergangenheit. Dann lächelten sie Marie wieder zu.

»Kinder haben wir nicht. Aber Großtanten sind wir. Unsere Schwester in Dübeln ist fünffache Mutter. Alles Mädchen. Und vier von ihnen haben auch schon Kinder.«

Die beiden Schwestern begannen die Namen ihrer Großnichten und -neffen aufzuzählen. Marie versuchte so freundlich wie möglich zu dem eigentlichen Thema zurückzukehren. »Noch einmal zu diesem Märchen ...«

Sofort unterbrachen die Schwestern ihren Redeschwall und schauten sie aufmerksam an.

»Mein Mann scheint sich deshalb recht viele Sorgen zu machen.«

»Wirklich?«

Marie zögerte. »Nun, wie soll ich mich ausdrücken? Ich vermute, er glaubt, dass an der Geschichte vielleicht doch etwas Wahres dran sein könnte.«

Die beiden Schwestern starrten sie verständnislos an. »Wie meinen Sie das?«

»Nun ja, viele Legenden entspringen doch einem wahren Kern, vielleicht ja auch die Geschichte von dieser Spreewaldhexe.« Schon während sie den Satz aussprach, kam Marie sich wie eine Idiotin vor. Doch zu ihrer Überraschung begannen die beiden Frauen aufgeregt auf Sorbisch miteinander zu reden. Hatten sie sie vielleicht nicht richtig verstanden? »Mein Mann hat mir die ganze Geschichte erzählt. Von der Heilerin, die einsam im Wald lebte, von den kranken Kindern und …«

Bertha unterbrach sie heftig. »Aber das ist alles nur ein Märchen.«

»Hier im Spreewald gibt es viele Märchen«, ergänzte Emma.

»Sehr viele sogar.« Bertha nickte.

»Kennen Sie die Sage von dem Irrlicht und dem Bauern?«

»Oder die von der Entstehung des Spreewalds?«

»Mit dem Teufel und dem Ochsengespann?«

Marie schüttelte müde den Kopf. Bertha schaute sie mit glänzenden Augen an. »Vor vielen, vielen Jahren pflügte der Teufel mit einem Ochsengespann die Felder und Äcker hier in der Gegend um. Doch bald schon hingen die Tiere erschöpft in den Riemen.«

»Die Arbeit war einfach zu schwer für sie.«

»Der Teufel wurde wütend. Er schimpfte und fluchte und warf schließlich eine Mütze nach den Ochsen.«

»Da erschreckten sich die armen Tiere so sehr, dass sie wie verrückt kreuz und quer herumliefen.«

»Und dabei zogen sie noch immer den Pflug hinter sich her.«

»Die Furchen, die sie dabei im Boden hinterließen, füllten sich später mit Wasser.«

»Auf die Weise entstand der Spreewald«, beendete Bertha die kurze Geschichte.

»Interessant«, sagte Marie.

»Aber eben ein Märchen. Alles nur erfunden.«

Marie schwieg für einen Moment, während die kleine Emma nach der Nase der großen griff. Sie lächelte. »Dann werde ich meinem Mann noch einmal sagen, dass er sich zu viele Gedanken macht.«

»Ja, das sollten Sie.«

»Und dass die Spree harmlos ist und er sich um seine Kinder nicht sorgen muss«, fasste Marie das Ergebnis ihres kurzen Besuchs zusammen.

Bertha und Emma Grosch tauschten einen kurzen, besorgten Blick. »Gefährlich ist die Spree schon.«

»Vor allem für Kinder.«

»Aber wieso denn?«, fragte Marie verständnislos. »Man kann doch fast an jeder Stelle den Fluss durchqueren, so flach ist er.«

»Aber eben nicht überall.«

»Außerdem können Kinder im Schlamm stecken bleiben.«

»Genau, und dann sind da auch noch die Strömungen.«

»Gefährliche Strömungen«, raunte Bertha Grosch.

Marie war noch immer skeptisch.

»Für Kinder ist der Fluss wirklich gefährlich«, wiederholte die alte Emma, während sie zärtlich die Hand von Maries Tochter streichelte.

»Genau deshalb erzählen wir den Kindern ja dieses Märchen.«

»Im Kindergarten.«

»Damit sie aufpassen und sich vom Wasser fernhalten.«

»Auch Sie müssen auf Ihre Kinder Acht geben.«

»Wir wollen doch nicht, dass Ihrem Sohn etwas passiert.«

»Oder der kleinen Emma.«

Marie betrachtete die beiden alten Damen und nickte. »Seien Sie unbesorgt, ich werde schon aufpassen.«

Als Marie mit Emma im Kinderwagen zum Spreewaldhof zurückkehrte, hatte der heftige Regen kurz zuvor aufgehört. Die dunklen Wolken verzogen sich in Richtung Westen, dahinter schien schon wieder die Sonne und brachte die feuchten Wiesen zum Dampfen.

Sie dachte an die Grosch-Schwestern und musste lächeln. Die beiden waren schon reizend, so wie Omas sein sollten. Eigentlich schade, dass sie keine Enkel hatten. Sie konnte sich gut vorstellen, wie die Kleinen im Kindergarten beim Geschichtenerzählen an den Lippen der alten Damen hingen. Natürlich waren sie ein bisschen tüddelig, aber das war bei ihrem Alter auch kein Wunder. Marie schätzte sie auf weit über achtzig. Kaum zu glauben, dass sie praktisch ihr ganzes Leben auf dem Feld gearbeitet hatten. Selbst in ihrem hohen Alter bauten sie noch ihre eigenen Gurken an. Wahrscheinlich reichte ihre Kraft nicht mehr für ihren ganzen Garten, aber Marie hatte ein kleines, sehr gepflegtes Gemüsebeet entdeckt.

Ob sie jemals den Spreewald verlassen hatten? Oder auch nur Glubitz? Bestimmt begann für die Grosch-Schwestern schon in Lübbenau eine andere, unbekannte Welt.

Dafür besaßen sie viel Fantasie.

Sie grinste, als sie daran dachte, mit welcher Inbrunst und

Ernsthaftigkeit sie ihr vom Teufel und der Spreewaldhexe erzählt und sie vor dem Fluss gewarnt hatten.

Und eigentlich waren die Warnungen ja auch berechtigt. Kinder sollten aufpassen, wenn sie in der Nähe von Wasser waren.

Trotzdem verstand sie nicht, wie Robert das Geplapper der beiden Gurkenbäuerinnen für bare Münze nehmen konnte und sich deshalb sogar mit Alpträumen quälte.

Marie bog mit dem Kinderwagen um die letzte Kurve. Ihr Hotel erhob sich im Regendunst, strahlte in der wieder scheinenden Sonne. Es war wunderschön. Wieso sah Robert nicht, wie gut es ihnen hier ging? Sollte sie noch einmal mit ihm reden oder ihn in Ruhe lassen und ihm mehr Zeit zur Eingewöhnung geben?

Bei ihrem gemeinsamen Arztbesuch in Berlin hatte der Doktor Marie zur Seite genommen und ihr geraten, noch etwas Geduld mit ihrem Mann zu haben. Nicht nur wegen der Medikamente, auch aufgrund seiner traumatischen Erlebnisse sei es ganz normal, dass er unter starken Gefühls- und Stimmungsschwankungen leide.

Natürlich hatte sie Geduld, aber sie hatte nicht die Zeit, ständig auf Roberts Launen Rücksicht zu nehmen.

Nachdenklich schob Marie Emmas Kinderwagen über den frischen Kies, den sie auf dem Hotelparkplatz verteilt hatten. Tom kam ihr aus dem Hotel entgegengelaufen.

»Da sind Sie ja endlich, Frau Lindner. Ich habe Sie gesucht!«

»Ist etwas passiert?«

Tom war ganz atemlos. »Ihr Mann ...«

»O Gott, was ist denn jetzt schon wieder passiert?«

»Ein Fischer hat ihn bei der Schleuse gefunden.«

23

Sie blickte gen Himmel. Die Sonne funkelte durch die Eichenblätter, eine leise Brise strich durch die Äste. Sie schloss die Augen, konzentrierte sich auf das Rascheln der Blätter, lauschte dem gleichmäßigen Gurgeln des Flusses und dem Zwitschern der Rotkehlchen. Der Wind erfasste eine ihrer Haarsträhnen an den Schläfen und streichelte gleichzeitig über ihre nackten Füße. Sie fühlte und hörte die Natur um sich herum und wurde zu einem Teil von ihr.

Aber ihr Herz war wie ein Stein, der im Flussbett vom Wasser umspült wird, gleichmäßig, Stunde für Stunde, Tag für Tag, Jahr für Jahr.

Ein Jahr war es jetzt her, dass ihr Kind gestorben war. Am Tag darauf war der Dorfarzt mit dem dicken Jungen gekommen, hatte einen abfälligen Blick auf die Unordnung in ihrer bescheidenen Behausung geworfen und nach einem Glas Wasser verlangt. Nachdem er es langsam ausgetrunken und sich den Schweiß aus dem Gesicht gewischt hatte, hatte er sich kurz ihren toten Jungen angeschaut. Sie hatte ihn in die kleine Holzwiege gelegt, die sie in den Wochen vor der Geburt gebaut hatte.

Der Arzt hatte kaum eine Miene verzogen. Die Schweißperlen hatten in seinem schwarzen Schnurrbart geglitzert, als er in die Wiege geblickt hatte.

Keine Chance, hatte er gesagt. Das Kind war schon tot gewesen, bevor sie es auf die Welt gepresst hatte. Sehr tragisch, aber solche Dinge passieren eben. Gottes Wege sind unergründlich.

Sie hatte geschwiegen, obwohl sie es besser wusste. Sie hatte den Herzschlag doch in ihrem Leib gespürt. Das Baby, ihr Sohn, hatte gelebt. Und er hätte auch am Tag darauf noch leben können.

Der Dorfarzt hatte sich ein Taschentuch vor die Nase gehalten. Das Kind beginne bereits zu verwesen, es müsse so schnell wie möglich unter die Erde. Er könne fragen, ob es auf dem Dorffriedhof noch einen Platz gab, aber versprechen könne er nichts.

Sie hatte den Kopf geschüttelt. Ihr Sohn sollte in ihrer Nähe bleiben. Daraufhin hatte der Doktor seine Tasche genommen und sich vom dicken Jungen mit dem Kahn wieder zurück ins Dorf rudern lassen.

Der Junge war am nächsten Tag wieder zurückgekehrt. Vorn in seinem Boot hatte eine kleine, fein gearbeitete Kiste aus dunkel gebeiztem Kiefernholz gestanden. Er hatte sie auf dem Dachboden seiner Eltern gefunden.

Für das Baby, hatte er gesagt.

Am Abend hatten sie das tote Kind gemeinsam beerdigt. Beide hatten geschwiegen. Später konnte sie sich nicht mehr daran erinnern, wie lange sie vor dem kleinen Erdhaufen unter der Eiche gestanden hatten.

Dann hatte es wieder angefangen zu regnen. Der Junge war in sein Boot gestiegen und nach Hause gefahren.

Danach war er nie wieder aufgetaucht.

Sie war in ihre Hütte gegangen, hatte sich auf einen Stuhl gesetzt und mit leerem Blick die Wand angestarrt, die ganze Nacht lang, bis die Morgensonne über den Feldern aufgegangen war.

Vielleicht wäre sie niemals aufgestanden, hätte ewig weiter auf dem Stuhl gesessen, wäre vielleicht auf dem Stuhl gestorben. Aber an diesem Morgen hatte Er zum ersten Mal zu ihr gesprochen.

»Steh auf«, hatte Er gesagt. »Steh auf. Und lebe.«

Sie hatte gespürt, wie eine neue Kraft die Leere in ihrem Kopf, in ihrem Herzen füllte. Es war keine wärmende Kraft, die ihrem Leben die Liebe hätte zurückgeben können, die sie zuvor verloren hatte. Doch es war eine Energie, die ihr den Weg zu einem Ziel wies, das nur ihr vorbehalten war.

Wenn Er zu ihr sprach – und Er sprach von nun an immer wieder zu ihr, mal wie ein guter Freund, mal wie ein Vater –, dann wusste sie, dass sie nicht allein war und niemals, wirklich niemals mehr allein sein würde.

Auch vor dem Tod ihres Sohnes hatte sie schon des Öfteren eine Stimme in sich wahrgenommen, ihre eigene Stimme. In klaren Momenten war ihr bewusst gewesen, dass es ein Makel war, mit sich selbst zu sprechen. Doch jetzt sprach eine andere Stimme zu ihr, und diese war kein Makel mehr, sondern eine Gnade und ein Geschenk. Sie war von Ihm erwählt worden. Von nun an spielte Zeit keine Rolle mehr. Egal, ob es Frühling, Sommer, Herbst oder Winter war, egal, ob es regnete, schneite oder ob die Sonne schien, von nun an lebte sie in ihrer eigenen Welt wie in einer dieser Kristallkugeln, die man auf dem Markt in der Stadt kaufen konnte. In dieser Kugel war sie in Sicherheit. Er war immer an ihrer Seite, und mit Ihm konnte ihr nichts mehr passieren.

»Sie sind wieder da«, sagte Er jetzt.

Sie öffnete die Augen und schaute sich vor ihrem Haus um. Sie saß auf einer einfachen Holzbank, die direkt vor dem einzigen Fenster ihrer kleinen Blockhütte stand. Links von ihr befand sich ihr Gemüsebeet mit Erbsen, Salat und Gurken. Daneben lebte in einem kleinen Gatter ihre Ziege, die ihr täglich außer ihrer Milch auch die Gelegenheit gab, mit einem anderen Lebewesen zu reden. Wenn die Ziege meckernd ihr Haupt an ihren Beinen rieb und wie ein kleiner Hund mit ihr durch den Wald trabte, waren das einige der wenigen Momente, in denen sie noch lächeln konnte. Früher hatte sie auch zwei Hühner und eine Katze gehabt. Aber die Katze trieb sich lieber im Wald herum und ließ sich nur selten blicken. Und die Hühner hatte ein Fuchs geholt.

Unter der Eiche rechts von ihr befand sich der kleine Erdhügel mit dem Grab ihres Babys. Von hier aus konnte ihr Sohn sowohl den Sonnenaufgang als auch den -untergang sehen. Sie seufzte versonnen, als sie bemerkte, dass die Sonnenblume auf dem Grab eine neue Blüte treiben würde.

»Hörst du sie? Sie sind ganz nah«, sagte Er.

Sie nickte. Natürlich hatte sie ihr leises Rascheln im Wald, der hinter dem Grab begann, wahrgenommen. Sogar ihre Schritte auf dem federnden Waldboden konnte sie spüren, auch wenn sie noch weit entfernt waren.

Oder bildete sie sich das nur ein? Es waren doch nur Kinder.

Böse Kinder. Im Alter zwischen sechs und zehn Jahren. Am Anfang waren nur zwei Jungen und zwei Mädchen zu ihrem Haus geschlichen und hatten sie beobachtet. Sie hatten sich durch ihr Kichern hinter den Büschen verraten. Schließlich waren es immer mehr geworden. Einmal hatte sie insgesamt zehn Kinder gezählt.

Zuerst hatten sie ihr aus ihrem Versteck bei der Gartenarbeit zugesehen. Oder dabei, wie sie sich um ihre Ziege gekümmert hatte. Dann hatten sie Eicheln auf ihren Hof geworfen, obwohl sie wussten, dass sie ihn täglich mit ihrem alten Besen fegte.

Das hatte sie noch nicht gestört. Im Gegenteil: Zuerst – sie selbst war noch schwanger gewesen – hatte sie sich über die Besuche sogar gefreut. Die kleinen Mädchen mit ihren blonden Zöpfen, die frechen Jungs mit ihren kurzen Lederhosen – die Deutschen hatten wirklich süße Kinder.

Ein Junge sah besonders hübsch aus. Obwohl er um die sieben Jahre alt sein musste, hatte er noch immer ein Babygesicht. Sie hatte den Eindruck, dass er der Anführer der kleinen Bande war.

Geredet hatte sie mit den Kindern eigentlich nie. Sie hatte es versucht, ihnen etwas zugerufen, sie sogar zu einem Glas ihrer kostbaren Ziegenmilch eingeladen. Als Antwort war wieder nur eine Eichel vor ihre Holzbank geflogen.

Schließlich hatte sie gehört, wie die Kinder sie kichernd nannten: die »verrückte Frau«.

Natürlich traf sie das. Wieso konnten nicht wenigstens die Kinder etwas freundlicher zu ihr sein? Warum waren alle so böse zu ihr? Aber die Kleinen plapperten wohl nur das nach, was ihre Eltern ihnen über sie erzählten. Und was die Erwachsenen von ihr dachten, das spürte sie jedes Mal, wenn sie ihre Hütte verließ, um auf dem Dorfmarkt Gemüse gegen etwas Garn oder Wolle einzutauschen.

Einmal hatte sie ihren Mut zusammengenommen und sich ein Osterfeuer angeschaut. Niemand hatte mit ihr, der »Polakin«, reden wollen. Fast hatte sie den Eindruck gehabt, die Leute hätten sie am liebsten auch in die Flammen geworfen.

Während ihr Kind in ihr heranwuchs, hatte sie sich oft gefragt, wie wohl seine Zukunft aussehen würde. Würde es mit den anderen Jungen und Mädchen im Wald spielen und im Fluss planschen?

An einem warmen Sommernachmittag, ihr Bauch war schon zu einer runden Kugel herangewachsen, war der kleine Junge mit den Pauspacken zu ihr an die Bank gekommen. Sie war gerade dabei gewesen, ein Kaninchen zu häuten. Verlegen hatte sie nach einem Tuch gegriffen, um sich ihre blutigen Hände abzuwischen.

Aber der kleine Junge interessierte sich gar nicht für das tote Tier auf ihrem Schoß, sondern grinste ihr nur frech ins Gesicht. Die Arme hielt er auf dem Rücken verschränkt.

In gebrochenem Deutsch hatte sie ihn gefragt, ob er oder seine Freunde etwas zu trinken haben wollten, vielleicht etwas Wasser mit einer Zitronenscheibe?

Der Junge hatte auf ihre Frage nicht reagiert. Stattdessen hatte er sich lächelnd vergewissert, dass ihm seine Freunde auch genau zuschauten – und sie dann plötzlich mit Eicheln beworfen.

Die erste hatte sie am Kopf getroffen, die zweite an der Schulter, die dritte auf den Bauch. Erschrocken und wütend zugleich war sie aufgesprungen, um sich den Burschen zu greifen. Doch für die anderen Kinder war das das Zeichen zum Angriff gewesen.

Ein schmerzhafter Hagel aus Eicheln war auf sie niedergeprasselt. Wie eine Kriegerhorde waren die Kinder aus ihrem Versteck hervorgesprungen und hatten ihr, laut »Verrückte, Verrückte« kreischend, Eichel um Eichel an den Kopf geworfen. Als ein Mädchen keine Munition mehr hatte, hatte es sogar nach einem Stein gegriffen und sie damit an der Schläfe getroffen.

Zuerst hatte sie noch versucht, sich die Kinder zu schnappen, aber schwanger wie sie war, konnte sie kaum laufen. Die kleinen Teufel waren viel zu schnell. Zu ihrem großen Schrecken hatten die Kinder damit begonnen, auf ihren Bauch zu zielen. Schließlich war ihr nichts anderes übriggeblieben, als in die Hütte zu flüchten. Nach einer halben Stunde hatten die Kinder die Lust an ihrem Spiel verloren und waren wieder zurück ins Dorf gegangen.

Aber sie waren wiedergekommen, den ganzen Sommer über, den Herbst, sogar nach der Geburt ihres toten Sohnes hatten sie sie weiter belästigt. Nicht jeden Tag, aber doch wenigstens einmal im Monat. Immer wieder hatten sie mit Eicheln, Stöcken und Steinen nach ihr geworfen.

Irgendwann hatte sie aufgehört, deshalb zu weinen.

»Es hat keinen Sinn«, hatte Er ihr gesagt. Und Er hatte recht. Egal, ob sie weinte, schimpfte oder schrie, die Kinder würden nie aufhören sie zu ärgern. »Sie sind zu dumm. Sie verstehen einfach nicht«, hatte Er ihr zugeflüstert.

Mittlerweile waren die Besuche Teil ihres Alltags geworden, so wie die Pflege ihres Beets, das Ziegenmelken, das Fegen ihres kleinen Hofs und das Unkrautjäten auf dem Grab ihres Sohnes.

Jetzt waren sie also wieder da.

Die erste Eichel traf nur die Holzbank, die zweite ihren Kopf. Leise stöhnend stand sie auf und hielt sich die Hand schützend vor das Gesicht. Wie auf ein Kommando sprangen die Kinder hinter den Büschen hervor und eröffneten jubelnd den Beschuss. Obwohl sie am ganzen Körper getroffen wurde, verzog sie keine Miene.

»Sie können dir nicht weh tun«, hatte Er zu ihr gesagt. »Keiner kann dich mehr verletzen, solange ich bei dir bin.«

»Polakenhure!«, schrien die Kinder. Sie zählte sechs von ihnen, auch der Kleine mit den Pausbacken war dabei. Sie blickte in ihre verzerrten Gesichter und sah in ihnen Wahnsinn und Glück darüber, einem Erwachsenen Schmerz zufügen zu können. In der Hand hielten sie kleine Beutel, randvoll mit Eicheln und Nüssen.

Wortlos verschwand sie in ihrer Hütte, setzte sich auf einen Stuhl und wartete, bis der Angriff der Kinder zu Ende war.

Dieses Mal dauerte er sehr lange. Erst nach einer halben Stunde nahmen der Hagel auf das Schilfdach und das Krachen gegen ihre Tür und den geschlossenen Fensterladen ab.

Doch diesmal kehrten die Kinder nicht gleich ins Dorf zu-

rück. Während sie allein im fast dunklen Zimmer saß und mit leeren Augen die Wand anstarrte, versunken in sich und in ihre Kristallkugelwelt, konnte sie das Kichern der Kinder noch immer hören. Leise, als wären sie weit entfernt.

Dann endlich kehrte Stille ein.

»Es ist vorbei«, sagte Er.

Sie stand auf, strich ihr Kleid glatt und öffnete vorsichtig die Tür. Die Nachmittagssonne blendete sie. Mit zusammengekniffenen Augen schaute sie sich um.

Die Kinder waren verschwunden. Sie war wieder allein, allein mit den rauschenden Birken, der Eiche und der gleichmäßig dahinfließenden Spree.

Ihr erster Blick ging zu dem kleinen Grab mit dem einfachen Holzkreuz. Zwischen den Blumen lagen ein paar Eicheln, ansonsten war es nicht beschädigt worden. Immerhin, so viel Anstand hatten die kleinen Teufel noch.

Auch ihr Beet sah unberührt aus. Zum Glück. Bei einem ihrer Besuche hatten sie die Tomatenpflanzen zertreten.

Sie schaute zu dem Gatter. Auch hier sah alles normal aus. Und über die vielen Eicheln auf dem Boden würde sich die Ziege bestimmt freuen.

Aber wo war sie? Erst jetzt bemerkte sie, dass die Gattertür offen stand. Sie hatten also ihre Ziege aus ihrem Gehege gelassen. Doch das kleine Tier war wie ein Hund, der immer in der Nähe seines Besitzers sein will. Sie war sicher: Selbst wenn die Kinder die Ziege verscheucht hatten, würde sie zu ihr zurückkommen.

Aber so sehr sie sich auch umschaute und nach ihr rief, die Ziege blieb verschwunden. Hatten die Kinder sie vielleicht mitgenommen? Immer wieder rief sie ihren Namen. Nichts.

Da stockte ihr das Herz. Aus den Augenwinkeln sah sie es. Wie in Trance ging sie zum Ufer und blickte hinunter.

Die Ziege trieb mitten im Fluss. Die Kinder hatten dem

Tier eine Drahtschlinge um den Hals gelegt, die an einen schweren Stein befestigt war und sie dann ins Wasser geworfen.

Fassungslos starrte sie auf ihre Ziege, die von der sanften Strömung auf und ab gehoben wurde und mit leeren, toten Augen ihren Blick erwiderte.

24

Er schwamm in einem schwarzen Nichts. Helle Punkte flogen aufeinander zu und explodierten in kleinen Blitzen. Die Blitze wurden häufiger, von allen Seiten drängten sie in die Mitte und fügten sich zu einem großen Licht zusammen, zu einer grellen Sonne, die das Dunkle aus seinem Bewusstsein verdrängte.

Befand er sich im Himmel oder in der Hölle?

»Robert«, hörte er eine vertraute Stimme nach ihm rufen. »Robert, was ist mit dir?«

»Marie?«, flüsterte er. Stöhnend öffnete er seine Augen, um sie gleich wieder zu schließen.

»Können Sie den Vorhang zuziehen? Die Sonne blendet ihn.«

»Natürlich. Gott sei Dank, er wacht auf«, hörte er eine andere, ebenfalls vertraute Stimme, die er aber nicht einordnen konnte.

»Ein Glück, dass du wieder bei uns bist.«

Es dauerte einen Moment, bis sich das Bild vor ihm zu einem Eindruck zusammensetzte. Marie beugte sich besorgt über ihn. Daneben standen Tom und Lars, der ängstlich auf ihn hinabblickte. Im Hintergrund entdeckte er Theresa, die die Vorhänge zuzog.

»Wo …?« Mit einem Ruck versuchte er sich aufzurichten, doch Marie drückte ihn sanft zurück in sein Kissen.

»Ganz ruhig, Robert, entspann dich. Du bist zu Hause.«

Robert stöhnte. »Aber was ist passiert?«

»Wir hatten gehofft, dass du uns das sagen würdest.«

Robert hörte den Vorwurf in Maries Stimme. Ungläubig schaute er sich um. Er lag in seinem Bett, die frisch gewaschene Bettwäsche roch angenehm nach Zitrone.

»Du warst ohnmächtig.«

Robert starrte Marie panisch an. Das kleine Mädchen, der dunkle Fluss, der Angriff! Die Erinnerung daran überrollte ihn wie eine große schwarze Woge.

»Schimank, der alte Fährmann, hat Sie gefunden«, sagte Tom.

»Wer?«

Marie beugte sich zu Robert. »Herr Schimank. Du hast bewusstlos neben der Schleuse gelegen.«

»Neben der Schleuse?«

»Ja, und neben deinem Fahrrad. Herr Schimank hat dich hierhergetragen, ganz allein, ohne Hilfe.«

Robert blickte Marie verständnislos an.

Lars lächelte. »Der Fährmann ist ein Riese. Er sieht aus wie ein Zauberer.«

Der Unbekannte auf der anderen Seite des Weihers. Der Mann auf dem Markt in Lübbenau. Es gab ihn also wirklich. »Der Fährmann?«, stammelte er.

»Können Sie uns für einen Moment allein lassen?«, wandte Marie sich an Tom und Theresa.

»Natürlich, Frau Lindner.« Tom nickte Theresa zu. »Wir kümmern uns schon mal um das Abendessen.«

Theresa legte Lars die Hand auf die Schulter. »Und du kommst mit und hilfst uns?«

Lars war alt genug, um zu bemerken, dass seine Eltern jetzt unter sich sein wollten. Er nickte. Bevor Tom und Theresa mit ihm die Wohnung verließen, warfen sie Robert noch einen besorgten Blick zu.

Warum sehen sie mich so mitleidig an?, dachte er. Ich bin doch nicht krank!

Marie wartete, bis die Tür geschlossen war. »Robert, um Himmels willen, nun erzähl schon. Was ist passiert?«

Robert zögerte. Wie sollte er seiner Frau das Unglaubliche erklären? »Ich war in Lübbenau.«

»Warum?«

Robert erinnerte sich an seinen Besuch bei der Kommissarin, daran, wie sie ihm tief in die Augen geschaut, ihn am Arm berührt hatte. Er würde Marie besser nichts von ihr erzählen. »Ich wollte mir einen neuen Walkman kaufen. Aber der Laden war geschlossen.«

»Und dann?«

Robert schloss die Augen, gefangen in seinen Erinnerungen. Er stöhnte.

»Robert, Herr Schimank hat dich direkt neben der Spree gefunden. Er hat versucht dich aufzuwecken, aber du hast nicht reagiert. Er dachte schon, du wärst tot.«

»Da war dieses kleine Mädchen«, stieß er hervor.

»Was für ein …«

»Als ich wieder zurückgefahren bin, habe ich ein kleines Mädchen gesehen. Fünf Jahre, nicht älter. Die Kleine stand an der Uferböschung auf der anderen Seite des Flusses. Ganz allein, mitten im Gestrüpp.«

Marie schaute ihren Mann skeptisch an.

»Ich habe sie nach ihren Eltern gefragt, aber sie hat kein Wort gesagt. Das arme Ding trug bei dem Regen nur ein weißes Hemd. Es war total verschmutzt. Ich wollte ihm helfen, wusste aber nicht, wie ich ans andere Ufer gelangen sollte.«

»Aber bei der Schleuse gibt es doch eine Brücke?«

»Ich war nicht bei der Schleuse. Ich habe das Mädchen woanders gesehen, auf dem Weg von Lübbenau, einige Kilometer vor der Schleuse. Ich wollte ihm helfen, also habe ich mein Fahrrad abgestellt, mir die Schuhe ausgezogen und die Hose hochgekrempelt und bin ins Wasser.« Robert atmete schwer.

»Und dann?«

Er zögerte und fuhr sich mit der Hand über die Stirn. Sie war klitschnass, als brenne ein Fieber in ihm.

»Robert, was ist? Konntest du dem Mädchen helfen?«

»Ich bin untergegangen, bin nach unten gesunken, plötzlich war da kein Grund mehr unter meinen Füßen.«

»Was? In der Spree?«

»Ich dachte, ich würde ertrinken. Dann konnte ich auf einmal wieder stehen.«

Marie musterte Robert zweifelnd.

»Und das kleine Mädchen?«

»Es stand noch immer am Ufer und hatte Angst, das konnte ich sehen. Ich war schon fast bei ihm, da …« Er schwieg, Marie schaute ihn erwartungsvoll an. »Etwas hat mich angegriffen, hat sich auf mich gestürzt. Ganz plötzlich.« Er schluckte. Der Schrecken war so greifbar, als stünde er wieder mitten im Fluss.

Marie starrte ihn ungläubig an. »Robert, was erzählst du da?«

Er wälzte seinen Kopf auf dem Kissen hin und her »Sie hat mich geschlagen, gekratzt, sogar gebissen. Ich hatte Angst, sie würde mir die Haut vom Körper reißen. Ich habe mich gewehrt, aber am Ende hatte ich keine Chance gegen sie.«

»Sie?«

Robert nickte. »Ich habe sie nicht gesehen, aber gehört, wie sie geschrien hat. Marie, noch nie in meinem Leben habe ich einen so entsetzlichen Schrei gehört.«

Marie wischte ihm mit einem Taschentuch den Schweiß von der Stirn.

»Was ist dann passiert?«

»Ich weiß es nicht. Ich habe einen schrecklichen Schmerz

gespürt, im Bauch, auf der Brust, im Kopf. Das Letzte, woran ich mich erinnern kann, ist, dass ich dachte, jetzt bin ich tot.«

»Aber das bist du ja zum Glück nicht.« Marie lehnte sich in ihren Stuhl zurück. In ihrem Blick lag keine Besorgnis, sondern Resignation.

»Ich weiß, wie bescheuert sich das alles anhört, aber es ist die Wahrheit. Du musst mir glauben.«

Marie zwang sich zu einem müden Lächeln und schwieg.

Robert überlegte. »Was hast du gesagt, wo mich dieser Mann gefunden hat? Bei der Schleuse?«

Marie nickte.

»Aber«, Robert versuchte verzweifelt seinen Erinnerungen Sinn zu verleihen, »das kann nicht sein. Ich war noch viel zu weit davon entfernt. Ich konnte ja Glubitz noch nicht einmal sehen.«

»Tom hat dein Fahrrad geholt. Es lag an der Stelle, die Herr Schimank ihm genannt hatte.«

Maries Stimme klang distanziert. Robert schwieg. Durch das offene Fenster strahlte die Abendsonne vom noch immer blauen Himmel. Die Regenwolken waren verschwunden. Eine Schwalbe flog am Fenster vorbei, aus der Entfernung war das leise Tuckern eines Treckers zu hören.

»Du glaubst mir nicht.«

Marie schaute ihn mit einem mitleidigen Lächeln an.

»Ich weiß, dass ich mich in letzter Zeit wie ein Idiot benommen habe. Und mir ist auch klar, wie verrückt sich auch diese Geschichte wieder anhört, aber bitte, glaub mir! Es ist wirklich so passiert.« Er seufzte gequält, dann zog er seine Arme unter der Decke hervor und betrachtete seinen Oberkörper, seine Brust und seinen Bauch. Zu seiner Überraschung konnte er auf seiner bleichen Haut nicht den kleinsten Kratzer entdecken.

»Wir haben auch schon nachgesehen. Du hast keine Verletzung, noch nicht einmal eine Beule am Kopf, obwohl du doch vom Fahrrad gefallen sein musst.«

»Ich bin nicht vom Fahrrad gefallen, ich …«

Marie unterbrach ihn: »Ich weiß, ich weiß, die Spreehexe. Sie hat dich verfolgt, dich in ihr schleimiges Reich gezerrt und dann bei der Schleuse wieder ausgespuckt.«

Robert presste die Lippen aufeinander. »Findest du das etwa witzig?«

Aber Marie sah nicht so aus, als wäre ihr zum Lachen zumute.

»Du hast also mit ihr im Wasser gekämpft? Mit dieser«, sie zögerte, »Spreewaldhexe, auf dem Grund des Flusses?«

Robert starrte schweigend aus dem Fenster.

Marie deutete auf seine Hose, die Jacke und das Hemd, die auf einem Stuhl lagen.

»Das hier hattest du heute an. Ich habe dir alles ausgezogen, bevor wir dich ins Bett gelegt haben. Alles war trocken. Keine Spur von Schlamm oder Flusswasser. Ganz zu schweigen von Blut.«

Robert zuckte trotzig mit den Schultern. »Wenn du das sagst.«

»Verdammt, Robert, denkst du, ich will dich ärgern? Ich mache mir Sorgen! Große sogar. Was ist nur los mit dir?«

»Ich habe doch auch keine Ahnung, was hier passiert. Gestern war ich mir eigentlich schon sicher, dass ich mir alles nur einbilde, aber dann …« Er begegnete Maries strengem Blick. Sah sie denn nicht, wie er litt, wie verzweifelt er war? Konnte er von seiner Frau nicht etwas mehr Vertrauen erwarten? Verflucht, er wäre fast umgebracht worden! Die Momente in der Spree waren für ihn genauso real wie Marie, die jetzt vor ihm stand. Warum konnte sie nicht mit ihm nach Antworten suchen?

Marie warf eine kleine Plastikdose auf sein Bett. »Kannst du mir das hier erklären?«, fragte sie mit eisiger Stimme.

Es war seine Pillendose mit den Schmerztabletten.

»Sie ist halb leer. Und das, obwohl wir sie gerade erst aus Berlin mitgebracht haben.«

Ihm wurde heiß. Unsicher blickte er zu Boden.

»Robert, das sind keine Smarties. Wenn du die Dinger wie Bonbons in dich reinschaufelst, dann darfst du dich nicht wundern, wenn du Gespenster siehst.«

»Das waren keine Gespenster«, erwiderte Robert, aber seine Stimme klang schwach, und er kam sich erbärmlich vor. »Ich habe es schon ohne diese Dinger probiert, wirklich, Marie. Aber die Schmerzen waren einfach unerträglich.«

»Und deswegen sollst du auch diese Tabletten nehmen. Aber doch nicht in Massen. Was hat der Arzt gesagt?«

In diesem Moment hasste Robert seine Frau, wie er sie noch nie gehasst hatte. Wütend schlug er die Decke zurück und setzte sich auf die Bettkante.

»Robert?« Marie kannte keine Gnade.

»Verdammte Scheiße, natürlich weiß ich, was der Blödmann gesagt hat, zwei Stück am Tag, mehr nicht.«

»Na also, und warum hörst du nicht auf ihn?«

Robert starrte aus dem Fenster. In der Ferne blinkte etwas. Der Turm der Kirche von Lübbenau. Gleich daneben lag der Tormarkt mit der Polizeiwache.

Marie erhob sich. »Ich kann mir vorstellen, wie schwierig das alles für dich sein muss«, sagte sie müde. »Dein Rücken, der Umzug, das neue Leben hier. Wie auch immer, ich habe dir die ganze Zeit über geholfen und werde das auch weiterhin tun. Allerdings nur, wenn du dich an gewisse Spielregeln hältst und offen mit mir redest.«

»Du hast ja keine Ahnung, wie stark die Schmerzen manchmal sind.«

»Nein, aber wenn du es mir nicht sagst, ist das auch kein Wunder. Trotzdem kann es nicht die Lösung sein, sich stattdessen mit Tabletten voll zu schütten.«

»Ich wollte dich nicht beunruhigen«, versuchte Robert eine andere Taktik. »Du hast auch ohne mich schon genug Probleme.«

Marie nickte. »Allerdings. Und du bist gerade keine große Hilfe.«

Robert schwieg betroffen.

»Wenn die Medikamente nicht wirken, lassen wir dir eben andere verschreiben. Bessere. Und wenn du trotzdem noch diese Wahnvorstellungen hast, dann …«

»Dann gehen wir zusammen zu einem Irrenarzt. Wolltest du das sagen?«

Marie zuckte mit den Achseln. »Vielleicht solltest du tatsächlich mit jemandem reden, einem Experten. Ich meine, wenn du nicht mit mir sprechen willst …«

Robert stand auf. »Aber ich spreche doch mit dir. Du willst mir nur nicht glauben, das ist das Problem.« Damit marschierte er wütend auf die Toilette und knallte die Tür hinter sich zu.

Marie blickte ihm traurig hinterher.

Robert hockte auf dem geschlossenen Klodeckel und starrte an die frisch geflieste Wand. Es roch noch nach Fugenkleber, der Raum war als einer der ersten im Hotel schon komplett renoviert.

Er war ganz sicher, sich sein Abenteuer mit der Spreehexe nicht eingebildet zu haben. Natürlich konnte er auch Marie verstehen. Die Geschichte hörte sich schwachsinnig an, keine Frage. Trotzdem, wenn er die Augen schloss, fühlte er sofort wieder das Wasser an seinen Füßen, als er in die Spree gestiegen war, er konnte den Schlamm spüren, auf dem er ausgerutscht war, erinnerte sich an den Dreck und die brennenden Schrammen, die ihm die Äste verpasst hatten.

Was danach passiert war, kam auch ihm wie ein Traum vor, allerdings wie ein sehr realer Traum. Bis zu dem Zeitpunkt, an dem er seinen Fuß ins Wasser gesetzt hatte, war er sich hundertprozentig sicher gewesen, alle Sinne beieinander zu haben. Aber wie war er anschließend zu der Schleuse gekommen, ohne jede Verletzung und mit sauberer und trockener Kleidung?

Die Tablettendose lag in seiner Hand. Die grünen Pillen erinnerten ihn an TicTacs mit Waldmeistergeschmack. Waren sie vielleicht doch an allem schuld? Waren sie für seine Wahnvorstellungen verantwortlich? Möglich war es. Auch bei seinem unheimlichen Ausflug in den Hotelkeller hatte er mehr als die tägliche Höchstdosis intus gehabt.

Aber vielleicht war es ja noch schlimmer? Vielleicht war er nach seiner Nahtod-Erfahrung auf dem Dach in Friedrichshain ja wirklich nicht mehr ganz bei Sinnen. Hatte das nicht auch Karin Schulte ausdrücken wollen, als sie gesagt hatte, man würde solche Erfahrungen niemals vergessen?

Wie sollte es nur mit ihm weitergehen? Seufzend begutachtete er seinen bleichen Körper, der sich nach den Monaten im Krankenhaus zu weigern schien, wieder eine gesunde Farbe anzunehmen. Früher war er immer so stolz auf seinen sportlichen, hart erarbeiteten Mittelmeerteint gewesen.

Es war nicht zu fassen: Auf seinem weißen Bauch waren noch die langen OP-Narben zu sehen, dazu die kleine, warzenartige Stelle, wo ihn die Kugel getroffen hatte, aber nicht der kleinste Kratzer wies auf seine Erlebnisse in der Spree hin. Dabei hatte er doch gespürt, dass sein Körper von einer unbekannten Kraft fast auseinandergerissen worden war. Er untersuchte seine noch immer muskulösen Arme und Beine, aber nirgendwo war eine Verletzung zu erkennen.

Doch was war das?

An seiner Wade war eine kleine Narbe, die er noch nie gesehen hat. Das Irritierende war ihre Form: ein rechtwinkliges Dreieck, von dem zwei Seiten aus doppelten, parallel zueinander laufenden Linien bestanden.

Das Ding sah fast aus wie ein Brandmal.

Ihm lief ein kalter Schauer über den Rücken, als er begriff. Irgendetwas hatte ihn gekennzeichnet, hatte ihn markiert wie ein Stück Vieh.

25

Für mich sieht das aus wie ein Muttermal.« Dr. Breuer steckte seine Lupe in die Brusttasche seines weißen Kittels zurück. »Wenn es Sie stört, schicke ich Sie nach Cottbus zu einem Dermatologen. Der kann Ihnen das entfernen. Tut allerdings ein bisschen weh, und eine kleine Narbe wird auch bleiben.«

»Finden Sie nicht, dass das eher einem Brandmal ähnelt?«, fragte Robert nach.

Dr. Breuer musterte ihn über seine halbrunde Hornbrille. »Haben Sie sich denn irgendwo verbrannt?«

»Nicht dass ich wüsste, aber ...«

Dr. Breuer nickte. »Na also, dann kann es auch kein Brandmal sein. So etwas bekommt man nämlich nicht, ohne dass man es bemerkt.« Sein spöttisches Lächeln gefiel Robert nicht. »Allerdings hatte ich mal einen Patienten, der auf dem Weinfest in Werder gewesen war. Sie wissen schon, bei Potsdam. Er war betrunken, hatte einen kompletten Filmriss. Und als er am nächsten Morgen am Bahnhof wieder zu sich kam, hatte ihm jemand ein Kreuz auf den Rücken gebrannt. Wahrscheinlich mit Zigaretten. Er hatte nichts davon mitbekommen.«

»Falls Sie damit sagen wollen, dass auch ich ...«

Der Arzt hob die Hände. »Ich will gar nichts sagen, außer dass die Stelle wie ein Muttermal aussieht.«

Robert nickte. Was hatte er auch erwartet? Dass der Hausarzt die auffällige Hautstelle laut schreiend als Hexenmal identifizierte? Er zog seine Hose wieder an. »Und sonst?«

Dr. Breuer schaute in seine Unterlagen. »Alles im grünen Bereich, soweit ich das sehe. Auch Ihre Blutwerte sind fast völlig in Ordnung.«

»Fast?«

»Sie nehmen noch die Schmerztabletten?«

»Ohne geht es leider noch nicht.«

»Verstehe. Der Rücken. Tut mir sehr leid.«

»Ihr Kollege in Berlin meinte, ich müsste die Dinger noch eine ganze Weile nehmen.«

»Kann schon sein – vielleicht aber auch nicht.«

»Was soll das heißen?«

»Jeder Mensch ist anders. Regelmäßige Bewegung in Maßen, gesunde Ernährung, dazu viel frische Luft, wenn Sie das beherzigen, kann es sein, dass Sie bald ohne die Tabletten auskommen.«

»Können Sie mir etwas über die Nebenwirkungen sagen?«

»Aber Sie haben doch die Packungsbeilage gelesen, oder?«

»Ja, da stand etwas von Übelkeit.« Robert schwieg verlegen und kratzte an seinem neuen Muttermal. Es juckte.

»Jedes Medikament, das man über einen längeren Zeitraum zu sich nimmt, hat Nebenwirkungen. Es belastet die Leber, den Magen, den Kreislauf …«

»Und was ist hiermit?« Robert tippte an seinen Kopf.

Dr. Breuer schaute ihn verständnislos an. »Haben Sie irgendwelche Beschwerden?«

Robert überlegte. Er hatte nicht vor, dem Provinzarzt einen Einblick in sein Seelenleben zu geben. »Manchmal ein paar Alpträume«, räumte er ein.

Dr. Breuer blätterte noch einmal in Roberts Unterlagen. »Sie haben einiges durchgemacht. Die Schießerei, die vielen Operationen. Also, bei dieser Krankengeschichte hätte ich auch Alpträume.« Er lächelte freundlich.

»Und die Tabletten?«

»Die sollten dafür eigentlich nicht die Ursache sein. Es sei denn, Sie schlucken zu viele davon. Aber ich hoffe doch, dass Sie sich an die Vorgaben halten, die Ihnen Ihr Arzt gegeben hat?«

»Natürlich«, sagte Robert und knöpfte sein Hemd zu.

Unzufrieden mit dem Ergebnis des Gesprächs wollte er im überfüllten Wartezimmer seine Jacke holen. Warum war er überhaupt hergekommen? Hatte er wirklich geglaubt, hier Hilfe zu finden? Wenn Marie nicht darauf bestanden hätte …

»Ach, der Herr Kollege aus dem Westen.«

Unter den wartenden Patienten entdeckte er Karin Schulte, die ihm in ihrer Zivilkleidung, in Jeans und Pulli, nicht aufgefallen war.

»Hallo«, begrüßte er sie verlegen. »Was machen Sie denn hier?«

Die anderen Patienten schauten neugierig von ihren Illustrierten hoch und blickten zwischen ihrer Kommissarin und dem fremden Mann hin und her.

Karin lächelte. »Nur Durchchecken. Und Sie? Wieder Probleme mit dem Rücken?«

»Ein bisschen. Aber es geht schon.«

Karin betrachtete ihn mit einem freundlichen, aber auch besorgten Blick. Robert hatte den Eindruck, dass sie gerne etwas mehr von ihm hören wollte. Ob sie etwas von seinem »Unfall« auf dem Fahrradweg erfahren hatte? Sollte er ihr vielleicht davon erzählen? Robert sah in ihre blauen Augen und hatte für einen Moment das starke Bedürfnis, sich ihr mit seinen Problemen anzuvertrauen.

Doch dann sah er die neugierigen Blicke der anderen Patienten und beschloss, das Gespräch lieber zu beenden.

»Na dann, alles Gute«, stammelte er. »Man sieht sich.«

Das Letzte, was er sah, als er sich noch einmal umwandte, war Karin Schulte, die ihm freundlich hinterherwinkte.

Mit dem Fahrrad fuhr er wieder zurück nach Glubitz. Er hatte kurz überlegt, für seinen Ausflug zum Arzt den Chrysler zu nehmen, sich dann aber doch gegen den Van entschieden. Aus Trotz. Die Angst, vor anderen und auch vor sich selbst als Waschlappen dazustehen, war immer noch größer als die vor der Spree.

Auf der Hinfahrt hatte er einen neuen Rekord aufgestellt, so schnell war er gewesen. Dabei hatte er stur auf den Waldweg vor sich gestarrt und so selten wie möglich einen Blick nach links oder rechts riskiert. Bitte heute keine kleinen Mädchen und auch keine Hexen mit roten Augen!

Auf dem Rückweg war sein Tempo schon nicht mehr ganz so hoch. Seine Gedanken kreisten um die hübsche Kommissarin. Wie sie ihn angelächelt hatte! Vor den anderen Patienten war es ihm fast peinlich gewesen, wie eindeutig ihre Blicke gewesen waren. Robert war sich sicher, dass er bei ihr landen konnte, wenn er nur wollte.

Aber wollte er? Dass Marie ihm nicht glaubte, hatte ihn schwer in seiner Ehre, in seiner Männlichkeit gekränkt. Als sie den Tablettenkonsum für alles verantwortlich machte, war er sich wie ein Lügner und Drogenjunkie vorgekommen. Karin Schulte hingegen hatte bei seinem Besuch in der Polizeiwache ganz anders reagiert.

Aber Karin war auch Polizistin. Sogar in Berlin hatte sie bereits gearbeitet. Robert war sicher, dass sie verstand, wie dicht nebeneinander Leben und Tod liegen konnten, wenn man dem Bösen auf den Straßen der Großstadt gegenüberstand. Dass man Grundvertrauen in seinen Körper und in seinen Verstand brauchte, um in diesem Kampf nicht unterzugehen. Und was es bedeutete, wenn man dieses Grundvertrauen plötzlich verlor. Was war man dann noch? Jedenfalls kein Polizist mehr.

Robert erreichte die Stelle, an der er das kleine Mädchen gesehen hatte. Er überlegte einen Moment und hielt dann an.

Alles sah harmlos aus und fühlte sich genauso an. Eine frische, angenehme Brise fuhr ihm durch die Haare, das Wasser der Spree gurgelte fröhlich an ihm vorbei. Eine kleine Maus flitzte raschelnd durch das Laub der Birken, die Vögel zwitscherten über ihm in den Bäumen.

Keine Spur von etwas Unnatürlichem. Nichts zu sehen von einem kleinen Mädchen in einem weißen Hemdchen.

War es wirklich hier passiert? Stand er wirklich an der richtigen Stelle? Robert suchte die Uferböschung ab und fand die Stelle, an der er abgerutscht und dann in den Fluss geschlittert war.

Und jetzt? Nichts. Alles war so, wie es sein musste. Keine Spur von einer Hexe. In der Spree glitt ein kleiner Fischschwarm durch das kristallklare Wasser. Zu glauben, dass ausgerechnet in dieser Idylle eine Hexe ihr Unwesen trieb, kam ihm in diesem Moment nicht nur lächerlich, sondern geradezu ungehörig vor.

Doch eine Frage blieb. Wenn er tatsächlich hier ins Wasser gefallen war, wie hatte ihn der Fährmann dann mehrere Kilometer von hier entfernt an der Schleuse finden können?

Robert blickte den Weg entlang. Glubitz war weit weg, und auch die Schleuse war nicht zu sehen.

Für einen langen Moment schloss er die Augen, aber das Jucken am rechten Bein riss ihn aus seinen Gedanken.

Das Mal.

Ein weiterer Beweis dafür, dass er sich nicht alles eingebildet haben konnte. Natürlich war es kein Muttermal, denn irgendetwas Seltsames war hier mit ihm geschehen. Aber was? Es wurde Zeit, dass er sich an denjenigen wandte, der ihn seit seiner Ankunft im Spreewald beobachtet hatte.

Das Haus stand am Ortsrand von Glubitz, nicht weit von der Schleuse entfernt. Robert musste die Holzbrücke am Weiher überqueren und einem Sandweg folgen, der zwischen den Bäumen eines kleinen Wäldchens hindurch schließlich wieder zur Spree führte.

Der Zaun des Grundstücks war durch die Feuchtigkeit des nahen Flusses stark verfault. Direkte Nachbarn hatte Schimank keine, und auch auf der anderen Seite der Spree konnte Robert weder Häuser noch andere Zeichen von Zivilisation erkennen. Er drückte die quietschende Klinke der kleinen Gartentür hinunter und betrat den zugewachsenen Garten, der wie ein fester Bestandteil des umliegenden Waldes wirkte. Nur das kleine Gemüsebeet verriet, dass hier noch Menschen lebten.

Schimanks Hütte wirkte wie aus einer anderen Zeit und erinnerte Robert an die dunkelbraunen Blockhütten, die er in dem Prospekt des Museumsdörfchens Lehde gesehen hatte. Die Behausung stand auf einer Kaupe, einer Art Insel mit kleinen Kanälen an den Seiten. An dem hölzernen Steg an der Spreeseite war ein kleines Ruderboot festgebunden.

Von Schimank war nichts zu sehen. Ob er überhaupt zu Hause war? Robert hatte Tom nach dem alten Fährmann und Fischer ausgefragt, aber er hatte ihm nicht wirklich weiterhelfen können. Tom wusste nur, dass Schimank Mitglied der Genossenschaft der Kahnfährleute Lübbenau war und als solcher Touristen auf der Spree herumfuhr.

Robert holte tief Luft und klopfte an die Holztür. Zu seiner großen Überraschung war sie nur angelehnt. Vorsichtig drückte er sie auf. »Hallo, Herr Schimank? Sind Sie zu Hause?«, rief er in den halbdunklen Flur.

Keine Antwort. Das einzige Geräusch war das dumpfe Ticken einer alten Standuhr. Aber nein, da war noch etwas. Musik. Robert hörte genauer hin. Ein Klavier.

»Hallo?«, rief Robert noch einmal und ging ein paar Schritte vorwärts.

Anders als erwartet roch es in dem alten Haus nicht nach Staub und Moder, sondern angenehm frisch nach Limonen, als hätte jemand gerade den Boden gewischt.

Robert näherte sich der Musik. Eine Katze, die er in ihrem Korb geweckt hatte, ließ ihn kurz zusammenzucken. Mit einem verärgerten Maunzen lief sie vor ihm davon und verschwand in einem Zimmer.

»Hallo? Jemand zu Hause?«, rief er in eine kleine Küche hinein. Sie sah aus wie eine Puppenstube. Alles war aufgeräumt, auf dem Tisch stand eine Vase mit frischen Tulpen und auf dem Fensterbrett eine kleine, mit roten Äpfeln gefüllte Schale.

Er versuchte sich daran zu erinnern, wie Schimank ausgesehen hatte. So gemütlich und winzig hatte sich Robert sein Zuhause jedenfalls nicht vorgestellt. Eine dunkle Höhle mit einem blubbernden Kupferkessel über dem Feuer hätte schon eher zu dem riesigen Mann mit dem langen grauen Bart gepasst.

Schließlich stand Robert im Wohnzimmer, das wie die anderen Zimmer einen sehr behaglichen Eindruck machte. Ein kleiner Tisch mit einer sorgfältig drapierten Spitzendecke, wieder eine Vase mit Tulpen, ein altes Biedermeiersofa mit zwei entsprechenden Sesseln, ein blank polierter Mahagonischrank. Ein Ölbild mit einer Spreeansicht zierte die Wand. Ziemlich kitschig, fand Robert, aber das Motiv passte in den altmodischen Raum.

Obwohl die Musik jetzt deutlicher zu hören war, hatte Robert die Quelle noch nicht ausmachen können. Für einen kurzen Moment drängte sich ihm der Gedanke auf, ob er sich die Musik nicht nur einbildete. Bis auf die leise Klaviermelodie war es völlig still hier, noch nicht einmal die Geräusche aus dem nahen Wäldchen waren durch das offene Fenster zu hören. Das letzte Mal, als er diese absolute Stille erlebt hatte, war er von einer unbekannten Kraft auf den Grund der Spree gezogen worden und fast ertrunken. Robert merkte, wie sich seine Nackenhaare auf einmal aufrichteten.

Was tat er hier eigentlich? Er war ohne Erlaubnis in ein fremdes Haus eingedrungen. Als Polizist, auch als pensionierter Polizist, sollte er eigentlich wissen, dass das nicht legal war.

Am besten verließ er die Hütte sofort wieder, bevor der hünenhafte Schimank ihn noch erwischte.

Plötzlich ertönte ein leises Geräusch. Wieder die Katze?

Dann hörte er eine Stimme. Eine seltsam verfremdete Kinderstimme. Sie war ganz nah.

»Da sind Sie ja«, sagte sie freundlich.

Robert fuhr erschrocken herum. Außer ihm war niemand im Raum.

26

Hallo?«, rief Robert mit zitternder Stimme.

»Ich bin hier. Sie müssen nur nach unten schauen.«

Hinter der Sessellehne trat eine Frau hervor. Eine sehr kleine Frau. Lächelnd schaute sie ihn von unten an. Neben ihr stand die graue Katze, die sich mit einem wohligen Schnurren an ihr Bein schmiegte. Neben ihr wirkte das Tier wie eine große Raubkatze.

»Was gucken Sie so? Noch nie eine Liliputanerin gesehen?«

»Ich ... Nein, ich weiß nicht«, stammelte Robert. War das jetzt wieder eine Vision? Träumte er?

»Also nein, sonst würden Sie mich nicht so anglotzen.« Sie lächelte freundlich.

»Entschuldigung, dass ich ... dass ich in Ihr Haus eingedrungen bin. Aber die Tür stand offen, und ...« Robert stockte. Er konnte den Anblick der kleinen Frau noch immer nicht begreifen, die nun gut gelaunt auf einen kleinen Hocker stieg, um von dort den Sessel zu erklimmen.

»Ja, das war schon allerhand.« Sie schaute Robert kurz vorwurfsvoll an, bevor sich wieder ein Lächeln über ihr Puppengesicht legte. Mit dem Daumen deutete sie lässig nach hinten.

»Aber ich bin ja selbst schuld. Ich war im Garten, habe Sie nicht gehört.«

Robert nickte mechanisch und starrte sie weiter verblüfft an.

»Natürlich ist das keine Entschuldigung für Ihr Verhalten, aber egal. Ich bekomme nicht häufig Besuch, da will ich nicht so kleinlich sein.«

»Vielen Dank«, war alles, was Robert hervorbrachte. Er hatte das Gefühl, in eine Phasenverschiebung von zwei oder mehreren Realitäten geraten zu sein.

»Was kann ich also für Sie tun, Herr Lindner?«

»Woher kennen Sie meinen Namen?«

»Eduard hat mir von Ihnen erzählt.«

Robert starrte sie verständnislos an.

»Eduard Schimank ist mein Mann. Zu dem wollten Sie doch, oder?«

Durch Roberts Verstand ging ein Ruck. Einzelne Puzzleteile erschienen vor seinem geistigen Auge, passten aber auf den ersten Blick nicht wirklich zusammen.

»Oh, ich dachte nicht, dass …«

»Dass Eduard eine Liliputanerin zur Frau hat?« Sie lächelte.

»Nein, ich meine, ich hatte ja keine Ahnung, dass er verheiratet ist.« Eigentlich wusste er gar nichts von Schimank, aber deshalb war er ja hier. Um mehr über ihn zu erfahren.

»Sie können ruhig zugeben, dass Ihnen das seltsam vorkommt. Eduard ist zwei Meter zwölf groß, ich nur wenig mehr als die Hälfte. Das sieht eben komisch aus, keine Frage.« Sie seufzte. »Wahrscheinlich haben wir uns gerade deshalb gefunden. Weil wir beide Extreme sind. Jeder auf seine Weise.« Sie lachte. »Leider ist Eduard gerade bei der Arbeit.«

»In Lübbenau? Als Kahnfahrer.«

»Entweder das, oder er ist beim Fischen. Aber so oder so, ich weiß nicht, wann er wieder zurückkommt.«

Robert war enttäuscht.

Die kleine Frau beugte sich auf ihrem viel zu großen Sessel nach vorn: »Darf ich Ihnen trotzdem einen Tee anbieten?«

Kurze Zeit später hatte Frau Schimank den Tisch mit einem hübschen Teeservice gedeckt und reichte dazu selbst gebackene Kekse, die sie in einer mit Blumen verzierten Blechbüchse im Schrank aufbewahrte.

Robert hatte gehört, dass die Brandenburger noch mundfauler waren als die Berliner, aber das traf auf Frau Schimank genauso wenig zu wie auf die Grosch-Schwestern. Während die kleine Frau durch die Wohnung flitzte, plauderte sie ohne Unterbrechung mit ihm. Wie schön es doch sei, dass der Spreewaldhof endlich renoviert wurde und dass mit den Lindners wieder zwei Kinder nach Glubitz gekommen waren. Was hatte er bereits vom Spreewald gesehen? Vermisste er Berlin? Und hatte er sich schon in dem kleinen Dorf eingelebt?

Bei den vielen Fragen hatte Robert kaum eine Chance, zu Wort zu kommen. Aber das war ihm egal, er hörte der kleinen Frau gern zu. Und dass sich seine eher unheimlichen Erwartungen über den Fischer und Kahnfahrer und sein geheimnisvolles Haus an der Spree auf diese Weise erst einmal in Luft aufgelöst hatten, war eine große Erleichterung.

Die Vögel zwitscherten wieder durch das offene Fenster, der Teekessel pfiff auf dem Herd. Und als Frau Schimank dann auch noch die Stängel der bunten Feldblumen, die sie im Garten gepflückt hatte, kürzte und sie in eine geschwungene Tonvase steckte, waren die Hexe, sein Brandmal und sein Erlebnis in der Spree weit weg.

Mittlerweile hatte er auch die Musikquelle entdeckt. Im kleinen Kofferradio von Frau Schimank lief im Sorbischen Programm vom RBB eine Klassiksendung. Frau Schimank hatte einen ganz anderen Musikgeschmack als er, schien sich aber – genau wie er – für Musik zu begeistern. Eine weitere angenehme Überraschung. Jemand, der sich für Musik interessierte, konnte kein schlechter Mensch sein.

»Sie haben mir noch gar nicht verraten, woher Sie wussten, wer ich bin.« Endlich gelang es ihm, ihren Redefluss mit einer Frage zu unterbrechen.

Frau Schimank nippte an ihrem Kräutertee. Für Robert hatte sie extra einen Earl Grey aufgesetzt.

»Eduard hat Sie mir genau beschrieben, außerdem war er ziemlich sicher, dass Sie früher oder später hier auftauchen würden.«

»Warum das denn?«

Frau Schimank zögerte kurz, bevor sie weitersprach. »Nun ja, er hat mir erzählt, er habe Sie bewusstlos neben Ihrem Fahrrad aufgefunden.«

»Genau darüber wollte ich mich eigentlich mit ihm unterhalten.«

Frau Schimank schaute Robert einen Moment lang nachdenklich an. Lag da Besorgnis in ihren Augen? »Natürlich.«

»Hat er Ihnen auch gesagt, wo genau er mich gefunden hat?«

»Na, neben der Schleuse, aber das müssen Sie doch selbst wissen, schließlich sind Sie ja dort vom Fahrrad gefallen.«

Robert überlegte, ob er ihr mehr verraten konnte.

Er setzte sich aufrecht hin. »Ehrlich gesagt weiß ich nicht, wie ich dort hingekommen bin.«

Frau Schimank musterte Robert mit einem durchdringenden Blick. »Sie sind nicht vom Fahrrad gefallen und haben sich den Kopf angeschlagen?«

Robert schüttelte den Kopf. »Nein.«

»Aber wie war es dann?«, fragte sie, doch Robert hatte den Eindruck, dass sie die Antwort lieber gar nicht hören wollte.

Er nahm seine Teetasse, trank einen Schluck und fing dann an, von seiner Begegnung am Fluss zu erzählen. Als er seine Geschichte beendet hatte, herrschte für einen langen Moment Stille im Wohnzimmer. Nur das Radio war leise im Hintergrund zu hören. Mittlerweile hatte eine Oldiesendung begonnen. Petula Clark sang »Downtown«, ein schönes Lied, wie Robert fand, aber in diesem Augenblick in einer abgelegenen Holzhütte mitten im Spreewald wirkte es seltsam unpassend.

Frau Schimank hatte ihm schweigend und sehr aufmerksam zugehört. Nun rutschte sie nervös auf ihrem Kissen hin und her, auf das sie sich in ihrem Sessel gesetzt hatte, wohl um nicht ganz in dem Möbel unterzugehen. Die Katze hatte sich neben sie gekuschelt und schlief.

»Noch einen Tee, Herr Lindner?«

Robert verneinte und forschte in ihrem Puppengesicht nach einem Hinweis darauf, ob sie ihn für verrückt hielt. »Denken Sie jetzt, dass ich nicht alle Tassen im Schrank habe?«

Nach ein paar Sekunden schüttelte sie den Kopf. »Eigentlich machen Sie auf mich einen ganz vernünftigen Eindruck.«

»Dann glauben Sie mir also?«

Sie goss sich noch eine Tasse Kräutertee nach und lehnte sich wieder in ihrem Sessel zurück. »Wissen Sie, dass ich auch aus dem Westen stamme?«

»Wirklich? Aber …?« Robert deutete auf das Radio, in dem jetzt Nachrichten liefen – auf Sorbisch.

Frau Schimank lächelte. »Ich bin schon vor über dreißig Jahren hierhergezogen. Mit einem Zirkus. Bei einer Aufführung in Lübbenau habe ich Eduard kennengelernt. Es war Liebe auf den ersten Blick. Schon eine Woche nach der ersten Begegnung hat er mit mir eine Kahnfahrt gemacht, nur wir beide, und hat mich gefragt, ob ich ihn heiraten möchte. Ich habe sofort Ja gesagt.«

Robert lächelte.

»Dann bin ich in sein Haus gezogen. Es war ganz anders

als meine Wohnung in Darmstadt, aber ich habe mich sofort in die kleine Hütte verliebt.«

»Sie sind aus dem Westen hierhergezogen?«

Frau Schimank nickte gleichgültig. »Warum denn nicht? Hier in der Wildnis hat Politik noch nie eine große Rolle gespielt. Und wenn doch, hat sie mich nie interessiert. Vom Sozialismus habe ich nie etwas gemerkt. Zum Glück.« Sie zwinkerte ihm zu.

Robert trank noch einen Schluck Tee. Draußen schwangen sich zwei Schwalben zu ihren Nestern unter dem Dach auf.

»Wollen Sie wissen, warum ich Ihnen das alles erzähle?«

Robert nickte.

»Schon nach einem Jahr habe ich Sorbisch gesprochen. Natürlich nicht perfekt, aber ich habe alles verstanden und konnte mich ohne Mühe ausdrücken. Mittlerweile ist der Spreewald mein Zuhause geworden. Ich habe das Gefühl, dass das hier meine wirkliche Heimat ist, dass es schon immer meine Bestimmung war, in diesem kleinen Haus am Ende der Welt zu leben. Trotzdem, auch nach dreißig Jahren ist diese Landschaft, sind die Menschen, die hier wohnen, für mich noch manchmal ein Geheimnis.« Sie beugte sich zu Robert. »Herr Lindner, wenn ich eines in den vielen Jahren gelernt habe, dann, dass der Spreewald voller Wunder ist. Wahrscheinlich gehören mein Eduard und ich auch dazu. Der Riese und die Zwergin.« Sie grinste.

Langsam wurde Robert ungeduldig. Sollte ihre Geschichte jetzt bedeuten, dass sie ihm sein Abenteuer in der Spree glaubte? »Haben Sie schon einmal etwas von der Spreewaldhexe gehört?«

Sie musterte ihn wieder mit einem langen Blick. Dann schüttelte sie langsam den Kopf. Robert war sicher, dass sie nicht ehrlich zu ihm war.

»Wirklich nicht? Vielleicht kennen Sie sie ja aus irgendeiner Sage oder einem Märchen?«

Frau Schimank wich seinem Blick aus. Konnte es sein, dass sie Angst hatte? Jedenfalls meinte Robert, auf einmal einen nervösen Unterton aus ihrer Kinderstimme heraushören zu können. »Im Spreewald werden viele Sagen und Geschichten erzählt. Wenn man klug ist, hört man genau hin und zieht seine Lehren daraus.« Sie begann das Teeservice abzuräumen. Ein untrügliches Zeichen, dass ihre kleine Plauderstunde zu Ende war.

Robert runzelte die Stirn. Er hatte nicht das Gefühl, durch die Unterhaltung weitergekommen zu sein. Er krempelte seine Hose hoch. »Haben Sie dieses Zeichen schon einmal gesehen?«

Frau Schimank kniff die Augen zusammen und betrachtete seine nackte, behaarte Wade. »Sieht aus wie ein Muttermal.«

»Und? Kommt es Ihnen irgendwie bekannt vor?«

Frau Schimank schaute ihn von unten an und schüttelte grinsend den Kopf. »Herr Lindner, ich bitte Sie. Wollen Sie mich etwa verführen?«

Als Robert den Spreewaldhof erreichte, reparierten der Tischler und zwei seiner Lehrlinge gerade das morsche Dach des Bootsschuppens.

Robert stellte sein Fahrrad ab und ging in die Spreewaldstube, wo Marie und Tom die grauen Wände in einem hellen, freundlichen Grün strichen.

»Na, mein Schatz, was hat der Arzt gesagt?«, fragte Marie und wischte sich den Schweiß mit dem Handrücken aus dem Gesicht.

Er nahm sich ein Bier aus einer Kiste, die neben der Tür stand. »Alles in Ordnung.«

»Und warum bist du dann ohnmächtig vom Fahrrad gefallen?«

Für Marie stand offensichtlich noch immer fest, dass er sich die Sache mit dem Mädchen nur eingebildet hatte.

»Robert?«

Er seufzte. »Er meint, ich solle auf mich achten und vor allem nicht so viele Tabletten nehmen.«

»Und nicht anschließend wie ein Verrückter mit dem Fahrrad durch die Gegend rasen. Ist ja kein Wunder, wenn der Körper da schlappmacht.« Marie nickte zufrieden.

Robert war müde. Er hatte keine Lust, noch länger über das Thema zu reden. Wenn Marie sich die Erklärung zurechtgelegt hatte, dann bitte. Er deutete auf den Farbeimer. »Haben wir noch einen Pinsel?«

»Wozu?«

»Was denkst du denn? Ich will euch helfen.«

»Das musst du nicht. Wir kommen schon allein klar.«

»Und was soll ich dann machen?«

Marie strich ihm liebevoll durch die von der Fahrradfahrt zerzausten Haare. »Ruh dich ein bisschen aus. Leg dich hin, oder mach einen Spaziergang.«

Robert schaute verwirrt erst zu Marie, dann zu Tom, die ihm beide freundlich zunickten. Für einen Moment fühlte er sich wie in einem Science-Fiction-Film, in dem Außerirdische vom Planeten Grins die Macht über die Menschen übernommen hatten.

»Ich kann Ihnen die Hängematte aufspannen und eine Decke geben. Dann können Sie in der frischen Luft ein bisschen entspannen oder lesen«, schlug Tom vor.

»Soll ich dir dein Buch aus der Wohnung holen?«, fragte Marie.

»Nicht nötig«, brummte Robert und verschwand.

In der Küche öffnete er den Kühlschrank und holte sich

noch ein Bier heraus. Es war zwar gerade erst vier Uhr nachmittags, und eigentlich sollte er nicht so viel Alkohol trinken, aber er brauchte jetzt einfach eine kühle Erfrischung.

Theresa kam mit dem Wäschekorb herein. »Hallo, Herr Lindner, wie war Ausflug nach Lübbenau?«

»Gut«, antwortete Robert kurz angebunden, während er in einer Schublade nach dem Flaschenöffner suchte. Zu seiner Überraschung schnappte sich Theresa sein Bier.

»Warten Sie, ich helfe«, sagte sie, fand den Flaschenöffner sofort und holte ein Glas aus einem Regal. »Ist sehr scharf, man kann wehtun«, erklärte sie, als sie die Flasche öffnete und anschließend das Bier in das Glass goss. »Bitte schön«, sagte sie und schaute Robert mit demselben Gesichtsausdruck an, den er auch schon bei Marie und Tom gesehen hatte.

»Danke.« Robert ließ Theresa mit der Flasche stehen und ging an ihr vorbei hinaus in den Garten.

In der Nachmittagssonne machten sich die Zimmerleute unter lautem Hämmern am Schuppen zu schaffen.

Einer der Lehrlinge, der gerade einen schweren Balken auf das Dach gewuchtet hatte, warf Robert einen Blick zu, in dem er Verachtung zu erkennen meinte. Kein Wunder. Während dem Jungen der Schweiß in Strömen den Nacken herunterlief, stand Robert, eine Hand in der Hosentasche, in der anderen ein Bierglas, mitten in der Sonne und schaute ihm bei der Arbeit zu.

Es war kaum zu ertragen. Alle hatten etwas zu tun. Überall wurde gearbeitet, nur er wurde wie ein Invalide behandelt. Wie ein Verrückter, auf den man aufpassen musste.

Robert atmete tief ein und roch den leicht fischigen Geruch der Spree. Er überlegte einen Moment, dann lächelte er grimmig. Na schön, wenn ihn hier keiner brauchte, hatte er schon eine Idee, wie er sich die Zeit vertreiben konnte.

27

Im Schuppen entschied er sich für ein leichtes Kajak. Die Handwerker, die über ihm schufteten, sahen neidisch auf ihn herunter, als er das Plastikboot aus der Halterung zog und zum kleinen Hafen schleppte. Er hatte das Kajak schon zu Wasser gelassen, als Marie neben ihm auftauchte.

»Was machst du da?«

»Das siehst du doch. Einen Ausflug.«

»Mit dem Kajak?«

»Warum nicht?«

»Ich glaube wirklich nicht, dass Paddeln im Moment das Richtige für dich ist, um ...«

»Der Arzt hat gesagt, ich solle es mit der Schonung nicht übertreiben«, unterbrach Robert sie. »Sonst roste ich noch ein, und später geht dann gar nichts mehr.« Das hatte Robert sich nur ausgedacht. Er hatte keine Lust auf weitere Diskussionen.

»Du willst also allein auf den Fluss? Nach allem, was dir gestern passiert ist?«

Robert hielt ihrem Blick stand. »Im Kajak kann ich schließlich nicht vom Fahrrad fallen.« Er lächelte böser, als es seine Absicht gewesen war.

»Du weißt genau, was ich meine.«

»Nein, sag du es mir.«

Marie seufzte. »Nicht dass du wieder schreiend zurückkommst und behauptest, du hättest ein Ungeheuer gesehen.«

Robert setzte sich in das kleine Boot. »Keine Sorge. Und

wenn ich doch etwas sehe, bin ich ja bewaffnet.« Er hob das Paddel und stieß sich vom Steg ab. »Bis nachher.«

Mit nur einem Paddelschlag verließ er den kleinen Kahnhafen und war auf der Spree. Während er in gemächlichem Tempo stromabwärts trieb, blieb Marie mit besorgter Miene auf dem Steg zurück.

»Aber mach nicht so lange! Zum Abendbrot bist du wieder zurück, okay?«, rief sie ihm hinterher.

Ohne sich umzudrehen hob Robert die Hand zum Zeichen, dass er verstanden hatte. Mit zwei weiteren Paddelschlägen war er bereits hinter der ersten Kurve verschwunden und vom Steg aus nicht mehr zu sehen.

Er hatte ganz vergessen, wie viel Spaß ihm Rudern machte. In Berlin war Segeln sein Lieblingswassersport gewesen, aber mit seinen Fußballkumpels hatte er mehrere Kanutouren in Tschechien und Belgien gemacht. Dabei waren sie auf viel wilderen Flüssen gepaddelt, mit Stromschnellen und kleinen Staustufen, bei denen man sich höllisch konzentrieren musste, um nicht zu kentern.

Im Vergleich dazu war die Spree fast langweilig, doch Robert gefiel das. Er ließ es ruhig angehen. Reisen, nicht rasen. Der Leitspruch aller Kanuten galt bestimmt auch für Kajakfahrer. Mit gleichmäßigen, geübten Schwüngen stieß er das Paddel ins klare Wasser. Das Kajak nahm so schnell Fahrt auf, dass er sofort wieder abbremsen musste, um nicht in der Böschung zu landen. Die schmale Spree war eben nichts für Sportpaddler.

Aber Robert stand der Sinn sowieso nicht nach Sport. Er wollte die klare Herbstluft genießen, die Natur und die immer wieder neuen Ausblicke über die weiten Felder und die dichten Wälder, durch die er schon wie durch einen dunklen Tunnel hindurchgefahren war. Er wollte Marie und den anderen beweisen, dass er ihr Mitgefühl nicht nötig hatte.

Vor allem aber wollte er sich seinen Dämonen stellen, um sie auf diese Weise endlich zu besiegen. Denn wenn er ehrlich war, hatte er natürlich ein mulmiges Gefühl gehabt, als er in das kleine, wackelige Plastikboot gestiegen war. Unsicher hatte er nach rechts und links ins klare Wasser geschaut. War da vielleicht irgendwo ein dunkler Schatten, der sich auf ihn zubewegte? Ein Kräuseln der Wasseroberfläche? Ein verdächtiges Geräusch im Uferdickicht? Zunächst hatte er tatsächlich wieder die unangenehme Ahnung gehabt, von irgendjemandem oder irgendetwas beobachtet zu werden.

Doch mit jedem weiteren Meter, den er auf der Spree zurücklegte, nahmen das unangenehme Gefühl und die Angst, dass ihm etwas passieren könnte, ab. Nur einmal zuckte er zusammen, als er ein Geräusch hinter sich hörte. Er drehte sich um und sah eine quakende Ente, die mit ihren Küken den Fluss überquerte. Lächelnd schüttelte Robert den Kopf. Es gab wirklich keinen Grund, sich Sorgen zu machen.

Schon bald konnte er die Häuser von Glubitz nicht mehr sehen. Links von ihm erhob sich der Birkenwald über einer morastigen Sumpflandschaft, rechts die undurchdringliche, mit dornigem Gestrüpp durchsetzte Uferböschung. Da die Spree ein kleines Tal durchfloss und das Boot sehr flach im Wasser lag, konnte er kaum sehen, ob sich hinter der Böschung Büsche, Bäume oder Felder befanden.

Dann und wann begegneten ihm andere Wassersportler, zum Bespiel eine dreiköpfige Familie, die in einem Kanu flussaufwärts fuhr. Im Bug schlug ein kleiner Junge lustlos mit seinem Paddel nach Enten, in der Mitte saß die Mutter und verteilte belegte Schnittchen, während im Heck der schwitzende Vater das Boot auf Kurs zu halten versuchte.

Ein junges Pärchen ließ sich von der Strömung treiben. Das Mädchen hatte sich an ihren Freund gelehnt und schien zu schlafen, während der junge Mann versonnen an einer Bierflasche nuckelte.

Später begegnete er einem der Touristenkähne aus Lübbenau. Etwa zwanzig Damen und Herren gehobenen Alters saßen hintereinander an kleinen Tischen und tranken aus Bier- und kleinen Likörflaschen. Der Kahnfahrer stand wie ein Gondoliere auf dem Boot und gab launige Anekdoten zum Besten, zu denen er seine Kundschaft durch das Labyrinth des Spreewaldes stakte.

Mittlerweile war Robert so entspannt, dass ihm kaum etwas die Laune verderben konnte. Schon vor ein paar Minuten war er an der Stelle vorbeigepaddelt, an der er der Hexe begegnet war, und was war passiert? Nichts. Er hatte zwar einen unangenehmen Druck im Bauch gespürt, aber schnell die Augen geschlossen und den Kopf geschüttelt, um alle unheimlichen Gedanken zu vertreiben. Als er die Augen wieder öffnete, hatten die Vögel wie immer gezwitschert, ein Fisch war über das Wasser gesprungen, und die Sonne hatte durch die Blätter geblitzt.

Alles war friedlich gewesen.

Keine Spur von einem kleinen Mädchen.

Er hatte das Gefühl, ewig so weiterpaddeln zu können. Lächelnd nahm er das Paddel aus dem Wasser, ließ sich von der sanften Strömung treiben und lauschte den Geräuschen des Spreewaldes. Aus der Entfernung hörte er, wie der Kirchturm in Lübbenau sechs Uhr schlug. Ein Trecker brummte.

Ganz in Ufernähe schien ein Spielplatz zu sein, er hörte das gleichmäßige Quietschen einer Schaukel, ausgelassenes Kinderlachen und den Abzählreim eines kleinen Mädchens.

Vielleicht sollte er mit Lars einen Ausflug hierher machen. Oder war sein Sohn dazu schon zu alt? In letzter Zeit hatte er sich kaum um Lars gekümmert. Dabei hatte Lars bis auf seinen Angelfreund Christian – und Tom – kaum Anschluss in Glubitz gefunden. Es gab einfach zu wenige Kinder in dem kleinen Dorf.

Robert dachte daran, wie traurig Lars ihn manchmal anschaute. Warum nur hatte er seinen Sohn nicht mit auf die Bootstour genommen? Lars hätte sich bestimmt gefreut, endlich mal wieder etwas mit seinem Vater zu unternehmen.

Er atmete tief durch. Er sollte sich endlich wieder um die Menschen um sich herum kümmern. Nicht nur, um seiner Familie beizustehen, ihr zu zeigen, wie viel sie ihm bedeutete, sondern auch, um zu verhindern, dass er sich nur noch mit sich selbst und seinen Psychosen beschäftigte.

Ein Pärchen radelte auf dem nahen Uferweg vorbei. Die junge Frau, die hinter ihrem Freund fuhr, winkte Robert in seinem Kajak fröhlich zu. Robert winkte geschmeichelt zurück, bis die beiden hinter der nächsten Biegung des Weges verschwanden.

Er lächelte. Vielleicht konnte er ja endlich seinen Frieden mit dieser Gegend und ihren Bewohnern machen? Marie hatte ja recht. Seit sie angekommen waren, eigentlich schon, seit sie in Berlin beschlossen hatten, in den Spreewald zu ziehen, hatte er bei jeder sich bietenden Gelegenheit gemeckert und gestänkert. Natürlich hatte es zwischendurch auch gute Momente gegeben, Tage, an denen er sich mit seinem neuen Leben arrangieren wollte, aber im Grunde war er immer dagegen gewesen. Hatte er vielleicht deshalb diese Alpträume, diese unheimlichen Visionen? Weil er sich so in seine ablehnende Haltung hineingesteigert hatte, dass er in allem nur das Schlechte, das Bedrohliche und Böse sah? Er kratzte sich an seinem Bein. Das Muttermal juckte.

Nachdenklich lenkte er das Kajak zurück in die Mitte des Flusses, um sich langsam weitertreiben zu lassen.

Vieles ließ sich irgendwie erklären. Aber mit dem seltsamen Dreieck auf seinem Bein war das schwierig. Wo kam es her? Vor seinem Erlebnis in der Spree war es ganz sicher noch nicht da gewesen.

Er blinzelte in die tief stehende Sonne. Was war passiert? Vielleicht war das kleine Mädchen ja eins von den Kindern gewesen, die er vorhin auf dem Spielplatz gehört hatte? Vielleicht hatte es sich verirrt und sich in der dornigen Uferböschung verfangen?

Aber er war doch in die Spree gerutscht? Oder hatte er sich das auch nur eingebildet? Alles nur Phantome? Vielleicht war er ja tatsächlich bis zur Schleuse gefahren und dort gestürzt?

Aber was war mit dem juckenden Dreieck auf seinem Bein?

Robert erinnerte sich an eine Kanutour in Belgien. Sie hatten die Semoirs befahren, und eines Abends am Lagerfeuer hatte er eine blaue Stelle auf seinem Schienbein entdeckt. Damals hatte er gedacht, er hätte sich irgendwo gestoßen. Doch die Schwellung hatte einfach nicht abklingen wollen. Schließlich war er in Berlin zu einem Arzt gegangen. Nur ein Insektenstich, hatte der gesagt. Nichts Schlimmes. Welches Insekt Robert angefallen hatte, konnte der Arzt nicht mit Bestimmtheit sagen, aber Roberts Körper hatte allergisch auf den Stich reagiert. Nach einigen Wochen war die Schwellung komplett zurückgegangen. Eine langwierige Sache, ja, aber wehgetan hatte der Stich eigentlich nie.

Genauso wenig wie das Muttermal. Vielleicht war das Dreieck ja auch wieder nur eine allergische Reaktion auf eine Mücke, die es aus den unbekannten Tiefen der nahen Taiga bis in den feuchten Spreewald geschafft hatte? Robert nickte zufrieden, das hörte sich nach einer plausiblen Erklärung an.

Sein Magen knurrte. Ihm fiel ein, dass er seit seinem Frühstück nichts mehr gegessen hatte. Mit ein paar kräftigen Paddelstößen wendete er das Boot und machte sich auf den Heimweg nach Glubitz. Obwohl er nun gegen die Strömung der Spree anpaddeln musste, kam er gut voran und war erleichtert, dass sein Rücken noch immer keine Probleme machte.

Schon nach einer halben Stunde konnte er die ersten Dächer hinter hohen Hecken und alten Büschen erkennen. Nur noch wenige Ruderer kamen ihm entgegen, aber wenn, dann grüßten sie freundlich.

Er lächelte. Wie schön, dass der Tag so ein harmonisches Ende nahm. Zurück im Spreewaldhof würde er sich bei Marie für alles entschuldigen. In Zukunft würde er sich zusammenreißen und ihr wieder ein Partner sein, auf den sie sich verlassen konnte.

Vielleicht ließ sie sich heute Abend ja sogar von ihm verführen, zum ersten Mal nach langer Zeit? Er grinste. Er hatte wieder das Gefühl, einen gesunden Körper zu haben. Das und die Vorfreude auf leidenschaftlichen Versöhnungssex ließen ihn das Tempo erhöhen. Mit dynamischen Stößen trieb er das kleine Boot weiter in Richtung Zuhause.

Als er in die letzte Kurve vor der Schleuse hineinfuhr, entdeckte er einen Angler, der in der hohen Böschung saß.

Robert zuckte zusammen, war kurz unsicher, ob er schon wieder ein Phantom sah. Aber der Mann war kein Trugbild. Als Robert sich ihm mit seinem Kajak näherte, hob er seinen Kopf und blickte Robert emotionslos an.

»Guten Abend, Herr Schimank«, sagte Robert freundlich, während er auf der Stelle paddelte.

Schimank nickte schweigend. Es war Robert unmöglich

zu erkennen, ob er überrascht, erschrocken, gelangweilt oder verärgert dreinblickte.

»Was dagegen, wenn ich Ihnen ein bisschen Gesellschaft leiste?«

Keine Antwort. Robert nahm das als Ja und steuerte sein Boot in eine kleine Bucht, wo es leise knirschend auf dem Sand aufsetzte.

Er stemmte sich aus dem Kajak. »Ganz schön eng, diese Plastikdinger«, sagte er und versuchte ein Lächeln.

Wieder nickte Schimank stumm und blickte dabei auf seine Angel.

Robert setzte sich neben ihn auf einen alten, mit Moos und Flechten fast zugewachsenen Baumstumpf und schwieg einen Augenblick. Gemeinsam starrten sie auf den Schwimmer von Schimanks Angel, der sich in der träge dahinfließenden Spree langsam auf und ab bewegte.

Schließlich reichte Robert Schimank die Hand. »Ich muss mich noch bei Ihnen dafür bedanken, dass Sie mich zurück zum Hotel gebracht haben.«

»Keine Ursache«, brummte Schimank mit tiefer Stimme, reichte Robert aber seine große, von Schwielen und Hornhaut überzogene Hand. Roberts Blick wich er dennoch aus.

War dieser große Mann wirklich so schüchtern? Oder verbarg er etwas vor ihm? »Wer weiß, wie lange ich ohne Sie sonst noch an der Schleuse gelegen hätte.«

Schimank ließ seinen Köder nicht aus den Augen. Er hob den Schwimmer kurz aus dem Wasser, aber der kleine Wurm hing noch immer allein am Haken.

Robert blickte ebenfalls auf die Spree hinaus, versuchte aber, sich den alten Mann aus den Augenwinkeln heraus etwas genauer anzuschauen. Er sah tatsächlich aus wie Gandalf – nur trug er keinen grauen Kapuzenmantel und hatte keinen Zauberstab in der Hand. Seine grobe Stoffhose und sein von der Sonne verblasstes, kariertes Hemd schienen trotzdem aus einer längst vergangenen Zeit zu stammen. Feste Schuhe trug Schimank nicht, dafür alte, ausgeleierte Sandalen, natürlich mit Socken, nach Roberts Ansicht ein schweres modisches Vergehen.

»Ich habe heute Ihre Frau besucht«, sagte Robert, um das Gespräch in Schwung zu bringen.

Zum ersten Mal schaute Schimank ihn direkt an. »Maria? Wieso?«

Robert lächelte. »Ich wollte mich bei Ihnen bedanken, aber Sie waren leider bei der Arbeit.« Als Robert eine Pause machte, fiel ihm auf, dass Schimank beim Atmen leise schnaufte. »Sie sind Kahnfahrer, oder?«

»Ja.«

»Ist das nicht ganz schön anstrengend? Ich meine, die Boote sind riesengroß, mit richtigen Tischen drauf. Dann noch die vielen Gäste, und Sie haben nur diesen einen Stock, mit dem Sie den Kahn vorwärtsschieben können.«

»Geht schon. Ist nur eine Frage der Technik«, brummte Schimank.

»Bestimmt, aber für mich ist es unvorstellbar, dass man mit nur einem Stock ein so schwerfälliges Ding steuern kann. Schon mit einem Kajak ist das im fließenden Wasser ja manchmal schwierig, aber mit so einem langen Kahn …?«

»Ich kann es Ihnen mal zeigen, wenn Sie wollen«, sagte Schimank, ohne Robert anzuschauen.

»Sehr gern, das würde mich wirklich interessieren.« Robert lächelte. »Wer weiß, vielleicht wäre das ja eine neue Jobperspektive für mich. Kahnfahrer im Spreewald.« Blöder Spruch, dachte Robert und ärgerte sich, doch Schimank reagierte nicht.

Robert räusperte sich. »Herr Schimank, darf ich Sie etwas fragen?«

Der alte Kahnfahrer blickte ihn mit seinen tiefen, unergründlichen Augen an und nickte.

»Wo genau haben Sie mich gefunden?«

Schimank wartete mit der Antwort. »Hinten bei der Schleuse«, sagte er dann.

»Und ich habe da bewusstlos gelegen? Neben meinem Fahrrad?«

Schimank nickte wieder. Endlich hatte Robert das Gefühl, dass er nun seine ganze Aufmerksamkeit hatte.

»Und haben Sie eine Ahnung, wie ich dorthin gekommen bin?«

Schimank starrte ihn verständnislos an. »Zur Schleuse? Na, auf dem Fahrrad. Können Sie sich denn nicht erinnern?«

»Nein, nicht wirklich«, gab Robert zu.

Schimank zog die Angel aus dem Wasser. Ein Fisch hatte sich den Köder geschnappt. Der leere Haken reflektierte die Abendsonne. Schimank fluchte leise, holte die Angel ein und machte sich daran, einen neuen Wurm aus einer kleinen Plastikschachtel herauszupulen.

Der ältere Mann wischte sich ein paar Schweißperlen aus der Stirn und schnaufte leise, als er sich wieder an Robert wandte. »Als ich an der Schleuse vorbeikam, lagen Sie dort auf dem Boden. Ich habe Sie nach Hause gebracht, fertig.«

»Es ist nur so«, versuchte Robert es noch einmal, »dass ich mich nur daran erinnern kann, dass ich ein Stück weiter unten am Fluss ins Wasser gestiegen bin. Dann …« Robert zögerte. Sollte er Schimank die ganze Geschichte erzählen? Er entschied sich dagegen. »Dann weiß ich nichts mehr. Ich bin erst im Hotel wieder aufgewacht.«

Schimank musterte ihn plötzlich eindringlich. »Warum sind Sie ins Wasser gestiegen?«

»Ich wollte einem kleinen Mädchen am anderen Ufer helfen.«

Schweigen. Nur Blätterrauschen, Vogelgezwitscher und Schimanks leises Schnaufen. Zu Roberts Überraschung begann er seine Angelsachen zusammenzupacken. Er stopfte seine Köderkiste in seinen Leinenbeutel und schob seine Angel zusammen. »Tut mir leid, ich kann Ihnen nicht weiterhelfen. Ich habe Ihnen alles gesagt, was ich weiß.«

Robert starrte ihn überrascht an. Konnte es sein, dass der Riese mit den großen Händen und den überdimensionalen Füßen Angst hatte? Aber wovor?

»Ich habe Sie schon einmal gesehen. Zweimal sogar, um genau zu sein.«

Keine Reaktion.

»Können Sie sich nicht erinnern? Sie haben mich von der anderen Seite des Weihers aus beobachtet, kurz vor der Schleuse in Glubitz. Und dann haben Sie zugeschaut, wie ich in Lübbenau, na ja, Schwierigkeiten mit der Polizei hatte.«

Außer einem Stirnrunzeln zeigte Schimank keine Gefühlsregung. Oder schaute er ihn vorwurfsvoll an?

»Wo genau haben Sie das Mädchen gesehen?«

Robert stutzte, bevor er antwortete. »Zwei, drei Kilometer flussabwärts. Noch vor dem Spielplatz.«

»Spielplatz?«

»Ja, auf der rechten Seite. Nach dem Birkenwald«

Schimank stand auf und klemmte sich seine Angelsachen unter den Arm.

»Zwischen Glubitz und Lübbenau gibt es keinen Spielplatz.«

»Was? Aber natürlich gibt es den. Erst vorhin habe ich doch gehört, wie dort Kinder gespielt haben.«

Schimank schüttelte den Kopf. »Glauben Sie mir, es gibt keinen Spielplatz. Nur Sumpf, Brachland und dichten Wald.«

Damit suchte sich Schimank einen Weg durch die Uferböschung und ging davon.

Robert starrte ihm fassungslos hinterher. Er wollte noch etwas sagen, aber da war der graue Riese schon nicht mehr zu sehen.

28

Am nächsten Tag schlüpfte er schon im Morgengrauen aus dem Bett, griff sich T-Shirt und Jeans, warf noch einen nachdenklichen Blick auf die schlafende Marie, ging in die Küche hinunter und kochte sich einen Kaffee.

Theresa kam im Morgenmantel herein, als Robert mit seiner Tasse am Tisch saß.

»Was ist passiert? Können nicht schlafen?«, erkundigte sie sich müde.

»Alles in Ordnung, Theresa. Ich möchte heute nur eine kleine Wanderung machen«, antwortete Robert und nippte an dem heißen Kaffee.

»Ein Wanderung? Bei dem Wetter?« Der Regen lief in langen Schlieren an der Fensterscheibe hinunter. Robert winkte ab. »Das hört ganz sicher bald wieder auf. Leg dich ruhig wieder hin, ich komme schon allein klar.«

Theresa starrte Robert verständnislos an, aber wenn sie mittlerweile auch nur eines über ihn gelernt hatte, dann, dass er einen einmal gefällten Entschluss nicht mehr rückgängig machte. Gähnend wünschte sie Robert viel Spaß und schlurfte ins Bett zurück.

Robert packte eine Flasche Wasser und ein paar Kekse in einen Rucksack, dann schüttete er den restlichen Kaffee in den Ausguss. Er musste endlich aufbrechen. Die ganze Nacht über hatte er wach in seinem Bett gelegen und an die Decke gestarrt.

Der Spielplatz. Er war sich so sicher gewesen, die lachenden Kinder und die gleichmäßig quietschende Schaukel gehört zu haben. Das war keine Einbildung gewesen, genauso wenig wie das junge Pärchen, dem er gestern Abend auf der Hauptstraße nochmals begegnet war. Oder der Kahn aus Lübbenau. Das alles war doch Realität gewesen, kein Traum.

Er war nicht verrückt, aber hier im Spreewald stimmte etwas ganz und gar nicht. Und er war entschlossen, es endlich herauszufinden.

Er hatte sich getäuscht. Das Wetter besserte sich nicht. Als er auf der kleinen Hauptstraße Richtung Schleuse ging, lief ihm der Regen in Strömen über das Gesicht. Schon nach ein paar Metern war er klitschnass und schlotterte in der eisigen Morgenkälte.

Doch der Regen half ihm, einen klaren Kopf zu behalten. Aus dem gleichen Grund hatte Robert gestern Abend und heute Morgen auf seine Tabletten verzichtet. Sollte der Rücken auch schmerzen – noch tat er es nicht –, heute würde es keine Ausreden geben. Würde heute etwas Ungewöhnliches geschehen, so lag es bestimmt nicht daran, dass er unter dem Einfluss der Medikamente stand.

Am Weiher holte er eine Wanderkarte heraus, die er im Hotel eingesteckt hatte. Schimank hatte recht: An der betreffenden Stelle gab es nichts. Keine Wege, keine Häuser und schon gar keinen Spielplatz. Nur sumpfiges Brachland, Dickicht, Wälder und immer wieder kleine Nebenflüsse und Kanäle der Spree.

Robert holte tief Luft, stopfte die Karte in die Seitentasche seines Rucksacks und überquerte die Brücke. Anschließend blieb er nicht auf dem Weg, der ihn zu Schimanks Haus führen würde, sondern stapfte geradeaus weiter, direkt in die Wildnis.

Er wollte sich von hinten an die Stelle heranarbeiten, an

der er das Mädchen gesehen hätte, das ihn in den Fluss gelockt hatte. Sollte er dort nichts Verdächtiges finden, so würde er weiter auf der Uferseite bleiben und bis zu der Flussbiegung marschieren, an der er die Kinder und die quietschende Schaukel gehört hatte. Dafür würde er sich am Fluss entlang durch das dichte und vor allem dornige Gestrüpp der Uferböschung arbeiten müssen.

Doch schon nach ein paar Hundert Metern gab Robert sein Vorhaben auf. Das stachelige Dickicht verhinderte jedes Durchkommen. Seine Arme waren bereits zerkratzt, und seine Hose hatte einen längeren Riss abbekommen. Er würde etwas mehr Abstand zur Spree halten müssen.

Der Boden wurde sumpfiger. Immer wieder versank er knöcheltief im Morast und musste Bächen oder Kanälen ausweichen und kleine Waldstücke durchqueren. Der Weg war zwar länger und nicht weniger schwierig, trotzdem kam man auf diese Weise schneller voran.

So wie er am Tag zuvor von der Spree nicht immer das umliegende Gelände hatte erkennen können, verlor er jetzt umgekehrt den Fluss des Öfteren aus den Augen. Doch auch wenn er die Spree nicht sehen konnte, hörte er doch das stetige leise Platschen der Regentropfen auf die Wasseroberfläche.

Robert fluchte. Diese verdammte Kälte. Seine Hände waren schon ganz taub. Wenn es so weiterging, würde es in ein paar Tagen anfangen zu schneien. Wieso nur hatte er seine kleine Expedition nicht ernst genommen? In seinem Schrank hing doch seine Outdoorkleidung, die er sich vor zwei Jahren für einen Norwegenurlaub gekauft hatte! Aber in seinem Verlangen, das Hotel möglichst schnell zu verlassen, hatte er sich nur Lederjacke und Turnschuhe gegriffen. Die Jacke schützte ihn zwar vor dem Regen, hatte aber keine Kapuze. Und an dem Profil der Schuhe klebte mittlerweile so viel schwere Muttererde, dass das Gehen immer anstrengender wurde.

Schließlich erreichte er die Stelle, an der er vor zwei Tagen das kleine Mädchen gesehen hatte. Hier hatte ihn die Hexe – oder was auch immer es gewesen war – in die Tiefe gezogen.

Unsicher versuchte er sich dem Fluss trotz der dornigen Sträucher, der fast mannshohen Brennnesseln und Disteln zu nähern. Kaum vorstellbar, dass ein kleines Kind so weit ans Ufer hatte vordringen können. Und doch gab es für Robert keinen Zweifel, dass er das Mädchen hier gesehen hatte.

Die Regentropfen fielen monoton platschend auf das Wasser, Vögel waren kaum zu hören. Alles Lebendige brachte sich vor dem heftigen Regen in Sicherheit. Selbst die Enten hatten sich unter den tief hängenden Ästen einer Trauerweide verkrochen.

Was für ein Scheißwetter! Kein Wunder, dass außer ihm so früh am Morgen niemand unterwegs war. Am anderen Ufer konnte Robert den verwaisten Weg nach Lübbenau und die alte Bank sehen, an der er sein Fahrrad abgestellt hatte.

Er streckte sich, um von oben in den Fluss zu sehen. Gab es da irgendwo eine Untiefe? Er konnte nichts erkennen, dafür aber ganz deutlich ein paar Steine am sandigen Grund. Einige kleinere Fische schnappten an der Oberfläche nach Fliegen, und etwas weiter entfernt sah Robert sogar einen größeren Karpfen. Lars und Christian wären begeistert gewesen.

Und sonst? Robert bemühte sich, aus den Geräuschen des Morgens etwas Verdächtiges herauszuhören. Aber da war nichts.

Während seiner Polizeizeit hatte er so etwas wie einen sechsten Sinn für Gefahr entwickelt. Marie war zwar anderer Meinung, aber er war sich sicher, brenzlige Situationen vorhersehen zu können.

In diesem einsamen Augenblick an der Spree hatte er nicht den Eindruck, in Gefahr zu sein. Nachdenklich schaute er sich noch einmal um, dann machte er sich wieder auf den Weg.

Um sein nächstes Ziel, den Spielplatz, zu erreichen, musste er einen größeren Bogen durch das sumpfige Spreeland machen. Immer wieder verhinderten kleine Bäche oder aufgeweichte, schlammige Felder, dass er den direkten Weg nehmen konnte.

Er war bereits eine Stunde unterwegs. Mittlerweile spürte er seine klammen Finger kaum noch. Dafür schmerzte sein Rücken wieder, nachdem er ausgerutscht und auf eine harte Wurzel gefallen war.

Robert fragte sich, ob der Ausflug wirklich so eine gute Idee gewesen war. Er hätte auf besseres Wetter warten sollen.

Er stapfte durch einen dichten Wald. Schon seit einer Weile hatte er keine Spuren von Zivilisation gesehen. Gab es hier denn überhaupt keine Straßen, Landwirtschafts- oder wenigstens Wanderwege?

Im Gehen kramte er nach seiner Karte. Während die Regentropfen das bereits zerknitterte Papier durchnässten, versuchte er sich zu orientieren. Doch wenn er ehrlich war, hatte er keine Ahnung, wo er sich befand. Die Spree, an der er sich orientiert hatte, hatte er schon längere Zeit nicht mehr gesehen. Er war sich zwar noch ziemlich sicher, in welcher Richtung er sie wieder finden würde, aber *ganz* sicher war er sich nicht.

Am Himmel schob der Wind die dunklen Wolken ineinander. Alles war grau, von der Sonne war nichts zu sehen. Wo war Osten, wo war Westen? Robert konnte es nicht sagen.

Plötzlich gab der schlammige Boden unter seinen Füßen nach. Er rutschte, versuchte noch vergeblich sich an einem Ast festzuhalten, stürzte in ein tiefes Loch und schlug schließlich hart auf dem Boden auf.

Stöhnend fasste er sich an den Rücken. Hatte er sich verletzt? Scharfkantige Steine und spitze Äste ragten wie ein Nadelkissen aus dem Boden. Aber er hatte Glück im Unglück. Außer einer kleinen Schürfwunde an der Hand schien alles in Ordnung zu sein.

Er schaute sich um. Er war in ein fast zwei Meter tiefes Erdloch gestürzt. Wenn er nach oben sah, fiel der Regen in langen Schnüren auf ihn herab. Stöhnend versuchte er sich wieder an die Oberfläche zu ziehen.

Ohne Erfolg.

Die aufgeweichte Erde am Rand der Grube gab unter seinem Griff nach. Er tastete nach etwas, woran er sich mit seinen steifen Fingern festhalten konnte, fiel aber ächzend wieder zurück ins Loch, in eine Pfütze, die sich durch den unerbittlichen Regen gebildet hatte. Wütend spuckte Robert schlammige Erde aus, die beim Fallen in seinen Mund geraten war.

Es hatte keinen Sinn, auf Hilfe zu hoffen. Auch wenn der Schmerz in seinem Rücken pochte, musste er es irgendwie schaffen, aus eigener Kraft aus diesem Loch herauszukommen. Verzweifelt schaute er sich um, suchte nach einer Wurzel, an der er sich festhalten und herausziehen konnte.

Das kleine Mädchen war nicht dasselbe, das er vor zwei Tagen am Fluss gesehen hatte, aber es war genauso alt. Vom Rand aus schaute es hinunter in die Grube. Kleine Zöpfe, die mit roten Schleifen zusammengehalten waren, baumelten an der Seite seines Kopfes herab.

Die Kleine lächelte nicht, schaute eher überrascht und vielleicht auch neugierig.

»Wo kommst du denn auf einmal her?«

Statt einer Antwort musterte das Mädchen ihn, so wie man ein Kaninchen mit dreckigen Pfoten betrachtet.

»Kannst du mir helfen, hier rauszukommen?«, rief Robert ihm von unten zu. »Liegt irgendwo in der Nähe ein langer Stock?«

Das Mädchen verzog keine Miene. Sprach es etwa kein Deutsch?

»Hast du verstanden, was ich gesagt habe?«

Die Kleine lächelte, aber es war kein freundliches, offenes Lächeln. Obwohl sie Robert mit ihren blauen Augen anschaute, war er sich nicht sicher, ob das Lächeln ihm galt. Dann verschwand ihr Kopf vom Rand des Loches.

»Hallo? Bist du noch da?«, rief Robert panisch. Keine Antwort. Kein Geräusch. Nichts.

Er fluchte leise und machte sich, mittlerweile bis zu den Knöcheln im Wasser stehend, daran, seinen ursprünglichen Plan in die Tat umzusetzen. Er griff nach einer der größeren Wurzeln, die aus der schwarzen Muttererde ragten, und versuchte sich an ihr nach oben zu schieben.

Sein Rücken pochte, und auch die OP-Narbe schmerzte, aber langsam, ganz langsam, gelang es ihm, sich strampelnd über die schlammige Erdkante an die Oberfläche zu ziehen.

Seine Füße hingen noch über dem Loch, während Robert erschöpft auf dem nassen Waldboden lag und nach Atem rang. Um den Zustand seiner Kleidung brauchte er sich jetzt keine Gedanken mehr zu machen. Sein Gesicht und alles, was er am Körper trug, waren mit einer dicken Schlammschicht überzogen.

Ächzend zog er sich an einem Baum hoch und blickte sich um. Wo war das kleine Mädchen?

Zu seiner Überraschung war es tatsächlich noch da. Aus einiger Entfernung starrte es ihn noch immer mit abwesendem Lächeln an. Dann drehte es sich um und lief fort.

»He, bleib stehen!«, rief Robert, dann nahm er ächzend die Verfolgung auf. Er würde die Kleine nicht davonkommen lassen. Dieses Mädchen war der Beweis dafür, dass er nicht verrückt war. Er würde es einholen und zur Rede stellen, egal, welche dunklen Mächte es geschickt hatten.

Er stolperte mehr durch den Wald, als dass er lief, da das Mädchen ihn immer weiter in das Dickicht lockte. Es schien seinen Weg genauestens zu kennen. Während Robert ständig an spitzen Ästen hängen blieb und sich Hände und Gesicht aufriss, wand sich das Mädchen elegant wie ein Reh durch den Wald und schien die Bäume und dornigen Sträucher nicht einmal zu berühren.

Wo war er? Er hatte keine Ahnung. Er versuchte sich an die Karte zu erinnern, die er beim Klettern aus der Grube verloren hatte, aber er hatte keine Ahnung, ob und wo der Wald, durch den er gerade lief, auf ihr abgebildet gewesen war.

Egal. Erst einmal würde er sich das Mädchen schnappen, der Rest würde sich finden. Doch die Kleine hatte mittlerweile so viel Vorsprung, dass sie es sich leisten konnte, ab und an stehen zu bleiben und sich nach ihm umzuschauen. Immer wieder rief er ihr zu, nicht weiterzulaufen, aber sie hörte nicht auf ihn. Lächelnd begann sie wieder zu rennen.

Robert dämmerte es, dass die Kleine ihn vielleicht in eine Falle locken wollte. Aber wenn heute der Tag war, an dem er seinem Schicksal gegenübertreten sollte, dann war es eben so. Der Alptraum musste endlich ein Ende haben.

Plötzlich durchbrach er eine Hecke aus Brombeerbüschen und stolperte auf eine kleine Lichtung direkt an einem etwas breiteren Seitenarm der Spree. Er war völlig aus der Puste, schnappte nach Luft. Wo war das Mädchen geblieben, verdammt noch mal? Wohin war es verschwunden? Schnaufend stemmte er die Arme in die Hüfte und blickte sich um.

Er stand vor den traurigen Überresten einer Hütte, die kleiner als die der Schimanks war. Das Schilfdach musste schon vor langer Zeit eingestürzt sein. Es lag schief auf den Überresten der zusammengefallenen Mauer, die von hohem Gras und Moos überwuchert war. Die Fensterläden der Hütte waren eingeschlagen. Auf dem Boden stieß Robert mit dem Fuß gegen ein zersplittertes, fast verfaultes Stück Holz. Mit den rostigen Scharnieren musste es sich um die ehemalige Tür der Hütte handeln.

Kaum zu glauben, dass hier, am Ende der Welt, vor langer Zeit ein Mensch gelebt hatte. Robert linste durch ein Loch in der Mauer, das früher ein Fenster gewesen sein musste, und entdeckte eine alte Liege mit rostigen Sprungfedern. Ansonsten konnte Robert nur Gerümpel erkennen. Einen zerbrochenen Krug, einen Rahmen ohne Bild, einen alten Ofen. In der Ecke entdeckte er ein Paar alte Holzschuhe.

Hinter sich hörte er ein Geräusch. Das Mädchen? Er drehte sich um, aber er war allein. Oder nicht? Anders als vorhin an der Spree fühlte er sich jetzt wieder beobachtet. Von der Kleinen? Oder von jemand anderem? *Etwas* anderem?

Das Gefühl der Bedrohung war wieder da. Dieses Mal massiv. Es traf ihn wie eine Faust in den Magen, warf ihn beinah um wie eine große Welle am Strand. Noch nie hatte er die Angst so intensiv gespürt wie jetzt, weder an der Spree noch im Keller des Spreewaldhofs.

Lauf weg, schnell, hörte er eine Stimme in seinem Kopf. Unruhig schaute er sich den Hof vor der Hütte genauer an. Es gab Überreste eines kleinen Zauns und eine zerbrochene Holzbank. Im angrenzenden Wasser steckten mehrere Holzstämme. Früher hatte hier einmal ein Boot gelegen. Als er sich über das Ufer beugte, konnte er auf dem Grund die verfaulten Reste eines kleinen Ruderkahns entdecken.

Abrupt drehte er sich um.

War da nicht jemand, direkt hinter ihm?

Aber der Hof war leer. Außer dem Regen, der auf das zerstörte Schilfdach des Hauses und auf die Wasseroberfläche trommelte, war es vollkommen still.

Hast du nicht gehört? Du sollst gehen! Jetzt! Sofort!

Während das kleine Grundstück auf der einen Seite durch die wild wuchernden Büsche begrenzt war, standen auf der anderen Seite mehrere hohe Birken und eine gewaltige Eiche.

Wie alt mochten die Bäume sein? Robert betrachtete die Krone der Eiche, die sich im eisigen Herbstwind kaum bewegte.

Da fiel ihm etwas an ihrem Stamm auf. Deutlich erkennbar hatte jemand vor langer Zeit etwas in die Rinde geritzt.

Robert wischte sich den Regen, der ihm in die Augen lief, aus dem Gesicht.

Es war weder ein Herz noch zwei Namen, sondern ein Dreieck. Ein Dreieck mit zwei doppelt gezeichneten Linien.

So wie das Mal auf seiner Wade, das in diesem Moment heftig zu jucken begann.

Wieder hörte er ein Geräusch, und dieses Mal gab es keinen Zweifel. Jemand stand hinter ihm. Ganz dicht. Langsam drehte er sich um.

29

Gelangweilt schaute Karin aus dem Fenster. Die dunklen Regenwolken, die den ganzen Tag über dem Spreewald gehangen hatten, lösten sich langsam auf. Aber noch immer glänzte das Wasser in den Pfützen, lief von den Dächern und tropfte im Wind von den herbstlichen Bäumen.

Für die nächste Woche hatte das Radio eine Kaltfront aus dem Osten angekündigt. Bodenfrost am Morgen. Der Herbst ging zu Ende.

Karin seufzte. Der Winter war eine einsame Jahreszeit für eine Singlefrau, ganz besonders hier im Spreewald, wo sich die Menschen in den kalten Monaten in ihre Häuser zurückzogen, es sich mit ihren Familien gemütlich machten und sich kaum noch jemand nach draußen wagte. So schön der verschneite Spreewald auch aussah, aber wenn lange Spaziergänge an zugefrorenen Flüssen entlang die einzige Abwechslung über mehrere Monate waren, konnte das schon auf das Gemüt schlagen.

Mit Wehmut dachte sie an Berlin zurück, das im Winter immer besonders hässlich gewesen war, im Osten mit seinen vielen Plattenbauten noch stärker als im Westen. Aber immerhin hatte es in Berlin Kneipen, Restaurants und Theater gegeben, Orte, wo man andere Leute treffen und sich amüsieren konnte.

Berlin. Ihr früheres Leben. Ihre alten Freunde, ihre Familie. Seit der Trennung von Rolf, ihrem Mann, und dem anschließenden Umzug nach Lübbenau war sie nur noch selten in der Hauptstadt gewesen.

Ihre eigene Entscheidung. Nach den tragischen Ereignissen vor zwei Jahren hatte Karin einen kompletten Neuanfang gewollt. Mit Erfolg. Mittlerweile hatte sie sich im Spreewald eingewöhnt und die ganz eigene Herzlichkeit seiner Bewohner schätzen gelernt.

Wenn da nicht die Erinnerungen an ihr früheres Leben gewesen wären. Vor allem an die vielen schönen Momente, die es durchaus gegeben hatte. Ihr Magen zog sich zusammen, als sie daran dachte, dass es vor allem an ihr lag, dass sich diese Momente nie mehr wiederholen würden.

»Frau Hauptkommissarin, hören Sie mir eigentlich zu?«

Karin schreckte aus ihren Gedanken. Wachtmeister Kunze saß ihr mit aufgeklapptem Notizblock und Kugelschreiber am Schreibtisch gegenüber.

»Natürlich, Hans.« Karin bemühte sich, liebenswürdig zu lächeln. »Der Bürgermeister möchte wissen, ob wir wirklich auf die Zahlung seines letzten Strafzettels bestehen.«

»Und? Kann man da was machen?« Kunze schaute die Hauptkommissarin erwartungsvoll an, bereit, sich die entsprechende Notiz zu machen. Karin hasste seinen bescheuerten Block. Irgendwann würde sie ihm das Ding in den Hals stopfen.

»Nein, können wir nicht. Er soll seine Knöllchen gefälligst wie jeder andere auch bezahlen.«

»Am Telefon klang er ziemlich aufgebracht.«

»Und? Die Zeiten, in denen jeder Politiker machen konnte, was er wollte, sind vorbei.«

Kunze nickte und machte sich einen entsprechenden Vermerk.

»Wirst du ihm das sagen, oder soll ich das übernehmen?«, fragte sie.

Kunze grinste dümmlich. »Letzteres wäre nett. Ich habe im Moment ziemlich viel auf meinem Tisch.«

Du kleines Frettchen, dachte Karin. Kneifst immer, wenn es ungemütlich wird. Und genau deshalb bist du immer noch Wachtmeister und ich deine Vorgesetzte. Und das, obwohl du schon seit Ewigkeiten in der Wache Lübbenau arbeitest.

»Dann rufe ich ihn am besten gleich an.«

Es klopfte an der Bürotür.

»Ja?«

Eine attraktive blonde Frau schaute besorgt herein. »Guten Tag, ich suche Hauptkommissar Schulte.«

Karin lächelte. »Sie haben sie gefunden.«

Wenn die Frau überrascht war, ließ sie es sich nicht anmerken. Karins erster Eindruck von ihr war, dass sie ihre Gefühle und Emotionen im Griff hatte. Wenn da nicht die dunklen Schatten unter ihren Augen gewesen wären.

»Mein Name ist Lindner. Ich möchte eine Vermisstenmeldung aufgeben.«

»Lindner? Frau Marie Lindner?«

Die Blonde hob irritiert die Brauen. »Ja, wieso?«

Karin stand auf und reichte ihr freundlich die Hand. »Freut mich, Sie kennenzulernen, ich habe schon von Ihrem Hotel in Glubitz gehört.« Und Ihren Mann kennengelernt, aber das behielt sie erst einmal für sich. Sie stellte Marie kurz Wachtmeister Kunze vor, den sie dann mit einem strengen Nicken aufforderte, sie beide allein zu lassen. Kunze rollte mit den Augen, trollte sich aber dann mit seinem Block aus dem Büro.

»Also, Frau Lindner, was genau ist passiert?«

»Mein Mann ist verschwunden.«

»Seit wann?« Karin hatte auffallend hektisch reagiert. Marie stutzte, bevor sie die Frage beantwortete: »Seit heute Morgen.«

»Seit heute Morgen?«, echote Karin.

»Ich habe gar nicht mitbekommen, wie er aufgestanden

ist, aber unser Zimmermädchen hat ihn zufällig in der Küche getroffen. Theresa meinte, er sei um halb sieben losgegangen, um eine Wanderung zu machen.«

»Und?«

»Haben Sie heute mal aus dem Fenster geschaut? Es hat die ganze Zeit gegossen, und Robert hat noch nicht einmal eine Regenjacke mitgenommen.«

»Na ja, das ist natürlich nicht sehr verantwortungsvoll, aber das reicht noch lange nicht für eine Fahndung.«

Karin lächelte, doch der Frau schien im Moment nicht nach Lachen zumute zu sein. Sie presste angespannt die Lippen aufeinander.

»Warum machen Sie sich denn solche Sorgen? Okay, das Wetter ist nicht besonders toll, aber ansonsten kann man im Spreewald locker einen ganzen Tag lang wandern.«

Marie musterte die Hauptkommissarin, schien sich zu fragen, ob sie ihr gegenüber offen sprechen konnte.

»Eigentlich hat er gar nichts übrig für Wanderungen.«

»Vielleicht hat sich das ja geändert, seit er im Spreewald lebt.«

»Es hat sich vieles verändert, das ist ja gerade das Problem.« Marie zögerte kurz, bevor sie sich entschied, der Beamtin von Roberts schwerer Verletzung und seinen anschließenden Alpträumen und Wahnvorstellungen zu erzählen. Auch von seinem Gefühl, beobachtet zu werden, erzählte sie, und von seinem Zusammenbruch im Keller. Mit bebender Stimme fuhr sie fort, dass Robert behauptete, von einer Hexe in der Spree angegriffen worden zu sein, und später bewusstlos an der Schleuse aufgefunden worden war. Auch den unsinnigen Auftritt mit Christian und Lars verschwieg sie nicht.

Karin Schulte hörte zu. Sie erwähnte nicht, dass sie das meiste schon von Robert selbst gehört hatte, wenn auch aus einer anderen Perspektive.

»Verstehen Sie jetzt, warum ich mir solche Sorgen mache?«, beendete Marie ihre Aufzählung.

Karin nickte. »Ich gebe zu, Ihr Mann scheint etwas übernervös zu sein.«

»Nervös? Er ist vollkommen durchgedreht!«

»Trotzdem ist er immer noch erwachsen. Wenn er beschließt, einen Tag an der frischen Luft zu verbringen, kann ich ihm keine Hundertschaft hinterherjagen.«

»Und was ist, wenn er sich etwas antut?«

»Was sollte er sich denn antun?«

Marie war enttäuscht. Sie hatte sich von der Kommissarin mehr Unterstützung erhofft. »Das weiß ich doch nicht. Er könnte sich verirren.«

»Im Spreewald? So groß ist der nun auch wieder nicht. Außerdem gibt es überall Straßen und Wege.«

»Und warum ist er dann noch nicht zurück?«

Karin schwieg.

»Am Ende ist er wieder irgendwo bewusstlos zusammengebrochen, aber dieses Mal mitten im Nirgendwo. Und das bei dem Wetter.«

Nachdenklich drehte Karin ihren Kugelschreiber zwischen den Fingern. »Also gut, ich werde den Kollegen, die Streife fahren, sagen, dass sie nach Ihrem Mann Ausschau halten sollen.«

»Aber die sind bestimmt nicht mit Booten unterwegs, oder?«

»Nein, natürlich nicht.«

»Und wie sollen sie ihn dann rechtzeitig vor Einbruch der Dunkelheit finden?«

Karin seufzte. Sie waren nur zu viert auf der Wache, was erwartete die Frau? Eine gemeinsame Suchaktion der Polizei Brandenburg, nur weil ihr Mann mal für ein paar Stunden allein sein wollte?

»Hören Sie, ich möchte Ihnen wirklich helfen, aber im Moment haben wir ziemlich viel zu tun.«

Ein Klopfen unterbrach sie. Bevor Karin noch etwas sagen konnte, stand Kunze schon aufgeregt in der offenen Tür. »Entschuldige die Störung, aber wir haben einen Anruf von Heiner Druzba bekommen.«

»Von wem?«

»Druzba ist Förster im Reservat. Er sagt, er habe einen Mann in der Nähe der Wotschofska gefunden.«

Beide Frauen tauschten einen besorgten Blick.

»Was ist mit ihm?«, erkundigte sich Karin.

»Druzba sagt, er sei etwas desorientiert. Außerdem habe er Fieber und rede wirres Zeug.«

»Weiß Druzba seinen Namen?«

Kunze schüttelte den Kopf. »Er hat keine Papiere dabei. Aber er trägt eine Lederjacke, auf der ›Highway to Hell‹ steht.«

Zwanzig Minuten später hatten Karin und Marie die Wotschofska nach einer Fahrt über holprige Landwirtschaftswege erreicht. Die Gaststätte lag malerisch und abgelegen mitten im Spreewald und war im Sommer ein beliebtes Ziel für Paddler und Wanderer.

Der Krankenwagen parkte bereits vor der Tür. Die Frauen rannten in den Gastraum, der an diesem verregneten und kalten Tag verwaist war. Robert lag verdeckt von zwei stehenden Rettungssanitätern auf einer Holzbank. Förster Druzba, ein gedrungener Mann mit Vollbart und spiegelblanker Glatze, lehnte in der Nähe am Tresen, trank einen Tee und wirkte, als würde ihn das alles nicht im Mindesten interessieren.

Marie schob sich zwischen den Rettungssanitätern hindurch.

»Mein Gott, Robert, was ist mit dir?«

Aber Robert reagierte nicht. Seine Kleidung und seine Haare waren schlammverkrustet, einer der beiden Rettungssanitäter war dabei, sein Gesicht mit einem feuchten Handtuch zu säubern. »Er hat Fieber«, klärte er Marie auf.

»Außerdem ist er dehydriert«, ergänzte sein Kollege.

Marie strich Robert mit der Hand durch die Haare. Karin konnte Tränen in ihren Augen schimmern sehen.

Seltsam, wie wenig mich der Kummer der Ehefrau berührt, dachte sie und schämte sich dafür.

»Selbst Schuld.« Druzba schüttelte den Kopf. »War viel zu leicht angezogen für dieses Wetter.«

»Wo genau haben Sie ihn gefunden?«, wollte Karin wissen.

»Einen Kilometer von hier, Richtung Leipe. Lag erschöpft und unterkühlt mitten auf dem Feld.«

»Mitten auf dem Feld?«

Druzba zuckte mit den Schultern. »Keine Ahnung, wohin er wollte. Oder woher er kam. Vielleicht wollte er einfach nur eine Abkürzung nehmen.«

Die Sanitäter legten Robert auf eine Trage und trugen ihn nach draußen. Marie ging nebenher und hielt liebevoll die Hand ihres Mannes.

Als die kleine Gruppe den Tresen passierte, öffnete Robert für einen Moment seine Augen. Mit glasigem Blick versuchte er sich zu orientieren und entdeckte die Hauptkommissarin.

»Karin!«, rief er mit einem Lächeln, hielt ihr seine rechte Hand hin und zog sie zu sich. »Ich habe sie gefunden«, verkündete er stolz.

»Wen?«, fragte sie und warf einen verlegenen Blick zu Marie, die stumm beobachtete, was sich vor ihren Augen abspielte.

»Die Hexe«, flüsterte Robert, aber jeder im Raum hatte seine Worte verstanden. »Ich weiß jetzt, wo sie wohnt.« Er umfasste Karins Hand noch fester, küsste sie und ließ seinen Kopf mit geschlossenen Augen wieder auf das harte Kissen der Trage fallen.

Karin merkte erst jetzt, dass alle, Druzba, der Wirt, die Sanitäter und vor allem Marie, sie anstarrten. Verlegen blickte sie zu dem Mann in der AC/DC-Lederjacke hinunter, der noch immer ihre Hand umschlossen hielt.

30

Am nächsten Tag begann es zu schneien. Als Marie Robert mit dem Chrysler vom Krankenhaus in Lübbenau zurück in den Spreewaldhof fuhr, waren die feuchten Straßen zum Teil schon überfroren. Die fallenden Schneeflocken behinderten die Sicht. Mittlerweile war ihr die umständliche Route über die Dörfer nach Glubitz, die ihnen am Anfang so große Probleme gemacht hatte, in Fleisch und Blut übergegangen. Sie war ständig mit dem Van unterwegs, um Einkäufe zu erledigen oder sich mit Handwerkern zu treffen. Robert war fast nie dabei, er blieb meistens im Hotel. Und wenn er doch einmal irgendwohin fuhr, gewöhnlich nach Lübbenau, dann mit dem Fahrrad.

Nun saß er in eine dicke Decke gehüllt auf dem Beifahrersitz und starrte stumm auf die schmale Straße. Eigentlich war ihm jetzt nach ein bisschen Musik. Pearl Jam vielleicht oder sogar Soundgarden, um nach den Eindrücken der letzten Tage wieder geerdet zu werden. Sogar Radio mit Nachrichten und Moderatorengequatsche wäre okay gewesen, um das Gefühl zu bekommen, wieder im wirklichen Leben angekommen zu sein. Aber Marie hatte das Radio ausgeschaltet. Ihr war nicht nach Musik und nach Reden schon gar nicht.

»Was für ein mieses Wetter«, durchbrach er schließlich die Stille.

Marie schwieg und konzentrierte sich aufs Fahren.

»Ich hätte nie gedacht, dass der Winter so schnell einbricht. Haben wir noch genügend Heizöl, oder müssen wir etwas nachbestellen?«

Marie schüttelte kaum wahrnehmbar den Kopf, ihre Miene blieb starr. Robert betrachtete sie von der Seite und seufzte.

»Jetzt komm schon. Sei nicht böse auf mich.«

»Ich bin nicht böse.«

»Natürlich bist du das. Und ich verstehe auch warum. Aber du musst mir glauben, ich kann mich überhaupt nicht an diese Kommissarin erinnern. Ich weiß nur, dass ich in diesem erbärmlichen Krankenhaus aufgewacht bin und das Gefühl hatte, mein Kopf würde platzen.«

»Diese Kommissarin«, wiederholte Marie spöttisch, »hast du gestern in dem Gasthof noch Karin genannt.«

»Sie ist praktisch eine Kollegin, wir reden uns alle mit dem Vornamen an.«

»Und dass ihr euch die Hände küsst, ist das auch eine Sitte unter Kollegen?«

»Wie oft soll ich das noch sagen? Ich hatte ein Blackout, ich habe totalen Blödsinn geredet.«

Marie nahm eine enge Kurve so flott, dass sie Schwierigkeiten hatte, nicht im Graben zu landen.

»Woran kannst du dich denn noch erinnern?«

Robert rutschte ungemütlich auf dem Sitz hin und her. »Das habe ich doch alles schon erzählt.«

»Ach, stimmt ja. Du hast die Hexe gesehen.« Marie verzog das Gesicht.

»Das habe ich nicht. Du hast mir wieder nicht zugehört.«

»Tut mir leid. Das wäre deiner Karin wohl nicht passiert.«

Robert schüttelte genervt den Kopf.

»Willst du etwa bestreiten, dass du dich andauernd mit der Frau in Lübbenau getroffen hast?«

»Quatsch. Ich war nur ein-, zweimal bei ihr und habe ihr das Gleiche gesagt, was ich dir auch schon erzählt habe.«

»Und? Sag bloß, sie hat dir geglaubt?«

Er überlegte einen Moment. »Nicht wirklich. Aber sie ist auch nicht gleich pampig geworden.«

»Ich bin nicht pampig. Ich mache mir nur Sorgen, was, um Himmels willen, mit meinem Mann, dem Vater meiner Kinder, los ist. Warum er bei diesem miesen Wetter unbedingt allein losziehen muss, um irgendwelchen Phantomen nachzujagen.«

»Das sind keine Phantome. Ich habe dir doch von der verfallenen Hütte erzählt.«

Marie verzog das Gesicht. »Deine Freundin hat mit ihren Kollegen nach der Hütte gesucht. Und was haben sie gefunden? Nichts.«

»Aber ich war dort, ich kann euch sogar den Weg zeigen!«

»Wirklich? Als dich dieser glatzköpfige Förster gefunden hat, warst du völlig orientierungslos. Mit deiner wirren Beschreibung konnte niemand etwas anfangen.«

Robert schwieg und wickelte sich fester in seine Decke. Tatsächlich war er sich nicht mehr sicher, wo genau sich die Hütte befand, aber das wollte er in diesem Moment lieber nicht zugeben.

»Überhaupt«, fuhr Marie fort, »was würde die Ruine denn beweisen? Nichts. Wie kommst du darauf, dass deine Hexe ausgerechnet dort wohnt?«

»Sie ist nicht *meine* Hexe. Genauso wenig, wie Frau Schulte *meine* Karin ist.«

Marie lachte bitter.

»Und was ist mit dem kleinen Mädchen, das mich hingeführt hat? Denkst du, auch das war ein Zufall?«

Marie stöhnte auf.

»Aber es war genauso angezogen wie das kleine Mädchen an der Spree, das mich in den Fluss gelockt hat.«

»Die Kleine, die dich anschließend wieder trocken geföhnt und bis zur Schleuse getragen hat?«

»Du denkst also, dass ich mir das alles nur eingebildet habe?«

Maries Schweigen war Antwort genug.

Robert starrte wieder auf die verschneite Straße. Seit sie Lübbenau verlassen hatten, war ihnen nicht ein einziges Auto entgegengekommen. »Mit dir kann man darüber eben nicht reden«, brummte er.

»Und deshalb bist du zu deiner Kollegin gefahren? Um dich bei ihr auszuweinen?«

Es hatte keinen Sinn. Marie wollte einfach nicht verstehen. Und er hatte auch eine Ahnung, warum. Er und seine Polizeikolleginnen – das war schon immer ein wunder Punkt für Marie gewesen. Er hatte seine Frau nie betrogen, war aber damals, in seinem früheren Leben, keinem Flirt aus dem Weg gegangen. Eine jüngere und sehr attraktive Kollegin auf dem Neuköllner Präsidium hatte das vor ein paar Jahren falsch verstanden. Eines Abends hatte sie bei Marie vor der Tür gestanden und behauptet, Robert würde sie am liebsten sofort verlassen wollen, um mit ihr zusammenzuziehen. Es hatte Robert viele Abende, Blumensträuße und neue Schuhe gekostet, um Marie davon zu überzeugen, dass die Frau alles nur falsch verstanden hatte. Trotzdem konnte es Marie seitdem nicht mehr ertragen, wenn er ihr von dem besonders guten Verhältnis zu seinen Kolleginnen vorschwärmte.

Marie trat hart auf die Bremse. Ein dunkler Schatten lief von rechts durch die Schneeflocken über die Straße. Der Chrysler begann zu rutschen, Marie verlor die Kontrolle über den Wagen, und für einen Moment sah es so aus, als würden sie in einen Seitenarm der Spree abgleiten.

In allerletzter Sekunde fanden die Reifen wieder Halt. Marie quetschte den ersten Gang in die Kupplung, der Motor heulte auf, und es gelang ihr, den Wagen wieder auf die Straße zu manövrieren.

»Was war das?«, keuchte Robert erschrocken.

Marie stand der Schweiß auf der Stirn. »Ein Reh! Oder hast du gedacht, deine Hexe?« Sie warf ihm einen kurzen, spöttischen Blick zu.

Robert verkniff sich eine Antwort und schaute noch einmal zurück. Aber es war nichts mehr zu sehen. Wie ein weißer Vorhang hatte sich der fallende Schnee hinter ihrem Wagen geschlossen.

Nachdenklich runzelte er die Stirn.

Marie hatte recht. Eigentlich war er ziemlich sicher, dass er eben kein Tier gesehen hatte.

»Natürlich, es bleibt dabei, im Frühjahr ist die Renovierung abgeschlossen. Dann wird der Spreewaldhof neu eröffnet.«

Marie hatte sich den Telefonhörer zwischen Schulter und Ohr geklemmt, um nebenbei Emma zu füttern, die vor ihr auf dem Küchentisch saß. Hungrig schnappte das Baby nach jedem Löffel.

Neben Emma lag eine lange, handgeschriebene Liste mit allen Dingen, die Marie heute erledigen wollte.

»Das können Sie mir nicht antun, Herr Schwedler. Wir haben die Anzeige im Katalog fest gebucht. – Was? Sie haben die Hotelfotos noch nicht bekommen? – Natürlich haben wir die schon fertig, was denken Sie denn? Ich schicke sie Ihnen sofort.«

Hastig legte Marie den Löffel mit dem Brei weg und machte sich mit einem roten Kugelschreiber eine weitere Notiz: »Werbefotos machen, sofort!!!«

»Na gut, Herr Schwedler, dann sind wir ja so weit fertig. Ich wünsche Ihnen eine schöne Woche, bis dann.« Marie legte auf und strich die Anmerkung »Schwedler anrufen wegen Frühjahrskatalog« energisch durch. Für einen Moment blickte sie müde aus den Küchenfenstern in den Garten.

Es schneite noch immer. Seit drei Tagen schon. Zum Glück war das Dach des Schuppens rechtzeitig fertig geworden – im Gegensatz zur Grillstelle. Die Maurer hatten den Haufen mit den Natursteinen und die Säcke mit dem Zement nur notdürftig mit einer Plane abgedeckt, auf der jetzt eine dicke Schneeschicht lag.

Die strampelnde Emma holte sie zurück aus ihren düsteren Gedanken. »Hallo, mein Engel, denkst du etwa, ich hätte dich vergessen? Aber das würde ich doch nie tun. Niemals!« Lächelnd schob sie ihrer Tochter einen Löffel Karottenbrei in den Mund.

Theresa betrat mit einem Wäscheberg im Arm die Küche. »Soll ich Baby füttern, Frau Lindner?«

»Danke, ich mache das schon. Hängen Sie lieber die Gardinen auf. Und holen Sie Tom dazu, er soll die Leiter festhalten. Ich muss noch ein paar Anrufe machen, dann helfe ich euch.«

Theresa nickte und verschwand auf den Flur. Marie fütterte Emma weiter, blickte dabei aber nachdenklich auf ihre Liste. Es war noch einiges zu tun, aber es ging voran. Was das Hotel betraf, so war das Licht am Ende des Tunnels schon deutlich zu sehen.

Ein leises Klopfen an der offenen Tür zum Hausflur ließ sie aufschrecken. Marie drehte sich um. Im Türrahmen stand Karin Schulte und lächelte verlegen.

»Guten Tag, Frau Lindner.«

Marie nickte zur Begrüßung.

»Tut mir leid, dass ich so hereinplatze«, sagte Karin, während sie die verschneite Mütze ihrer Uniform abnahm, »aber Ihre Klingel ist kaputt.«

»Die sollte eigentlich gerade repariert worden sein.«

»Wirklich? Ich habe nur ein Schnarren gehört, als ich sie gedrückt habe.«

Marie schrieb eine weitere Notiz auf ihre Liste: »Hausklingel überprüfen!«

Dann blickte sie wieder zur Beamtin. Maries Meinung nach wirkten ja die meisten Frauen in Polizeiuniformen ziemlich bescheuert. Nicht so Karin, die in ihrer Uniform fast reizend aussah. Nur die Mütze ging gar nicht, aber die hatte sie abgenommen.

»Was kann ich für Sie tun?«

»Ich wollte mich nur erkundigen, ob bei Ihnen alles in Ordnung ist«, antwortete Karin und wärmte sich ihre kalten Hände an der Heizung.

Marie schob Emma einen weiteren Löffel Karottenbrei in den Mund. »Wenn Sie mit meinem Mann sprechen wollen, er hockt seit drei Tagen praktisch nur noch in seinem Zimmer.«

»Ist er immer noch krank?« Karin klang besorgt.

»Sie meinen sein Fieber, oder?«

Die Beamtin nickte.

»Das ist längst wieder abgeklungen.«

»Ein Glück.«

»Haben Sie die seltsame Hütte gefunden, von der Robert erzählt hat?«, erkundigte sie sich.

»Nein«, erwiderte Karin, »aber wir haben auch noch nicht richtig gesucht. Ich gebe zu, dass wir im Moment anderes zu tun haben. Der Wintereinbruch hat uns alle überrascht.«

»Möchten Sie einen Kaffee zum Aufwärmen?«

»Gern.«

»Macht es Ihnen etwas aus, sich selbst zu bedienen? Ich habe im Moment leider keine Hand frei.«

»Kein Problem.« Karin goss sich eine Tasse ein und setzte sich Marie gegenüber an den Tisch.

»Vielleicht sehen wir uns noch mal um, wenn sich die Lage auf den Straßen etwas beruhigt hat.«

»Soll das heißen, Sie glauben ihm den ganzen Quatsch mit

der Hexe und den kleinen Mädchen, die in Nachthemden durch eiskalte Wälder laufen?« Marie blickte Karin herausfordernd an.

»Natürlich hören sich seine Geschichten sehr unwahrscheinlich an«, erwiderte sie langsam.

»Aber?«

»Etwas scheint Ihrem Mann große Angst einzujagen, und ich würde gerne wissen, was.«

Marie lachte spöttisch. »Sie denken wirklich, Sie könnten ihm helfen? Glauben Sie nicht, dass er ein Fall für den Psychiater ist?«

Wieder wartete Karin lange mit der Antwort. »Ihr Mann hat eine schwere Zeit hinter sich.«

»Das müssen Sie mir nicht sagen.«

»Natürlich nicht, ich kann mir gut vorstellen, was Sie durchgemacht haben.«

Das glaube ich nicht, dachte Marie.

»Die Schießerei in Berlin«, fuhr Karin fort, »seine schwere Verletzung. Wenn so etwas einen Menschen nicht traumatisiert, dann weiß ich auch nicht.«

»Also denken Sie auch, dass er sich alles nur eingebildet hat?«

Karin zögerte und nippte an ihrem Kaffee. »Er war einen Moment lang tot, oder?«

»Er musste wiederbelebt werden, ja.«

»Ich habe vor einiger Zeit ein Buch über tibetanische Religion gelesen. Wissen Sie, was darin stand?«

Marie schwieg.

»Jemand, der die Schwelle des Schattenreichs schon einmal überschritten hat, der wird immer wieder in Kontakt mit Toten treten.«

Marie starrte Karin ungläubig an. Die Hauptkommissarin konzentrierte sich mit verlegenem Lächeln auf ihren Kaffee.

»Das meinen Sie jetzt nicht ernst, oder?«

»Ich habe nur gesagt, was in dem Buch stand.«

»Sie glauben also, Robert steht in Kontakt mit Toten?«

»Ich glaube gar nichts«, sagte Karin sehr bestimmt. »Ich sehe nur, wie Ihr Mann sich quält, und versuche zu verstehen, warum er so leidet.«

Marie nahm Emma auf ihren Schoß. Sie war mittlerweile satt, hatte die Augen schon halb geschlossen und sah aus, als würde sie gleich einnicken.

Marie goss sich Kaffee nach.

»Sind Sie verheiratet, Frau Schulte?«

»Geschieden.«

»Das tut mir leid. Woran hat es denn gelegen?«

Als Karin überrascht aufschaute, hob Marie die Hände. »Entschuldigung, das geht mich natürlich nichts an. Ich dachte nur, wenn wir gerade hier zusammensitzen und über unsere ...«

»Es war eine alte Geschichte aus der Zeit der DDR«, unterbrach Karin sie ernst.

Marie nickte und schwieg.

Karin nippte wieder an ihrem Kaffee. »Es ging um seine und meine Rolle im damaligen System. Um Vertrauen.« Sie seufzte. »Und darum, wie viele Lügen eine Ehe aushalten kann.«

»War er auch bei der Polizei?«

»Nein, bei der Stasi.«

Marie hob die Augenbrauen und räusperte sich. »Hören Sie, ich wollte nur wissen, ob ...« Sie auch in festen Händen sind, oder ob Sie etwas von meinem Mann wollen, beendete Marie den Satz in Gedanken.

Aber Karin hatte schon verstanden. »Frau Lindner, was Ihr Mann zu mir gesagt hat, das hatte nichts zu bedeuten.«

»Er hat Ihre Hand geküsst.«

Karin lächelte. »Er war überhaupt nicht bei Sinnen.

»Aber Sie bestreiten nicht, dass Sie sich besser kennen?«

»Was heißt schon kennen? Er war zweimal bei mir auf der Wache, mehr nicht.«

»Und da hat er Ihnen auch von«, Marie zögerte, »seinen Visionen erzählt?«

Karin nickte. »Und ich habe ihm gesagt, er solle sich nicht so viele Sorgen machen. Und dass es im Spreewald nichts Bedrohliches gibt.«

»Das sage ich ihm auch immer, aber mir hat er dafür noch nie die Hand geküsst.«

Karin senkte den Blick. Was für eine hübsche Frau, dachte Marie. Die Kollegen auf der Wache müssen verrückt nach ihr sein. Und nicht nur die.

»Wie schon gesagt, Frau Lindner, ich glaube wirklich nicht, dass das etwas zu bedeuten hat.«

Marie nickte. »Na dann. Wenn Sie noch einmal mit Robert sprechen wollen, er ist oben in seinem Zimmer. In der Wohnung im obersten Stock.«

Karin erhob sich. »Ich kenne den Weg.«

Marie sah sie überrascht an.

»Ich war früher schon einmal hier«, ergänzte Karin schnell. »Als Ihre Tante gestorben ist.«

»Verstehe.«

Karin nahm ihre Mütze. Der Schnee war mittlerweile geschmolzen. »Ich wünsche Ihnen noch einen schönen Tag.«

»Ich Ihnen auch«, sagte Marie und zwang sich zu einem Lächeln.

Karin schien noch etwas sagen zu wollen, nickte dann aber nur noch einmal freundlich und verließ die Küche.

Mit argwöhnischem Blick verfolgte Marie von der Tür aus, wie die Kommissarin langsam zur Treppe ging. Wie aufreizend eng die Hose ihrer Uniform saß!

Vor dem Treppenansatz blieb Karin stehen und sah sich nachdenklich um. Schnell lehnte sich Marie zurück, um von ihr nicht gesehen zu werden.

Kurz darauf hörte sie, wie die Haustür ging. Als Marie aus dem Fenster blickte, sah sie, wie die Kommissarin durch den Schnee zurück zu ihrem Wagen stapfte.

Robert hatte die elektronische Musik für sich entdeckt. Zum Beispiel *Klaus Schulze*. Nie hätte er sich selbst eine Platte von ihm gekauft. Trotzdem hatte er in der hintersten Ecke seines Regal eine stehen. »Moondawn«, ein Geschenk zu seinem achtzehnten Geburtstag von seinem Hippiefreund Helge aus Spandau. Zuerst hatte Robert gedacht, Helge wolle ihn verarschen. Hör dir das mal an, hatte Helge ihm damals zugeraunt, diese Musik wird deinen Geist auf eine andere Ebene heben. Nach zwei Minuten hatte Robert die Platte wieder vom Plattenteller genommen. So eine Scheiße! Irgendein Freak spielt auf seinem Commodore 64 herum und will sogar noch Geld dafür.

Jetzt hatte er die Scheibe wieder aus der Schattenwelt seiner fast fünfhundert Platten umfassenden Sammlung herausgekramt und fand sie gar nicht mal so schlecht.

Ganz gut gefiel ihm plötzlich auch »Tangerine Dream«, die er sich vor vielen Jahren sogar selbst gekauft hatte. Eigentlich war er auf der Suche nach »Sorcerer« gewesen, dem Soundtrack der Neuverfilmung von »Lohn der Angst«. Da es die aber nicht mehr gegeben hatte, hatte er sich spontan »Rubycon« gekauft. Nicht uninteressant, hatte er damals gedacht, nach zehn Minuten auf die düsteren Sphärenklänge aber keine Lust mehr gehabt. Doch an diesem kalten Morgen hatte er sich die Platte schon zweimal hintereinander angehört – von Anfang bis Ende.

Und dann war da noch »Art of Noise«. »Below the Waste«

hatte er gekauft, weil eine Freundin ihm davon vorgeschwärmt hatte. Als er sich die Platte zum ersten Mal angehört hatte, war er enttäuscht gewesen. Überhaupt keine richtigen Lieder, hatte er gedacht. Aber gestern Nachmittag, als sich dunkle Schneewolken vor die rote Wintersonne geschoben hatten, hatte er die Platte zum ersten Mal seit fünf Jahren wieder auf seinen treuen Grundig-Plattenspieler gelegt und sich mit einem wohligen Lächeln in die elektronischen Klänge gekuschelt.

Schließlich gab es noch Mike Oldfield. Marie hatte sich »Moonlight Shadow« gewünscht, aber da die LP ausverkauft gewesen war, hatte ihr Robert stattdessen »Tubular Bells« und »Ommadawn« geholt, die in seinem Schöneberger Plattenladen im Sonderangebot gewesen waren. Marie war enttäuscht gewesen, und auch er hatte damals mit dem elektronischen Gedudel und den überlangen Stücken nichts anfangen können.

Das hatte sich jetzt geändert. Vor allem »Ommadawn« traf ihn genau ins Herz. Gleich zwei Stücke daraus hatte er für sein aktuelles Mixtape ausgesucht. Seit den frühen Morgenstunden, als er von dunklen Träumen getrieben aufgewacht war und nicht mehr einschlafen konnte, hatte er an der ultimativen Zusammenstellung gearbeitet. Mit einem schwarzen Filzer hatte er »Witchkraft« auf die Kassettenhülle geschrieben.

Gerade als er sich als letztes Stück auf dem Tape für ein Harfenlied von Andreas Vollenweider entschieden hatte, wurde seine Zimmertür aufgerissen, und Lars stürzte mit roten Wangen und verschwitzten Haaren herein. Schnell verkroch er sich hinter Roberts Sofa.

»Verrat mich nicht, Papa, bitte«, flüsterte er ihm zu und blickte aufgeregt zur angelehnten Zimmertür.

Robert stöhnte leise auf. Schon seit einer Stunde spielten

Lars und Christian im Hotel Verstecken. Immer wieder hatte er gehört, wie sie kreischend vor Freude im langen Wohnungsflur herumgerannt waren und die Türen laut hinter sich zugeknallt hatten. Nun hatte sein Sohn also auch sein Zimmer als Versteck entdeckt.

Tatsächlich schaute kurz darauf auch Christian herein. »Ist Lars hier?«

Robert sagte nichts, aber sein Kopfschütteln wirkte wohl so unentschlossen, dass Christian trotzdem in sein Zimmer schlich und nach kurzem Suchen Lars entdeckte.

»Du hast mich verraten, Papa«, beklagte der sich.

»Nein, habe ich nicht.«

»Hast du doch.«

»Hör zu, ich habe dir doch gesagt, dass ihr überall spielen könnt, aber bitte nicht hier. Du siehst doch, dass ich zu tun habe.«

Lars nickte, obwohl sein Vater nur gemütlich zwischen Platten und CDs auf dem Fußboden vor seiner Stereoanlage hockte. Vor allem Christians ungläubige Miene verriet, dass er sich fragte, was genau Lars' Vater hier eigentlich machte.

Aber Robert hatte keine Lust auf eine Erklärung. »Also, raus hier, spielt woanders, und lasst mich in Ruhe.«

Die Jungs liefen aus dem Zimmer. Lars zog leise die Tür hinter sich zu.

Robert widmete sich wieder seinem Mixtape. Das Band würde nicht für das vier Minuten dauernde Harfenstück von Andreas Vollenweider reichen. Robert entschied sich, die Harfenmusik langsam auszublenden. Er hatte gerade den Fade-Schalter nach links geschoben, als ein leises Klicken das Bandende verkündete. Perfekt.

Er lächelte. Im Zusammenstellen von Mixtapes war er ein Meister. Zufrieden nahm er die Kassette aus dem Rekorder und betrachtete stolz sein Werk, bevor er das Tape wieder einlegte. Jetzt kam der schönste Moment: Er würde seine Auswahl das erste Mal ohne Unterbrechung anhören.

Die Kassette begann mit »Ommadawn«. Während die Mischung von keltischen und afrikanischen Trommeln langsam Fahrt aufnahm, lehnte sich Robert in seinem Lieblingssessel zurück und starrte gedankenverloren in den kalten Spreewälder Tag. Am Fensterrand blühten Eisblumen. Die Scheibe sah aus wie ein kunstvolles Gemälde.

Er dachte an seine Wanderung durch den verregneten Spreewald, an seinen Sturz in das Erdloch. An das geheimnisvolle Mädchen, das wie ein Geist durch das Gestrüpp geschwebt und ihn schließlich zu der Ruine der Hütte geführt hatte. Die Ruine an der Spree.

Wieso hatten Karin und ihre Leute sie noch nicht gefunden? Er wusste, dass sie da draußen irgendwo war. Er konnte sich sogar noch an die verbogenen Bettfedern erinnern, an das schwarze Loch in der Wand, das einmal ein Fenster gewesen war. An das seltsam vertraute Zeichen in der Eichenrinde. An das Gefühl, beobachtet zu werden. Allein der Gedanke daran ließ ihn erschauern.

Er schloss die Augen, und für einen Moment hörte er wieder das unheimliche Geräusch in seinem Rücken. Ganz langsam hatte er sich umgedreht.

Was danach passiert war, daran konnte er sich nur noch bruchstückhaft erinnern. Gesehen hatte er nichts, da war er sich sicher. Oder?

Er wusste nur, dass er losgelaufen war. So schnell er konnte, war er durch die Felder und Wälder gerannt, immer weiter, ohne sich auch nur einmal umzudrehen.

Nur einzelne Erinnerungen tauchten jetzt als verzerrte Bilder aus dem Dunkel auf. Wie er durch schlammige Felder gestolpert war. Wie er sich den Kopf an einem Ast gestoßen hatte. Ihm war schlecht geworden, er hatte sich in einen Graben übergeben müssen. Dann hatte plötzlich dieser glatzköpfige Förster über ihm gestanden und auf ihn eingeredet. Dann der Krankenwagen, dann Karin …

Er stöhnte leise. Sein Rücken machte sich bemerkbar. Trotz der Pillen, die er heute Morgen nach dem Aufstehen geschluckt hatte. Ächzend änderte er seine Sitzposition und griff sich ein zusätzliches Kissen.

Dann zog er sich die Decke bis ans Kinn und versuchte sich mit geschlossenen Augen noch mal an das Zeichen an der Eiche zu erinnern. Er hatte es mit dem Mal an seinem Bein verglichen, dann verschwammen seine Erinnerungen. Warum?

Wie so oft in den letzten Tagen versuchte er sich angestrengt an Details zu erinnern. Tatsächlich glaubte er, wieder den leicht brackigen Geruch des Flusses zu riechen, zu spüren, wie der Wind den Schweiß auf seinem Gesicht kühlte.

Der erste Titel seiner Mixkassette war verklungen, nun hüllte ihn der Synthesizer von »Tangerine Dream« ein wie ein dunkles Tuch. Schon nach wenigen Takten war Robert eingeschlafen.

31

Es musste sein«, sagte Er zu ihr. »Du hast das Richtige getan.«

Sie nickte und säuberte ihren Hof mit einem Besen von den Eicheln, die überall herumlagen. Das Fegen ihres kleinen Anwesens war zu ihrer Hauptbeschäftigung geworden. Die gleichmäßige Bewegung gab ihr das Gefühl, etwas Sinnvolles zu tun. Neben dem täglichen Ordnen ihrer wenigen Habseligkeiten und der Arbeit in ihrem Beet. Stundenlang kehrte sie an manchen Tagen ihren Hof, egal, ob er dreckig war oder nicht.

Aber das würde jetzt aufhören, da war sie ganz sicher. Sie verzog ihren schmalen, ausgetrockneten Mund zu einem Lächeln. Ihre Augen hatten schon lange jeden Glanz verloren. Früher, ganz früher, als sie noch in Polen bei ihrer Familie gelebt hatte, da war sie für ihre wunderschönen leuchtenden Augen bewundert worden. Jetzt waren sie nur noch dunkel und stumpf, lagen in grauen Höhlen.

Sie hielt in ihrer Arbeit inne und schaute in den bedeckten Himmel. Die Sonne war hinter den träge dahintreibenden Wolken nur zu erahnen.

Schneewolken.

In den letzten Tagen war es zunehmend kälter geworden. Es war nur noch eine Frage von Stunden, bis es zum ersten Mal in diesem Winter schneien würde. Früher hatte sie sich vor dieser Jahreszeit gefürchtet, hatte schon im Sommer damit begonnen, Pullover zu stricken oder wärmende Decken zu nähen.

Seit dem Tod ihres Babys war es ihr egal, ob sie fror oder schwitzte. Die heiße Hitze des Sommers, der eisige Frost des Winters – beides konnte sie nicht mehr berühren, nicht mehr erreichen in ihrer kleinen Kristallkugel, zu der ihr Leben geworden war. Ihr alter Schal und die abgenutzten Fingerlinge, mehr hatte sie nicht und mehr brauchte sie auch nicht, um die immer niedrigeren Temperaturen zu ertragen.

Ein Eichhörnchen schnappte sich eine der letzten Eicheln und flitzte damit eine kahle Birke empor. Für einen kurzen Augenblick blickte es zu ihr hinunter, dann sprang es über einen langen Ast zu der Eiche und verschwand in seinem Kobel, den es sich in der Baumkrone gebaut hatte.

Früher hatte sie für das Eichhörnchen Nüsse und Körner auf ihren Hof gestreut und glücklich in die Hände geklatscht, wenn es von seinem Baum heruntergekommen war und sich bedient hatte.

Jetzt sah sie das Eichhörnchen und verzog keine Miene.

Was war nur aus ihr geworden? Wo war das freundliche, hübsche Mädchen geblieben, das den Jungen aus ihrem Heimatdorf den Kopf verdreht hatte? Wie hatte es nur so weit kommen können?

Sie schüttelte den Kopf, wollte nicht darüber nachdenken. Es tat zu weh.

Warum hatte sie überhaupt so lange hier ausgeharrt, obwohl sie doch schon früh sicher gewesen war, dass es keinen Sinn mehr machte, länger zu warten? Warum war sie nicht in ihr Dorf zurückgegangen? In ihr Land? Wieso hatte sie diesen unfreundlichen Ort nicht verlassen? Sie hätte auch nach Berlin gehen können oder ins ferne Ruhrgebiet. Eine gute Freundin von ihr war mit ihrem Mann dorthin gezogen.

Warum also war sie hiergeblieben? Jetzt war es jedenfalls zu spät. Jetzt konnte sie nicht mehr gehen. Sie konnte, sie durfte ihren Sohn nicht allein lassen. Alles andere spielte keine Rolle mehr.

Nun hatte sie eine Entscheidung gefällt, etwas getan, das ihrem Leben eine neue Richtung geben würde. Zum letzten Mal.

»Du hast das Richtige getan«, wiederholte Er.

Sie nickte, lächelte. Die Genugtuung über das, was sie getan hatte, wärmte ihren Leib wie Feuer.

Fühlte sie sich schuldig? Nein! Sie war mit offenen Armen auf die Menschen in dieser einsamen, wunderschönen Landschaft zugegangen. Sie hatte die große Liebe und neue Freunde gesucht, aber ihr waren nur Argwohn, Missgunst und schließlich sogar Hass entgegengeschlagen. Warum? Was hatte sie diesen Leuten getan? Wenn es jetzt so weit gekommen war, dann waren dafür nur die anderen verantwortlich. Sie waren schuld. Sie hatten sie in diese nicht enden wollende Dunkelheit gestoßen, die jetzt ihr Leben war, und in der es nur Einsamkeit, Leid und Schmerzen gab.

Sie hatte getan, was sie tun musste.

Überhaupt war sie nur das Werkzeug gewesen, Sein Werkzeug. Er hatte diese Menschen bestrafen wollen, und sie hatte Ihm dabei geholfen, hatte das getan, was Er von ihr verlangte.

Warum? Weil sie wusste, dass es richtig war.

Sie nickte, zufrieden mit dieser Erkenntnis.

Eine kalte, eisige Brise strich ihr über das Gesicht. Lächelnd schloss sie die Augen, als ob ihr ein heimlicher Liebhaber über die Wange streichelte.

Was würde die Zukunft bringen? Sie wusste es nicht, vertraute aber darauf, dass Er ihr den richtigen Weg zeigen, sich weiterhin um sie sorgen würde. Er würde sie nicht im Stich lassen.

Mit ihrem Besen ging sie zum Fluss, blickte zum Horizont.

Hinter den kahlen Feldern und Bäumen lag das Dorf, das ihr nur mit Ablehnung begegnet war.

Sie verfolgte den Flug einer Krähe, die sich vom Fluss her näherte und sich dann an ihr vorbei auf einem Ast der Eiche niederließ. Mit schwarzen Augen blickte der Vogel auf sie hinab. Sie betrachtete ihn genauer. Als auch er seinen Kopf schief legte und sie zu mustern schien, musste sie lächeln.

Wieder ein Zeichen. Ein Zeichen von Ihm. Der Beweis, dass sie alles richtig gemacht hatte, dass Er zufrieden mit ihr war.

Der Wind frischte auf und riss ein Blatt von der fast kahlen Eiche. Langsam schwebte es gen Boden und landete schließlich in der am Rand schon vereisten Spree, auf der es wie ein kleines Boot davonsegelte.

Als das Blatt an ihr vorbeitrieb, blieb es an einem aus dem Wasser herausragenden Stück Holz hängen. Es gehörte zu einem kleinen Holzboot, das im klaren Fluss auf dem dunklen Grund lag.

Daneben trieben vier Kinder, zwei Jungen und zwei Mädchen. Ein mit Steinen beschwertes Netz hielt ihre toten Körper unter Wasser. Vier Augenpaare blickten aus dem kalten Fluss zu ihr hinauf.

Sie betrachtete sie mit starrer Miene.

So lang hatten sie sie gequält, doch nun hatten sie für ihre Bosheit bezahlt. Sie hatte sich auf ihren Besuch vorbereitet, ein Netz mit Steinen unter einer Trauerweide befestigt. Jedes Boot, das sich ihrer Hütte näherte, musste unter der Weide hindurchfahren, und in letzter Zeit waren die kleinen Teufel immer mit einem Kahn gekommen.

Er hatte ihr genau erklärt, was zu tun war. Es war überraschend einfach gewesen. Sie hatte nur am Seil ziehen müssen, und schon waren ihr die Kinder wie ein Schwarm Fische ins Netz gegangen. Als sie den zappelnden Haufen mit einem langen, massiven Holzstab vom schwankenden Boot gestoßen hatte, waren sie von den Gewichten sofort auf den Grund gezogen worden. Die Spree war hier zwei Meter tief, das reichte, wenn man kaum einen Meter fünfzig groß war.

Sie hatten versucht sich zu befreien, o ja, das hatten sie, aber ein paar kurze Hiebe mit dem Stab hatten gereicht, um auch den letzten Widerstand zu brechen.

Noch ein paar Luftblasen, dann hatte sich unter Wasser nichts mehr gerührt. Die anschließende Stille war überwältigend gewesen.

»Du hast es geschafft«, hatte Er ihr zugeraunt, und sie hatte geweint. Vor Erleichterung. Vor Genugtuung. Und aus Verzweiflung.

Sie blickte noch immer in den Fluss. Einer der beiden Jungen war der pausbäckige Bursche, der ihr als Erster Eicheln an den Kopf geworfen hatte. Nun schien es, als würde er seine Arme durch die Maschen des Netzes nach ihr ausstrecken. In der sanften Strömung der Spree wogten sie hin und her, als würde er ihr winken.

In diesem Moment fielen erste Schneeflocken auf das Wasser. Sie schaute nach oben. Ein Meer aus Flocken stürzte aus dem Himmel herab.

Sie seufzte.

Der Winter war da.

32

Robert wachte unter lautem Stöhnen auf. Er brauchte einen Moment, um sich zu orientieren. Während aus der Stereoanlage Mike Oldfields »Tubular Bells« erklang, schaute er sich mit gehetzter Miene um, blickte verständnislos auf seine ausgebreiteten Platten- und CD-Hüllen und sah aus dem vereisten Fenster hinaus in den Winter.

Lars! Emma! Wo waren seine Kinder?

Verwirrt versuchte er sich an seinen Traum zu erinnern. Aber er sah nur einzelne Bilder von der Ruine, vom Spreewald. Lübbenau. Das Hotel. Seine Familie. Sinnlos und ohne logische Reihenfolge. Verschwommen und unklar.

Einzig die leuchtenden roten Augen sah er ganz deutlich. Und zwar nicht nur im Traum, sondern auch jetzt, hier, in seinem Zimmer. Sie beobachteten ihn, fordernd, wütend. Robert wusste, was das zu bedeuten hatte.

Sie war in seiner Nähe, aber sie war nicht wegen ihm gekommen.

Wie eine leuchtende Fackel brannte sich die Erkenntnis in sein Bewusstsein: Seine Kinder waren in Gefahr. Er warf seine Wolldecke zur Seite, sprang auf und rannte auf den Flur.

»Lars!«

Von seinem Sohn war nichts zu sehen oder zu hören. Zitternd schaute Robert in das Kinderzimmer, in die Küche, in das Schlafzimmer, lief ins Wohnzimmer, aber nirgends fand er eine Spur von seinem Sohn. Oder von irgendeinem Menschen.

Theresa hatte am Morgen gesaugt und Staub gewischt.

Alles war sauber und stand ordentlich an seinem Platz, das Licht des frühen Nachmittags fiel durch die verschneiten und vereisten Fenster.

Robert starrte auf die liebevoll drapierten Blumen in einer Kristallvase auf dem Wohnzimmertisch, auf die sorgfältig arrangierten Sofakissen, auf die Babyfotos der Kinder, die Marie neben das Bild ihrer Hochzeit auf die Anrichte gestellt hatte.

Alles war so perfekt und friedlich, Robert hatte das Gefühl, sich in einem Museum zu befinden. In *seinem* Museum, dem Museum seines Lebens.

Aber was er sah, war nur schöner Schein. Hinter der Idylle lauerten die roten Augen, lauerte die Gefahr für seine Kinder wie ein großer, dunkler Schatten.

Er lief einige Stufen hinab in den Flur der obersten Hoteletage, von dem rechts und links die noch leeren Zimmer abgingen.

»Lars! Schluss mit dem Versteckspiel! Wo steckst du, verdammt noch mal?«

Stille. Nur der lange Gang, der wie ein Laufsteg vor ihm lag. An seinem Ende konnte er durch die vereiste Scheibe eines kleinen Fensters in den grauen Himmel blicken.

Robert riss die Türen der Gästezimmer auf, eine nach der anderen. Immer wieder der kurze Blick hinein, immer wieder die sich ähnelnde Einrichtung, die gleichen Tische, alles schon vorbereitet für die ersten Gäste, auch wenn die Eröffnung erst in zwei Monaten sein sollte.

Aber Lars und sein Freund Christian blieben wie vom Erdboden verschluckt. Genauso wie Marie und Emma. Und Tom und Theresa.

Wahnsinnig vor Angst hastete Robert von Zimmer zu Zimmer. Das bedrückende Gefühl auf seiner Brust, im nächsten Augenblick dem unbekannten Grauen ins grinsende Gesicht sehen zu müssen. Dem Grauen, das seine Kinder bedrohte, das nur darauf wartete, dass er ihm endlich gegenübertrat. *Ihr* gegenübertrat.

Wieder riss er die Tür eines Gästezimmers auf, die letzte auf dem Flur. Robert schaute hinein – und schrie leise auf.

Im Halbdunkel des kleinen Raumes stand jemand vor ihm. Das Etwas war groß, größer als er selbst. In schier grenzenloser Panik wich Robert zurück, dann bemerkte er, dass es sich nur um ein Laken handelte, das Maler über eine Leiter gelegt hatten und das sich im Windzug der jetzt offenen Tür leicht bewegte.

Erleichtert atmete Robert auf. Seine aufgewühlte Fantasie hatte ihm nur einen Streich gespielt.

Aber das änderte nichts an der Gefahr für seine Kinder, an der Gewissheit der unmittelbaren Bedrohung, am sicheren Gefühl, dass schon im nächsten Moment irgendjemand, irgend*etwas* seine dunkle Hand nach Lars und Emma ausstrecken könnte.

Robert entschied sich, die nächste Etage abzusuchen. Er musste systematisch vorgehen, von oben nach unten.

Schnell rannte er zum Treppenhaus, dann die knirschenden Stufen hinunter ins nächste Stockwerk. Auch dort schaute er in jedes Zimmer.

»Lars! Marie! Wo steckt ihr?«, rief er mit immer schrillerer Stimme.

Aber nichts. Nirgendwo eine Spur von Leben. War er vielleicht der einzige noch verbliebene Mensch auf dieser Erde? Wo waren die anderen?!

Dann hörte er Schritte. Jemand kam relativ schnell die knarrenden Stufen im Treppenhaus heraufgelaufen.

»Hallo?«, rief Robert mit heiserer Stimme, dann griff er nach einer Vase, die in der Nähe des Treppenaufgangs auf einem Tischchen stand und hob sie hoch, bereit zum Angriff.

»Was tust du hier, um Gottes willen?« Marie bog mit überraschtem Blick auf den Flur. Im Arm hielt sie Emma, die ihn nicht minder verwirrt anschaute.

Außer Atem stellte er die Vase wieder auf den Tisch. »Wo ist Lars?«

»Keine Ahnung. Ich glaube, er spielt unten mit Christian.«

»Unten? Wo unten?«

»Eben waren sie noch in der Küche. Theresa hat ihnen Limonade zu trinken gegeben. Sie waren total verschwitzt.«

Er nickte, starrte an Marie vorbei ins Leere. Er wollte nicht, dass seine Frau sich wieder Sorgen machte. Es reichte, dass er wusste, in was für einer Gefahr seine Kinder schwebten. Und der wichtigste Grund für sein Schweigen: Marie würde ihm sowieso nicht glauben.

»Und jetzt sind sie allein?«, fragte er. Trotz seiner Bemühung, ruhig zu bleiben, klang er panisch.

Marie starrte ihn an. »Nein, sie sind nicht allein. Theresa ist bei ihnen. Und Christians Mutter, Paula. Wir haben gerade gemütlich Kaffee getrunken, als wir dein Geschrei gehört haben …«

Er unterbrach sie, indem er sie zurück zur Treppe schob. »Wie schön«, sagte er mit schiefem Lächeln, »dann lass uns doch schnell wieder runtergehen.«

Marie musterte ihn ängstlich. »Mein Gott, Robert, was hast du denn schon wieder? Du bist ja völlig verschwitzt!«

»Quatsch, alles in Ordnung. Mir geht's super.« Er legte seinen Arm um ihre Schulter. Warum konnten sie nicht schneller gehen, verdammt noch mal?

In der großen Küche roch es nach selbstgebackenem Kuchen und frischem Kaffee. Frau Krämer und Theresa saßen am gedeckten Tisch und schauten unsicher hoch, als Robert mit Marie und Emma hereinkam.

Paula Krämer erhob sich und gab ihm die Hand. »Guten Tag, Herr Lindner, schön, Sie wiederzusehen.«

Robert reichte ihr steif die Hand, während er sich im Raum nach seinem Sohn umschaute.

»Wo ist Lars?«

Verärgert über seine Taktlosigkeit schüttelte Marie den Kopf. »Er ist zusammen mit Christian im Restaurant.«

»Im Restaurant? Aber warum?«

Dieses Mal antwortete Paula. »Christian hat seinen Tuschkasten mitgebracht. Sie wollten ein bisschen malen.«

»Malen?«, wiederholte Robert verwirrt, dann herrschte Stille in der Küche. Alle drei Frauen starrten ihn an, Marie verärgert, Paula peinlich berührt, und in Theresas Blick meinte er deutlich Angst zu erkennen. Angst vor ihm.

»Kannst du mir mal verraten, warum du schreiend durch das Haus rennst?« Marie machte sich nicht die Mühe, ihre Wut vor ihrem Gast zu verbergen.

»Ich wollte doch nur wissen, wo mein Sohn steckt.«

»Wie du siehst, musst du dir keine Sorge um ihn machen.«

Roberts Blick fiel auf Emma, die die Spannung im Raum zu spüren schien und ihn ebenfalls mit großen Augen anstarrte. Er lächelte müde. Um sein Baby schien er sich tatsächlich keine Gedanken machen zu müssen, aber der unangenehme Druck in seinem Bauch, in seinem gesamten Körper, hatte nicht nachgelassen.

»Gibt es hier vielleicht eine Flasche Wasser für mich?«

»Willst du dich nicht zu uns setzen und einen Kaffee mit uns trinken?« Marie klang schon weniger ärgerlich.

»Ich habe Pflaumenkuchen gebacken«, ergänzte Theresa.

»Ich ... nein, danke«, stotterte er. »Wasser reicht völlig. Ich wollte mich noch ein bisschen hinlegen.«

Schweigend öffnete Marie den Kühlschrank und reichte ihm eine Flasche Mineralwasser.

»Danke.« Bemüht entspannt schaute er in die Frauenrunde, die ihn schweigend betrachtete.

»Na, dann will ich mal nicht länger stören. Viel Spaß noch.« Keine Antwort, nur verständnislose Blicke. Robert verließ die Küche und ging in den Flur. Erschöpft lehnte er sich an die Wand und schloss die Augen.

Das Gefühl der Bedrohung war noch immer da, sogar noch intensiver als oben in der Wohnung.

Aus der Küche hörte er leises Gemurmel. Wahrscheinlich redeten sie über ihn. Natürlich hatte er gerade nicht den souveränsten Eindruck abgegeben, aber das war ihm jetzt egal. Sollten die Weiber doch denken, was sie wollten, er würde sich jetzt um seinen Sohn kümmern.

Leise schlich er sich durch den Flur in die Spreewaldstube. Durch die großen, komplett erneuerten Panoramafenster schien die Winterlandschaft zum Greifen nah. Noch hatte Tom keinen Schnee geschippt, das Weiß erstreckte sich in sanften, unberührten Wellen bis zum Fluss.

Das Restaurant war verwaist. Auf allen Tischen lagen große weiße Decken, nur bei einem Tisch hatte jemand die Tischdecke heruntergezogen und zusammengefaltet auf einen Stuhl gelegt. Auf der Tischplatte aus massiver Eiche entdeckte er einen Tuschkasten, Wasser, Pinsel und zwei halb fertige Bilder.

Von den Jungs keine Spur.

Nervös schaute Robert sich um. Die Stille war absolut. Die Dreifachverglasung der neuen Fenster ließ nicht das kleinste Geräusch herein, nur seine eigenen Schritte auf den Bodendielen quietschten leise.

Lars, wo bist du?

Plötzlich glaubte er genau zu wissen, wo sein Sohn steckte. Fast schien es, als würde er seinen Vater rufen. Oder war es eine andere Stimme, die ihn aufforderte, zu ihr zu kommen?

Robert ging zurück in den Flur, wendete sich nach links und bog um die Ecke. Es war so, wie er vermutet hatte: Die Kellertür stand offen, von unten schien Licht zu ihm herauf.

Er schaute sich um, suchte nach einem Stock oder einer Stange, konnte aber auf die Schnelle nichts finden. Kurzentschlossen hob er die Wasserflasche hoch und ging langsam die schmale Treppe hinunter.

Marie hatte die Elektrik mittlerweile auswechseln und neue Neonröhren einbauen lassen. Dazu hatte ein Maler die Wände gestrichen.

Doch es war immer noch ein Keller.

Als er das Ende der Treppe erreicht hatte, fiel ihm sofort wieder der Geruch nach abgestandenem Wasser auf, als wären Teile des Kellers noch immer geflutet. Aber das war schon lange nicht mehr der Fall, der Keller war trocken. Als er mit Tom vor ein paar Tagen Getränkekisten heruntergetragen hatte, hatte es nur nach frischer Farbe gerochen.

Er schluckte, räusperte sich, wollte nach Lars rufen. Aber während er im Hoteltrakt noch herumgeschrien hatte, bekam er hier unten nur ein leises Krächzen heraus. Seine Zunge schien am trockenen Gaumen zu kleben. Vielleicht sollte er tatsächlich einen Schluck Wasser trinken?

Ein Geräusch von der linken, unbeleuchteten Seite des Kellerganges ließ ihn herumfahren. Er hob die Flasche, bereit, sofort zuzuschlagen.

»Ist da jemand?« Ein tonnenschweres Gewicht lag auf seiner Brust.

Für einen kurzen Moment war alles wieder still. Zitternd machte Robert einen Schritt nach vorn, als sich ein kleiner Schatten aus der Dunkelheit löste und auf ihn zukam.

»Herr Lindner?« Eine nervöse, kleine Stimme.

Robert atmete tief durch. »Christian? Was machst du denn hier unten?«

»Wir spielen Verstecken.« Der Junge schaute ängstlich auf die volle Wasserflasche, die Robert noch immer hoch erhoben in der Hand hielt.

Er senkte den Arm. »Deine Mutter hat mir gesagt, ihr würdet im Restaurant malen.«

»Haben wir auch getan. Aber das war so langweilig. Wir wollten lieber wieder spielen.«

»Aber doch nicht hier unten. Im Keller habt ihr nichts verloren.«

Christian schaute auf den Boden.

»Wo ist Lars?«

»Keine Ahnung. Ich war gerade dran mit Suchen.«

»Na schön, du gehst jetzt nach oben und wartest auf mich, okay?«

»Und was ist mit Lars?«

»Den übernehme ich.« Robert versuchte zu lächeln. Christian nickte und flitzte die Treppe zum Hotel hinauf.

Robert war wieder allein. Nicht ganz allein. Irgendwo in diesem großen Keller versteckte sich sein Sohn. Und noch jemand oder etwas, dessen drohende Gegenwart er so deutlich spürte, als stünde er, es oder sie genau neben ihm.

Er hob wieder die Wasserflasche und ging vorsichtig in den Keller hinein.

»Lars, bitte, komm raus, das Spiel ist zu Ende!«, wollte er rufen, aber wieder kam nur ein leises, heiseres Krächzen über seine Lippen.

Die Vorratskammer war abgeschlossen, genauso wie der Raum mit den Getränkekisten und die mit einem schweren Riegel versehene, neu eingebaute Kühlkammer. An der Tür des Raums, in dem noch immer Tante Hedwigs alte Möbel lagerten, hing ein Vorhängeschloss. Man konnte die Tür zwar etwas aufziehen, aber so klein war Lars nicht mehr, als dass er sich da hätte hindurchzwängen können.

Blieb nur noch die Waschküche.

Robert tastete sich weiter durch den Gang. Ausgerechnet vor der Waschküche war die neue Neonröhre nicht installiert worden, sondern lehnte noch verpackt an der Wand.

»Lars, mein Junge, komm zu mir.«

Robert zuckte zusammen. Was war das für eine Stimme? Wer hatte da mit seinem Sohn gesprochen?

»Hab keine Angst, Lars«, drängte die tiefe weibliche Stimme. Die Worte klangen wie ein Lied.

In der Waschküche, sie waren in der Waschküche! Robert gab sich einen Ruck, wollte die letzten Schritte bis zur offenen Tür gehen. Aber sosehr er sich auch bemühte, er konnte sich nicht von der Stelle rühren. Als würde er sich gegen eine weiche, aber unüberwindliche Mauer stemmen.

Nein!, schrie er in Gedanken. Sein Sohn war in tödlicher Gefahr, er musste ihm helfen, sofort, musste irgendwie in diesen verdammten Raum! Er konzentrierte sich, nahm all seine Kraft zusammen und kämpfte sich Zentimeter für Zentimeter vorwärts.

Tränen stiegen ihm in die Augen, sein Hemd war durchgeschwitzt. Plötzlich spürte er einen Ruck. Er stürzte in die Waschküche und fiel mit den Händen voran auf den staubigen Boden.

Benommen, als würde er durch eine dicke Nebelbank wanken, schaute er sich um, suchte Bekanntes, an dem sich sein verwirrter Verstand klammern konnte. Die großen Waschmaschinen, der leere Wäschekorb, die Schränke, in denen später die sauberen Laken gestapelt werden sollten.

Lars stand im Halbdunkel vor einem Berg aus Bauschutt und Zementsäcken, einsam, erschrocken, entsetzt, gelähmt wie ein Kaninchen vor einer Schlange.

Eine Frau stand direkt vor ihm, eine Frau mit wirren schwarzen Haaren und leuchtenden flussblauen Augen.

»Nein«, stammelte Robert. Dann lauter: »Nein!«

Die Frau drehte sich langsam zu ihm und starrte ihn an. Für einen kurzen Moment schien es, als würde sie ihn traurig anlächeln.

Aus ihrem Blick sprach ein unendlicher Schmerz, eine grenzenlose Einsamkeit. Robert überkam das irreale Bedürfnis, die unbekannte Frau zu trösten, sie an die Hand und in seine Arme zu nehmen. Verwirrt schüttelte er den Kopf und schloss für einen Augenblick die Augen.

Als er sie wieder öffnete, musterte ihn die Frau noch immer, verzog aber ihr eigentlich hübsches Gesicht zu einer abschätzigen, bösen Fratze. Robert schreckte zurück. Ihre Augen waren jetzt nicht mehr blau, sondern leuchteten feuerrot!

Vielleicht hatte er in den letzten Wochen manchmal an seinem Verstand gezweifelt und geglaubt, er würde fantasieren. Doch in diesem Moment wusste er, dass er immer recht gehabt hatte: Es gab die Hexe wirklich, und sie bedrohte ihn und seine Familie.

Die Erkenntnis gab ihm neue Kraft. Er war nicht verrückt oder krank, war es nie gewesen. Bis auf seinen elenden Rücken war er vollkommen gesund, und er würde es bestimmt nicht zulassen, dass diese Bestie seinem Jungen etwas antat.

Die Frau konzentrierte sich wieder auf Lars und streichelte ihm mit ihrer verschmutzten Hand über sein in Panik und Angst erstarrtes Gesicht.

»Komm, mein Junge. Komm mit mir.«

»Nein!«, brüllte Robert, rappelte sich auf, stürmte wie ein wütender Stier auf die beiden zu und stieß Lars zu Seite. Die Wucht des Aufpralls war so groß, dass er gemeinsam mit ihm scheppernd in einen Haufen alter Rohre und Bauschutt stürzte.

Ein greller Blitz traf ihn mitten ins Gesicht. Robert schrie auf und beugte sich schützend über seinen Sohn.

»Robert, was ist hier los?«, fragte eine vertraute Stimme.

Marie, Paula und Theresa standen in der Waschküche. Marie hatte eine Taschenlampe in der Hand und richtete den Lichtstrahl auf sein Gesicht.

Er blinzelte, konnte nur die Silhouetten der Frauen erkennen. Dann erblickte er Christian, der den drei Frauen in den Keller gefolgt war. Genau wie die anderen schaute er zu Tode erschrocken an Robert vorbei auf den Boden.

Robert drehte sich um. Die Hexe war verschwunden, in dem hellen Lichtkegel sah er nur noch seinen Sohn. Mit verrenkten Beinen und Armen und blutiger Stirn lag Lars zwischen den rostigen Rohren und rührte sich nicht.

33

In dem Zimmer herrschte bis auf das leise Tropfen der Infusion absolute Stille. Vor dem beschlagenen Fenster bewegte sich ein einzelner beschneiter Ast lautlos im Wind.

Robert konnte einen leichten kühlen Luftzug spüren. Die alten Fenster waren undicht. Eine der vergilbten Gardinen bauschte sich kaum merklich.

An der gelben Wand hingen mehrere Aquarelle mit Spreewaldmotiven. Billige Drucke, die die Trostlosigkeit des halbdunklen Raumes noch verstärkten. Die Neonröhre an der Decke war ausgeschaltet. Eine kleine Lampe über dem Bett spendete das einzige Licht.

Lars stöhnte leise und warf im Schlaf den Kopf auf die andere Seite.

»Schhh.« Marie wischte ihm mit einem Taschentuch vorsichtig den Schweiß von der Stirn. Robert konnte sich nicht erinnern, dass sie ihn seit dem Ereignis im Keller auch nur einmal angeschaut hatte. Während der Fahrt im Krankenwagen von Glubitz ins Krankenhaus nach Cottbus hatte sie geschwiegen. Robert hatte mit ihr reden wollen, aber Marie hatte jeden Versuch abgeblockt. Immer wieder war sie Robert unwirsch über den Mund gefahren und hatte nicht ein einziges Mal den besorgten Blick von ihrem Sohn genommen.

Wie zerbrechlich und klein er jetzt in dem großen Krankenbett wirkte. Wie jeder Vater war auch Robert oft überrascht, ja entsetzt darüber, wie schnell die Jahre vergingen und die Kinder größer wurden. Auch bei Lars hatte er oft das Gefühl gehabt, dass er schon ein kleiner Mann geworden war. Doch in diesem Moment, in diesem muffigen Krankenzimmer, war Lars noch sein kleiner Junge, sein Baby. Zärtlich griff er nach der zarten Hand seines Sohnes. Wie leblos und kalt sie sich anfühlte.

Die Zimmertür öffnete sich ruckartig. Robert und Marie fuhren erschrocken herum, als ein Arzt mit offenem weißem Kittel hereinrauschte.

»Na, wie geht es unserem kleinen Patienten?«, erkundigte er sich jovial bei Marie.

»Er schläft die ganze Zeit und hat noch nicht ein Mal die Augen aufgemacht«, antwortete sie hilflos.

Der Arzt betrachtete Lars und nickte.

Robert deutete auf die Röntgenaufnahmen, die der Arzt in der Hand hielt. »Was haben Sie herausgefunden, Herr Doktor?«

Der Arzt klemmte die Fotos vor einen Lichtkasten und schaltete ihn an. »Die gute Nachricht: Ihr Sohn hat sich nichts gebrochen, Arme und Beine sind in Ordnung. Ein paar blaue Flecken, sonst nichts. Auch bei seiner Kopfwunde handelt es sich nur um eine leichte Prellung.«

Robert atmete erleichtert auf. Maries Blick blieb dagegen besorgt. »Und die schlechte Nachricht?«

»Wir können noch nicht genau sagen, was mit ihm los ist. Gut, er hat sich den Kopf gestoßen, aber das erklärt noch lange nicht, warum er noch immer ohne Bewusstsein ist.«

»Ein Schock vielleicht?«, vermutete Robert.

»Vielleicht. Aber was sollte ihn so stark erschreckt haben, dass er deshalb sein Bewusstsein verliert?«

Marie starrte Robert finster an.

Auch der Arzt schien die angespannte Stimmung zwischen den beiden zu spüren. »Können Sie mir erzählen, was genau bei Ihnen im Keller passiert ist?«

Robert setzte zur Antwort an, aber Marie kam ihm zuvor. »Lars hat mit seinem Freund Verstecken gespielt. Dabei ist er wohl über die alten Rohre gestolpert und …« Sie blickte traurig zu Lars, dessen Gesicht wächsern aussah.

Der Arzt nickte und nahm die Röntgenbilder wieder ab. »Na, dann wollen wir mal das Beste hoffen. Gönnen wir ihm einfach noch ein bisschen Ruhe. Eine Nacht sollte er auf jeden Fall noch hierbleiben, dann sehen wir weiter.« Er nickte Robert und Marie noch einmal freundlich zu und verließ dann das Zimmer.

»Was sollte das denn wieder?«, fragte Robert. »Ich habe dir doch vorhin schon erzählt, dass …«

»Nicht hier«, zischte Marie wütend und zerrte ihren Mann auf den leeren Flur. In dem langen Gang standen ein paar leere Betten, Patienten oder Ärzte waren nicht zu sehen.

Unsicher blickte Robert zu Marie, die ihn mit offener Verachtung anstarrte.

»Was ist los?«, fragte er zögernd.

»Das wagst du mich ernsthaft zu fragen?« Marie spuckte ihm die Worte förmlich ins Gesicht.

»Freust du dich denn gar nicht? Lars hat sich nichts gebrochen.«

»Kaum zu glauben, nach allem, was du ihm angetan hast.«

»Ich? Aber ich habe dir doch erzählt, was im Keller passiert ist.«

»Schluß jetzt! Hör endlich mit diesem dämlichen Mist auf! Ich kann dein Gequatsche von dieser dämlichen Hexe nicht mehr ertragen!«

»Aber ihr müsst sie doch auch gesehen haben?«

»Nichts habe ich gesehen, absolut rein gar nichts. Nur meinen geisteskranken Ehemann, der meinen Sohn brutal auf den Boden gestoßen hat.«

»Ich gebe ja zu, dass ich Lars gestoßen habe. Aber doch nur, um ihn vor dieser Frau zu retten.«

»Da war keine Frau, verdammt noch mal!«

Eine Krankenschwester schaute verwirrt auf den Flur. Marie war zu laut geworden. Sie nickte ihr mit einem gequälten Lächeln zu und wandte sich mit gepresster Stimme wieder an Robert. »Da waren nur du und Lars. Keine Hexe, kein Monster.«

Robert wusste, dass er sich die Frau im Keller nicht eingebildet hatte, aber wie sollte er das Marie beweisen?

»Was ist mit Frau Krämer? Hat sie etwas gesehen?«

»Nein, natürlich nicht.«

»Und was hat sie gesagt?«

»Nichts hat sie gesagt. Sie hat sich ihren erschrockenen Sohn geschnappt und ist nach Hause geflüchtet.«

»Und Theresa?«

»Theresa ist in Tränen ausgebrochen, als sie Lars gesehen hat.«

Robert seufzte entnervt. Wie sollte er seiner Frau nur alles erklären? »Du hast doch auch gehört, was der Arzt gesagt hat. Er kann sich nicht erklären, was Lars so geschockt hat.«

Marie schaute ihn verächtlich an. »Ich glaube, er hat schon eine Idee. Würde mich nicht wundern, wenn er in diesem Moment den Sozialdienst anruft.«

»Wieso das denn?«

»Das muss er bei Verdacht auf Kindesmisshandlung.«

»Spinnst du? Du weißt genau, dass ich Lars niemals etwas antun würde.«

Maries düsteres Schweigen war Antwort genug.

Robert verlor die Geduld. »Marie, zum letzten Mal, und ich weiß auch, wie verrückt sich das anhört, aber unsere Kinder sind in großer Gefahr. Diese Frau …«

»Nein!«, unterbrach ihn Marie laut. »Hör auf damit! Es

gibt keine Frau und auch keine Hexe! Der Einzige, der eine Gefahr für unsere Kinder darstellt, bist du!«

»Aber das ist doch Blödsinn.«

»Robert, ich habe lange genug Geduld mit dir gehabt. Mir ist klar, dass dir die Eingewöhnung hier schwerer fallen muss als mir. Du hast in letzter Zeit viel Pech gehabt, aber jetzt ist es genug. Ich habe keine Kraft mehr, mir ständig dein Gejammer und deine Fantasien anzuhören.«

»Aber ich jammere doch gar nicht!« Er verzog beleidigt das Gesicht.

»O doch, seit dem ersten Tag hier tust du nichts anderes. Und statt mir bei der Renovierung zu helfen, beschimpfst du unsere Nachbarn als Idioten. Du verkriechst dich in dein Zimmer und lässt dich tagelang nicht blicken.« Sie seufzte. »Ich weiß, dein Rücken quält dich, und das tut mir auch leid, doch für mich ist das alles auch nicht einfach. Aber das interessiert dich ja nicht.«

»Natürlich interessiert es mich.«

Marie winkte müde ab. »Und dann noch deine ständigen Extratouren.«

»Extratouren?«

»Deine Wanderung zum Beispiel. So ein Irrsinn! Rennst den ganzen Tag kreuz und quer durch die Natur, im strömenden Regen, ohne richtige Jacke und nur in Turnschuhen.«

»Aber das habe ich doch nicht aus Spaß gemacht. Ich wollte endlich herausfinden, wo die Hexe …«

Marie ließ Robert nicht aussprechen. »Hör auf! Ich will das jetzt nicht hören.«

Er verstummte.

»Weißt du, vielleicht hätte ich mich sogar an deine Märchen gewöhnen können. Sollen die Leute doch ruhig über dich und über uns lachen, mir egal. Jeder hat schließlich seine Macken.« Er brummte verärgert, doch Marie blieb ungerührt. »Aber jetzt bedrohst du schon deine Kinder, und da hört der Spaß für mich auf.«

»Was redest du denn da? Das ist doch völliger Schwachsinn.«

»Ist es nicht«, sagte sie mit unterdrückter Wut. »Und jetzt hör mal genau zu: Ich will, dass du dich ab sofort von meinen Kindern fernhältst.«

»*Deine* Kinder? Lars und Emma sind genauso meine ...«

»Finger weg von den beiden«, unterbrach Marie. »Hast du verstanden? Lass – sie – in – Ruhe!« Die letzten Worte waren nur noch ein Flüstern gewesen. Es machte ihm wesentlich mehr Angst als ihr Brüllen.

»Aber ich will sie doch nur beschützen, kapierst du das denn nicht?!« Jetzt spuckte er auch schon beim Reden.

»Der Einzige, vor dem man sie beschützen muss, bist du.«

Er erstarrte. Noch nie hatte er bei Marie so eine eisige Kälte gespürt. Sie wandte sich von ihm ab und ging wieder zur Tür von Lars' Krankenzimmer.

»Du kannst den Wagen nehmen. Ich fahre nachher mit dem Taxi nach Hause.«

Robert wollte noch etwas sagen, aber es war offensichtlich, dass das Gespräch für Marie zu Ende war. Sie verschwand im Krankenzimmer, und Robert blieb allein auf dem Flur zurück.

Als er zurück nach Glubitz fuhr, hatte die Dämmerung bereits eingesetzt. Angestrengt starrte Robert durch die Windschutzscheibe. In Cottbus war der Schnee immerhin auf den größeren Straßen geräumt worden, hier, mitten im Spreewald, hatten nur ein paar Trecker ihre Spuren in den Schnee gepresst.

Er fuhr viel zu schnell. Einmal konnte er nur mit viel

Glück verhindern, dass der schwere Van in einer Kurve in den dunklen Schatten eines Grabens rutschte. Trotzdem nahm er den Fuß nicht vom Gas. Im Gegenteil: Je länger er seinen Gedanken nachhing, desto rücksichtsloser jagte er den Wagen über die schmalen Wege.

Wie konnte Marie nur im Ernst glauben, er würde seinen Kindern etwas antun? Verdammt, er würde sein Leben für die beiden geben, sofort, auf der Stelle, wenn er sicher wäre, ihres dadurch zu retten. Warum war er denn wie ein Irrer durch das Hotel gerannt? Weil er gespürt hatte, dass seine Kinder bedroht wurden. Und? Er hatte recht gehabt. Kaum auszudenken, was passiert wäre, hätte er nicht rechtzeitig die Waschküche erreicht.

Wütend schlug Robert auf das Lenkrad. Warum nur hatte niemand gesehen, was er gesehen hatte? Es war nicht zu fassen! Die Frau war da gewesen, er hatte sie mit all seinen Sinnen gespürt, gerochen, gesehen und gefühlt. Und war nicht Lars' Schockzustand der Beweis, dass auch er sie gesehen hatte?

Was hatte das Biest seinem Jungen nur angetan, dass er jetzt noch immer bewusstlos war? Was für eine unheimliche Macht ging von diesem Weib aus? Woher kam es, und warum bedrohte es ausgerechnet seine Kinder?

Aufgewühlt krallte er seine Hände in das abgenutzte Lederlenkrad des Chrysler. Wieso vertraute Marie ihm nicht mehr? Wieso wollte sie ihm nicht glauben, dass seine, dass ihre Kinder in Gefahr waren?

Vor Wut sah er eine Kurve erst im allerletzten Moment. Er riss das Lenkrad herum und konnte den Wagen nur mit viel Mühe auf der rutschigen Straße halten.

Verdammtes Scheißwetter! Verdammter Spreewald! Noch nicht einmal die passende Musik hatte er. Seine Schlechte-Laune-Kassette mit einem Mix aus Punk und Hardcore-

Krachern lag zu Hause in seinem Zimmer. Das Tape wäre jetzt genau das Richtige gewesen.

Er stöhnte laut auf. Das Gefühl der Ohnmacht und der Ungerechtigkeit ließ das Blut in seinem Kopf brausen.

Wie sollte es jetzt weitergehen?

Ständig diese Angstattacken, dieser Druck auf seinem Körper. Die schlaflosen Nächte und die Alpträume, wenn er doch mal für einen kurzen Moment einnickte. Und jetzt auch noch der Streit mit Marie. Ihr absurdes Verbot, sich den Kindern zu nähern. Wie sollte das überhaupt funktionieren? Immerhin lebten alle – noch – zusammen in einem Haus. In einer Wohnung. Er konnte seinen Kindern gar nicht aus dem Weg gehen. Und er wollte es auch nicht.

Endlich hatte er die Straße nach Glubitz erreicht. Das Ortsschild leuchtete hell im Licht seiner Scheinwerfer auf, ringsherum war es bereits stockdunkel. Am schwärzesten erschien ihm jedoch das dunkle Loch vor ihm, der Hohlweg, der ihn nach Hause zum Hotel führte.

»Du Biest! Du verdammtes Scheißbiest! Los, komm raus aus deinem Loch! Zeig dich endlich, oder hast du Angst vor mir?«

Schwankend stapfte Robert durch den Keller. In der einen Hand hielt er eine halb leere Rotweinflasche, in der anderen einen Baseballschläger, den er Lars vor einem Jahr auf dem Deutsch-Amerikanischen-Freundschaftsfest in Dahlem gekauft hatte. Damals hatte er noch gedacht, er könnte bald mit seinem Sohn im Tiergarten Baseball spielen. Eine Schnapsidee. Lars hatte sich kein bisschen für Baseball interessiert. Und wenn Robert ehrlich war, spielte er selbst auch viel lieber Fußball. Der schwere Holzstock war zusammen mit dem Handschuh aus Leder in der hintersten Ecke von Lars' Schrank verschwunden.

Aber jetzt hatte er ihn wieder herausgeholt. Robert grinste. Das Holz fühlte sich gut in seiner Hand an. Sehr gut.

»Hörst du mich nicht, du Schlampe? Ich bin hier und warte auf dich! Los, komm schon!« Seine Stimme hallte dumpf durch den Keller.

Im Vorbeigehen schlug er mit dem Baseballschläger dröhnend gegen die dicken Metalltüren des Lagerraums und der Waschküche.

»Jetzt hast du Angst, was? Kleine Kinder anquatschen, das kannst du, aber wenn ein Erwachsener kommt, dann kneifst du!« rief er, ärgerte sich aber insgeheim darüber, dass seine Stimme durch den vielen Rotwein nicht so stark und fest klang, wie sie seiner Meinung nach eigentlich klingen sollte.

Aber nichts passierte, nichts war zu hören und zu sehen. Kein Brackwassergeruch. Und auch der unangenehme Druck, das dunkle Unbehagen und die Angst waren in diesem Moment verschwunden.

Sie war nicht da, jetzt jedenfalls nicht.

Wütend ließ er den Baseballschläger gegen die Wand krachen, sodass er im frischen Putz ein Loch zurückließ. Egal, Marie hasste ihn sowieso schon.

»Herr Lindner?«

Robert drehte sich ruckartig um. Hinter ihm stand Tom und betrachtete ihn mit besorgtem Blick.

»Alles in Ordnung bei Ihnen?«

»Was machst du hier unten? Habe ich dir nicht gesagt, du sollst bei Emma bleiben?« Schon wieder dieses bescheuerte Schwanken. Er hätte nicht so viel trinken dürfen.

»Keine Sorge. Theresa kümmert sich um sie. Das Babybett steht in ihrem Zimmer, damit sie auf die Kleine aufpassen kann.«

»Gut«, murmelte Robert.

Ängstlich starrte Tom auf den Schläger in seiner Hand und auf das Loch in der Wand.

Verlegen versuchte Robert den Holzstock hinter seinem Rücken zu verbergen.

»Wollen Sie nicht lieber wieder mit nach oben kommen?«, fragte Tom vorsichtig. »Ich weiß nicht, was Sie suchen, aber ich bin mir sicher, Sie werden es hier unten heute Abend nicht finden.«

»Wo dann, Tom?«, fragte er, aber Tom zuckte nur verwirrt mit den Schultern.

Robert blinzelte in das helle Neonlicht der Lampe, die über ihm installiert war. Er kam sich ziemlich dämlich vor.

»Na schön, Schluss für heute, gehen wir ins Bett.«

Aber Robert konnte keinen Schlaf finden. Lag es daran, dass Marie noch immer nicht zurück war? Oder an Emma, deren Wiege nicht neben seinem Bett, sondern in Theresas und Toms kleiner Dienstwohnung im Erdgeschoss stand?

Er hatte überlegt, Theresa zu bitten, ihm Emma in sein Schlafzimmer zu bringen, aber sein Kopf fühlte sich an, als hätte man ihn in einen großen Brummkreisel eingeschlossen. Vielleicht war es ja wirklich besser, wenn sich heute jemand anderes um seine Tochter kümmerte.

Aber wie sollte es jetzt weitergehen? Diese ständige Furcht musste endlich ein Ende haben. Auch wenn sein Rausch langsam verflog, sein Zorn und seine Wut auf dieses verdammte Weib, das ihn schon so lange verfolgte, brannte in ihm noch heiß und lichterloh.

Er wollte nicht einfach nur auf die nächste Attacke warten, die vielleicht wieder seinen Kindern gelten würde. Oder vielleicht sogar Marie! Damit musste Schluss sein! Er war ein erfahrener Polizeibeamter, hatte sich in Berlin mit den schlimmsten Psychopathen und Mördern herumgeschlagen und am Ende immer gewonnen.

Gut, sie war eine Hexe, na und? Er legte eine Hand um den Baseballschläger, den er mit in sein Bett genommen hatte. Er konnte es kaum abwarten, damit endlich diesem Teufelsweib gegenüberzustehen und ihm den verfluchten Kopf abzuschlagen.

Sein Blick ging zum Fenster. Es hatte aufgeklart, er konnte einzelne Sterne erkennen. Es musste eiskalt sein.

Plötzlich wusste er, was er zu tun hatte. Warum war er nicht früher darauf gekommen? Eigentlich war es ganz einfach. Ihm war, als hätte jemand ein Tuch von einem bisher verhängten Bild gezogen.

Endlich konnte er klar sehen.

Schluss mit dem Spuk.

Er würde die Sache zu Ende bringen, so oder so. Und ganz nebenbei allen Zweiflern beweisen, dass Kriminalhauptkommissar Robert Lindner nicht verrückt geworden war.

34

Um elf Uhr stand sie auf. Nach ihrer gestrigen Nachtschicht hatte sie heute frei und hätte ohne Weiteres den ganzen Tag im Bett verbringen können. Aber schon seit einer Stunde lag sie wach, starrte an die Decke und lauschte dem leisen Knarren des alten Hauses.

Ihre kleine Wohnung befand sich in der obersten Etage eines dreistöckigen Altbaus in der Altstadt Lübbenaus. Sie hätte sich auch eine größere im neuen Teil der Stadt leisten können, der hinter dem Bahnhof lag, aber von hier waren es nur wenige Hundert Meter bis zur Wache an der Nikolai-Kirche. Wenn es darauf ankam, konnte sie in fünf Minuten in ihrem Büro sein.

Und was hatte sie hier in Lübbenau schließlich schon außer der Arbeit? Nichts.

Aber sie vermisste auch nicht viel.

Sicher, eine feste Beziehung mit einem neuen Mann wäre schön. Nicht mehr allein aufwachen, nicht mehr allein durch den Spreewald joggen. Vielleicht sogar mal ganz romantisch nur zu zweit eine Kahnfahrt machen. Wie in Venedig, nur eben durch die Kanäle rund um Lübbenau. Aber seitdem sie Berlin verlassen hatte, hatte es keinen Mann mehr in ihrem Leben gegeben. So selbstbewusst sie sich gegenüber ihren Kollegen und den Menschen im Ort auch gab, wenn es darum ging, neue Männer kennenzulernen, sich zu öffnen oder sich auf jemanden einzulassen, zuckte sie immer wieder zurück und verschloss sich wie eine Auster in kaltem Wasser.

Wahrscheinlich war auch ihr Männergeschmack daran

schuld, dass sie schon lange keine richtige Beziehung mehr gehabt hatte. Die Liebe war für Karin immer eine komplizierte Angelegenheit gewesen. Mit einfachen, direkten Gefühlen konnte sie nicht umgehen, sondern hielt sie grundsätzlich erst einmal für oberflächlich und verlogen. Wenn jemand mit Blumen vor ihrer Tür stand, sie zu einem romantischen Abendessen oder vielleicht nur zu einem Kinobesuch einladen wollte, reagierte sie meist mit abweisender Kühle.

Wenn aber ein Mann seine Mitmenschen mit seinen Marotten und schlechten Manieren schockierte, dann schaute sie genauer hin und glaubte, geheime Qualitäten zu erkennen. Je abweisender und rauer seine äußere Schale, desto interessanter fand Karin ihn, desto mehr bemühte sie sich, diese Schale zu knacken und zum eigentlichen Kern vorzudringen.

Zum Beispiel dieser Exkommissar aus Berlin. Natürlich erzählte er verrückte Geschichten und hatte vermutlich auch nicht alle Tassen im Schrank. Aber hinter allem schien sich ein dunkles Geheimnis zu verbergen, und Geheimnisse fand Karin interessant, sexy und ehrlicher als die einfache Wahrheit, die für sie selten mehr war als schöner Schein.

Sie hatte recht komplizierte Vorstellungen von Liebe. Und mit fortschreitendem Alter wurden sie nicht einfacher.

Aber im Leben einer Frau gab es eben verschiedene Phasen, redete sie sich des Öfteren ein. Und das war jetzt eben keine romantische Phase, sondern eine, in der ihr Arbeit und Karriere wichtiger waren als eine feste Partnerschaft. Zumindest sagte sie sich das, wenn die Einsamkeit wie ein kleines Tier an ihrem Selbstwertgefühl nagte.

Sie setzte sich auf die Bettkante. Obwohl sie nur ein leichtes Nachthemd trug, fror sie nicht. Ihre Heizung, die am veralteten Fernwärmenetz hing, ließ nur zwei Einstellungen zu. An oder Aus. War sie angeschaltet, ließ eine trockene

Hitze die Luft in der Wohnung flimmern. Manchmal war es so heiß, dass Karin im tiefsten Winter bei offenen Fenstern schlafen musste, um nicht zu ersticken. Zwischen Februar und November ließ sie die Heizung lieber ganz ausgeschaltet. Ein bisschen frieren war besser, als das Gefühl zu haben, dass einem der Kopf platzte.

Diese Nacht waren die Fenster geschlossen geblieben. Vielleicht ein Grund, weshalb sie schon so lange wach gelegen hatte. Sie leckte sich über die trockenen Lippen und trank einen Schluck Wasser aus dem Glas, das immer neben ihrem Bett stand.

Ihr Blick fiel auf die Fotos auf der kleinen Anrichte unter dem Spiegel. Alle Bilder stammten aus ihrer Berliner Zeit. Sie, lachend mit ihren Freunden am Alex, mit ihren Eltern im Garten in Hellersdorf beim Grillen, beim Skifahren in der Tatra.

Nur auf einem Foto war sie mit Martin zu sehen, ihrem früheren Mann. Das Urlaubsfoto stammte aus Ungarn. Beide standen vor ihrem Wartburg, im Hintergrund war ihr Zelt zu sehen. Martin hatte sein Hemd halb aufgeknöpft, seine Urlaubsbräune schimmerte in der Sonne. Er hatte den Arm zärtlich um sie gelegt und strahlte in die Kamera. Auch sie lächelte auf dem Foto, unbefangen und unschuldig wie ein junger Teenager.

Karin kam es vor, als wäre das Foto schon hundert Jahre alt. Tatsächlich war es gerade mal vor drei aufgenommen worden. Kurz vor der Wende, in einem anderen Leben, in einer anderen Welt.

Natürlich hatte sie früher noch viel mehr Fotos von Martin besessen, hatte aber nach der schrecklichen Affäre alle Bilder von ihm weggeworfen. Das hier war das Einzige, das überlebt hatte. Ein paarmal hatte sie überlegt, auch das noch zu verbrennen, um endgültig mit den Erinnerungen abzuschließen. Aber auch die eher traurigen Zeiten gehörten zum Leben und konnten in einsamen Momenten das Herz wärmen.

Wie es ihm jetzt wohl ging? Verachtete er sie immer noch für das, was sie ihm angetan hatte? Sie dachte daran, wie sie damals versucht hatte, ihm ihren Fehler zu erklären, aber die richtigen Worte nicht gefunden hatte. Was sollte sie auch zu ihrer Verteidigung sagen? Dass auch sie von der Staatssicherheit unter Druck gesetzt worden war? Dass auch sie Angst gehabt hatte? Aber konnte das wirklich als Entschuldigung dafür gelten, dass sie ihren Ehemann belogen, ihn bewusst hintergangen hatte?

Seit ihrer Trennung hatte sie keinen Kontakt mehr zu ihm, kein Brief, kein Anruf, nichts. Sie wusste, dass auch er nach ihrer Scheidung aus ihrer gemeinsamen Wohnung in Friedrichshain ausgezogen war, aber wo wohnte er jetzt? Wo arbeitete er? Wie verlief sein Leben? Sie hatte keine Ahnung. Ihr Kopf hatte damals entschieden, dass es besser war, sich komplett aus dem Weg zu gehen und ein neues Leben weit entfernt von Berlin zu beginnen.

Doch in diesem Moment fragte sich ihr Herz, ob Martin jetzt vielleicht allein in seinem Bad stand. War er genauso einsam wie sie, oder schmiegte er sich gerade glücklich an eine neue Frau? Wer weiß, vielleicht war er sogar schon Vater geworden? Martin hatte unbedingt Kinder haben wollen, bei ihr war das anders gewesen. Natürlich fand sie Babys süß, aber selbst bekommen wollte sie – noch – keine.

Leise stöhnend stemmte sie sich vom Bett hoch und ging ins Badezimmer, ein kleiner, verwinkelter Raum, in dem es immer ein wenig muffig roch, egal, wie oft sie lüftete.

Nachdenklich betrachtete sie ihr müdes Gesicht im Spiegel.

Eigentlich war sie eine attraktive Frau, aber mit den dunklen Schatten unter den Augen und den kleinen Falten auf der Stirn sah sie nicht besonders glücklich aus. Kein Vergleich zu der ausgelassen lachenden Frau auf dem Urlaubsfoto am Plattensee.

Das Klingeln des Telefons riss sie aus ihren trüben Gedanken. Sie lief ins Wohnzimmer und musste suchen, bis sie den Apparat unter einem Zeitungshaufen fand.

»Hallo?«

»Frau Schulte?« Eine weibliche, unsichere Stimme.

»Ja?«

»Hier ist Marie Lindner. Ich hoffe, ich habe Sie nicht geweckt? Ihre Kollegen haben mir gesagt, dass Sie letzte Nacht arbeiten mussten.«

Ihre Stimme klang so ganz anders als bei ihrem letzten Zusammentreffen im Spreewaldhof. Nicht mehr selbstbewusst und vorwurfsvoll, eher verzweifelt und zerbrechlich.

»Nein, kein Problem, ich wollte gerade frühstücken.«

»Dann habe ich Sie also nicht gestört?«

»Ach was. Hören Sie, ich habe von dem Unfall Ihres Sohnes gehört. Es tut mir sehr leid.«

»Woher wissen Sie denn davon?«

»Vom Notarzt, der ihn mit dem Rettungswagen nach Cottbus gebracht hat.«

»Verstehe«, sagte Marie kurz.

»Er sagte, Lars wäre im Keller gestürzt?«

»Ja, gestürzt.«

Karin wunderte sich. Die Tonlosigkeit in Maries Stimme deutete darauf hin, dass das nicht die ganze Wahrheit war.

»Ich hoffe, es geht ihm schon wieder besser?«

»Er ist noch immer bewusstlos, aber die Ärzte sagen, sein Zustand sei stabil.«

»Wenigstens etwas«, sagte Karin. »Womit kann ich Ihnen sonst helfen?«

»Robert ist weg«, drang es stockend durch die Leitung.

»Wie, weg? Schon wieder?«

»Ich war die ganze Nacht in Cottbus bei Lars, und als ich heute Vormittag ins Hotel zurückkam, war er verschwunden.«

»Vielleicht macht er ja wieder nur einen Spaziergang?«

»Ganz bestimmt nicht, Frau Schulte.« Da war sie wieder, die harte, vorwurfsvolle Stimme.

»Hören Sie, ich will nicht unhöflich sein, aber eigentlich habe ich heute keinen Dienst. Wenn Sie glauben, es gäbe ein Problem, dann wenden Sie sich doch bitte an die Kollegen auf der Wache.« Irritiert starrte sie auf den Hörer. Von der anderen Seite war leises Schluchzen zu hören.

»Frau Lindner?«

»Ich habe solche Angst …«

Karin seufzte. »Hören Sie, ich will mich ja nicht in Ihre Ehe einmischen, aber wenn Sie jedes Mal, wenn Ihr Mann etwas Zeit für sich haben will, die Polizei rufen, dann …«

»Sie haben doch überhaupt keine Ahnung!«, unterbrach Marie sie.

Karin verdrehte die Augen. »Dann müssen Sie es mir wohl genauer erklären.«

»Ich habe Angst, dass er eine Dummheit macht. Dass er nie mehr zu mir zurückkommt.«

»Warum das denn?«

»Weil er einen Abschiedsbrief hinterlassen hat.«

35

Bei fünf Grad unter null hatte sich über Nacht eine leichte Eisschicht wie eine dünne Zuckergussglasur auf die Pfützen, die Büsche, Bäume und auf die feuchten Felder gelegt. Bei jedem Schritt knirschte und knackte es unter seinen schweren Stiefeln, als würde er über zersplittertes Glas laufen.

Ansonsten war es ruhig. Kein Vogel, kein Tier war zu hören.

Er schaute in den Himmel. Über ihm erstreckte sich ein endloses, kaltes Grau. Der wolkenlose Himmel in der Nacht war nur von kurzer Dauer gewesen.

Er zog den Reißverschluss seiner Jacke ein Stück höher. Dieses Mal war er besser vorbereitet als bei seiner letzten Wanderung. Er trug eine Mütze, Lederhandschuhe, unter seiner Lederjacke einen warmen Pullover und über den Wollsocken seine festen Wanderstiefel.

Heute würde er nicht frieren.

In seinem Rucksack befanden sich eine Thermoskanne mit heißem Kaffee, eine Wasserflasche, eine Schokoladentafel und zwei Äpfel. Robert wollte im entscheidenden Augenblick auf keinen Fall Schwäche zeigen, nur weil er durstig oder unterzuckert war.

Zum wiederholten Mal fuhr seine Hand an seinen Gürtel. Beruhigt betastete er sein langes Fahrtenmesser, das in der Lederscheide steckte. Noch beruhigender aber war die Härte des Baseballschlägers, den er in der rechten Hand hielt. Schon mehrmals hatte er ihn als Krückstock benutzt und so einen Sturz auf dem vereisten Boden verhindert.

Aber dafür hatte er den Schläger nicht mitgenommen.

Er zog in den Kampf. Der Tag der Entscheidung war gekommen, heute würden keine Gefangenen gemacht. Vielleicht würde er selbst nicht mehr zurückkehren, vielleicht würde er sogar sterben. Aber das nahm er in Kauf für seine Mission.

Das Biest hatte ihn und seine Familie seit ihrer Ankunft in diesem verfluchten Dorf beobachtet und bedroht. Was auch immer die Frau in Wirklichkeit war, Hexe, Gespenst, Monster oder alles in einem – das musste endlich aufhören!

Hatten die alten Grosch-Schwestern recht mit ihrer Geschichte? Lebte die Hexe schon seit vielen Generationen im dunklen Wasser der Spree und bedrohte kleine Kinder? Pech gehabt, du feige Schlampe!, dachte Robert und lächelte grimmig, während er immer tiefer in den Spreewald marschierte. Dieses Mal hast du dich mit dem Falschen angelegt. Kein Mensch ist gefährlicher als ein wütender Vater, der seine Kinder verteidigt. Außer vielleicht ein Vater, der eine Nahkampfausbildung gemacht und Erfahrung im Umgang mit Mördern und Psychopathen hat.

Entschlossen ließ er den Baseballschläger durch die Luft sausen. Sein Rücken knirschte leise, als wäre Sand zwischen die Zahnräder einer alten Maschine geraten. Egal, dachte er und biss die Zähne zusammen. Heute würden ihn die Schmerzen nicht kleinkriegen.

Er erreichte einen Kanal und schaute sich um. Wohin jetzt? Sein Plan war, einfach seinem Instinkt zu folgen. Er konnte sich nicht erinnern, wo entlang er das letzte Mal gegangen war, aber er hatte darauf gehofft, dass ihm der Weg schon wieder einfallen würde, wenn er vor Ort war. Doch jetzt hatte der Schnee alles verändert. Er konnte keinen Baum, keine Lichtung und keinen Bach wiedererkennen.

Einem plötzlichen Impuls folgend ging er rechts am Kanal entlang auf ein kleines Wäldchen zu.

Er dachte daran, was am Beginn seiner Wanderung passiert war. War seither eine Stunde vergangen? Zwei, drei? Ein ganzer Tag? Keine Ahnung. In der grauen Unendlichkeit hatte er jedes Zeitgefühl verloren.

Es war an der Schleuse gewesen, am Ende der Glubitzer Hauptstraße. Für einen Moment hatte er vor dem kleinen Weiher innegehalten und sich gefragt, ob es wirklich eine gute Idee war, die Brücke zu überqueren und in die Wildnis zu gehen. In dem Moment hatte sich plötzlich aus dem Morgennebel, der wie graue Watte über der Spree lag, ein Kahn gelöst und war lautlos Richtung Lübbenau getrieben.

Robert hatte den Fährmann, der wie ein dunkles Gespenst auf dem Boot stand, sofort erkannt. Schimank. Langsam wie in Zeitlupe glitt er mit seinem Kahn über den Fluss. Er war nicht allein gewesen. Vor ihm, eingehüllt in eine dicke Wolldecke, hatte seine Frau gesessen. Zuerst hatte Robert sie für einen Haufen aus Decken gehalten, aber dann hatte Frau Schimank sich zu ihm gedreht und ihm freundlich zugewinkt – als hätte sie ihn schon erwartet.

Gesagt hatte sie nichts. Die Schimanks waren stumm an ihm vorbeigeschwebt. Kein Knirschen des Holzkahns, kein Gurgeln des Wassers, als der Fährmann seinen Staken in den Fluss gestoßen hatte.

Schließlich hatte Schimank ihn mit ernster Miene angeschaut und dann mit einem Nicken zur Brücke gewiesen. Eine kaum merkliche Bewegung. Für einen Moment hatte Robert geglaubt, der Fährmann wolle ihn begrüßen, dann aber hatte er verstanden.

Der Fährmann wusste, wohin er wollte und was für ein Ziel er hatte. Das kurze Nicken war Aufforderung und Erlaubnis zugleich. Robert sollte weitergehen, um sich endlich seinem Schicksal zu stellen.

Also hatte Robert noch einmal tief durchgeatmet und war dann über die Brücke gegangen. Als er sich am anderen Ufer noch einmal umgedreht hatte, war von dem Fährmann und seiner kleinen Frau nichts mehr zu sehen gewesen. Der dichte Nebel hatte sie verschluckt.

Darauf hatte Robert seinen Rucksack noch einmal kurz gerichtet und war dann weiter in die gefrorene Wildnis des Spreewalds marschiert.

Der kleine Kanal endete im Nichts. Als er sich umschaute, entdeckte er einen Pfad, der auch nur eine gefrorene Ackerfurche sein konnte, und folgte ihm.

Vorsichtig, um auf den überfrorenen Pfützen nicht auszurutschen, tastete er sich Schritt für Schritt weiter. Dann wurde der Weg, wenn es denn einer war, trockener und wand sich an einem Wäldchen vorbei nach links.

Diese Stille. Auch im Winter mussten doch eigentlich etliche Tiere durch den Wald streifen, Rehe, Eichhörnchen, Vögel. Dann und wann entdeckte er sogar ihre Spuren im gefrorenen Schnee, hören konnte er aber nichts.

Und Menschen? Seit Langem hatte er nichts mehr gesehen, was auf menschliche Zivilisation hingedeutet hatte: keinen Zaun, keine Landwirtschaftswege, kein Haus und keine Hütte. Selbst die Glocke der Nikolai-Kirche von Lübbenau, die er bei seinen früheren Ausflügen in regelmäßigen Abständen gehört hatte, war verstummt. Vielleicht war sie ja eingefroren? Vielleicht war er aber auch einfach nur der letzte Mensch auf der Welt.

Er tastete in seiner Jackentasche nach seinem neuen Walkman. Unter anderen Umständen hätte er schon lange die zu dieser Wanderung passende Musik gehört. Wahrscheinlich sein neues Tape mit dem Elektronik- und Ambientmix. Für so eine Stimmung hatte er die Musik schließlich ausgesucht und zusammengestellt.

Er fuhr einmal kurz über den Walkman, ließ ihn aber in

der Tasche stecken. Er musste sich auf das Wesentliche konzentrieren. Nicht dass sich das Biest noch von hinten an ihn heranschlich und er nichts hörte, weil er gerade Mike Oldfield in den Ohren hatte.

Nein, heute musste er ohne Musik auskommen.

Außerdem hatte er den Walkman aus einem anderen Grund mitgenommen.

Robert kämpfte sich durch eine Mauer aus gefrorenen Brombeerbüschen und verschneiten Dornensträuchern. Als er mit seiner Jeans immer wieder in dem Gestrüpp hängen blieb, begann er sich mit dem Baseballschläger den Weg freizuschlagen. Voller Inbrunst schwang er ihn nach rechts und links und genoss es, wie die vereisten Äste zersplitterten und nach allen Seiten wie Glassplitter davonflogen.

Robert sprang über einen weiteren kleinen Graben, brach durch weiteres Gehölz und fand sich plötzlich auf einer Lichtung wieder.

Er war am Ziel. Endlich.

Die windschiefe Ruine der Hütte wurde fast komplett vom Schnee verdeckt. Hatten Karin und ihre Kollegen sie deshalb nicht gefunden? Langsam ging er zum Fluss, der nahe dem Ufer zugefroren war. Schwarz und träge floss die Spree dahin, spiegelglatt, ohne das kleinste Kräuseln. Robert hatte den Eindruck, in einen dunklen Spiegel zu schauen. Er warf einen Stein ins Wasser, der kaum Wellen verursachte. Nur ein leises »Blob« war zu hören, so als hätte er ihn in einen Eimer voller Sirup geworfen.

Die alte Eiche. Er blickte in die kahlen Äste und suchte den Stamm ab. Tatsächlich. Auf halber Höhe prangte deutlich sichtbar das Dreieck, das er als Markierung auf seiner Wade trug. Dieses Mal juckte sie nicht.

Überhaupt schien heute alles anders zu sein. Auch das Gefühl, beobachtet zu werden, stellte sich nicht ein.

Die schneebedeckte Lichtung mit der in sich zusammengefallenen Hütte lag vor ihm wie ein Gemälde von Caspar David Friedrich. Robert schaute sich langsam um, blickte zum Haus, zum Fluss, in den Wald.

Niemand war zu sehen. Kein Mensch, kein Tier. Und keine Hexe.

Nichts rührte sich.

36

Liebe Marie,
ich hoffe, Lars ist endlich wieder aufgewacht. Vielleicht hast du ihn ja schon aus dem Krankenhaus mit nach Hause genommen, und er sitzt jetzt neben dir? Falls dem so ist, hat er dir bestimmt auch schon gesagt, dass ich ihm gestern im Keller nur helfen wollte. Und wenn er dir sogar von der dunklen Frau erzählt hat, dann weißt du jetzt endlich, dass ich nicht verrückt geworden bin.

Ich mache dir keine Vorwürfe, denn du bist ihr noch nicht begegnet, hast das Biest noch nie erlebt! Ich schon. Hättest du gesehen, was ich gesehen habe, dann würdest du anders denken.

Aber es ist ja auch egal. Ich weiß, dass ich nicht verrückt bin und meine Kinder von diesem Monster bedroht werden. Nicht nur in der Nähe vom Fluss, nicht nur im Spreewald, sondern jetzt auch in unserem Haus. Das muss ein Ende haben.

Ich habe keine Ahnung, warum sie es ausgerechnet auf mich abgesehen hat, aber jetzt ist es genug. Ich werde mich der Frau stellen und sie erledigen, selbst wenn das mein Ende sein könnte.

Marie, du bist eine wunderbare Frau. Ich hätte es dir vielleicht häufiger sagen müssen, aber ich liebe dich von ganzem Herzen. Was ich jetzt tue, tue ich nur für dich und für die Kinder.

Leb wohl, mein Engel.

Robert

Marie saß am Küchentisch und beobachtete, wie der Blick der Kommissarin länger als nötig auf dem handgeschriebenen Brief verweilte. So als würde sie hinter den einfachen Worten nach einem Geheimnis suchen.

»Verstehen Sie jetzt, warum ich mir Sorgen mache?«

»Am Telefon haben Sie mir gesagt, Ihr Junge sei im Keller gestürzt?«

Marie nickte.

»Aber das war nicht die ganze Wahrheit, oder?«

Marie seufzte müde. »Die ganze Wahrheit ist, dass mein Sohn gestürzt ist, weil mein Mann ihn in seinem Wahn in einen Haufen aus Rohren gestoßen hat.«

»Sie waren dabei?«

»Ich habe gesehen, wie Robert mit glasigen Augen über meinem bewusstlosen Sohn lag, inmitten von rostigen Rohren.« Marie wurde ungeduldig. Die Zeit drängte, und sie hatte der Kommissarin den Brief nicht gezeigt, um noch einmal über die Ereignisse im Keller zu reden.

»Und sonst war niemand da? In der Waschküche, meine ich?«

»Nein, natürlich nicht! Sagen Sie bloß, Sie glauben an Roberts Wahnvorstellungen?«

»Ich versuche nur, mir ein genaues Bild von«, die Kommissarin zögerte, »von den Dingen zu machen, die Ihren Mann in den Wald getrieben haben.«

»Es steht doch alles in dem Brief. Er glaubt, da draußen gibt es eine Hexe, und jetzt hat er sich Lars' Baseballschläger geschnappt und ist losgezogen, um sie zu töten.«

»Warum regen Sie sich eigentlich so auf? Wenn Sie so absolut sicher sind, dass es diese Hexe nicht gibt, brauchen Sie auch keine Angst zu haben, dass Ihrem Mann etwas passiert.«

»Natürlich bin ich mir sicher, dass alles nur Einbildung ist. Aber er läuft jetzt da draußen alleine herum, mitten im

Schnee und diesen ganzen vereisten Flüssen. Weiß der Himmel, was ihm dieses Mal passiert.«

Marie spürte, wie die Kommissarin sie musterte. Hielt die Frau etwa *sie* für die Verrückte? Vielleicht war es doch keine gute Idee gewesen, ausgerechnet Karin Schulte um Hilfe zu bitten.

»Und was möchten Sie, das ich jetzt für Sie tue?«

»Das liegt doch wohl auf der Hand. Sie sollen helfen, Robert wiederzufinden.«

»Wie ich Ihnen schon am Telefon sagte, habe ich heute keinen Dienst. Aber wir können gern noch einmal meine Kollegen anrufen.«

»Mit denen habe ich doch bereits gesprochen. Sie können so schnell keine Suchaktion einleiten. Sie haben gesagt, er sei ein erwachsener Mann, der schon wissen wird, was er tut und …«, Marie stockte, als sie sah, wie Karin nickte. Natürlich, sie teilte die Meinung ihrer Kollegen!

»Ich habe Sie angerufen, weil ich den Eindruck hatte, dass Robert und Sie ein …«, Marie suchte nach den richtigen Worten, »ein besonders gutes Verhältnis zueinander haben.«

»Frau Lindner, Ihr Mann und ich haben uns ganze dreimal gesehen.«

»Ich weiß. Aber Sie kommen doch auch aus Berlin, und mir ist nicht entgangen, wie Robert Sie auf der Krankenbahre angestarrt hat.« Und ich habe genau gesehen, wie Sie *ihn* angeschaut haben, aber das sagte Marie jetzt nicht.

»Sie machen sich wirklich zu viele Sorgen. Selbst wenn er etwas durcheinander ist – was soll ihm hier schon passieren? Sie haben mir doch erzählt, was er aus seinem Kleiderschrank mitgenommen hat. Frieren wird er dieses Mal nicht.« Karin nippte an dem Kaffee, den Theresa ihr angeboten hatte, und beobachtete Roberts Ehefrau über den Rand der Tasse.

Marie seufzte. »Unabhängig von diesem ganzen Hexenquatsch: Ich bin mir sicher, dass Robert im Moment nicht zurechnungsfähig ist.«

Sie stellte eine kleine Plastikdose auf den Tisch.

Karin schaute sie fragend an.

»Seine Pillendose. Normalerweise befinden sich darin seine Schmerztabletten«, klärte Marie sie auf.

Karin öffnete die Dose. »Sie ist leer.«

»Als ich gestern geguckt habe, war sie noch halb voll. Er muss alle auf einmal geschluckt haben.«

Karin nahm die Tablettendose in die Hand und betrachtete sie nachdenklich. Schließlich nickte sie. »Na schön, schnappen Sie sich eine warme Jacke, und dann schauen wir, ob wir Ihren Mann nicht wiederfinden.«

Nur fünf Minuten später war Marie abmarschbereit. Schon vor Karins Besuch hatte sie alles herausgesucht, denn hätte sich die Kommissarin nicht bereit erklärt, sie zu begleiten, wäre Marie auf eigene Faust losgezogen.

Karin hatte inzwischen mit ihren Kollegen auf der Wache in Lübbenau telefoniert und erfahren, dass von ihnen keine Unterstützung zu erwarten war. Die gestern angetauten Straßen waren wieder gefroren und spiegelglatt. Konze benötigte seine Leute für die zahllosen Unfälle, die sich innerhalb kürzester Zeit ereignet hatten. Er erklärte, er habe keine Zeit, um nach einem pillenkranken Spaziergänger im Spreewald zu suchen. Karin und Marie waren also auf sich gestellt.

Wieder am Küchentisch überlegten sie, wo sie mit der Suche beginnen sollten. Theresa, die Emma im Arm hielt, und Tom saßen schweigend dabei.

»Wann ungefähr ist Ihr Mann losgegangen?«, erkundigte sich die Kommissarin.

»Keine Ahnung. Als ich heute Vormittag um zehn zurückkam, war er schon verschwunden.«

Tom hob die Hand. »Ich habe heute früh um sieben die Haustür gehört. Als ich nachgeschaut habe, war nichts Ungewöhnliches zu entdecken, also bin ich zurück ins Bad gegangen.«

Marie nickte. »Das muss er gewesen sein.«

Karin betrachtete die Karte des Umlands. »Dann hat er einen Riesenvorsprung. Das können wir nie einholen, wenn wir ihm einfach hinterhermarschieren.« Sie schaute nach draußen aus dem Fenster. »Und wenn es weiterschneit, sind seine Spuren sowieso bald nicht mehr zu erkennen.«

»Was dann?«, erkundigte sich Marie besorgt.

»Wir fahren zur Wotschofska.« Karin zeigte mit dem Finger auf den Gasthof mitten im Spreewald. »Das letzte Mal hat man Ihren Mann in seiner Nähe beim Burg-Lübbener-Kanal gefunden. Ich denke, wir sollten da mit der Suche anfangen.«

Marie schaute unschlüssig auf die Karte. »Ich denke, Ihre Kollegen haben dort schon überall nach diesem …«, Marie musste Luft holen, bevor ihr das Wort über die Lippen kam, »diesem Hexenhaus gesucht? Und nichts gefunden?«

»Das stimmt. Trotzdem war Ihr Mann ganz sicher, dass es in dieser Gegend liegt. Wenn er also wieder losgezogen ist, wird er jetzt bestimmt dort irgendwo herumlaufen.«

Marie überkam Müdigkeit. Die lange Nachtwache an Lars' Bett war nicht spurlos an ihr vorübergegangen. Am liebsten hätte sie sich jetzt in ihr warmes Bett gelegt und alle Probleme vergessen.

Da klingelte es an der Tür.

Karin und Marie tauschten einen kurzen Blick, während Tom hastig aufsprang und aufmachte.

Es waren die Grosch-Schwestern. Mit selbstgebackenem

Apfelkuchen betraten die beiden alten Damen die Küche. »Wir haben von dem Unfall Ihres Sohnes gehört. Wie geht es ihm?«

Marie seufzte. Nicht noch eine Verzögerung. Schnell gab sie den beiden eine Kurzfassung der Ereignisse im Keller – verschwieg aber natürlich Roberts Version. Genauso wie sein Verschwinden.

»Meine Güte, was für ein Pech. Der arme Lars«, bemerkte Bertha Grosch mitfühlend.

»Wie konnte das nur passieren?«, fragte ihre Schwester.

»Er ist gestolpert, als er mit seinem Freund im Keller Verstecken gespielt hat.« Marie bemerkte, wie Karin sie mit unbewegter Miene musterte.

»Oh, wir kommen ungelegen, nicht wahr? Sie wollten gerade aufbrechen?«

»Ja«, Marie zögerte, »wir wollten gerade einen kleinen Ausflug machen.«

»Einen Ausflug? Bei dem Wetter?«

»Und Sie wollen auch mit?«, wandte sich Emma Grosch an Karin, die beharrlich schwieg.

»Sie sind doch von der Polizei, oder?«

»Wohin soll's denn gehen?«

Marie stöhnte leise auf. Nicht nur die beiden Schwestern, auch die Kommissarin schien auf eine Antwort von ihr zu warten.

»Ich mache mir Sorgen um meinen Mann. Er ist heute Morgen allein in den Spreewald aufgebrochen, dabei ist er krank und sollte eigentlich zu Hause bleiben.«

»Ihr Mann ist krank?«, erkundigte sich Bertha Grosch neugierig. »Was hat er denn?«

»Hören Sie, ich werde Ihnen alles später erklären, aber wir müssen jetzt wirklich los.«

Die beiden Schwestern nickten verständnisvoll, Marie lächelte ihnen noch einmal steif zu und schob Karin dann in Richtung Tür. Im letzten Moment drehte sie sich doch noch einmal zu den Frauen um. »Sagen Sie, Sie haben meinem Mann doch von diesem Märchen erzählt. Diese Geschichte mit der Hexe.«

Karin horchte auf, während die Schwestern kaum merklich zusammenzuckten und dann nickten.

»Warum fragen Sie?«

»Weil …« Marie suchte nach einer Möglichkeit, nicht die gesamte Geschichte erzählen zu müssen, aber vergeblich. »Verdammt. Mein Mann ist so verrückt, dass er glaubt, diese Hexe wäre verantwortlich für alles, was in letzter Zeit passiert ist. Und jetzt ist er irgendwo dort draußen und jagt diesem Phantom nach, das Sie ihm eingeredet haben.«

»Sagen Sie bloß, Ihr Mann hat sie gesehen?«

Die beiden alten Bäuerinnen schauten sie erschrocken an.

»Hören Sie, ich erzähle Ihnen alles später. Wirklich. Aber jetzt möchte ich von Ihnen nur wissen, ob Sie eine Ahnung haben, wohin mein Mann gegangen sein könnte.«

Bertha schüttelte den Kopf. »Wir haben keine Ahnung. Die Hexe ist doch nur ein Märchen.«

Karin hatte sich dazugesellt. »Ein Märchen? Das würde ich auch gern hören.«

Die Schwestern redeten kurz auf Sorbisch miteinander.

»Auf Deutsch, bitte.«

»Natürlich«, sagte Emma Grosch und begann die Geschichte von der Heilerin zu erzählen, von dem Grafen, der Heilung der Kinder und wie sie statt einer Belohnung am Ende auf dem Scheiterhaufen landete. Und von ihrer unheimlichen Wiedergeburt in der Spree und ihren Attacken auf Kinder.

Für einen Moment herrschte in der Küche Stille. Auch Theresa und Tom hatten gebannt zugehört.

»Hat es diese Heilerin denn wirklich gegeben?«, erkundigte sich Karin.

Emma und Bertha Grosch schüttelten die Köpfe.

»Hören Sie, vor einiger Zeit hat sich Herr Lindner schon einmal aufgemacht, um diese Frau zu finden. Anschließend, als er in verwirrtem Zustand aufgefunden wurde, hat er von der Ruine einer alten Hütte erzählt, in der die Frau gelebt haben soll.«

»Tatsächlich?«

Karin holte ihre Landkarte heraus und legte sie auseinandergefaltet auf den Tisch. »Haben Sie eine Idee, wo sich diese Hütte befinden könnte? Leider konnte Herr Lindner sich später nicht mehr genau erinnern.«

Bertha Grosch starrte die Kommissarin verständnislos an. »Aber wir haben doch schon gesagt, dass es sich nur um eine Legende handelt.«

»Ein Märchen«, pflichtete ihr ihre Schwester bei und hob beschwörend die faltigen Hände.

»Aber mein Mann glaubt daran!«, donnerte Marie. »Und jetzt ist er da draußen allein in der Kälte!«

Überrascht spürte Marie Karins Hand auf ihrem Unterarm. Die Kommissarin wandte sich wieder den beiden alten Damen zu. »Bitte, denken Sie nach. Viele Legenden haben schließlich einen wahren Kern. Kann es nicht sein, dass es auch diese Frau tatsächlich gegeben hat? Dass sie in der Nähe in einer Hütte gelebt hat?«

Keine Antwort, aber Marie fiel auf, dass Emma Groschs Hände und Lippen zitterten. Die alte Dame wollte gerade den Mund aufmachen, als ihre Schwester ihr zuvorkam. »Wir würden Ihnen wirklich gerne helfen«, sagte sie mit fester Stimme, »aber wir wissen nichts von einer Hütte.«

Kurz darauf packte Marie ihren Rucksack in Karins Lada. Theresa hatte darauf bestanden, ihnen noch belegte Brötchen und eine Thermoskanne mit Tee einzupacken.

»Wir können auch unseren Wagen nehmen«, sagte Marie.

»Lieber nicht, die Straßen sind spiegelglatt. Ihr Chrysler ist viel zu schwer für den Weg zur Wotschofska. Wir fahren besser mit meiner kleinen Kiste. Natürlich nur, wenn es Ihnen nicht zu unbequem ist?«

Marie schüttelte den Kopf.

»Sind Sie wirklich sicher, dass ich nicht mitkommen soll?«, erkundigte sich Tom, der mit auf den Hotelparkplatz gekommen war.

Marie lächelte dankbar. »Nein, ich würde mich besser fühlen, wenn Sie bei Theresa und Emma bleiben.«

Karin nickte. »Und wenn Herr Lindner zurückkommt, rufen Sie sofort auf der Wache an. Die Kollegen werden mich dann informieren. Ich habe mein Funkgerät dabei.«

»Und sagen Sie auch Bescheid, wenn sich das Krankenhaus meldet. Falls Lars aufwacht«, ergänzte Marie.

»Es tut mir leid. Ich hätte Ihren Mann heute Morgen aufhalten sollen«, sagte Tom.

»Ich glaube nicht, dass Sie es geschafft hätten, ihn von seinem Plan abzuhalten.« Marie öffnete die Beifahrertür des Lada.

»Haben Sie eine Taschenlampe dabei?«, fragte Karin. Sie zeigte zum Himmel. »Keine Ahnung, wie lange wir unterwegs sein werden, aber in zwei Stunden wird es dunkel.«

»Wir haben noch eine Taschenlampe in der Küche. Aber ich glaube, es fehlen die Batterien«, sagte Tom.

»Ich habe neue gekauft«, erwiderte Marie. »Kommen Sie mit.«

Während Karin beim Auto blieb, ging Marie noch einmal ins Hotel. Tom folgte ihr. Die neuen Batterien lagen im Schrank im Restaurant.

»Das sollte für eine ganze Nacht reichen«, meinte Marie nachdenklich.

Sie bemerkte, wie besorgt Tom sie ansah. »Glauben Sie, dass an dieser Hexensache etwas dran ist?«, fragte er vorsichtig.

Marie zuckte nur müde mit den Schultern. »Passen Sie gut auf Emma auf, okay?«

Tom nickte ergeben. »Sie können sich auf mich verlassen.«

»Ich weiß«, sagte Marie.

Beim Verlassen des Hotels traf sie eine eisige Böe ins Gesicht. Na, wunderbar, das kann ja ein Spaß werden, dachte sie und zog den Reißverschluss ihrer Winterjacke bis nach oben. Als sie um die Hausecke auf den Parkplatz bog, hielt sie überrascht inne.

Karin Schulte war nicht mehr allein bei ihrem Wagen. Emma Grosch stand neben ihr und redete aufgeregt auf sie ein.

»Alles in Ordnung?«, erkundigte sie sich, als sie die beiden am Lada erreichte.

Karin drehte sich zu ihr um. »Haben Sie die Taschenlampe?«

Marie hielt sie hoch und sah dabei misstrauisch zu der ertappt dreinblickenden Emma Grosch.

»Bitte, passen Sie gut auf sich auf«, flüsterte ihr die alte Dame leise zu. »Ihre süßen Kinder brauchen Sie doch.«

Bevor Marie etwas erwidern konnte, meldete sich Karin Schulte von der anderen Seite des Wagens.

»Wollen wir jetzt Ihren Mann suchen, oder nicht, Frau Lindner?«

Als sie den Parkplatz verließen, schaute Marie sich noch einmal um. Emma Grosch winkte ihnen hinterher. Marie war sich nicht sicher, aber sie hatte den Eindruck, dass die alte Dame weinte.

37

Er hatte vergessen, wie lange er schon auf dem Baumstumpf saß. Seine Armbanduhr war stehengeblieben. Er versuchte sich zu erinnern, wann sie kaputtgegangen war. Als er auf einer vereisten Pfütze ausgerutscht und sein Arm gegen eine Birke geknallt war? Oder war einfach nur die Batterie leer? Oder hatte es etwas mit diesem Ort zu tun? Blieb die Zeit hier stehen?

Egal, dachte er, er würde so oder so warten, bis es passieren würde.

Eine klare Vorstellung, was genau er erwartete, hatte er nicht. Würde die Hexe plötzlich aus den Büschen auf ihn zuspringen? Würde ein dunkles Gespenst sich über die Lichtung schleppen, oder würde sich ein düsterer Höllenschlund plötzlich vor ihm öffnen, in den er hineinstürzte?

Er war auf alles vorbereitet. Mit dem Baseballschläger in der Hand und dem Messer am Gürtel fühlte er sich stark genug, jeder Bedrohung entgegenzutreten.

Es schneite immer heftiger. Versonnen beobachtete er die dicken Flocken, die in einem weißen Vorhang zu Boden fielen.

Langsam wurde ihm kalt. Er griff in seinen Rucksack nach der Thermoskanne und goss sich einen Kaffee ein. Nachdenklich rieb er seine klammen Finger an der heißen Tasse und überlegte, was er tun sollte.

Leise ächzend erhob er sich und ging auf der Lichtung auf und ab, um die Kälte aus seinen Beinen zu vertreiben.

Es war verrückt. Unzählige Male hatte ihn das Gefühl der

Bedrohung plötzlich im Nacken gepackt und dann für lange Zeit nicht losgelassen, aber jetzt, wo er im dunklen Herzen der Gefahr stand, spürte er nichts mehr.

Sollte er wieder nach Glubitz zurückmarschieren, oder gleich nach Lübbenau zur Polizeiwache? Dieses Mal konnte er den Kollegen mit Sicherheit den richtigen Weg zur Hütte zeigen. Dann würden alle sehen, dass er die ganze Zeit über recht gehabt hatte. Schon die Existenz der Ruine war Beweis genug, dass er nicht verrückt geworden war, dass er sich nicht alles eingebildet hatte. Noch besser wäre es natürlich, wenn er allen zeigen könnte, dass es auch die Hexe wirklich gab.

Nein, er konnte nicht zurück. Noch nicht. Er musste hier in der Einsamkeit mitten im Spreewald warten, allein. Die Frau hatte seinen Sohn bedroht, um ihn ins Herz zu treffen, davon war er überzeugt. Und sie würde es immer wieder tun, würde er sie nicht aufhalten. Das war eine Sache zwischen ihm und ihr, etwas, das sie unter sich regeln und ein für alle Mal beenden mussten. Deshalb hatte er auch auf Anhieb die Hütte wiedergefunden, während Karin und ihre Kollegen umsonst durch den Spreewald geirrt waren. Er war der Pfeil. Einmal auf sein Ziel abgeschossen, gab es für ihn kein Zurück mehr. Es war seine Bestimmung, hier zu sein, was auch immer seine Anwesenheit am Ende für Konsequenzen haben würde.

Schwere Schneewolken trieben über den Himmel. Doch egal, wie lange er sie beobachtete, er konnte nicht zweifelsfrei sagen, ob die Wolken von Osten nach Westen oder von Westen nach Osten zogen.

Ein leises Geräusch ließ ihn hochfahren. Er wirbelte herum, seinen Blick auf die Eiche gerichtet. Beide Hände fest um den Baseballschläger geklammert ging er langsam auf den Baum zu. Sein Herz pochte ihm bis zum Hals. Ein leises Trappeln, dann ein Kratzen, ganz in seiner Nähe. Er hob den Schläger. War sie endlich gekommen? Bitte schön, er war bereit!

»Komm raus, du Miststück! Oder hast du Angst vor mir?«

Für einen Moment herrschte absolute Stille. Dann huschte ein kleines, braunes Fell den Baum hinauf und hinterließ eine Spur in dem Schnee, den der Wind an den Baum gedrückt hatte.

Ein Eichhörnchen. Er schnaufte erleichtert und ließ den Schläger sinken. Lächelnd beobachtete er, wie das kleine Tier von einem Ast auf ihn heruntersah und dann schnell wie der Blitz auf eine kahle Erle sprang, bevor es in den Schneeflocken verschwand.

So weit war es also schon mit ihm gekommen: Er erschreckte sich vor einem harmlosen Eichhörnchen. Immerhin war das Tier das erste lebendige Wesen, das er seit Stunden gesehen hatte. Fast hatte er das Gefühl gehabt, Teil eines Alptraums zu sein, eingefroren in einem Gemälde aus Schnee und Eis. Das Eichhörnchen war ein Zeichen, dass er sich doch noch in der realen Welt befand.

Die Dämmerung hatte eingesetzt. Nicht mehr lange, und es würde komplett dunkel sein.

Er klopfte sich den Schnee von den Schultern und beschloss, in die Überreste der Hütte zu gehen. Vielleicht konnte er dort ja sogar ein kleines Feuer entfachen und sich aufwärmen.

Er zwängte sich durch die eingefallene Türöffnung und leuchtete mit seiner Lampe in die dunklen Ecken. Ein paar halb verfaulte Holzstücke sahen nach den Überresten eines Schranks aus. Vor dem Fenster musste damals eine Kommode gestanden haben. Auf dem Boden entdeckte er eine Vase aus rotbraunem Ton.

Wie alt die Sachen wohl waren? Hatten die alten Grosch-

Schwestern nicht erzählt, dass die Hexe vor ein paar Hundert Jahren gelebt hatte? Die Überreste in der Ruine sahen deutlich jünger aus. Die einzigen Möbelstücke, die noch eindeutig zu erkennen waren, waren der gusseiserne Ofen und das Bett, von dem nicht mehr als das Gestell und der Federkern der Matratze übrig waren.

Müde ging Robert in die Knie, sammelte ein wenig Holz zusammen und stopfte es mit etwas Reisig in den Ofen. Er hatte Glück. Das Holz war trotz des Niederschlags trocken genug geblieben, um mit dem alten Zippofeuerzeug, das Marie ihm vor ein paar Jahren zum Geburtstag geschenkt hatte, ein Feuer entfachen zu können. Es qualmte heftig, aber der meiste Rauch zog durch einen immer noch vorhandenen Schacht nach draußen.

Endlich wurde es ein bisschen wärmer. Gedankenverloren starrte er auf das leise knackende Feuer und die tanzenden Schatten an den Innenwänden der zerstörten Hütte. Während sich draußen die Nacht über den Spreewald senkte und der Schnee alles unter sich begrub, dachte er an Lars.

Er hatte so zerbrechlich ausgesehen, so klein in seinem großen Krankenbett. Warum nur war er so lange bewusstlos? So heftig war der Sturz in der Waschküche doch nicht gewesen. Lastete ein Fluch auf dem Jungen? Wo war er wohl in seinen Träumen? Träumte er überhaupt?

Vielleicht war er ja inzwischen wieder aufgewacht? Dann hatte er seine Geschichte aus dem Keller bestimmt schon bestätigt, und Marie wusste in der Zwischenzeit auch, dass er die Wahrheit gesagt hatte. Vielleicht war sie schon mit der Polizei hierher unterwegs, um ihm bei seinem Kampf zu helfen. Wenn es denn überhaupt einen Kampf geben würde.

Er wischte sich die laufende Nase am Ärmel ab. Und wenn die Hexe nicht auftauchte? Dann hätte er sich mit seinem dramatischen Abschiedsbrief total lächerlich gemacht.

Der Schmerz in seinem Rücken begann wieder zu pochen. Das krumme Sitzen auf dem Bettgestell war nicht gut für ihn. Vorsichtig legte er sich auf die Überreste der Matratze. Zu Hause im Bett mit Marie war es gemütlicher, aber für eine Weile würde es schon gehen.

Wenn er jetzt aus dem Fenster schaute, konnte er den dunklen Himmel sehen. Für einen kurzen Augenblick gaben die Wolken den Mond frei, der, fast voll, auf ihn herunterschien.

Der Moment war eigentlich perfekt für ein bisschen Musik. Seine Hand fuhr in seine Jacke und ertastete das kalte Metall des Walkmans. Aber nein, keine Musik, ermahnte er sich, schließlich war das hier kein Campingausflug, auch wenn es sich im Moment so anfühlte.

Er gähnte. Schon seit vielen Wochen, ja eigentlich seit seinem Unfall auf dem Dach in Friedrichshain, hatte er nicht mehr durchgeschlafen. Das ging an die Substanz. Vor dem Vorfall hatte er immer selig wie ein Kleinkind geschlummert, aber das war jetzt vorbei. Nicht nur wegen der Rückenschmerzen, sondern weil ihm alles Mögliche durch den Kopf ging, die Schießerei, die Frage, was aus seinem Leben werden sollte und warum er immer diese Alpträume hatte. Manchmal lag er schon morgens ab drei Uhr wach im Bett und wälzte sich schlaflos hin und her, ganz egal, wie spät er ins Bett gegangen war. In diesen Stunden war er selbst nicht mehr sicher, was Traum und was Realität war.

Aber er bildete sich nichts ein. Die Hexe und die Bedrohung, die von ihr ausging, waren so real wie diese Hütte und das juckende Dreieck auf seiner Wade.

Er stutzte. Das Mal an seinem Bein hatte tatsächlich zu jucken begonnen, und der Juckreiz wurde immer stärker. Als ob eine Armee von Ameisen unter seiner Haut aufmarschierte. Und obwohl er sich am liebsten die Wade aufreißen wollte, erstarrte er auf seiner harten Liege wie eine Schaufensterpuppe.

Sie war wieder da! Er konnte sie nicht sehen und nicht hören, aber die unheimliche Gewissheit, beobachtet zu werden, die Bedrohung, die sich wie ein Amboss auf seine Brust legte und ihm die Luft zum Atmen nahm, ließen keine Zweifel. Er schloss die Augen und presste die Lippen angespannt aufeinander. Er durfte keine Angst haben. Er war hierhergekommen, um sich der Bestie zu stellen, um sie zu töten, doch sein ganzer Mut war auf einmal wie weggeblasen.

Sein Atem ging schnell, seine Hand hatte sich krampfhaft um das kalte Holz geschlossen. Schockartig wurde ihm bewusst, dass er unfähig war, auch nur den kleinen Finger zu rühren! Nicht einmal den Kopf konnte er zur Seite drehen! Ihm blieb nichts anderes übrig, als mit aufgerissenen Augen in das morsche Dach der Ruine zu starren.

Eine schrille Stimme in ihm, seine eigene Stimme, begann zu schreien: Mach etwas, steh auf! Steh endlich auf!

Aber er konnte sich nicht aufrichten, nicht einen Millimeter. Sein Herz hämmerte dumpf bis in seinen schmerzenden Kopf, er war ihr wehrlos ausgeliefert. Sie konnte ihn quälen, töten oder noch viel Schlimmeres mit ihm anstellen.

Noch immer konnte er nichts hören oder sehen.

Aber auf einmal etwas riechen.

Da war er wieder, der Geruch nach altem, abgestandenem, brackigem Wasser. Nach verfaultem Seetang, Schlamm, Tod und Verwesung. Wie eine dunkle Nebelbank schob sich der Gestank langsam über ihn, bedeckte ihn wie eine übel riechende, undurchdringliche Decke.

Er schnappte nach Luft. Vergeblich. Mitten auf der kaputten Matratze liegend hatte er das Gefühl, als würde er in dem öligen Dunst *ertrinken*! Er zitterte, krampfte, Schweiß lief ihm über die Stirn. Dann versank sein Bewusstsein langsam wie ein Stein in zähem Schlamm …

Er befand sich unter Wasser. Tief, immer tiefer sank er hinab. Wie in einem Strudel drehte er sich schnell und immer schneller, die Arme nach beiden Seiten ausgestreckt, die Augen ungläubig nach oben gerichtet, zum Licht, das in geraden Strahlen durch das dunkle Türkisgrün des Wassers fiel.

Er würde ersticken. Er fühlte das kalte Nass auf seiner Haut, schmeckte die faule Brühe in seinem Mund, spürte, wie sie ihn wie einen im Fluss treibenden Fisch umfing, wie das Wasser sich schmerzend in seine Lungen wühlte und seinen Körper füllte wie ein leeres Glas.

Lebte er noch, oder war er schon tot?

Wie ein sterbender Engel, die Beine unten, die Arme immer noch ausgestreckt, hing er im Wasser. Über ihm, unerreichbar und unendlich fern über der Oberfläche, sah er fahles Licht, unter ihm nur das vollkommene Schwarz der endlosen Tiefe.

Plötzlich ein ihn zerreißender Schmerz, als ob ein greller Blitz in seinem Körper explodierte.

Angst.

Panische, feuerheiße, fassungslose Angst. Wie einen Kreisel trieb sie ihn im trüben Wasser herum.

Er krümmte sich, wollte schreien, aber nur letzte Luftblasen kamen aus seinem aufgerissenen, stummen Mund und stiegen wie kleine Glaskugeln dem Licht entgegen.

Ehe er sichs versah, traf ihn ein weiterer Schlag. Und noch einer. Immer wieder wurde er getroffen. Wie ein Taucher, hilflos von einem Schwarm blutrünstiger Haie umzingelt.

Und es war jetzt nicht nur Angst, die er spürte. Es war auch Einsamkeit, Verzweiflung, Trauer, ja sogar Liebe, dazu Hass und grenzenlose Wut. Jedes Gefühl war so rein, so mächtig und intensiv, dass es ihn auseinanderzureißen drohte.

Bilder stiegen vor seinem geistigen Auge auf.

Geschützfeuer am schwarzen Nachthimmel. Zerschossene und zerstörte Körper, aufgequollene Pferde und Menschen, die tot auf verbrannten, endlosen Feldern lagen. Blätter, die von kahlen Bäumen fielen. Die Sonne, strahlend hell über dem Morgendunst. Birken, die sich im Sturm hin und her wiegten. Regentropfen, die schwer ins dunkle Wasser klatschten. Kleine Hände, Hilfe suchend aus dem Wasser ragend. Eine Krähe, die an einem toten Kaninchen pickte. Ein Reiher, der einen glänzenden, zappelnden Fisch herunterwürgte. Ein morsches Ruder, das sanft ins Wasser glitt. Nicht enden wollende Pfade durch dunklen Wald. Ein Reh mit stumpfen Augen, die Wunde im Bauch voller Maden. Ein glitzernder Hecht, der im trüben Wasser mit seinen spitzen Zähnen nach einem Stichling schnappte. Schwarze Erde, die auf einen hölzernen Sarg fiel. Gewaltige Wellen, die sich im Regen an grauen Felsen brachen. Weißer Strand bis zum Horizont. Ausgebrannte Ruinen, aus denen dunkler Rauch in den Himmel stieg. Lachende Kinder am Fluss, ihre kleinen nackten Beine, die spritzend durch das Wasser strampelten. Eine Flasche, die im tiefen Schlamm steckte. Ein Baby, das blutüberströmt auf dem Boden lag.

Stöhnend und mit einem Schrei kam Robert wieder zu sich. Trotz der Kälte war er in Schweiß gebadet. Das Herz pumpte immer noch voller Panik, sein Verstand fühlte sich an wie ein nasser Lappen, der immer wieder gegen eine Wand geschlagen worden war.

Schwer atmend orientierte er sich. Er brauchte einen Augenblick, bis ihm bewusst wurde, dass er von einem Alptraum in einen anderen zurückgekehrt war. Der Gestank nach faulem Wasser, die eisige Kälte, der Ofen, dessen Feuer fast erloschen war. Er war immer noch im Spreewald, immer noch in der Ruine der Hütte. Lag immer noch auf der kaputten Matratze.

Und konnte sich nicht bewegen.

Die Hand, die den Baseballschläger umfasst hielt, nicht einen Millimeter heben.

Aus der Ferne hörte er eine Krähe. Dann das Bellen eines Hundes.

Ein Glück, es gab also doch noch eine reale Welt da draußen.

Er versuchte zu sprechen. Aber sosehr er sich auch bemühte, keine Silbe kam über seine Lippen.

Was war mit ihm passiert?

Die schrecklichen Bilder, die seinen Geist eben erschüttert hatten, hallten noch schmerzhaft in seiner Seele nach, doch ein anderes Gefühl übertraf alles andere. Die Gewissheit, dass er nicht allein war.

Sie war noch immer da. Er konnte sie nicht sehen, aber er spürte ihre Gegenwart. Dazu der Geruch. Mittlerweile stank es nicht nur nach faulem Flusswasser, es roch nach – er überlegte – Frau. Aber es war nicht Marie und auch keine seiner früheren Freundinnen, trotzdem kam ihm der Geruch vertraut vor.

Etwas legte sich auf seine Brust, übte leichten Druck aus. Eine Hand, dann eine zweite. Sanft und zärtlich schoben sie sich in Richtung seiner Schultern.

Robert merkte, wie der Reißverschluss seiner Lederjacke geöffnet wurde. Seine Augen füllten sich mit Tränen. Warum nur konnte er sich nicht bewegen? Er hatte eine Waffe in der Hand und war der Hexe trotzdem wehrlos ausgeliefert.

Seine linke Hand steckte noch immer in der Jackentasche. Auch sie konnte er nicht bewegen, spürte aber das kalte Metall seines Walkmans an seinen Fingerspitzen.

Er hatte eine Idee. Sie würde ihm im Moment nicht viel helfen, aber vielleicht später, wenn er das hier überleben sollte.

Er konzentrierte sich auf seine Hand. Verdammt noch mal, es musste doch möglich sein, wenigstens einen Finger zu rühren.

Während die für ihn unsichtbaren Hände langsam seine Jacke öffneten und forschend über sein Hemd wanderten, versuchte er …

Mit einem heftigen Ruck rissen die Hände sein Hemd brutal auseinander. Robert entfuhr ein verzweifeltes Stöhnen. Er konnte ihre kalten Finger auf seiner Haut spüren. In kreisenden, ungelenken Bewegungen fuhren sie durch sein Brusthaar und erforschten seinen nackten Oberkörper. Plötzlich krallten sich ihre Fingernägel tief in seine Haut. Er wollte schreien, blieb aber stumm. Auch als sie ihm mit ihren Nägeln die Haut vom Körper riss.

Dann sah er sie. Ihr Gesicht war genau über seinem. Ihre nassen schwarzen Haare strichen über seine verschwitzten und vor Angst geröteten Wangen. Ihre kalten Augen musterten ihn. Zunächst meinte er, in ihnen etwas wie stille Wehmut erkennen zu können, doch dann änderte sich ihr Gesichtsausdruck. Sie lächelte ihn an, spöttisch und wütend zugleich.

Er spürte, wie sie mit ihren schlammverkrusteten Krallen seine Hose öffnete, und tief in ihren blauen Augen begann eine rote Flamme zu leuchten.

38

Noch immer nichts?«

»Nein, ich habe gerade im Hotel angerufen. Ihr Mann ist noch nicht wieder aufgetaucht.«

Marie seufzte niedergeschlagen und sah sie weiter erwartungsvoll an.

Karin verstand. »Was Neues von dem Jungen?«, fragte sie in das Funkgerät.

»Nein. Ich habe im Krankenhaus angerufen, und der Arzt, ein gewisser Dr. …«, Karin verdrehte genervt die Augen, als sie hörte, wie Konze, ihr überkorrekter Kollege, in einem Zettelhaufen wühlte, »Dr. Köhler sagt, der Zustand des Jungen sei weiter stabil. Es ginge ihm gut, aber er sei noch immer bewusstlos.«

»Gut, vielen Dank für deine Mühe.«

»Und wie sieht's bei euch aus?«

»Wir sind noch auf dem Weg, aber der Schnee macht uns zu schaffen.«

»Ja, dieses Jahr kommt der Wintereinbruch wirklich zu früh. Kaum einer hat Winterreifen drauf.«

»Wie ist die Lage bei euch?«

»War ganz schön was los heute auf den Straßen. Aber langsam beruhigt es sich. Wir müssen hier in Lübbenau noch zwei Unfälle aufnehmen, danach könnte ich dir vielleicht Verstärkung schicken.«

»Mal schauen, wie lange wir hier noch beschäftigt sind. Meld dich einfach, wenn ihr fertig seid.«

»Gut, mache ich. Dann bis später. Over and out.«

Karin schaltete das Funkgerät aus und steckte es weg. Konze schaute offensichtlich zu viele Westkrimis. Sie lächelte, bemerkte dann aber Maries betrübte Miene und räusperte sich. »Sie haben es ja gehört, es gibt nichts Neues.«

Marie nickte niedergeschlagen.

Die beiden Frauen standen auf einem verschneiten Feld im Nirgendwo. Der Schneefall verwischte die Konturen selbst in ihrer unmittelbaren Umgebung.

Karin kramte zwei Schokoriegel aus ihrem Rucksack und bot Marie einen an. »Kommen Sie, Frau Lindner, lassen Sie den Kopf nicht hängen. Es ist ja nicht mehr weit.«

Mit einem Riegel in der Hand schaute sich Marie zweifelnd um. »Was genau hat die alte Bäuerin Ihnen noch mal gesagt?«

Karin wischte sich den Schnee von der Jacke. Auf der langen und rutschigen Fahrt durch den vereisten Spreewald zur Wotschofska hatte Roberts Ehefrau immer wieder nach ihrem kurzen Gespräch mit Emma Grosch gefragt.

»Wir sollen uns zweihundert Meter vor der Stelle umschauen, wo der Glubitzer- auf den Burg-Lübbener-Kanal trifft. Wenn es hier irgendwo eine alte Hütte gibt, dann am wahrscheinlichsten da.«

Karin studierte konzentriert die Karte, um zu verbergen, dass sie den Rest der Botschaft lieber für sich behielt.

Sie müssen sich beeilen. Er ist in großer Gefahr.

Warum?, hatte Karin die alte Dame gefragt.

Das kann ich Ihnen nicht sagen, aber gehen Sie, jetzt.

Dann war Marie auf dem Parkplatz aufgetaucht und hatte ihr Gespräch unterbrochen.

»Können Sie bei dem Wetter überhaupt etwas wiedererkennen?«, fragte Marie.

Karin nickte. »Noch weiß ich, wo wir sind. Keine Sorge.« Sie leuchtete mit ihrer Taschenlampe in eine Richtung, in der sich der Schatten eines Waldes wie eine Gruppe grauer Gespenster erhob. »Da entlang. Dann noch durch den Wald, und dann sollten wir da sein.«

Die beiden setzten ihre Rucksäcke wieder auf und stapften weiter durch den Schnee. Beide waren schon mehrmals auf dem Eis ausgerutscht, das sich auf Pfützen und Ackerfurchen unter der Schneedecke gebildet hatte. Einmal war Marie so heftig auf ihr Knie gefallen, dass sie kaum noch gehen konnte. Karin konnte genau sehen, wie sie litt, auch wenn Marie es vor ihr nicht zugeben wollte.

»Ich verstehe das nicht«, unterbrach Marie die Stille. »Sie und Ihre Kollegen haben hier doch schon alles abgesucht. Wenn es die Hütte wirklich gibt, hätten Sie sie doch finden müssen?«

»Natürlich haben wir uns hier umgeschaut. Aber wie gesagt, wir waren nicht genügend Leute, und bei dem Wetter kann es gut sein, dass wir etwas übersehen haben.« Sie verschwieg, dass sie und ihre Kollegen die Suche recht schnell abgebrochen hatten, weil ihnen zu kalt geworden war. Außerdem gab es auch in einer verträumten Gegend wie dem Spreewald für die Polizei Wichtigeres zu tun, als den Spinnereien eines verwirrten Exkollegen hinterherzujagen.

Endlich hatten sie den Waldrand erreicht. Die kahlen Birken und Erlen erhoben sich wie Skelette vor ihnen.

»Können Sie irgendwo einen Weg erkennen?«, fragte Marie.

Karin leuchtete mit der Taschenlampe auf ihre nasse Karte und schüttelte den Kopf. »Vielleicht sollten wir um den Wald herumlaufen? Der Fluss ist auf der anderen Seite.«

Die beiden Frauen begannen sich einen Weg zu bahnen. Die Dunkelheit senkte sich jetzt immer schneller über sie. Hier, am Waldrand, war es bereits tiefste Nacht. Die Taschenlampen immer auf den Boden gerichtet, mussten sie jeden Schritt genau überlegen, um in dem tiefen Graben nicht wieder auszurutschen.

Wie still es war! Karin konnte außer ihrem eigenen, erschöpften Stöhnen und dem leisen Wind nichts hören. Kein Tier, kein Rascheln, nichts.

»Ein bisschen unheimlich, oder?«, sagte Karin.

Marie nickte, während sie sich darauf konzentrierte, nicht noch einmal hinzufallen. Aber als sie auf einen glatten Stein trat, der unter dem Schnee nicht zu erkennen gewesen war, verlor sie erneut das Gleichgewicht und schlug mit dem bereits lädierten Knie hart auf den gefrorenen Boden auf.

»Verdammt«, stöhnte sie. Mit Tränen in den Augen saß sie am Boden und rieb sich die schmerzende Stelle.

Karin setzte sich mit besorgter Miene zu ihr. »Wollen wir eine Pause machen?«

Marie schüttelte den Kopf. »Nicht so kurz vor dem Ziel.«

»Schauen Sie, vielleicht können wir ja da hindurchgehen?« Karin hatte eine kleine Lücke zwischen den Büschen entdeckt. »Das ist wahrscheinlich eine Abkürzung.«

Marie nickte. Karin half ihr, auf allen vieren den kleinen Knick hinaufzuklettern. Plötzlich schrie Marie voller Panik auf und warf sich erschrocken zur Seite!

»Oh, mein Gott, was ist das?«

Karin war ihr gefolgt. Mit ihren schweren Wanderstiefeln schob sie den Schnee an der Stelle beiseite, an der Marie sich gerade mit ihren Händen abgestützt hatte.

»Nur ein Hase.«

»Ein toter Hase.« Marie blickte auf den Kadaver hinab. Die Augen des Tieres waren so bleich wie weiße Murmeln, aus seinem Bauch war ein großes Stück herausgerissen worden. Marie und Karin konnten die gefrorenen Innereien sehen. Marie verzog angeekelt das Gesicht und wischte sich die Handschuhe an ihrer Jeans ab.

»Wollen Sie ein Taschentuch?« fragte Karin

»Geht schon«, antwortete Marie und zog sich ächzend an einem Ast hoch. »Wer hat das gemacht? Ein Wolf?«

»Bei uns im Spreewald?«

»Ich habe im Radio gehört, dass sie einen an der Grenze gesehen haben. In Polen.«

Karin schüttelte den Kopf. »Aber hier doch nicht. Das war viel weiter im Norden. Bei Frankfurt.«

Marie schaute hinunter auf das zerrissene Tier und schüttelte verstört den Kopf.

»Hier geht es weiter.« Karin leuchtete einen pechschwarzen Pfad entlang, der sich durch die Bäume schlängelte und schließlich im Dunkel verschwand.

»Na dann.« Marie ging wieder voran. Karin folgte ihr.

Im Wald war noch nicht einmal der Wind zu hören. Nur ihre Schritte durchbrachen die ohrenbetäubende Stille.

Karin schaute sich unsicher um und dachte an die Worte der alten Bäuerin:

Sie müssen sich beeilen. Er ist in großer Gefahr.

Karin spürte, wie sich nach einem kalten Windhauch ihre Nackenhaare aufstellten. Lächerlich, schimpfte sie still mit sich selbst. Lässt du dir von der alten Dame Angst einjagen? Du bist der Profi hier. Wenn jemand Angst haben darf, dann ja wohl seine Frau. Sie blickte zu Marie, die vor ihr den Weg entlanghumpelte. Spürte auch sie die bedrückende Atmosphäre des Waldes?

Mit ihrer Taschenlampe leuchtete Marie immer wieder ruckartig nach links und rechts in den Wald. Plötzlich legte sie die Hände wie einen Trichter an den Mund und schrie: »Robert! Robert! Wo bist du?«

Karin zuckte erschrocken zusammen, als Maries Stimme im Wald förmlich explodierte. Marie sah ihr entsetztes Gesicht und starrte sie verständnislos an.

»Was ist? Ich denke, wir sind ganz nah? Vielleicht kann er uns ja hören?«

Karin nickte. Es gab keinen Grund, leise durch den Wald zu schleichen. So würden sie Robert nie finden.

Marie rief weiter nach ihrem Mann und wurde dabei immer lauter und ungeduldiger. In ihren aufgerissenen Augen war allzu deutlich die Angst zu sehen, dass Robert etwas zugestoßen sein könnte. Vielleicht war er wie sie auf dem Eis ausgerutscht und lag jetzt bewusstlos auf dem gefrorenen Boden?

Ein leises Rauschen. Auch Marie hatte es gehört und schaute sich erschrocken zu ihr um. Es dauerte einen Moment, bis sie verstanden, woher das Geräusch kam.

Das Funkgerät.

Karin hielt es sich an den Mund. »Hallo, Dietmar? Hast du gerufen?« Keine Antwort. Karin wiederholte ihre Frage, aber niemand meldete sich. »Na, toll. Kein Empfang.« Sie zuckte bedauernd mit den Schultern und wollte das Gerät gerade wieder in ihren Gürtel zurückstecken, als es erneut zu rauschen begann. Nur ganz kurz.

»Jemand will mit Ihnen reden.«

Karin schüttelte den Kopf. »Nein, ich glaube eher, das sind«, sie zögerte, »so etwas wie atmosphärische Störungen.« Sie schwenkte das Funkgerät ein paarmal hin und her, und tatsächlich schwoll das Rauschen kurz an und wurde dann wieder leiser.

Karin versuchte eine andere Frequenz einzustellen. Ohne Erfolg. »Mist, was ist nur los damit? Hoffentlich ist das Scheißding nicht kaputt.«

Sie stutzte. Marie hatte ihr nicht zugehört, sondern starrte fassungslos und entsetzt an ihr vorbei auf den schmalen Waldweg.

Nur ein paar Meter von ihnen entfernt stand Robert Lindner.

Karin hätte ihn fast nicht erkannt. Seine Augen waren weit aufgerissen, über sein Gesicht zogen sich mehrere Kratzer, und die verschwitzten Haare waren voller Schlamm und klebten ihm wie eine Dornenkrone am Kopf.

Die beiden Frauen schien er gar nicht wahrzunehmen. Obwohl er schwankend im zitternden Lichtkegel von Maries Taschenlampe stand, war sein verstörter Blick auf ein weit entferntes Ziel gerichtet.

39

Und er war nackt, völlig nackt. Genau wie sein Gesicht war auch sein Körper verschmutzt und mit blutigen Schrammen übersät. Mit seinen nackten Füßen stand er mitten im Schnee. Marie konnte sehen, wie er vor Kälte zitterte.

»Robert«, stammelte sie leise.

Er reagierte nicht.

»Robert? Was ist mit dir?«

Sie machte einen Schritt auf ihn zu. Sofort zuckte er zusammen und wich ein Stück auf dem leise knirschenden Schnee zurück. Dann schaute er endlich zu ihr auf.

Oder nicht?

Marie hatte das Gefühl, als würde er durch sie hindurchblicken. Sein Kopf schwankte auf seinem Hals hin und her, als wäre er zu schwer für ihn. Marie spürte, wie ihr Tränen über die Wangen liefen.

Sie machte einen weiteren Schritt auf ihn zu, als sich eine Hand sanft auf ihren Arm legte.

»Ganz ruhig, Frau Lindner«, flüsterte Karin. »Sie erschrecken ihn nur.«

Marie bemerkte, wie Roberts Anblick die Kommissarin verwirrte und gleichzeitig faszinierte. Sein muskulöser Körper, seine breiten Schultern, seine kräftigen Arme und Beine – Robert sah aus wie eine dieser Statuen, die sie vor langer Zeit mal in Florenz gesehen hatte. Sie riss sich von der Kommissarin los. »Robert, komm endlich zu dir. Ich bin's, Marie, deine Frau.«

Aber statt Freude und Erleichterung sprachen nur Entsetzen und Panik aus Roberts Blick. Sein Körper verkrampfte sich wie bei einem gehetzten Tier.

»Robert«, versuchte Marie es noch einmal, doch er war schon zur Seite gesprungen und verschwand im Wald.

»Nein!«, hörte Marie ihren eigenen Schrei, unfähig zu handeln.

Fluchend drängte sich Karin an ihr vorbei und lief Robert durch das verschneite Unterholz hinterher.

Marie brauchte einen kurzen Moment, um die Situation zu erfassen. Dann folgte sie den beiden.

Aber wo entlang sollte sie laufen? Vor sich in der Dunkelheit sah sie den Lichtkegel von Karins Taschenlampe, darin auch manchmal Robert. Wie ein Gespenst hetzte er zwischen den Bäumen hindurch, während die Kommissarin ihm laut rufend folgte.

Marie hatte Schwierigkeiten, mit den beiden Schritt zu halten. Nicht nur wegen ihres Knies. Richtete sie ihre Taschenlampe nur auf den Boden vor sich, verlor sie Robert und die Beamtin aus den Augen. Versuchte sie aber die beiden im Blick zu behalten, dann blieb sie immer wieder im dornigen Unterholz hängen, fiel in vereiste Gruben und riss sich Hände und Gesicht an den Ästen auf.

Aber Marie biss die Zähne zusammen. Nicht schwach werden, nicht jetzt. Wieder rutschte sie aus und fiel mit dem Gesicht voran auf die gefrorene Erde.

Für wenige Sekunden blieb sie benommen liegen, dann rappelte sie sich stöhnend auf. Wo war Robert? Sie hörte die Stimme der Kommissarin durch den Wald hallen, konnte das Licht ihrer Taschenlampe aber nur noch in der Ferne sehen. Sie schien Robert dicht auf den Fersen zu sein.

Ein Gefühl der Schwäche überkam Marie. Sie war Mutter von zwei Kindern, war sogar Geschäftsfrau, aber für solche Hetzjagden war sie einfach nicht geschaffen.

Für einen kurzen Augenblick verspürte sie Neid auf die beiden ausgebildeten Polizisten, die vor ihr durch den Wald rannten.

Aber Robert war noch immer ihr Mann und der Vater ihrer Kinder. Karin würde ihn vielleicht einholen – aber retten konnte nur sie ihn, seine Frau!

Mit neuer Kraft raffte Marie sich auf und humpelte weiter durch den Wald. Scheiß auf die Taschenlampe, dachte sie, als sie feststellte, dass sie viel schneller vorankam, wenn sie sich auf ihre Instinkte verließ und auf die Lampe verzichtete. Ihre Augen hatten sich schnell an die Dunkelheit gewöhnt.

Schnaufend bahnte sich Marie ihren Weg durch den Wald, durch hohe Bäume, vorbei an dunklen Schatten und spitzen Ästen, über gefrorene Gräben und vereistes Moos. Vor sich in der Ferne sah sie das immer kleiner werdende Licht der Taschenlampe der Kommissarin. Von Robert war nichts mehr zu sehen und zu hören.

Weiter, sie musste weiter. Den Vorsprung aufholen! Längst achtete sie nicht mehr darauf, der Spur der beiden zu folgen. Stattdessen hielt sie sich beim Laufen den Arm vors Gesicht und brach, grob die Richtung haltend, durch das Gestrüpp.

Ob sie wohl jemals wieder diesem Wald entkommen würde? Wieder sprang sie über einen kleinen Graben, wand sich durch einen heckenartigen Busch und wäre fast über eine Wurzel gestolpert und in den dunklen Fluss gefallen.

Erschöpft hielt Marie sich an einer Birke fest. Endlich hatte sie den Waldrand erreicht. Die Spree glänzte im Mondlicht wie nasser Teer. Dahinter erstreckte sich ein weites Feld und dahinter ein weiteres Waldstück. Keine Spur von Menschen. Keine Lichter von Häusern oder Laternen.

Sie selbst stand auf einer schmalen Böschung einen halben Meter vom Fluss entfernt.

Das Schneetreiben hatte nachgelassen. Nur noch wenige Flocken schwebten wie kleine Kristalle herab und blieben für einen Moment auf dem Wasser oder der dünnen Eisschicht liegen. Sie hatte Karin und Robert verloren.

»Robert? Frau Schulte? Hallo? Wo seid ihr?«

Marie hörte, wie ihre Stimme durch die gefrorene Natur hallte und dann plötzlich abbrach, als wäre sie gegen eine unsichtbare Barriere geprallt. Keine Antwort. Marie schaute sich verzweifelt um, rief noch einmal. Nichts. Sie schien allein im Wald zu sein.

Sie beschloss, ihre Taschenlampe wieder anzuschalten. Sie war bei Weitem nicht so stark wie die der Kommissarin, aber das Licht genügte, um festzustellen, dass ihre Jacke an den Armen aufgerissen war. Als sie sich mit der Hand über das Gesicht strich, waren ihre Handschuhe blutig. Sie schaute sich genauer um, ließ den Lichtkegel kreisen, in den Wald, über die Uferböschung, über den Fluss.

Etwas stimmte hier nicht, aber sie wusste nicht was.

Nervös betrachtete sie die Umgebung. Was passierte außerhalb des Scheins ihrer Taschenlampe, was geschah in ihrem Rücken?

Ein leises Geräusch hinter ihr, ein Knirschen und Knacken. Sie drehte sich langsam um, hielt die Taschenlampe mit beiden Händen zitternd wie eine Waffe vor sich.

Plötzlich war sie sich sicher, dass Roberts Hexe doch keine Einbildung gewesen war. Dass es das Phantom wirklich gab, dass es sie gleich mit roten Augen anstarren würde.

Aber hinter ihr, in nur wenigen Metern Distanz an der Uferböschung, stand keine Hexe.

Nur Robert.

Sein nackter Brustkorb hob und senkte sich, von der Hetzjagd durch den Wald schien er vollkommen erschöpft zu sein.

Dieses Mal blickte er ihr in die Augen. Marie richtete den Lichtschein ihrer Taschenlampe auf einen Baum neben ihm, um ihn nicht zu blenden. Er betrachtete sie genauer. Zuerst noch distanziert, so wie man im Zoo ein Tier beobachtet, neugierig, was es wohl als Nächstes tut.

Dann lächelte er. Marie hatte nicht gewusst, dass man so traurig lächeln konnte. Mit einem Stich im Herzen wurde ihr bewusst, was hinter diesem Lächeln steckte. Er war einsam. Allein. Allein und verloren in einer Welt, zu der nur er Zutritt hatte.

»Robert«, flüsterte sie, »komm zu mir. Wir gehen nach Hause. Zusammen. Du und ich. Zu unseren Kindern. Zu Lars und Emma. Sie warten auf dich.«

Seine Mundwinkel zuckten. Wollte er etwas sagen? Aber Robert blieb stumm und schüttelte niedergeschlagen den Kopf.

Marie streckte ihm auffordernd die Hand entgegen, ging aber nicht auf ihn zu. Sie wollte den gleichen Fehler nicht noch einmal machen.

»Jetzt komm, Robert, bitte, komm zurück zu mir.«

Wieder hörte sie ein Geräusch wie zersplitterndes Holz. Sie stutzte, dann wurde ihr klar, woher es stammte.

Robert stand nicht wie sie auf der Böschung, sondern auf dem Eis, das sich als dünne Schicht am Flussrand gebildet hatte. Kein erwachsener Mann konnte länger darauf stehen.

»Robert, um Gottes willen, komm runter da«, flüsterte sie mit heiserer Stimme.

Aber er rührte sich nicht. Er lächelte und sah aus, als befände sich sein Geist Lichtjahre entfernt in einem anderen Universum.

Wieder knirschte das Eis. Robert schloss die Augen, hob die Hände zum Himmel – und brach ein.

Marie schrie auf, als ihr Mann binnen Sekunden im Wasser verschwand. Kurzerhand warf sie ihre Taschenlampe zu Boden und sprang hinterher.

Für einen Augenblick tauchte sie mit ihrem ganzen Körper unter, dann erschien ihr Kopf wieder prustend an der Oberfläche. Die eisige Kälte des Flusses nahm ihr den Atem, aber immerhin konnte sie auf dem schlammigen Grund stehen. Das Wasser reichte ihr nur bis zur Brust.

Aber wo war Robert? Sie drehte sich hektisch in alle Richtungen, schrie seinen Namen, wirbelte das Wasser auf. Nichts. Panisch stapfte sie an der Böschung entlang, stemmte sich mit ihrer durchnässten, schweren Kleidung gegen die überraschend starke Strömung, tauchte schließlich noch einmal ihren Kopf unter Wasser, um ihren Mann mit offenen Augen im Fluss zu suchen. Vergeblich. In der dunklen Spree konnte sie nicht einmal die Hand vor Augen erkennen.

Aber er musste doch hier irgendwo stecken, so schnell konnte er nicht abgetrieben sein! Außerdem war er ein ausgezeichneter Schwimmer, ein viel besserer als sie. »Robert! Robert!!« Immer schriller gellten ihre Schreie über den Fluss.

Die Wolke, die den Mond für eine Weile verdeckt hatte, wurde vom Wind weitergetrieben, und Marie hatte wieder bessere Sicht. Trotzdem war Robert nirgendwo zu entdecken.

Plötzlich berührte etwas ihr Bein. Eine Hand.

Marie wirbelte herum. Direkt unter der Oberfläche trieb ein bleiches Gesicht. Er hatte den Blick nach oben gerichtet und starrte sie lächelnd an.

Robert.

Marie schrie auf, packte ihren Mann unter den Achseln und zog ihn an die Oberfläche. Zu ihrer grenzenlosen Erleichterung verzog er überrascht das Gesicht. Er lebte.

»Robert, mein Gott, was machst du denn?«, stieß sie hervor. Sie lachte, während ihr Tränen der Erleichterung über das Gesicht liefen.

Stöhnend zerrte sie ihn ans Ufer. Wie schwer er war! Marie stolperte, konnte ihr Gleichgewicht nicht mehr halten. Sie fiel zurück in den Fluss, tauchte mit dem reglosen Robert in den Armen wieder unter.

Prustend kam sie wieder an die Oberfläche, wollte Robert mit sich ziehen, der aber plötzlich schwerer war als ein Sack Steine. Ächzend und nach Hilfe schreiend zerrte sie an ihm, aber sie schaffte es einfach nicht, ihn zurück zum Ufer zu schleppen.

Plötzlich traf sie etwas in die Seite. Sie hatte das Gefühl, als würde ihr jemand einen Tritt versetzen, so heftig und so brutal, dass ihr die Luft wegblieb. Marie fiel erneut ins Wasser, und wieder traf sie ein Schlag, dieses Mal in den Rücken. Mit dem Gesicht nach vorn wurde sie in den schlammigen Grund des Flusses gestoßen und wie von einem gewaltigen Baum heruntergedrückt. Sie schrie, aber unter Wasser hörte sie nur ein gedämpftes Gurgeln.

Noch hielt sie Robert fest, hielt ihn mit beiden Armen eng umschlossen. Noch einmal versuchte sie mit ihm an die Wasseroberfläche zu gelangen. Für einen Moment trafen sich ihre Blicke. Er blinzelte, war bei Bewusstsein, aber warum half er ihr nicht, verdammt?

Die Lungen schmerzten. Luft, sie brauchte Luft! Stöhnend gelang es ihr, für wenige Sekunden ihren Kopf über Wasser zu halten, dann wurde sie mit einem heftigen Ruck zusammen mit Robert wieder hinuntergezogen.

Irgendetwas zerrte an ihm, wollte ihn ihr mit aller Macht aus den Armen reißen. Marie drehte sich, stemmte die Beine auf den modrigen Boden. Mit letzter Kraft unternahm sie den Versuch, sich und Robert an die Oberfläche zu retten. Vergeblich.

Plötzlich spürte sie einen scharfen Schmerz an ihrem Arm. Es fühlte sich an wie ein Stich oder ein Biss. Der Schmerz war so heftig, dass sie Robert mit einem Arm loslassen musste.

Der Sog, die Kraft, die Robert von ihr fortzog, nahm sofort zu. Helles Licht. Flackernde Blitze. Woher kamen sie? Aus dem Wald? Aus dem Fluss? Von Robert konnte sie nur noch seine im Wasser treibenden Haare sehen.

Ein erneuter Schlag traf sie, dieses Mal in den Bauch. Sie krümmte sich und öffnete den Mund zu einem stummen Schrei. Kaltes Flusswasser strömte in ihre Lunge.

Mit einem gewaltigen Ruck wurde Robert ihr aus dem gesunden Arm gerissen. Entsetzt konnte Marie nur zusehen, wie sein Kopf langsam in der Spree verschwand. Im aufblitzenden Licht sah sie ihr rotes Blut im Wasser. Dahinter, schon unerreichbar weit entfernt, Roberts bleiches Gesicht, zum letzten Mal. Er lächelte traurig, dann verschwand sein Kopf in der dunklen Strömung.

Marie spürte, wie etwas sie packte und nach oben zerrte, dann verlor sie das Bewusstsein und fiel in ein endloses Schwarz ohne jede Hoffnung.

40

Das Haus befand sich hinter einer großen, sauber geschnittenen Hecke und war von der Straße aus nicht zu sehen. Karin öffnete die kleine Gartenpforte und betrat die lange, sauber gestreute Auffahrt. Die Sonne strahlte am blauen Himmel und ließ den verschneiten Vorgarten wie ein Bett aus Diamanten funkeln.

Mit zusammengekniffenen Augen blickte sie sich um. Ein so hübsches Anwesen hatte sie nicht erwartet. Was den Geschmack anging, konnte man über den Springbrunnen im römischen Stil und die vielen Gartenzwerge streiten, die den Gast neben der Auffahrt mit verschneiten Hauben begrüßten. Aber die Terrasse und vor allem der Wintergarten machten einen sehr gepflegten Eindruck, und sie war sicher, dass im Frühling überall bunte Blumen blühen würden.

Das Haus sah recht unspektakulär aus, war aber im Vergleich zu den anderen Häusern in Glubitz ein kleiner Palast. Ein Einfamilienhaus, das noch vor dem Krieg erbaut worden und dann nach der Wende aufwendig renoviert worden war: neues Dach, neuer weißer Wandputz und neue braune Fenster und Türen. Vor der Garage stand ein älterer schwarzer Mercedes.

Karin klingelte. Nach einer Weile öffnete ein junges Mädchen in Jeans und T-Shirt. An ihren Füßen trug sie Hausschuhe mit Diddl-Motiv. Karin hatte sie beim Lackieren ihrer Fingernägel gestört. Sie hielt ihre rechte Hand unnatürlich gespreizt, damit die schwarze Farbe besser trocknete.

»Ja?«, muffelte sie.

»Ist dein Vater da?«

Das Mädchen nickte nur.

Karin blieb freundlich. »Könnte ich ihn vielleicht sprechen?«

»Papa!«, rief das Mädchen. »Besuch!«

»Komme schon!«

Eine Tür wurde im oberen Stockwerk geöffnet, die Stufen der alten Holztreppe knarrten, dann erschien ein Mann mit Bauch und Halbglatze an der Tür. Auch er trug Hausschuhe, dazu eine graue, ausgebeulte Anzughose und ein weißes Hemd, unter dem sich ein ärmelloses Unterhemd abzeichnete.

»Frau Schulte, das ist ja eine nette Überraschung.«

Karin lächelte ihr offizielles Dienstlächeln »Guten Tag, Herr Dudek. Entschuldigen Sie die Störung, aber haben Sie vielleicht einen Moment Zeit für mich?«

Dudek wies seine Tochter an zu verschwinden, dann wandte er sich freundlich an Karin. »Natürlich, Frau Hauptkommissarin, kommen Sie rein.«

Kurze Zeit später saßen sie in Dudeks kleinem Büro im Dachgeschoss. Seine Frau hatte Kaffee gekocht. Während der Bürgermeister Karin eingoss, schaute sie sich um. Sie entdeckte einen kleinen Uncle-Sam-Briefbeschwerer, daneben ein Familienfoto: Dudek mit Frau, Tochter und Sohn. Auf dem Boden, neben einem Stapel mit Steuerunterlagen, stand an die Wand gelehnt ein Foto von Honecker.

»Gemütlich haben Sie es hier«, sagte Karin und hoffte, dass er den leicht spöttischen Unterton nicht herausgehört hatte.

Dudek lehnte sich ihr gegenüber im abgenutzten Bürosessel aus Kunstleder zurück. »Klein, aber mein. Ein größeres Büro würde mich nur dazu verleiten, noch unordentlicher zu sein.«

Karin lachte höflich.

»Gibt es schon etwas Neues von Herrn Lindner?«, fragte Dudek.

Karin trank einen Schluck Kaffee und stellte ihre Tasse auf dem kleinen Spitzendeckchen ab, das Dudeks Frau extra für sie auf den Tisch gelegt hatte. Sie schüttelte den Kopf. »Leider nein. Wir haben ihn immer noch nicht gefunden.«

»Was für eine Tragödie.«

»Sie sagen es. Wir haben den Fluss abgesucht, alle Kanäle und Nebenflüsse bis nach Lübbenau. Sämtliche Fährleute haben sich an der Suche beteiligt, sogar eine Hundertschaft der Polizei aus Frankfurt war vor Ort. Ohne Erfolg.«

Dudek schüttelte betroffen den Kopf.

»Gestern Abend haben wir die Suche eingestellt. Es hatte keinen Sinn mehr. Es ist jetzt vier Tage her, dass er in die Spree gefallen ist. Vielleicht haben wir mehr Glück, wenn der Schnee schmilzt.«

»Schrecklich, wirklich schrecklich. Vor allem für seine Familie.«

»Das ist es.« Karin ließ Dudek nicht aus den Augen. Der Bürgermeister wirkte ehrlich betroffen. »Ein so erfahrener Polizist. Und dann ertrinkt er einfach in unserer harmlosen, kleinen Spree.«

»Ja, das ist tatsächlich schwer zu verstehen. Möchten Sie nicht ein paar Kekse? Greifen Sie zu. Meine Frau hat schon welche gebacken. Sind eigentlich für die Adventszeit, aber …«

Karin hob die Hand. »Vielen Dank.«

Dudek trank einen Schluck Kaffee. »Sie haben mir noch gar nicht verraten, was ich für Sie tun kann.«

»Ich hatte gehofft, dass Sie mir mehr über die Hintergründe des Verschwindens von Herrn Lindner sagen können.«

»Ich?« Dudek starrte sie erstaunt an. »Wieso? Wenn jemand mehr weiß, dann ja wohl Sie. Sie waren doch schließlich dabei, als …« Dudek räusperte sich und schaute Karin herausfordernd an.

»Ja, ich bin neben seiner Frau die letzte Person, die ihn lebend gesehen hat. Er war völlig durcheinander und lief in panischer Angst durch den Wald.«

»Und er war nackt. Das haben Sie der Zeitung gesagt.«

»Nein, nur den Kollegen, die ihn suchen sollten. Aber die haben ihre Klappe nicht halten können.« Karin seufzte. »Ist ja auch nebensächlich. Wichtiger ist die Frage, wovor er solche Angst hatte.«

»Soweit ich weiß, war er schwer tablettenabhängig.«

»Da sind Sie aber erstaunlich gut informiert.«

»Ich bin Zeuge geworden, wie Herr Lindner nach einer Überdosis zusammengebrochen ist.« Er erzählte Karin von dem Zwischenfall im Hotel.

Karin hörte betroffen zu. »Trotzdem bin ich nicht sicher, ob die Medikamentenabhängigkeit wirklich der Hauptgrund für sein Verschwinden war.«

Dudek schwieg.

»Herr Dudek, wissen Sie, warum seine Frau und ich ausgerechnet am Burg-Lübbener-Kanal nach ihm gesucht haben?«

Der Bürgermeister zuckte mit den Schultern.

»Weil ich einen Tipp bekommen hatte. Von Emma Grosch.«

»Von der alten Emma? Schau mal einer an.« Zum ersten Mal seit Beginn des Gesprächs meinte Karin, echte Überraschung in den Augen des Bürgermeisters zu erkennen.

»Herr Lindner hat seiner Frau geschrieben, er wolle zu einer alten Hütte. Wir hatten keine Ahnung, wo die sich befinden sollte, aber Frau Grosch sagte mir, ich solle mal am Kanal suchen.«

»Was für eine Hütte?«

Karin räusperte sich. »Herr Lindner war der Überzeugung, dass dort die Spreewaldhexe lebt.«

Karin wartete auf eine Reaktion des Bürgermeisters, aber Dudek schwieg beharrlich.

»Sehr mysteriös, nicht wahr? Jedenfalls bin ich wegen des Tipps gestern noch einmal zu den beiden Grosch-Schwestern gefahren. Ich wollte fragen, ob sie mir mehr über diese Hexe erzählen können.«

»Und? Was haben sie gesagt?«

»Sie hatten natürlich auch schon von Herrn Lindners Verschwinden gehört und waren völlig aufgelöst. Emma Grosch hat geweint. Sie hat sich große Vorwürfe gemacht, dass sie und ihre Schwester die Lindners nicht richtig gewarnt haben.«

Dudek spielte nervös mit seinen Händen.

Karin beugte sich mit ihrer Tasse nach vorn und schenkte ihm ein liebenswürdiges Lächeln. »Könnte ich vielleicht noch einen Kaffee bekommen?«

Dudek goss ihr irritiert nach. Karin trank einen Schluck, bevor sie fortfuhr.

»Wie es aussieht, sind die Schwestern felsenfest davon überzeugt, dass es diese Hexe wirklich gibt. Ich habe sie gefragt, warum sie den Lindners unter diesen Umständen nicht mehr von ihr erzählt haben. Und wissen Sie, was die beiden Damen mir geantwortet haben?«

Dudek schwieg.

»Dass Sie, Herr Bürgermeister, ihnen verboten haben, darüber zu sprechen.«

»Ich habe niemandem irgendetwas verboten. Was erzählen die alten Schachteln bloß wieder für Mist?«

»Aber von der Hexe haben Sie schon gehört?«

»Natürlich. Jedes Kind im Spreewald kennt die uralte

Geschichte von der Heilerin, die vom Grafen betrogen wurde.«

»Das weiß ich. Aber es gibt da wohl noch eine andere Geschichte, die nicht ganz so alt ist.«

Karin kramte in der Tasche ihrer dicken Winterjacke, die sie über den Stuhl gehängt hatte, und holte ein Blatt Papier heraus.

»Die alten Damen haben mir ein Foto gezeigt. Es war vergilbt, aber man konnte noch alles gut erkennen. Sie haben mir gestattet, eine Fotokopie davon zu machen.«

Karin legte das kopierte Foto auf den Schreibtisch. Ein altes Gruppenbild von einer fröhlichen Festgesellschaft. Männer in typisch sorbischen Anzügen und Hüten, Frauen in traditionellen weißen Rüschenkleidern und Kinder, die ebenfalls Festtagstracht trugen. Die Gruppe hatte sich in drei hintereinanderstehenden Reihen für den Fotografen aufgestellt.

Karin beobachtete, wie Dudek das Foto ansah. Sein Gesicht verriet keinerlei Erstaunen, er musste das Bild kennen.

»Es wurde Fastnacht 1938 aufgenommen, hier in Glubitz.«

Dudek nickte.

»Das hier sind Emma und Bertha Grosch.« Karin deutete auf zwei Teenager, die in die Kamera strahlten. Neben ihnen standen zwei kräftige junge Männer, die stolz die Arme um ihre Freundinnen gelegt hatten. »Die beiden Jungen, das sind Karl und Olaf. Die beiden Paare hatten damals beschlossen, gemeinsam zu heiraten. Doch dann kam der Krieg, Karl und Olaf mussten an die Westfront und kehrten nie wieder zurück. Für Emma und Bertha sind sie bis heute die große Liebe ihres Lebens geblieben. Deshalb haben sie das Foto wohl auch so lange aufbewahrt.«

Dudek versuchte Karins forschendem Blick auszuweichen.

»Der hier, der Große in der letzten Reihe, das ist doch dieser Fährmann, der unten bei der Schleuse wohnt, oder?«

»Schimank.«

»Verrückt, dass er schon damals so aussah wie heute. Dabei ist das Foto über fünfzig Jahre alt.«

Sie fuhr mit dem Finger über das Bild bis zu einem kleinen, dicken Jungen, der neben einem streng blickenden Mann stand, der als Einziger keine sorbische Festtracht trug, sondern eine Uniform der NSDAP. »Und der hier, kaum zu glauben, der kleine, kräftige Junge, der so schüchtern blickt, das sind Sie, nicht wahr?«

Dudek nickte.

»Der Herr daneben ist Ihr Vater, oder? Damals Bürgermeister von Glubitz.«

Dudek lächelte verlegen.

»Aber jetzt kommen wir zu der eigentlichen Hauptperson auf diesem Foto. Darf ich vorstellen? Die Spreewaldhexe.«

Karin deutete auf eine schlanke, junge Frau mit langen schwarzen Haaren. Als einzige Frau trug sie kein sorbisches Rüschen-, sondern ein einfaches Leinenkleid. Das Gesicht hatte sie abgewandt, denn sie schaute nicht zum Fotografen, sondern hatte nur Augen für ihren Freund, der ihre Hand haltend neben ihr stand.

Karin bemerkte keine Regung im Gesicht des Bürgermeisters, obwohl der Freund der jungen Frau eine wirkliche Überraschung war.

Er sah genauso aus wie Robert Lindner.

Dudek schwieg.

»Fällt Ihnen gar nichts dazu ein?«

»Was wollen Sie? Dass ich sage, ich hätte dieses Foto nie gesehen? Das stimmt nicht, ich kenne es gut. Mein Vater besaß das gleiche Bild. Viele Jahre hing es sogar in diesem Zimmer, das früher auch sein Büro war.«

»Dann können Sie mir sicherlich auch sagen, wer diese junge Frau war?«

Dudek wirkte nachdenklich. »Haben Ihnen die Grosch-Schwestern denn noch nicht alles erzählt?«

»Sie haben mir so einiges erzählt, aber was diese junge Frau angeht, haben sie mir nur gesagt, dass sie Zuzanna hieß und Unglück über Glubitz gebracht haben soll.«

Dudek schüttelte verärgert den Kopf. »Dummes Altweibergeschwätz. Wenn jemand hier Unglück erfahren musste, dann diese Frau.«

»Dann erzählen Sie mir doch Ihre Version.«

Dudeks Blick ging nach draußen aus dem Fenster. Aus dem Erdgeschoss konnte Karin das Radio und einen Streit zwischen Dudeks Frau und Tochter hören.

»Zuzanna oder Anna, wie sie hier überall gerufen wurde, kam aus Polen. Aus irgendeinem kleinen Kaff an der Ostsee. Dort hat sie auch ihren Freund kennengelernt. Er kam aus Glubitz und versprach ihr das Paradies, wenn sie mit ihm nach Deutschland kommen würde, was sie gegen den Widerstand ihrer Eltern auch tat. Als sie bereits hier war, stellte sich heraus, dass ihr Freund mit seinen Versprechungen etwas übertrieben hatte. Er war bettelarm und besaß nur eine kleine Hütte. Aber das war Anna egal, für sie war er der beste Mann auf der Welt. Vergöttert hat sie ihn, dabei war er nur ein Nichtsnutz und ein Tagelöhner.« Dudek goss sich Kaffee nach, bevor er weitererzählte.

»Keine Ahnung, warum, aber Anna schlug vom ersten Tag an nur Hass und Ablehnung entgegen. Es war eben die Zeit. Polen waren hier damals nicht besonders beliebt. Außerdem war sie recht hübsch. Die einheimischen Mädchen waren neidisch auf sie, haben gegen sie gehetzt und sie Polakenhure gerufen.«

»Und Annas Freund? Was hat der dazu gesagt?«

»Nicht viel. Dem war das unangenehm, klar, aber er wollte auch keinen Ärger mit seinen alten Freunden und den Nachbarn. Außerdem war er ein Mistkerl. Nur ein paar Monate, nachdem er Anna nach Deutschland gelockt hatte, ließ er sie einfach sitzen. Allein in einer baufälligen Hütte im Wald. Schwanger.«

»Sie hatte ein Kind?«

»Nein, das Baby kam tot zur Welt. Danach war sie wie verwandelt. Hat die Hütte kaum noch verlassen und nur darauf gewartet, dass ihr Freund zurückkommt.«

»Was er nicht tat?«

»Genau. Dafür fingen die Kinder aus dem Dorf an, Anna zu ärgern. Sie haben sie mit Eicheln und Steinen beworfen, haben sie als Hexe beschimpft und ausgelacht.«

»Und Sie? Haben Sie mitgemacht?«

»Sie haben doch das Foto von mir gesehen. Mit mir wollte niemand etwas zu tun haben. Ich war ›Speckarsch‹, der dicke Sohn vom Bürgermeister. Ich konnte froh sein, dass nicht ich die Eicheln abbekam.«

Karin schaute Dudek aufmerksam an. »Aber dafür waren Sie mit Zuzanna befreundet?«

»Ich habe sie ein paarmal besucht. Aber dann hat mein Vater mir verboten, sie weiter zu sehen.« Dudek machte eine Pause. »Und dann ist das mit den Kindern geschehen ...«

Karin schaute ihn erwartungsvoll an.

»Ich weiß nicht, was genau damals passiert ist, aber es muss schrecklich gewesen sein. Am Ende waren vier Kinder tot, vier von den Rotzlöffeln, die Anna besonders zugesetzt hatten.«

»Sie hat die Kinder umgebracht?«

»Die Hexe hat sie ersäuft, so hieß es. Sie können sich nicht vorstellen, was im Dorf los war. Die Leute sind vor Wut schier durchgedreht.«

Karin sah ihn verwirrt an. »Ich habe vor ein paar Wochen bereits in der Sache recherchiert, aber von einem Mord an vier Kindern, begangen von einer ›Hexe‹, habe ich nichts gelesen.«

»Niemand hier hatte das Bedürfnis, die Polizei in Lübbenau zu benachrichtigen. Die Dorfbewohner wollten Zuzanna lieber eigenhändig bestrafen.«

»Und wie?«

Dudek seufzte: »Sie haben sie ersäuft. Gefesselt und dann lebendig unter das Eis geschoben.«

Karin blickte Dudek entsetzt an.

»Ich sage doch, es war eine andere Zeit.« Er war sichtlich betroffen.

»Die Grosch-Schwestern erzählten, die Spreehexe sei zurückgekommen, um sich zu rächen. Sie selbst würden sich deshalb nicht mehr ans Ufer der Spree trauen.«

»Ich weiß.« Der Bürgermeister verzog spöttisch das Gesicht. »Tatsächlich sind fast alle Leute, die damals mitgeholfen haben, sie umzubringen, im Laufe der Jahre gestorben.«

»Über wie viele Menschen reden wir?«

Dudek zögerte. »Zwanzig, fünfundzwanzig vielleicht.«

»So viele?!«

»Schon. Manche sind in der Spree ertrunken, verunglückt, andere sind an Herzanfällen gestorben.«

»Und was ist mit Ihnen? Waren Sie auch bei der Hinrichtung dabei?«

Dudek nickte. »Zusammen mit meinem Vater.«

»Hätte er als Bürgermeister diesen barbarischen Akt nicht verhindern können?«

Dudek lachte bitter. »Das mit dem Eis war sogar seine Idee.«

»Was ist aus ihm geworden?«

»Er ist ertrunken. Ein Jahr später.«

»Wirklich? In der Spree?«

»Es war nicht so, was Sie denken. Er hatte einen Schlaganfall. Mit der Hexe hatte das nichts zu tun.«

Dudeks Kunstlederstuhl quietschte leise, als er nervös auf ihm hin und her rutschte.

»Was ist mit Ihnen? Haben Sie denn keine Angst vor Rache?«

»Natürlich nicht. Ich habe Ihnen doch gesagt, dass das alles nur Geschwätz ist«, antwortete Dudek gereizt.

Karin wies noch einmal auf das Foto. »Was ist mit Zuzannas Freund passiert? Er sieht fast aus wie Robert Lindners Zwillingsbruder.«

Dudek grinste abschätzig. »Vielleicht ein Zeitreisender?«

Karin verzog keine Miene.

»Ich habe nach dem Krieg mal recherchiert«, fuhr Dudek wieder ernst fort. »Wollte wissen, wohin sich dieser Dreckskerl verpisst hatte. Zuerst dachten alle, er wäre auch im Krieg gefallen, aber ich habe herausgefunden, dass er zuerst nach Berlin gezogen und später in den Westen abgehauen ist.«

»Ich bin beeindruckt, was Sie alles wissen, Herr Dudek. Aber das erklärt nicht, warum er aussieht wie Robert Lindner.«

Dudek nickte. »Auch ich war ziemlich überrascht, als Ihr Kollege mir hier das erste Mal über den Weg gelaufen ist, das können Sie mir glauben. Genauso wie die alten Grosch-Schwestern. Die dachten doch, ihnen wäre ein Geist begegnet. Ich habe die alten Unterlagen von damals rausgeholt und ein paar Anrufe gemacht.« Er lächelte. »Hans, so hieß Zuzannas damaliger Freund, war der Großonkel von Robert Lindner. Wie sich jetzt herausstellte, ist er vor zwanzig Jahren in Amerika gestorben.«

»Dann ist die ganze Geschichte also nur ein unglaublicher Zufall?«

»Sind Sie enttäuscht, dass es für alles eine rationale Erklärung gibt?«

Karin dachte einen Moment lang nach. »Und was ist mit der Hütte?«

»Was soll mit ihr sein?«

»Wo genau steht die? Ich würde sie mir gern anschauen, nachdem wir so lange nach ihr gesucht haben.«

»Sie stand früher im Wald, aber nach dieser ... Sache haben die Dorfbewohner sie abgerissen.«

»Es ist also nichts mehr von ihr übrig? Noch nicht mal eine Ruine?«

»Nein, nichts. Als noch während des Krieges die ersten Kinder ertranken und die Einwohner von Glubitz der toten Zuzanna die Schuld gaben, machten sie die kümmerlichen Reste der Hütte dem Boden gleich und pflanzten an der Stelle Bäume und Büsche. Im ganzen Wald werden Sie keine Spuren mehr von Zuzanna finden, ganz bestimmt nicht.«

Später verabschiedete sich Karin von Dudek an der Tür.

»Vielen Dank für Ihre Zeit. Und dafür, dass Sie so ehrlich zu mir waren«, sagte sie.

»Sind Sie jetzt schockiert? Von Glubitz und seinen Schattenseiten?«

Die Beamtin überlegte einen Moment, bevor sie ausweichend antwortete. »Ich verstehe nicht, warum die Sache so lang geheim geblieben ist? Warum haben alle geschwiegen? Über den Mord an den Kindern und diese Hinrichtung? Über die jahrelange Angst vor der Hexe, die eigentlich nur eine bemitleidenswerte Frau war?«

»Aber wir haben nicht geschwiegen, Frau Kommissarin. Untereinander haben wir ständig darüber gesprochen. Nur nicht mit Leuten, die das nichts angeht. Die Menschen in Glubitz und den anderen Dörfern des Spreewaldes sind nicht so geschwätzig wie die in Berlin. Wir leben hier weit ab vom Rest der Welt und lassen uns in nichts reinreden. Auch nicht in unseren Aberglauben.«

»Und was ist mit Ihnen?«

Dudek presste die Lippen zusammen. »Die Dorfbewohner haben damals entschieden, diese Affäre für sich zu behalten. Ich wäre nie Bürgermeister geworden, hätte ich ihren Willen nicht akzeptiert.«

41

Sie saß auf der Bank und schaute in den Fluss. Etwas hatte den Grund ein Stück weiter flussaufwärts aufgewirbelt. Eine Wolke aus schwarzem Sand breitete sich aus und trübte das klare Wasser. Immer neue Schwaden lösten sich und folgten in dunklen Schlangen den verschiedenen Strömungen im Wasser.

Sie konnte nirgends Leben sehen oder hören. Konnte es sein, dass die Welt um sie herum starb? Sie zitterte vor Kälte.

Niedergeschlagen zog sie den Reißverschluss ihrer dicken Winterjacke bis zum Kinn.

»Frau Lindner?«

Marie drehte sich um. Sie hatte nicht gemerkt, dass Tom zu ihr getreten war.

»Ich habe Ihre Sachen heruntergetragen. Wenn Sie mir den Wagenschlüssel geben, kann ich alles einladen.« Er hielt den Blick gesenkt.

Marie erhob sich müde von der Bank. »Ich mache das schon.« Sie folgte Tom zurück ins Hotel und warf wehmütig von außen einen Blick durch die neuen großen Panoramafenster in das Restaurant. Die mit Laken bedeckten Tischgruppen standen wie eine Gruppe Gespenster im Raum. Ob hier wirklich einmal Gäste essen, sich unterhalten und miteinander lachen würden? Kaum vorstellbar.

Durch den Garteneingang betraten sie die große Küche, der wärmste und gemütlichste Raum im Erdgeschoss. Theresa war gerade dabei, das Baby zu wickeln. Sie schaute zu Marie hoch. »Emma ist gleich fertig.«

Marie ging zu Lars, der am Holztisch saß und ein Bild malte. Marie fuhr ihm liebevoll mit der Hand durch die Haare und schaute ihm über die Schulter. Sie lächelte flüchtig, als sie sah, was er gemalt hatte: zwei Jungen, die am Wasser saßen und angelten.

»Die Taschen stehen schon im Flur, Frau Lindner.«

Gemeinsam mit Tom verließ Marie die Küche und ging in die kleine Lobby. Tom hatte das gesamte Gepäck aus der Wohnung bereits heruntergetragen. Auch Emmas Babywiege und Lars' Spielzeug.

Maries Blick fiel auf das neue Schlüsselbrett für die Zimmerschlüssel. Sie waren komplett, nur die Gäste fehlten noch.

»Soll ich wirklich nicht beim Tragen helfen?«, erkundigte sich Tom noch einmal.

»Na schön«, gab Marie nach. »Bringen Sie die Sachen zum Wagen. Aber ich lade ein.«

Der Chrysler war noch immer der einzige Wagen auf dem großen Hotelparkplatz, trotzdem hatte Tom wie jeden Morgen den Schnee auf dem gesamten Hof beiseitegeräumt.

Marie hob die Gepäckstücke, die Tom nach und nach herbeischleppte, in den Kofferraum, als ein Polizeiwagen auf den Parkplatz fuhr. Karin stieg aus. Sie trug ihre Dienstuniform.

»Aber Frau Lindner, wo wollen Sie denn hin?«, fragte sie überrascht.

»Zurück nach Berlin.« Marie hatte nur kurz aufgeblickt und lud weiter ein.

»Ein paar Tage Tapetenwechsel? Kann ich gut verstehen.«

Marie schwieg, und die Kommissarin verstand.

»Sie wollen Glubitz für immer verlassen?«

Marie zuckte mit den Schultern und schob die Tasche mit Emmas Babysachen in den Van.

»Aber das können Sie doch nicht machen! Nach allem, was Sie hier schon aufgebaut haben. Nach all der Arbeit, die Sie und …« Karin hielt inne, bevor sie mit sanfterer Stimme fortfuhr. »Frau Lindner, ich weiß, wie schwierig das alles für Sie sein muss, aber …«

»Nichts wissen Sie. Gar nichts«, unterbrach Marie sie verärgert.

»Sie sind immer noch böse auf mich, nicht wahr?«

»Warum sollte ich böse auf Sie sein?«, fragte Marie bitter.

»Sie glauben, ich hätte Ihren Mann retten können. Aber das konnte ich nicht.«

»Ach nein?«

Karin stöhnte. »Glauben Sie mir, ich liege jede Nacht wach und frage mich, ob ich einen Fehler gemacht habe.«

»Und? Zu welcher Antwort kommen Sie?«

»Ich habe wirklich alles versucht, um Ihren Mann einzuholen, aber er war einfach zu schnell für mich. Plötzlich war er verschwunden, und ich hatte keine Ahnung, wohin.«

Marie nickte mechanisch, schaute Karin dabei aber nicht an.

»Und dann habe ich Sie rufen hören und bin sofort zu Ihnen gelaufen. Ich habe gesehen, dass Sie benommen im kalten Wasser treiben und habe Sie herausgezogen. Was hätte ich denn noch machen sollen?«

Endlich sah Marie ihr in die Augen. Die Kommissarin ahnte, worauf sie hinauswollte. »Natürlich hätte ich auch versucht, Ihren Mann zu retten, aber ich habe ihn nicht *gesehen*.«

»Sie *müssen* ihn gesehen haben!«

Karin schüttelte den Kopf. Gegen ihren Willen musste Marie zugeben, dass die Beamtin tatsächlich so aussah, als würde sie jede Nacht seit dem Vorfall wachliegen. Sie widmete sich wieder dem Gepäck. Tom brachte einen weiteren

Koffer und wollte ihn selbst im Chrysler verstauen, aber Marie ging verärgert dazwischen.

»Finger weg. Ich habe doch gesagt, ich mache das selbst.«

Tom verschwand stumm im Hotel.

»Was ist los? Haben Sie sich gestritten?«, erkundigte sich Karin.

»Das geht Sie nichts an.«

»Ich dachte, Sie würden sich gut mit Ihren Angestellten verstehen?«

»Das dachte ich bis vor Kurzem auch«, brummte Marie und ließ sich von Karin widerwillig beim Einladen eines besonders großen Koffers helfen. Die Beamtin starrte sie noch immer fragend an, sodass sie stöhnend nachgab. »Ich habe herausgefunden, dass Theresa und Tom mit Dudek gekungelt haben.«

»Gekungelt?« Karin verstand nicht.

»Sie haben die ganze Zeit für diesen Mistkerl gearbeitet.«

»Aber das kann doch nicht sein. Sie haben mir selbst erzählt, was für eine große Hilfe die beiden für Sie sind!«

»Ja, sie haben uns auch geholfen. In der Küche, bei der Renovierung und mit den Kindern. Aber nebenbei haben sie Dudek regelmäßig Bericht über alles erstattet. Über meine Probleme bei der Renovierung und über Roberts … Krankheit.«

»Aber wieso hätten sie das tun sollen?«

Marie fühlte sich plötzlich müde und kraftlos. Sie setzte sich auf die Kante des Kofferraums.

»Theresa hatte letztes Jahr Probleme mit der Arbeitserlaubnis. Dudek hat ihr geholfen, aber dafür eine Gegenleistung eingefordert.«

Karin schwieg überrascht.

»Außerdem soll er ihnen eine Prämie versprochen haben, wenn ich ihm das Hotel doch noch verkaufe. Tom bestreitet das zwar, aber ich weiß nicht, ob ich ihm noch trauen kann. Vielleicht hatte Robert ja doch die ganze Zeit recht, und man kann hier niemandem vertrauen.«

Karin setzte sich neben Marie. »Jetzt übertreiben Sie aber. Zugegeben, Dudek ist eine Plage, aber Sie haben hier doch auch viele Freunde gefunden, oder etwa nicht?«

Marie schaute sie zweifelnd an. »Ein paar vielleicht. Aber es war nicht gerade einfach. Besonders für Lars. Es gibt hier so wenige Kinder.«

»Wie geht es dem Jungen denn?«

»Eigentlich ganz gut. Aber seit er aus dem Koma erwacht ist, redet er kaum.«

»Und kann er sich an irgendetwas erinnern, was im Keller bei seinem Unfall passiert ist?«

»Nein. Das Letzte, was Lars weiß, ist, dass er sich vor Christian in der Waschküche versteckt hat.«

»Sonst nichts?

Marie schüttelte den Kopf. »Er sagt, auf einmal wäre alles schwarz geworden. Und dann wäre er im Krankenhaus wieder aufgewacht. Dass er eine ganze Woche bewusstlos war, hat er gar nicht gemerkt.«

Karin nickte nachdenklich.

»Er fragt immer wieder, wo sein Vater ist«, sagte Marie und ärgerte sich, dass ihre Stimme dabei zitterte. Ausgerechnet vor der Kommissarin wollte sie keine Schwäche zeigen. Aber eigentlich war es jetzt auch egal.

»Und was antworten Sie ihm?«

»Dass er auf einer längeren Reise ist.«

»Meinen Sie nicht, dass er alt genug für die Wahrheit ist?«

»Die Wahrheit?« Marie wurde laut. »Was ist denn die Wahrheit? Soll ich ihm sagen, dass sein Vater tablettensüchtig war? Dass er nackt durch den Wald gelaufen und in der Spree ertrunken ist, die so flach ist, dass normalerweise nicht einmal ein Baby darin ertrinken kann?« Sie begann zu schluchzen. »Und dass seine Mutter direkt danebenstand und ihn nicht retten konnte?« Verzweifelt schlug sie die Hände vor ihr Gesicht.

Karin schien zu überlegen, ob sie den Arm tröstend um Maries Schulter legen sollte, ließ es dann aber bleiben. »Sie dürfen sich keine Vorwürfe machen.«

»Aber natürlich mache ich mir Vorwürfe! Ich habe den Vater meiner Kinder sterben lassen! Meinen Mann! Haben Sie überhaupt den Ansatz einer Ahnung, wie ich mich jetzt fühle?« Marie betrachtete Karin abschätzig. »Aber wie sollten Sie? Sie haben ja keine Familie.«

Falls Karin von dieser Bemerkung getroffen war, ließ sie es sich nicht anmerken. »Sie haben mir erzählt, dass Sie etwas unter Wasser angegriffen hat?«, fragte sie.

»Immer wieder habe ich versucht mich zu erinnern, was genau passiert ist. Aber es ging alles so schnell, so unendlich schnell. Und sehen konnte ich auch nichts.« Marie wischte sich eine Träne aus dem Gesicht. »Ich glaube, nein, ich bin mir ganz sicher, dass es Robert war. Er hat mich getreten, sich gewehrt. Er wollte nicht, dass ich ihn rette.« Sie schluchzte. »Er wollte sterben.«

»Ihr Mann soll Sie getreten haben?«, fragte Karin ungläubig.

»Sie haben im Wald doch mit eigenen Augen gesehen, wie durcheinander er war! Robert hat mich nicht mal erkannt.«

Karin nickte nachdenklich, aber Marie hatte nicht den Eindruck, sie überzeugt zu haben.

»Wer oder was soll es denn sonst gewesen sein? Und kommen Sie mir ja nicht mit dieser bescheuerten Hexe!«

Die Kommissarin schwieg. Marie holte sich ein Taschentuch aus ihrer Jacke und schnäuzte sich. »Ich habe mit Roberts Arzt in Berlin gesprochen. Mit dem, der ihm die Tabletten verschrieben hat. Ich habe ihm erzählt, dass Robert die halbe Dose auf einmal geschluckt hat. Der Arzt meinte, damit hätte Robert auch über den Spreewald fliegen können.«

»Sie sind wirklich sicher, dass Ihr Mann die Tabletten genommen hat?«

»Was denken Sie denn? Dass er das Zeug ins Klo geschüttet hat?«

»Vielleicht.«

»Sie verstehen wirklich nichts. Aber wie auch? Sie haben seine glasigen Augen nicht gesehen, mit denen er mich im Keller angestarrt hat. Oder wie er auf dem Flur vor der Kellertreppe in seinem Erbrochenen lag, in dem man noch die gelben Überreste von diesen verfluchten Tabletten sehen konnte.« Marie schluchzte wieder.

Beide Frauen schwiegen. Eine Böe ließ etwas Sand auffliegen, den Tom auf dem Parkplatz verstreut hatte.

»Ich habe etwas für Sie.« Karin stemmte sich von der Kofferraumkante des Vans hoch, ging zum Lada und holte eine große gelbe Netto-Tüte heraus. Sie lächelte verlegen. »Tut mir leid, wir hatten auf der Wache keine andere Tasche«, sagte sie und zog eine dicke Lederjacke hervor. Auf der Rückseite stand »Highway to Hell«.

Marie entfuhr ein leises Stöhnen. Als Karin ihr die Jacke gab, tasteten ihre Finger über das kalte Leder.

»Wir haben sie letzte Woche in dem Waldstück gefunden. Sie lag in einem Haufen aus gefrorenem Laub.«

»Und sonst? Was …?« Marie versagte die Stimme.

»Sonst haben wir leider nichts gefunden. Vielleicht taucht ja noch was auf, wenn es wieder zu tauen beginnt.« Sie stutzte, als sie Maries finsteren Blick spürte, und schämte sich für ihre unglückliche Formulierung.

Karin hustete leise. »Wie gesagt, wir werden weitersuchen. Aber im Moment hat es keinen Sinn mehr.«

Marie blickte auf die Jacke. Wie oft hatte sie Robert darin gesehen? Er war so stolz gewesen, als er sie in dem Bikerladen in Schöneberg gefunden hatte.

»Eins noch«, räusperte sich Karin. Noch einmal griff sie in die Plastiktüte und holte ein kleines Paket heraus. Es war Roberts Walkman. »Er befand sich in der Jackentasche.«

»Ohne seine Musik ist Robert nirgendwohin gegangen.«

»Es war eine Kassette eingelegt. Aber keine mit Musik.«

Marie war verwirrt.

»Als wir den Walkman gefunden haben, war die Aufnahmetaste noch gedrückt.«

»Er hat etwas aufgenommen? Was denn?«

Karin schaute Marie einen Augenblick nachdenklich an. »Am besten hören Sie es sich selbst an.«

Dann reichte sie Marie die Hand. »Ich wünsche Ihnen eine gute Fahrt. Aber überlegen Sie es sich noch einmal. Ich würde mich sehr freuen, wenn Sie nach Glubitz zurückkommen.«

Sie verabschiedeten sich voneinander, dann stieg Karin in den Polizeiwagen und fuhr davon.

Marie beobachtete, wie der Lada über die vereiste, kaum geräumte Dorfstraße rutschte und hinter der ersten Kurve verschwand.

Sie nahm die Kassette aus dem Walkman. Sie war unbeschriftet. Einer von Roberts Spezialmixen?

Marie setzte sich in den Van, schloss die Tür hinter sich und steckte das Tape in den Kassettenrekorder.

Zuerst war gar nichts zu hören.

Dann begann es zu knirschen und zu knacken. Fast hatte Marie den Eindruck, sie hätte einen Bandsalat.

Dann konnte sie auf einmal doch etwas hören.

Zuerst war es nur ein Rascheln, als ob jemand mit der Hand durch altes Laub fuhr. Dann ein Zurren, vielleicht ein Reißverschluss, der geschlossen wurde?

Oder geöffnet? Marie war unsicher. Plötzlich wurde das Wageninnere von einem dunklen Grunzen erfüllt. Dazu ein tiefes Schnaufen, dann ein Ächzen und Keuchen. Zuerst dachte sie, es wäre ein Tier, ein Wildschwein vielleicht.

Doch dann wurden das Keuchen und das Hecheln lauter, wilder, voller Leidenschaft und Wut, und Marie realisierte, dass es sich um menschliche Laute handelte.

Ihre Nackenhaare stellten sich auf. Zu wem gehörten diese tiefen, viehischen Laute? Zu einem Mann? Zu einer ... Frau? Dann noch ein anderes Geräusch, ganz leise.

Marie dreht den Lautstärkeregler auf Maximum.

»Hilfe!«, und dann: »Nein ... bitte nicht!«

Verzweifelt, verängstigt, grenzenlos panisch. Es war Robert.

Mit einem leisen Schrei riss Marie die Kassette aus dem Rekorder und warf sie auf den Rücksitz.

Fassungslos starrte sie aus dem Fenster, das mittlerweile so beschlagen war, dass sie kaum noch etwas von ihrer Umgebung erkennen konnte. Aber Maries Gedanken waren sowieso nicht hier, sondern weit, weit weg.

Auf einmal klopfte es an der Fensterscheibe.

Marie fuhr erschrocken herum. Tom stand neben dem Wagen und lächelte verlegen. Marie kurbelte die Scheibe runter und starrte den jungen Portier an wie einen Außerirdischen.

»Ich habe Ihnen die letzten Koffer rausgetragen. Wenn Sie möchten, können wir jetzt auch die Kinder holen.«

Eine Viertelstunde später fuhr Maries Chrysler vom Parkplatz des Spreewaldhofes. Emma und Lars blickten mit großen Augen aus den Fenstern, immer noch überrascht von dem hektischen Abschied.

Tom und Theresa standen winkend vor dem Hotel. Als

Marie noch einmal zurücksah und die Hand mechanisch zu einem letzten Gruß hob, wischte sich Theresa die Augen.

Marie hielt am Briefkasten an der Dorfstraße. Sie ließ den Motor laufen, stieg aus und holte einen Umschlag aus ihrer Handtasche.

In der Abgaswolke des Chrysler stehend warf sie noch einen letzten Blick auf den Brief. Er war an Dieter Dudek adressiert.

Marie holte noch einmal tief Luft, dann warf sie das Kuvert in den Briefkasten, stieg zurück in den Wagen und trat aufs Gaspedal.

Ein paar Minuten später hatte sie das Ortschild passiert und Glubitz verlassen.

42

Die Sonne strahlte durch das Fenster wie durch ein Himmelstor. Die Luft roch nach frisch geschnittenem Gras, nach saftiger Erde, nach Frühling und nach einem neuen Leben. In den grünen Bäumen sangen Amseln, vor der Hütte flatterte das große Leinentuch, das sie als Sonnenschutz aufgespannt hatte. Schwalben glitten sanft über den Fluss, ein Bussard stand über dem weiten Feld in der Luft. Zwei Eichhörnchen jagten sich den Stamm einer Birke hinauf, und manchmal sprangen Fische übermütig aus dem klaren Wasser.

Sie schloss die Augen, spürte, wie eine warme Brise ihr Gesicht streichelte, sich in ihren Haaren verfing und sich wie eine zärtliche Hand in ihren Nacken legte.

Dies war der schönste Tag ihres Lebens.

Sie legte die Äpfel in eine Holzschale, dann trat sie auf die Lichtung hinaus.

Er saß auf der Bank, die er vor der Eiche aufgestellt hatte. Sie wusste, wie sehr er diesen Platz liebte. Von dort konnte er auf den Grund des Flusses sehen, hatte aber gleichzeitig einen wunderschönen Ausblick auf die Felder und konnte zudem den Schatten des Waldes genießen.

Sie setzte sich neben ihn, zog die Knie an und strich das Leinenkleid mit ihren Händen glatt.

»Möchtest du?«, fragte sie und hielt ihm die Obstschale hin. Er nickte ihr lächelnd zu und nahm sich einen Apfel. Mit seinem Taschenmesser schnitt er ihn durch und reichte ihr eine Hälfte.

Während er sein Apfelstück verschlang, knabberte sie mit kleinen Bissen an ihrer Hälfte und betrachtete gedankenverloren ihr Zuhause, die kleine Hütte, den Garten mit seinen vielen Blumen, die Lichtung, auf die in diesem Moment ein warmer Sonnenstrahl fiel.

Das war ihre kleine Welt, ihr Paradies. Mochte die Welt dort draußen, hinter dem Horizont, auch gerade zugrunde gehen, in ihrem Reich spielte das keine Rolle.

»Wir brauchen einen neuen Zaun für das Gemüsebeet. Ich habe Angst, die Kaninchen fressen alle Kräuter«, sagte sie.

»Ich kümmere mich drum.«

Sie schenkte ihm ein dankbares Lächeln und lehnte ihren Kopf zärtlich an seine Schulter. Als sie seine kräftigen Muskeln durch sein dünnes Hemd spürte, seufzte sie selig.

Für einen langen Moment herrschte Schweigen.

Sie betrachtete den Himmel. Eine große weiße Wolke schob sich langsam vor die Sonne, nahm ihr aber trotzdem nur wenig von ihrer wärmenden Kraft.

»Anna, ich muss dir etwas sagen.«

Natürlich musste er das. Sie schmunzelte.

Er überlegte, wie er beginnen sollte. Er nahm sein Messer und ritzte ein Dreieck in die Rinde der Eiche, dazu zwei weitere Striche an jeweils einer Seite des Dreiecks.

»Weißt du noch, was das ist?«

Sie nickte. Das Dreieck hatte sie schon einmal gesehen. Auf dem Laster der Spedition, mit dem er das erste Mal nach Polen gekommen war. Im wundervollen Sommer vor zwei Jahren, als sie sich kennengelernt hatten.

»Sie haben mich gefragt, ob ich noch einmal für ein paar Monate einspringen kann. Nur ein paar Umzüge und nur in Berlin. Sie brauchen unbedingt Männer, die anpacken können.«

Sie nickte langsam.

»Berlin, Anna! Du kannst dir ja nicht vorstellen, was da los ist. Die Regierung baut überall, alles ist in Bewegung. Überall gibt es neue Chancen und Arbeit.«

Sie sah ihn ernst an.

Er verstand, was sie sagen wollte. »Keine Sorge, ich würde nicht für immer wegbleiben. Aber es ist gute Arbeit. In drei, vier Monaten könnte ich so viel verdienen, wie hier in zwei Jahren. Dann hätten wir genügend Geld, um ein paar neue Zimmer anzubauen, Anna. Ein Kinderzimmer. Einen Stall. Vielleicht könnten wir uns sogar eine Kuh kaufen.«

Sie lächelte versonnen und nickte.

»Nur ein paar Monate, ja?« Er sah sie an, streichelte ihr zärtlich über die Wange und strich ihr eine Haarsträhne aus der Stirn. »Danach werde ich für immer hierbleiben und dich nie mehr verlassen. Versprochen.«

Sie betrachtete sein Gesicht, seine klaren Augen, die sie nachdenklich musterten.

Er meint es wirklich ernst, dachte sie.

»Natürlich würde ich versuchen, jedes Wochenende nach Hause zu kommen, aber trotzdem wärst du leider die meiste Zeit allein hier draußen.«

Sie blickte schweigend über das Feld. Der Bussard stand noch immer in der Luft und hielt nach einem Opfer Ausschau.

»Aber was heißt allein? Es gibt ja immer noch die Leute aus dem Dorf. Ein paar waren nicht nett zu dir, aber die meisten meinen es doch gut, oder?« Er lächelte.

Sie zwang sich zu einem verhaltenen Nicken.

»Ich muss das machen, Anna. Ich weiß, die Zeit wird für dich nicht einfach, aber wenn ich das Angebot jetzt ablehne, wird die Firma mich nie wieder haben wollen.«

Endlich schoss der Bussard auf das Feld hinunter. Sie konnte nicht erkennen, was passierte, aber kurz darauf schwang er sich mit einem kleinen Tier – vielleicht einer Maus – wieder in die Luft.

Er nahm ihr Gesicht in seine großen Hände und zwang sie mit sanftem Druck, ihm in die Augen zu schauen. »Anna, du lächelst die ganze Zeit nur, aber was denkst du? Wäre das für dich in Ordnung? Kann ich für ein paar Monate nach Berlin gehen?«

Sie nahm seine beiden Hände von ihrem Gesicht und küsste sie zärtlich, bevor sie sich in seinen Arm kuschelte.

Die große Wolke war weitergezogen und verdeckte die Sonne nicht mehr.

Was für ein wundervoller Tag. Gestern noch hatte es in Strömen geregnet. Ein heftiger Wind hatte immer neue dunkle Wolken aus dem Osten über die Felder getrieben. Noch etwas mehr Regen, und der Fluss wäre über die Ufer getreten. Doch heute atmete die Natur wieder auf.

So war das Leben. Nach der Nacht kam der Tag. Auf Regen folgte Sonne. Auf Sonne Regen. Nach dem Winter kam der Frühling. Der ewige Kreislauf der Jahreszeiten. Nichts war für immer verloren, alles war ein großes Ganzes. Die Natur gab dem Leben immer wieder eine neue Chance.

Sie spürte, wie das Glück sie wie eine große Welle überrollte, wie es jede Zelle ihres Körpers durchströmte. Sie holte tief Luft und lächelte. Sie war eine Auserwählte. Nach allem, was geschehen war, saß sie endlich wieder hier mit Hans, dem Mann, den sie über alles liebte.

Durfte sie ihn wirklich gehen lassen?